Für Donatha,
weil wir uns rund um die Uhr zutexten können
und du mich verstehst,
auch wenn du manchmal so tust,
als wäre es nicht so.

Register der Namen

Sternzeichen und Sterne

- Konstantin: Scorpio, der Skorpion; Schutzstern: Antares
- Arianna: Taurus, der Stier; Schutzstern: Aldebaran
- Leon: Leo, der Löwe; Schutzstern: Regulus
- Viktoria: Virgo, die Jungfrau; Schutzstern: Spica
- Antonia: Libra, die Waage; Schutzstern: Zubeneschamali
- Pollux & Castor: Gemini, die Zwillinge; Schutzstern: Alhena
- Jana: Cancer, der Krebs; Schutzstern: Altarf
- Finn: Capricorn, der Steinbock; Schutzstern: Deneb Algedi
- Laura: Sagittarius, der Schütze; Schutzstern: Kaus Australis
- Emma: Aries, der Widder; Schutzstern: Hamal
- Pisces, die Fische - aktueller Name unbekannt; Schutzstern: Kullat Nunu
- Aquarius, der Wassermann - aktueller Name unbekannt; Schutzstern: Sadalsuud

Götter

- Selene: Mondgöttin, der die Sternzeichen die Treue geschworen haben
- Zelos: Gott des Eifers
- Nike: Göttin des Sieges
- Kratos: Gott der Macht
- Bia: Göttin der Gewalt

Menschen aus Konstantins bisherigem Leben

- Julia: Jugendliebe und langjährige Freundin
- Lukas: Bester Freund, studiert ebenfalls Jura
- Philipp: Älterer Bruder

SCORPIO
SAGITTARIUS
CAPRICORN
AQUARIUS
PISCES
ARIES
TAURUS
GEMINI
CANCER
LEO
VIRGO
LIBRA

Playlist

Demons – Imagine Dragons Cover Version von KHS, MAX und Sam Tsui (DER Song zu diesem Buch)

Bang Bang – Cover Version von KHS, MAX und Sam Tsui

Rewrite The Stars – Zac Efron & Zendaya (The Greatest Showman OST)

Sweet But Psycho – Ava Max

Natural – Imagine Dragons

Look What You Made Me Do – Taylor Swift

Power Over Me – Dermot Kennedy

Be Alright – Dean Lewis

Without Me – Halsey

Ich bin bereit – Debby van Dooren (Vaiana OST)

Monster – Caissie Levy (Frozen The Broadway Musical)

Hold My Girl – George Ezra

Forgive Me Friend – Smith & Thell

Donner und Blitze – Vincent Malin

Willkommen Zuversicht – Kroner

Hurricane – Fleurie

A Million Pieces – Sam Tsui

Someone You Loved – Lewis Capaldi

Vor dreitausend Jahren

Nacht für Nacht zog Selenes Wagen über den Himmel. Mit ihr kamen die Dunkelheit, der Mond und die Sterne. Eifrig erfüllte die Göttin ihre Pflicht, bis sie eines Nachts über den Berg Latmos wanderte. Dort traf sie auf den Hirten Endymion und die beiden verliebten sich unsterblich ineinander. Von da an verbrachten sie die Nächte gemeinsam, umgeben von größtem Glück.

Doch war Endymion nur ein einfacher Mensch und somit sterblich. Von Angst erfüllt, den Geliebten zu verlieren, wandte die Mondgöttin sich an Zeus, damit er ihr in seiner Allmacht den Wunsch nach ewiger Jugend für Endymion gewährte. Der Göttervater erhörte ihr Flehen, doch verdrehte er das Ansinnen auf gar grausame Art.

Zwar segnete er den Hirten mit ewiger Jugend, doch die verbrachte er nicht an Selenes Seite, sondern in ewigem Schlaf. Betrogen und ihrer Liebe beraubt, verfluchte sie die Götter und schwor Rache. Selene holte die verbannten Sterne vom Himmel, auf dass diese ihr die Treue hielten, sie im Kampf unterstützten und zum Siege führten.

Prolog

Frankfurt am Main, Goethe Universität
12. März 2018 etwa 23:40 Uhr

Konstantin

Die Musik dröhnte aus den Boxen in den Ecken und die kleine Lichtorgel ließ fast so etwas wie Discoatmosphäre aufkommen. Gut, nicht wirklich, die sinkende Luftqualität sorgte eher für dieses Gefühl. In dem Kellerraum wurde es immer voller und stickiger.

Konstantin nippte an seinem Bier und beobachtete die Gäste. Heute war Montag, woran sich niemand störte. Die meisten von ihnen schwänzten morgen früh einfach die erste Vorlesung und schliefen aus. Die Leute ließen sich kaum noch zählen und sie alle waren wegen seiner Party gekommen. Nur mit Ellbogeneinsatz bahnte man sich einen Weg durch den Raum. Garantiert verstieß das gegen irgendwelche Brandschutzvorschriften. Andererseits hatte Konstantin beim Hausmeister des Studentenwohnheims einen Stein im Brett, sonst hätte er den Raum gar nicht erst nutzen dürfen.

Dieses Privileg gestattete Herr Schulz, der mit Argusaugen über den ihm zugewiesenen Gebäudekomplex wachte, nur wenigen. Konstantin wusste, wie man sich Freunde machte, und hatte direkt am Tag des Einzugs ins Wohnheim damit begonnen. Das Ergebnis der fast zweijährigen Bemühungen fand sich heute geballt auf knapp fünfzig Quadratmetern.

Von der Seite wurde er umschlungen und Julia drückte ihm einen Kuss auf den Hals. »Hallo, Geburtstagskind«, säuselte sie ihm beschwipst ins Ohr. »Genießt du die Party?«

Konstantin wollte sich zu seiner Freundin umdrehen, doch wurde er durch den Klammergriff daran gehindert. Daher rief er über die

Schulter: »Noch habe ich nicht Geburtstag, aber ja, es ist nicht schlecht geworden.«

»Diese fünfzehn Minuten zählen doch nicht.« Julia verdrehte übertrieben die Augen. »Freust du dich auch schon aufs Geschenkeauspacken?« Sie drückte sich fester an ihn und presste die Brüste gegen seinen Arm. Dadurch gewährte sie Konstantin einen ausgezeichneten Blick in ihr Dekolleté. Unter dem tief ausgeschnittenen Top lugte ein roter Spitzen-BH hervor, den er ganz sicher noch nicht kannte. Anlässlich seines Geburtstags hatte sie sich in Schale geschmissen.

Sie waren seit dem Abi ein Paar, folglich kannte er sich mit Julias Unterwäsche bestens aus. »Auf dieses Geschenk freue ich mich ganz besonders«, beantwortete er die Frage grinsend. Konstantin, der einen Kopf größer war, beugte sich zu ihr und küsste sie.

Daraufhin lockerte Julia den Griff und gab ihm die Möglichkeit, sich in ihren Armen zu drehen. Kichernd öffnete sie die Lippen und neckte ihn mit der Zunge, dasselbe zu tun. Julia wusste, welche Wirkung sie auf ihn hatte, und nutzte das oftmals schamlos aus.

»Nehmt euch ein Zimmer!«, rief einer seiner Kumpel.

Jemand haute ihm kräftig auf die Schulter und beendete abrupt den Kuss. Sie schlugen mit den Zähnen aneinander und Konstantin drehte sich fluchend um.

»Das ist Erregung öffentlichen Ärgernisses!« Lukas sah ihn mit leuchtenden Augen an. Ganz offensichtlich hatte sein bester Freund schon tief ins Glas geschaut – oder eher in den Pappbecher.

»Sag mal, geht's noch?!«, echauffierte sich Julia, wobei sie sich eine Hand auf den Mund drückte.

Lukas ignorierte sie komplett. Das Grinsen wurde immer breiter. »Kon, dafür könnte ich dich anzeigen.«

»Als ob, und selbst wenn, hättest du keine Chance. Meine Kreuzverhöre sind besser als deine. Das weißt du ganz genau.«

Bevor sein Kumpel etwas hätte erwidern können, kam Julia ihm zuvor: »Wenn das wieder ausartet, haue ich ab! Die Einzigen, die es lustig finden, sich Paragrafen und Gesetzestexte um die Ohren zu hauen, seid ihr selbst.« Ihr Schnauben war durch den Lärm nicht zu hören. Konstantin erkannte es daran, wie sich Julias Nasenflügel blähten.

»Lass dich nicht ärgern, Schatz. Lukas ist einfach neidisch und erträgt den Zustand als Dauersingle mit steigendem Pegel immer schlechter.« Er griff seine Freundin um die Taille und zog sie an sich. Ein kleiner Kuss auf die Wange würde die Wogen ausreichend glätten.

Julia wurde wieder locker und ließ die verschränkten Arme sinken. Jedoch ließ sie es sich nicht nehmen, Lukas einen finsteren Blick zuzuwerfen. Nüchtern waren sie ein Herz und eine Seele, besoffen gingen sie einander regelmäßig auf den Geist. Lukas wurde nervig und Julia zickig. Dann war es an Konstantin, zu vermitteln und zu verhindern, dass einer von beiden etwas sagte, was ihm mit klarem Kopf leidtäte.

Schlagartig verstummte die Musik und jemand rief laut: »Zehn!« Weitere Gäste stimmten ein. Bei »Acht!« hatte es auch der letzte begriffen und zählte den Countdown mit. Sobald sie bei null ankamen, wurden alle möglichen Glückwünsche durcheinandergebrüllt.

»Happy birthday!« Julia umfasste sein Gesicht und küsste ihn.

Konstantin war davon etwas überrumpelt und erwiderte den Kuss mit offenen Augen. Julia löste sich schnell von ihm. Offenbar wollte sie den anderen auch die Chance geben, ihm persönlich zu gratulieren. Seine Freunde hatten ihn umringt und warteten darauf, an die Reihe zu kommen.

»Alles Gute zur zweiten Null, Alter!«, rief Lukas hinter ihm und war der Meinung, ihm schon wieder auf die Schulter hauen zu müssen.

In ihrer Mitte leuchtete ein orangenes Licht auf und blendete ihn. Schützend hob er die Hand und schirmte die Augen ab. Konstantin befürchtete, etwas hätte Feuer gefangen. Das Licht wurde blasser und schrumpfte in sich zusammen, bis es einen Radius von etwa zehn Zentimetern hatte. Trudelnd schwebte es in der Luft.

»Hast du einen Geist gesehen?«, fragte Julia irritiert.

Konstantin konnte kaum den Blick abwenden. Trotzdem zwang er sich, seiner Freundin ins Gesicht zu sehen. »Woher soll ich denn wissen, ob das ein Geist oder was auch immer ist?« Nervös fuchtelte er in Richtung des Lichts, das gar nicht einsah, wieder zu verschwinden.

Julias Blick huschte in die Richtung, in die er deutete. Ihr Stirnrunzeln verstärkte sich. »Was siehst du denn da? Ist mit dir alles in Ordnung, Kon? Hast du zu viel getrunken?«

Gerade wollte Konstantin sie fragen, wie man diese Beinaheexplosion hätte übersehen können. Er klappte den Mund wieder zu. Stattdessen starrte er in die Gesichter seiner Freunde. Keiner von ihnen sah zum Licht. Sie alle blickten ihn an. Und die Blicke sprachen Bände. Von spöttisch über zweifelnd bis mitleidig war alles dabei.

Erlaubten sie sich einen Scherz mit ihm? War es ein Test? Nein, dann hätte spätestens jetzt einer von ihnen gelacht oder zu dem Licht gesehen, doch das tat niemand. Sie wollten ihn weder verarschen noch hielt irgendjemand das Handy hoch für eines dieser dämlichen Prank-Videos.

Außer ihm selbst sah niemand den fliegenden Lichtball. Aus dem erklang ein leises Kichern und Konstantin gingen fast die Augen über. Das Licht setzte sich in Bewegung und schwebte auf ihn zu. Er wich einen Schritt zurück und rempelte jemanden an.

»Kon, jetzt lass den Scheiß! Langsam machst du mir Angst.« Julias Stimmung schwankte zwischen wütend und besorgt.

Unbeeindruckt hielt das Licht auf ihn zu. Am liebsten wäre Konstantin weiter zurückgewichen. Spätestens dann hätten seine Freunde ihn für komplett irre erklärt. Jetzt schwebte es direkt vor seinem Gesicht. Es strahlte eine leichte Wärme aus. Konstantins Augen tränten, weil er den Blick nicht von dem Leuchten abwenden konnte. Das Licht stupste gegen seine Stirn. Wo es ihn berührte, prickelte die Haut.

Und dann geschah es.

»Antares«, hauchte Konstantin fassungslos.

Alle sahen ihn verwirrt an, aber das bekam er gar nicht mit. Bilder durchfluteten seinen Kopf in einem Tempo, das ihn schwindeln ließ. Konstantin fasste sich an die Stirn und stöhnte. Es war zu schnell, zu viel. Er vergaß, wo und wer er war. Was ging hier vor sich?

Als es vorbei war, wusste er nicht mehr, wie lange es gedauert hatte. Seine Gäste standen alle noch am selben Fleck. Es waren höchstens Minuten vergangen, falls überhaupt. Doch es hatte ausgereicht, ihn maßgeblich zu verändern.

Konstantin war nicht länger der Jurastudent aus gutem Haus, Bester seines Jahrgangs, in einer festen Beziehung mit dem hübschesten Mädchen der Sozialwissenschaftsstudenten. Alles, was er während der letzten zwanzig Jahre gewesen war oder hatte sein wollen, war nicht mehr wichtig. Dafür wog die Last der Erinnerungen von Jahrtausenden zu schwer.

»Immer wieder lustig zu sehen, was für ein blödes Gesicht du in diesem Moment machst, Scorpio«, begrüßte ihn das Licht spöttisch.

Sein Begleitstern hatte ihn pünktlich zum zwanzigsten Geburtstag geweckt. Konstantin zählte nicht mehr, wie oft sie sich schon in dieser Situation befunden hatten. Die Menschen, die ihn umringten, verloren jegliche Bedeutung. Er spürte nur einen schwachen Widerhall seiner Gefühle für sie, und auch dieser würde allzu bald verblassen.

»Es ist lange her. Lass uns gehen.« Mit einem letzten Blick in die Runde setzte Konstantin sich in Bewegung. Antares schwebte über seiner Schulter und begleitete ihn.

Weit kamen sie nicht. Jemand hielt ihn am Arm fest. Es war Julia. »Mit wem redest du?« Sie war kurz davor, in Tränen auszubrechen.

Konstantin seufzte. Wenigstens ein paar letzte Worte schuldete er ihr. »Es tut mir leid, ich kann nicht länger mit dir zusammen sein. Ich mach Schluss.«

Ihre Hand zitterte auf seiner Haut. Sie käme über ihn hinweg und fände schon bald einen anderen. Verehrer hatte Julia mehr als genug. Konstantin löste sich von ihr und steuerte die Tür an.

»Was soll das denn jetzt?!«, rief Lukas ihm hinterher.

»Am besten ihr vergesst alle, dass es mich jemals gegeben hat«, sagte Konstantin, ohne sich umzudrehen. Er verließ den stickigen Kellerraum und ging zur Treppe.

»Kon? Hey, Kon, ich rede mit dir!« Lukas steckte den Kopf durch den Türrahmen.

Konstantin ignorierte ihn und setzte seinen Weg fort.

Endlich war er aus dem Wohnheim draußen. Die kühle Nachtluft tat ihm gut. Er atmete tief ein und ordnete die endlosen Erinnerungen im Kopf.

»Das Dream-Team ist wieder vereint«, summte Antares fröhlich und das orangene Leuchten pulsierte leicht. Wie immer, wenn der Stern besonders guter Laune war.

Konstantin lächelte schief. »Das sind wir. Bring mich zu den anderen.« Das Bedürfnis, zu Selene zu eilen, wurde mit jeder Minute drängender. Nur wenn der Pakt erneuert wurde, ließ das Ziehen in der Brust nach. Die Magie der Mondgöttin band ihn schon jetzt. Gemeinsam verschwanden sie in der Nacht.

Scorpio war erwacht und mit ihm zehn weitere seiner Gefährten. Doch was war mit dem zwölften geschehen?

Zur selben Zeit in einer Höhle auf dem Berg Latmos

Selene

Die abnehmende Mondsichel war noch nicht aufgegangen, doch das war nicht von Belang. Sobald die Nacht anbrach, übernahm Selene die Herrschaft über den Himmel. Nur dann war es ihr möglich, hier zu sein. Sie saß am Lager ihres geliebten Endymion und betrachtete das vom Sternenlicht erleuchtete Antlitz. Zärtlich strich sie mit den Fingerspitzen über die schwarzen Locken.

Er hatte die Augen geschlossen und es fiel Selene schwer, sich an deren Farbe zu erinnern. Viel zu lange schon hatten sich diese wunderschönen Augen nicht mehr geöffnet. Nur das leichte Heben und Senken der Brust und der sanfte Herzschlag zeugten von Leben.

Mit bebenden Lippen küsste Selene ihn. Es war ein kurzer und einseitiger Kuss, der nicht erwidert wurde – noch nicht.

»Dieses Mal gelingt es. Das muss es einfach. Ich werde endlich den Bann brechen.« Langsam erhob sich Selene und verließ die Höhle. Sie sah über die Schulter und prägte sich das Bild ihres Geliebten gut ein. Bis zum Sommer bliebe sie diesem Ort fern. Man würde sie erwarten und ihr auflauern, nun, da ihre Getreuen erwacht waren.

Zeit für Besuche hatte sie ohnehin nicht. Es gab jede Menge zu tun und die Frist betrug lediglich vier Monate.

Vom Skorpion, der auszog, einen Stier zu finden

Frankfurt am Main, Sachsenhausen
29. März 2018

Konstantin

Mit dem Smartphone vor der Nase lief Konstantin am Mainufer entlang. Noch ein paar Hundert Meter und er erreichte die nächste Adresse. Die App führte ihn direkt in die verwinkelten Gassen von Sachsenhausen. Hoffentlich hatte er dieses Mal mehr Glück. Es war die siebte Frau, die er überprüfte. Die vorherigen hatten sich nicht als die gesuchte erwiesen. Die Wochen zogen ins Land, ohne dass er vorankam. Es war nervtötend.

Bei ihrem Zusammentreffen waren nur acht der Zeichen erschienen. So wenige wie nie zuvor. Mit Pisces und Aquarius rechnete ohnehin niemand mehr, die mussten zu ihrem Glück gezwungen werden. Bei Libra war es ein Glücksspiel, mal war sie motiviert, mal nicht. Doch es war zum ersten Mal passiert, dass es von Taurus' Wiedergeburt kein Lebenszeichen gab.

Deshalb hatte Scorpio – oder Konstantin, wie er in diesem Leben hieß – beschlossen, Taurus als Erstes zu suchen. Wären sie in ländlicher Gegend geboren worden, würde es ihn vor keine große Herausforderung stellen. In einer Metropole wie Frankfurt und dem dicht besiedelten Umland wurde es ungleich schwieriger. Hier gab es zu viele Menschen, die am selben Tag Geburtstag hatten. Am effektivsten war das Ausschlussverfahren. Konstantin klapperte eine Adresse nach der anderen ab und hoffte aufs Beste.

Dabei nahm er sich zuerst diejenigen Zeichen vor, die in der Nähe geblieben waren. Zwar war es schon mal vorgekommen, dass eines der Zeichen in den ersten zwanzig Jahren seines Lebens nicht nur die Gegend, sondern das Land verlassen hatte. Zum Glück passierte das eher selten. Instinktiv blieben sie in der Nähe ihres Geburtsortes. Dieser war nicht zufällig. Schon überall auf der Welt waren sie wiedergeboren worden. Es geschah fast in jedem Jahrhundert. Immer in der Nacht einer Mondfinsternis, sofern dort zwanzig Jahre später eine totale Finsternis stattfände.

In ganz seltenen Fällen hatte eines der Zeichen den zwanzigsten Geburtstag gar nicht erst erlebt. Schon dreimal war einer von ihnen vorher durch Krankheit oder Unfall verstorben. Das war der beschissenste Fall von allen. In diesen Zyklen hatten sie von Anfang an verloren.

Die Navi-App führte Konstantin in die Paradiesgasse, was er irgendwie passend fand. Bisher war er nur nachts zum Feiern in diesem Viertel gewesen. Bei strahlendem Sonnenschein sah alles ungewohnt aus. Sein bisheriges Leben hatte sich größtenteils auf der anderen Seite des Mains abgespielt.

Die Karte auf dem Smartphone verschwand. Stattdessen lachte ihm ein Foto von Julia entgegen. Sie versuchte schon wieder, ihn anzurufen. Konstantin drückte sie weg und die Karte erschien erneut. Seit seinem Erwachen ignorierte er die Nachrichten und Anrufe von Freunden und Familie konsequent. Irgendwann würden sie aufgeben. Alle unerwünschten Nummern sollte er einfach blockieren. Dann hätte er seine Ruhe. Ein Rest Nostalgie für die Menschen aus seinem bisher unbeschwerten Leben hielt ihn noch davon ab.

Von sich selbst genervt sah Konstantin sich um und suchte nach der richtigen Hausnummer. Sobald er sie entdeckte, stahl sich ein Lächeln auf sein Gesicht. Es handelte sich um einen kleinen Blumenladen mit hübsch dekoriertem Eingangsbereich. Der Altbau war wie die meisten anderen Häuser der Straße mit Schiefer verkleidet. Das war vielversprechend!

Sollte es sich bei der Frau, die hier wohnte, tatsächlich um Taurus handeln, war Konstantin schon auf ihre Ausrede gespannt. Ihre Reaktion dürfte ebenfalls interessant werden, wenn man bedachte, wie sie beide zueinanderstanden. Astrologen sagten der Kombination von Stier und Skorpion feurige Leidenschaft voraus. Darüber konnte Konstantin nur müde lächeln, feurige Verachtung traf es besser.

Dabei konnte Taurus sich doch denken, dass es Scorpio wäre, der sie heimsuchte, wenn sie sich Selenes Ruf verweigerte. Seit Jahrtausenden war er die rechte Hand der Göttin.

Zielstrebig betrat Konstantin das kleine Geschäft. Ein Glöckchen klingelte, sobald es von der Tür angestoßen wurde. Hinter dem Tresen stand eine Frau mit welligen dunkelbraunen Haaren und band einen Blumenstrauß. Die Haarfarbe passte schon mal. Ganz egal, wie oft sie auch wiedergeboren wurden, sie sahen in jedem ihrer Leben ähnlich aus. Sie hob den Kopf und ihre Blicke trafen sich.

Volltreffer! Sein Gefühl bestätigte ihm augenblicklich, dass sie die Richtige war. Die Zeichen erkannten einander auf Anhieb. Dieses Mal hatte sie eindeutig Vorfahren aus dem Mittelmeerraum. Ihre Haut war gebräunt, was die Haare gut zur Geltung brachte.

Taurus lächelte ihn freundlich an. »Guten Tag! Kann ich dir helfen?«

Wie jetzt? Eigentlich müsste sie bei seinem Anblick genervt das Gesicht verziehen. Das machten sie immer so! Konstantin konnte es gar nicht leiden, wenn man jahrhundertealte Gewohnheiten ohne Vorankündigung einfach ablegte.

»Ich bin auf der Suche nach einem Blumenstrauß«, sagte er langsam und wartete darauf, Taurus aus der Reserve zu locken.

Sie lachte fröhlich. »Stell dir vor, ich habe so viele Blumen, dass ich sie sogar verkaufe.«

Okay … Irgendetwas stimmte hier ganz und gar nicht. Taurus und er scherzten nicht. Nein. Niemals. »Kannst du mir etwas empfehlen?«

»Sicher, für wen sollen die Blumen denn sein? Deine Freundin?« Ihre braunen Augen leuchteten neckisch.

Flirtete sie ernsthaft mit ihm? Konstantin musterte sie noch einmal von Kopf bis Fuß. Sie war es. Daran bestand kein Zweifel. Die einzige Erklärung, die jetzt blieb, war diejenige, die ihm am wenigsten schmeckte. Taurus erkannte ihn nicht.

Vorsichtig sah er sich im ganzen Laden um. Es waren nur sie beide zusammen mit unzähligen bunten Blumen im Verkaufsraum. Das hieß jedoch nichts. Eines war sicher, er hatte sie zu spät gefunden. Jetzt wurde die Sache kompliziert.

»Nein, ich bin Single«, beantwortete Konstantin die indirekte Frage. »Sie sind für meine Mutter.«

Das Lächeln in ihrem Gesicht wurde breiter. »Hat sie Geburtstag?«

Klar, warum nicht? »Ja.«

»Kennst du zufällig ihre Lieblingsblumen?«

»Nicht wirklich.« Es war vollkommen egal, wie dieser blöde Strauß letztendlich aussah. So oder so würde er im nächsten Mülleimer landen.

»Okay, dann sag mir einfach, wie viel du ausgeben möchtest. Ich stelle dir etwas Schönes zusammen.« Während sie miteinander sprachen, hatte sie den Strauß, mit dem sie bisher zugange war, fertig gebunden.

»Dreißig Euro.« War das genug, um ihn wie einen liebenden Sohn aussehen zu lassen? Andererseits fragte Konstantin sich, ob er überhaupt so viel Geld im Portemonnaie hatte. Noch funktionierten seine Kreditkarten. Die Ungewissheit, wie lange das so blieb, verfolgte ihn seit ein paar Tagen. Gern hätte er einen größeren Betrag als Polster abgehoben. Bisher hatte er das nicht gewagt. Damit würde er eine Sperrung durch seinen Vater nur unnötig provozieren. Dieser hatte auf Konstantins Sinneswandel alles andere als positiv reagiert. Um vor Julia und den Studenten Ruhe zu haben, war er bisher nur ein Mal mitten in der Nacht ins Wohnheim zurückgekehrt. Dort hatte er die meisten seiner Klamotten in eine Reisetasche gestopft und war gleich wieder verschwunden. Stattdessen hatte er ein Zimmer in einem der zahlreichen Hostels angemietet.

Taurus kam hinter dem Tresen hervor und inspizierte die Ware. »Gerbera und Rosen gehen für Mütter immer.« Sie zupfte Blumen aus den Vasen und sammelte sie in der linken Hand.

Aus dem Hinterzimmer kam eine weitere Frau. Bei ihrem Anblick gefror das Blut in Konstantins Adern. Sie war hochgewachsen und hatte die langen blonden Haare zu einem Pferdeschwanz zusammengefasst. Seine Anwesenheit ließ sie innehalten. Allerdings brachte er sie nur kurz aus der Fassung. Stattdessen schenkte sie ihm ein freches Grinsen. Ausgerechnet Nike hatte sich an Taurus geheftet. Die Göttin des Sieges zählte zu seinen vier persönlichen Plagegeistern.

Konstantin schluckte den Frust runter und lächelte zurück. Die vier tauchten immer auf, um den Zeichen das Leben schwer zu machen. In diesem Zyklus waren sie einfach früher dran als sonst. Es war ihnen verboten, einander zu töten. Das war die einzige Regel in diesem Spiel. Von schwerer Körperverletzung bis Gedächtnismanipulation – wie ganz offensichtlich bei Taurus geschehen – war alles erlaubt.

»Wie heißt du?«, fragte er sie, die Göttin ignorierend. Der einzige Weg, sein Ziel zu erreichen, war, ihr Vertrauen zu gewinnen. Konstantin hatte nicht damit gerechnet, ihr schmeicheln zu müssen. Zur Not bekäme er auch das hin. Es stand zu viel auf dem Spiel. Damit Taurus ihren Teil beitragen konnte, musste er sie aus den Fängen von Nike bekommen.

»Arianna, und du?«

Entschlossen machte er einen Schritt auf sie zu und hielt ihr die Hand hin. Die Göttin würde es nicht wagen, ihn anzugreifen, wenn sie die Täuschung aufrechterhalten wollte. »Konstantin Rauch, freut mich, dich kennenzulernen.«

Arianna ergriff seine Hand und schüttelte sie kurz und kräftig. Er spürte einen Ring an ihrem Finger. »Mich auch. Allerdings muss ich dich warnen, du brauchst dir keine Hoffnungen zu machen. Ich bin frisch verlobt.« Sie grinste liebestrunken.

Es könnte ein Zufall sein. Nikes siegessichere Lächeln, das er aus dem Augenwinkel sah, verhieß nichts Gutes. Hatte die Göttin Arianna verführt? Warum nicht? Wenn man nur nach dem Äußerlichen ging und außer Acht ließ, dass sie erklärte Todfeinde waren, wäre es ein echtes Schauspiel.

Um sich die Gedanken zu diesem Thema nicht anmerken zu lassen, strahlte Konstantin sie an. »Dann wären wohl Glückwünsche angebracht! Wann ist es so weit?«

»Danke, der Termin ist im August.«

War ja klar! Schließlich mussten die Götter Arianna nur bis Juli von ihren Gefährten fernhalten, damit sie diese Runde gewannen. Das Türglöckchen klingelte.

Das Leuchten in Ariannas Augen nahm zu. Ein junger Mann mit blonden Haaren schob sich an Konstantin vorbei, umfasste ihre Taille und drückte ihr einen schnellen Kuss auf die Lippen. »Hallo, Schatz!«

Ach. Du. Scheiße!

Nicht auch noch diese Pest von einem Gott! War Nike allein nicht schon schlimm genug? Musste sie wirklich ihren Bruder Zelos im Schlepptau haben?

Konstantin zwang sich, nicht das Gesicht zu verziehen, sondern höflich distanziert zu bleiben.

»Du bist heute aber früh«, wunderte Arianna sich.

Tja, wie das nur kam? Garantiert hatte Nike bei seinem Anblick einen Notruf abgesetzt. Immerhin wusste Konstantin nun, wer der zukünftige Bräutigam war.

»Du hast mir gefehlt. Da dachte ich, ich bummle ein paar Überstunden ab und komme früher nach Hause.« Zelos knabberte an ihrem Hals, wobei er Konstantin beobachtete. Seine Augen blitzten spöttisch.

Ja, danke! Auch ohne diese Vorstellung hatte er längst begriffen, wie sehr er am Arsch war.

Arianna kicherte und schob den Gott von sich. »Zac, ich habe Kundschaft. Das siehst du doch.«

»Tatsächlich? Ist mir nicht aufgefallen. Ich habe nur Augen für dich.«

Okay, jetzt wurde ihm so richtig schlecht. Ging es noch schwülstiger?

»Du bist unmöglich!«, rief sie aufgebracht. Doch Ariannas Blick sprach Bände. Sie genoss diese Zuwendung – zumindest glaubte sie das. »Entschuldige bitte, dass du warten musstest«, sagte sie an Konstantin gewandt und machte sich endgültig frei. »Ich binde den Strauß gleich fertig.«

»Alles gut, so ist das mit der jungen Liebe eben.« Er würde einen Teufel tun, mit nur einem Muskel zucken. Diese Befriedigung bliebe den Göttern verwehrt.

Arianna ging wieder hinter den Tresen und drapierte Blume für Blume mit großer Sorgfalt.

Wohingegen Zelos keine Anstalten machte, ihn vorbeizulassen. Selbst wenn, wäre Konstantin nicht so leichtsinnig, ihm den Rücken zuzukehren. Der Gott war der gefährlichste unter den Geschwistern.

Schon merkte er, wie sein Gegenüber versuchte, in seinen Kopf zu kommen. Während der letzten Jahrhunderte war dem Gott kein neuer Trick eingefallen. Die beste Verteidigungsmaßnahme gegen Zelos' Beeinflussung war Ablenkung. Im Geiste sagte Konstantin

Paragraf 203 aus dem Strafgesetzbuch auf. Die *Verletzung von Privatgeheimnissen* kam ihm passend vor. Etwa ab der Mitte verlor der Gott die Lust und brach die Attacke ab.

Wer hätte das gedacht? Ein Jurastudium eignete sich glatt als Schutzmaßnahme vor einem Gott. So schnell war Konstantin ihm noch nie vom Haken gekommen.

»Ich wäre fast eingeschlafen«, flüsterte Zelos. »Womit hast du in diesem Leben bisher deine Zeit verschwendet, Scorpio?«

»Versuch das noch mal und du bekommst eine weitere Kostprobe.« Sein Blick huschte zu Arianna. Sie hatte nichts bemerkt. Zelos ließ sie mental auf rosa Wolken schweben.

Kurz darauf war sie fertig und stutzte einen Augenblick, als sie die beiden Männer immer noch mitten im Verkaufsraum stehen sah. Konstantin warf Zelos einen drohenden Blick zu und der Gott trat beiseite. Auf dem Weg zum Tresen zog er zwei Geldscheine aus dem Portemonnaie.

Arianna hielt ihm den Strauß entgegen. »Gefällt er dir?«

»Ja, der ist echt klasse. Vielen Dank!«

Beschwingt drehte sie sich um und riss einen großen Papierbogen von der Rolle an der Wand. »Ich packe ihn dir noch ein, damit er den Transport überlebt.«

»Das ist nett.« Konnte sie sich nicht ein bisschen beeilen? Mit jeder Minute, die er auf winzigem Raum mit gleich zwei seiner Widersacher verbrachte, wurden Konstantins Nerven dünner.

Nike streckte die Hand aus. »Lass mich doch schon mal abrechnen«, sagte sie zuckersüß.

Er holte tief Luft und wappnete sich. Im Gegensatz zu Zelos nahm die Göttin den direkten Weg, daher wusste er, was auf ihn zukam. Langsam schob er die Scheine über den Tresen. Sie packte seine Hand.

Nike verbrannte die Haut, wo sie ihn berührte. Konstantin zuckte nicht mal. Damit hatte er gerechnet. Stattdessen benutzte er seine eigene Fähigkeit und vergiftete sie. Scorpios Gift tötete nur Menschen, keine Götter. Allerdings würde sie die ganze Nacht lang kotzen. Was war Nike auch so blöd, ihn freiwillig anzufassen, nur für ein paar Brandblasen?

Lächelnd nahm er den Strauß entgegen, verabschiedete sich und verließ das kleine Geschäft. Zu gern hätte er Zelos beim Gehen ebenfalls gestreift und vergiftet, doch leider funktionierte diese Fähigkeit nicht mehrmals hintereinander. Es dauerte einige Stunden, bis die Kraft sich regenerierte und ihm wieder zur Verfügung stand.

Sobald die Tür zugefallen war, kamen seine wahren Gefühle zum Vorschein. Gern hätte er Zelos eine verpasst. Das würde Arianna übernehmen, wenn sie wieder bei Sinnen war. Er wollte gar nicht daran denken, wozu der Gott Konstantins Gefährtin in ihrem Liebeswahn brachte und was er womöglich alles mit ihr anstellte. Sonst müsste *er* die ganze Nacht lang kotzen.

Apropos Nacht, wann ging endlich die Sonne unter? Er musste sich dringend mit Antares beraten. Sein Blick fiel zur Seite auf die Klingelschilder. Auf einem von ihnen stand: *A. Gallo.*

Konstantin zog das Smartphone aus der Tasche und prüfte die Uhrzeit. Bis Sonnenuntergang dauerte es noch fast zwei Stunden. Was konnte er in der Zwischenzeit machen? Direkt vor dem Laden herumlungern fiel aus. Arianna sollte Vertrauen zu ihm fassen und ihn nicht für ihren neuen Stalker halten.

Die Straße runter war ein Biergarten, an dem Konstantin auf dem Hinweg vorbeigekommen war. Dort würde er etwas essen und sich somit die Zeit vertreiben. Antares fand ihn überall. Seitdem sie ihre Verbindung neu belebt hatten, stand ihm sein Hilfsstern in jeder Nacht bei.

Konstantin nippte an der Cola und schmiegte sich fester in seine Jacke.

Vor einer Weile war die Sonne hinter den Häusern verschwunden und hatte die zarte Frühlingswärme gleich mitgenommen. Es dauerte nur noch Minuten, bis sie vollständig unterging. Auf dem Tisch vor ihm lag der Blumenstrauß. Er hatte seine Meinung geändert und ihn behalten. In dieser Nacht würde er einer Frau einen Besuch abstatten. Dafür konnte er ihn gebrauchen.

Neben ihm flackerte ein orangenes Licht auf und Konstantin lächelte.

»Was gibt's Neues?«, fragte Antares gut gelaunt. »Du guckst, als wäre dein Haustier gestorben. Hast du Taurus immer noch nicht gefunden?«

In weiser Voraussicht hatte er sich in die hinterste Ecke gesetzt. Hier bekam man seine Selbstgespräche weniger mit. »Ich habe sie gefunden, und genau da liegt das Problem.«

»Sollte ihr Fund nicht dein vorhandenes Problem lösen, statt ein neues zu schaffen?«

Seufzend erzählte Konstantin von den Erlebnissen des Nachmittags. Antares schwirrte in der Zwischenzeit um ihn herum und lauschte. Sobald er fertig war, sagte der Stern: »Du steckst echt in der Scheiße!«

Konstantin knurrte genervt. Ein paar Tische weiter drehte sich ein Pärchen in seine Richtung und er zwang sich zur Beherrschung. »Was du nicht sagst, Captain Obvious!«, zischte er leise.

»Was hast du jetzt vor?«

»Wir gehen gemeinsam noch mal hin und spähen die Lage aus. Taurus wohnt über dem Laden. Vielleicht ist sie jetzt allein. Danach statten wir Selene einen Besuch ab. Hoffentlich hat sie eine Lösung. Immerhin ist es ihr Wille, Taurus zurückzubekommen.«

»Glaubst du wirklich, die Göttin wird uns helfen?«, Antares klang skeptisch.

»Nicht mit ihren eigenen Händen. Du weißt, dass sie den gewählten Zufluchtsort nach Möglichkeit nicht verlässt. Und wer kann es ihr verdenken?«

»Stimmt schon. Also hoffen wir auf einen Tipp. Immerhin besser als nichts.« Heute war Antares ganz besonders spitzfindig, erst recht für ein Wesen, das aus Sternenlicht bestand.

»Du solltest schwarz leuchten statt orange«, gab Konstantin augenrollend zurück.

»Schwarz? Das steht mir nicht. Ich bleibe bei meinem gesunden Teint.«

»Dann lass die Schwarzmalerei. Für Pessimismus bin ich zuständig.«

Der Stern kicherte und hüpfte auf und ab. »Können wir los?«

»Ich habe nur auf dich gewartet.« Konstantin winkte einer Kellnerin zu, zog einen kleinen Schein hervor und platzierte ihn auf dem Tisch.

Ariannas Laden war nicht weit entfernt. Nach wenigen Minuten waren sie da. Schon von Weitem entdeckten sie das rote Leuchten, das vor den Fenstern des ersten Stocks auf und ab schwebte.

Die beiden zogen sich in eine dunkle Straßenecke zurück. Konstantin stieß einen leisen Pfiff aus. Abrupt hielt das rubinfarbene Licht inne und sank zu ihnen herab.

»Was ihr hier macht, muss ich wohl nicht fragen«, sagte Taurus' Schutzstern mit hoher Stimme.

»Die Frage sollte eher lauten: Was machst du hier, Aldebaran?«, erwiderte Konstantin kalt. »Deinen Job schon mal nicht.«

»Sei nett zu ihr«, warf Antares ein. Im Gegensatz zu den beiden Zeichen selbst, kamen ihre Sterne gut miteinander aus.

Aldebaran ignorierte ihn. Ihr Licht pulsierte wütend und sie sah aus wie ein Glühwürmchen im Blutrausch. »Ich kam zu spät. Als die Zeit gekommen war, hatte dieser widerliche … dieser ekelhafte …« Sie war so wütend, ihr fehlten die Worte.

»Dreckskerl, Schleimer, Lackaffe, Sohn eines Titanen und der Totenfluss-Göttin?«, half Konstantin weiter.

»Dieser … *Mistkerl* und seine vermaledeite Schwester lassen mich nicht an Arianna ran. Einer von beiden klebt immerzu an ihr. Ein Mal ist es mir gelungen. Sie hat mich noch nicht mal angesehen. Was ich auch mache, es wirkt nicht.« Sie schnaubte frustriert.

Konstantin traute seinen Ohren nicht. »Soll das heißen, du schwirrst jede Nacht vorm Fenster rum und bist nicht mal auf die Idee gekommen, dich bei Selene oder mir zu melden? Hast du eine Vorstellung davon, wie wir die letzten Wochen verbracht haben?« Er beantwortete die Frage selbst. »Wir haben nichts anderes getan, als auf der Suche nach Taurus junge Frauen zu suchen, zu finden und zu überprüfen. Hättest du dich gleich gemeldet, nachdem du sie nicht wecken konntest, hätten wir beide deutlich weniger unserer Zeit verschwenden müssen!«

Die Stimmung eines Sterns ließ sich nur am Leuchten und seinem Tonfall erkennen. Sie besaßen keine Gestalt, die zu Gesten oder gar Mimik fähig gewesen wäre. Aldebarans Licht wurde grell. Damit zeigte sie ihm quasi den Mittelfinger. »Und hast du eine Vorstellung davon, was dieser *Gott*«, sie ließ es wie eine wüste Beschimpfung klingen, »meine Taurus glauben lässt? Sie denkt doch tatsächlich, er wäre ihre große Liebe!«

»Erspare mir die Details, mir ist schon schlecht. Ich bin sicher, Taurus genießt es. Zumindest solange sie unter diesem Bann steht. Anstatt ihr Hilfe zu besorgen, damit sie sich irgendwann mal selbst helfen könnte, schwirrst du sinnlos vorm Fenster rum. Ich bin wirklich froh, dass du nicht mein Stern bist. Mit dir an meiner Seite wäre ich so was von aufgeschmissen.« Konstantin schnaubte verächtlich.

Schlagartig ließ Aldebarans Leuchten nach. »Ich kann sie unmöglich allein lassen. Ich muss doch an ihrer Seite bleiben.«

»Und dafür lässt du sie so lange in Zelos' Fängen? Glaubst du, sie wird dir das danken?«

»Warum nur bist du immer so giftig?«, jammerte Aldebaran.

Konstantin wollte ihr gerade sagen, dass das in seiner Natur lag, doch so weit kam er nicht.

Antares schwebte an die Seite seiner Artgenossin. »Das reicht jetzt. Wir müssen eine Lösung finden, statt uns Vorwürfe zu machen.«

Missmutig verkniff Konstantin sich einen weiteren blöden Spruch. »Die Götter weichen nicht von Taurus' Seite, sagst du?«

Das rote Leuchten nahm wieder zu. »Sie sind bei ihr eingezogen. Nachts sind Zelos und Nike bei ihr. Tagsüber meist nur Nike, wie ich herausgehört habe. Sie hält sich im Hintergrund. Sobald ich mich endlich nähern kann, kommt mir einer von ihnen in die Quere. Kaum ist die Sonne untergegangen, sind sie sehr vorsichtig.«

Das war zu erwarten gewesen. Am Tag konnten die Zeichen nur auf ihre jeweilige Fähigkeit zurückgreifen und waren nicht mehr als ein verfluchter Mensch – das war wortwörtlich zu verstehen und nicht beleidigend. Wenn der Mond den Himmel übernahm und die Sterne an ihre Seite traten, hatten sie gemeinsam ein paar Asse im Ärmel.

Versöhnlicher erwiderte Konstantin: »So war es heute auch. Zuerst war nur Nike da. Sobald sie mich entdeckte, dauerte es etwa fünf Minuten und Zelos stand auf der Matte. Es dürfte schwierig werden, an Taurus heranzukommen.«

»Was machen wir jetzt?«, fragte Aldebaran trostlos.

»Wir suchen Selene auf. Sie wird eher wissen, wie wir gegen diese Gedächtnismanipulation ankommen, wenn selbst deine Berührung nicht hilft.« Konstantin vergrub seine geballte Faust in der Jackentasche und stapfte die dunkle Straße entlang. Die beiden Sterne folgten ihm dichtauf. Ihr pulsierendes Leuchten in Orange und Rot täuschte das Auge. Aus dem Augenwinkel wirkte es, als stünden die Häuser hinter ihnen in Flammen.

Es war ein passendes Bild. Konstantin hatte das dumpfe Gefühl, dass die Sache mit Taurus ihm noch viele schlaflose Nächte bereiten würde. Warum hatten sich die Götter ausgerechnet sie schnappen müssen? Jedem anderen Zeichen wäre er lieber nachgejagt.

Vertraue niemandem – schon gar nicht den eigenen Gefühlen

Frankfurt am Main, Sachsenhausen
29. März 2018

Arianna

Arianna hatte sich auf einen schönen Nachmittag mit Zac gefreut. Es kam nicht oft vor, dass ihr Verlobter früher Feierabend machte. Stattdessen saß sie allein auf dem Sofa und zappte durch die Fernsehkanäle, weil er sich um seine Schwester kümmerte.

Schon nachmittags hatte Nicky sich schlecht gefühlt. Inzwischen blockierte sie seit Stunden das Badezimmer. Arianna erhöhte seufzend die Lautstärke. Beim lauten Würgen und Fluchen ihrer Schwägerin in spe wurde ihr ganz anders. Es war unbegreiflich, wie Zac es mit seiner Schwester so lange im selben Raum aushielt.

Sie liebte ihn für diese Art der Fürsorge, aber manchmal war die Schwesterliebe etwas übertrieben. Nicky lebte seit ein paar Wochen bei ihnen, während sie in Frankfurt auf Jobsuche war. Wie sie den finden wollte, wenn sie tagsüber nur in Ariannas kleinem Blumenladen rumhing, war ihr ein Rätsel. Zac zuliebe sagte sie nichts, denn Nicky war nicht allzu motiviert, von ihrer Seite zu weichen.

Arianna vermisste die Zweisamkeit. Auch wenn sie seit Jahren ein Paar waren, hatte sie von ihrem Freund noch lange nicht genug. Sie stutzte bei diesem Gedanken. Wann hatte sie Zac noch mal kennengelernt? Und vor allem wo? Es fiel ihr nicht ein. Ihre Gedanken fühlten sich verknotet an. Sie kannte Zac schon ihr halbes Leben lang. Wieso erinnerte sie sich dann nicht daran, wie er als Kind ausgesehen hatte oder ob sie zusammen zur Schule gegangen waren?

Beunruhigt setzte sie sich auf und schnappte sich ein Sofakissen. Wenn sie unruhig wurde, brauchten ihre Hände etwas zu tun. Nervös knetete sie das Kissen und dachte nach. Etwas stimmte nicht mit ihr, sonst hätte sie gewusst, wie lange sie und Zac schon ein Paar waren. Sie planten doch gerade ihre Hochzeit!

Unschlüssig betrachtete Arianna ihr Wohnzimmer. Es war genau so eingerichtet, wie sie es mochte, mit gedeckten Farben sowie vielen Pflanzen und Fotos. Zac hatte ihr beim Einzug vollkommen freie Hand gelassen. Nirgends war sein Einfluss zu sehen.

An den Kauf der Couch, auf der sie saß, erinnerte sich Arianna noch bestens. Eigentlich war das gute Stück zu groß für die Altbauwohnung. Es war Liebe auf den ersten Blick gewesen. Sie hatte ein paar Freunde aus der Berufsschule engagiert und die hatten fluchend und schwitzend die Garnitur nach oben geschleppt. Im Anschluss hatte Arianna allen Pizza und Bier spendiert. Es wurde eine der besten Partys, die diese Wohnung je gesehen hatte.

Etwas störte Arianna an der Erinnerung, auch wenn sie nicht benennen konnte, was. Inzwischen war der Stoff leicht abgewetzt und die letzte Party in ihren vier Wänden eine Weile her. Die Bilderrahmen, die auf der Wohnwand drapiert waren, zogen sie magisch an. Von der Sofa-Aktion war auch eines dabei und es zählte zu ihren liebsten Bildern.

Sie ließ das Kissen los und stand auf. Einem Impuls folgend, betrachtete sie besagtes Bild. Es zeigte Arianna umringt von ihren Schulfreunden bei einem Selfie in der neuen Wohnung. Eine Person fehlte, und zwar die wichtigste in ihrem Leben. Von Zac war auf diesem Schnappschuss nichts zu sehen. Warum hatte er ihr damals eigentlich nicht geholfen? Immerhin war er Ariannas Jugendliebe. So lange, wie sie sich kannten, wäre die Bezeichnung Sandkastenfreunde fast angebracht.

Ihr Blick schweifte zu den anderen Fotos. Auf fast allen war Arianna zu sehen, entweder mit Freunden oder ihrer Familie. Eine komische Ahnung stieg in ihr auf und sie betrachtete eingehend jedes Bild. Von Zac gab es genau ein einziges und das hatten sie vor ein paar Wochen beim Ausflug in den Vergnügungspark geschossen. Auf dieses Date hatte Arianna sich im Vorfeld lange gefreut, da Zac wegen der Arbeit monatelang kaum Zeit für so was gehabt hatte.

Warum gab es keine anderen Fotos von ihrem Verlobten oder seiner Familie? So nahe, wie er und Nicky sich standen, sodass er sogar ihre Haare hielt, wenn sie sich stundenlang übergab, sollte man doch meinen, es gäbe in seiner Wohnung ein Foto von ihr.

Seine Wohnung … nein, das stimmte nicht. Das hier war *ihre* Wohnung.

Wo war dieser Gedanke denn jetzt hergekommen? Arianna freute sich doch schon auf den gemeinsamen Nestbau. Warum schloss sie Zac aus? Beunruhigt nahm sie das Bild aus dem Vergnügungspark zur Hand. Mit dem Daumen strich sie über das Glas. Seit Jahren waren sie ein glückliches Paar. Wo waren die Fotos, die diese Liebe dokumentierten?

Im Flur klappte eine Tür. Nicky stöhnte gequält und rang sich ein paar Worte ab: »Wenn mir dieser Mistkerl das nächste Mal über den Weg läuft, lasse ich ihn dafür büßen.«

Zac schnaubte. »Du bist selbst schuld. Was lässt du ihn auch so nah an dich ran? Du solltest doch wissen, dass Scorpio gerissen ist und uns gefährlich werden kann.«

Verdutzt horchte Arianna auf. Worüber sprachen die beiden da nur? Ein Bild blitzte in ihrem Geist auf. Es war der junge Mann von heute Nachmittag, der einen Blumenstrauß für seine Mutter gekauft hatte. Er war ihr sofort bekannt vorgekommen, dabei war er ihr vollkommen fremd. Sie musste zugeben, dass er attraktiv war. Wäre sie mit Zac nicht so glücklich, hätte sie glatt schwach werden können bei diesen leuchtend grünen Augen und den schwarzen Haaren. Sie standen ihm gut. Wie war sein Name gewesen?

Konrad? Nein, Konstantin. Arianna kannte niemanden, der so hieß. Dieses Gefühl von Vertrautheit musste sie sich eingebildet haben.

Missmutig schüttelte sie den Kopf und betrachtete wieder das Bild in der Hand. In letzter Zeit schweiften ihre Gedanken öfter ab. Sie hatte den Geschwistern nebenan gar nicht mehr zugehört, so sehr war sie versunken.

»Du wirst deine Chance noch bekommen. Jetzt, wo er sie gefunden hat, kommt er garantiert wieder.«

Nicky gab ein unbestimmtes Brummen von sich, das in ein Röcheln überging und schlagartig nur noch halb so laut war. Die Dielen knarrten und Zac erschien im Türrahmen.

»Wovon sprecht ihr?«, fragte Arianna verwundert.

Ihr Freund sah sie mit großen Augen an. »Was machst du da? Ich dachte, du guckst fern.«

»Habe ich auch, dann wollte ich mir die Fotos ansehen. Warum gibt es nur das eine von uns? Wo sind all die anderen?«

Zacs Mundwinkel zuckte. Mit ausgreifenden Schritten durchquerte er das Wohnzimmer und nahm ihr das Bild ab. »Das ist nichts, worüber du dir Sorgen machen müsstest.«

Trotzdem war sie beunruhigt. Irgendetwas stimmte hier nicht. »Aber …«

»Sch …«, unterbrach Zac sie, »du liebst mich doch und vertraust mir? Es ist egal, wie viele Fotos wir haben.«

War es das wirklich?

»Sieh mir in die Augen«, forderte Zac und Arianna kam der Aufforderung bereitwillig nach.

Sie liebte diese Augen.

»Wir brauchen keine Fotos.« Seine Stimme war süß wie Honig. »Auf unserer Hochzeit werden wir ganz viele aufnehmen lassen.«

Ja, die Hochzeit. Warum hatte Arianna sich gesorgt? Es war doch alles gut!

Zac fuhr fort. »Du liebst mich und ich liebe dich, mehr musst du nicht wissen.«

Er hatte recht. Die Liebe zu ihm war das Wichtigste in ihrem Leben. Alles andere war zweitrangig.

Zärtlich ergriff Zac ihre Hand und zog sie mit sich. »Es ist spät, wir sollten ins Bett gehen.«

Bei seinem Blick über die Schulter wurde ihr ganz warm und Arianna ging mit Freuden mit. Zac liebte und respektierte sie so sehr, dass er – vom Küssen mal abgesehen – keinen Finger an sie legte, weil er bis zur Eheschließung damit warten wollte. Wie konnte sie da an ihm zweifeln? Mit jedem Schritt, den sie mit ihm ging, fühlte sie sich leichter. Hier wurde sie geliebt. Es war alles gut. Die Zweifel waren vergessen.

Du brauchst einen Plan

Frankfurt am Main, Innenstadt
29. März 2018

Konstantin

Eine Straßenbahnfahrt später stand Konstantin vor dem prunkvollen Hotel, in dem Selene sich dieses Mal einquartiert hatte. Nicht dass sie dafür bezahlte. Sie benutzte den gleichen Trick wie Zelos. Somit erfüllte ihr der Inhaber mit Freuden jeden Wunsch – egal wie exzentrisch oder teuer er war. So war es immer. Nicht dass es Konstantin störte. An einem solchen Ort waren seine Gefährten bis zur kommenden Mondfinsternis gut aufgehoben und beschützten einander.

Der Portier sah ihn inzwischen nicht mehr schief von der Seite an. Stattdessen nickte er zum Gruß. Während der ersten Tage hatte Konstantin mit der schwarzen Schlüsselkarte winken müssen, um überhaupt eingelassen zu werden. Man konnte es dem Mann nicht verdenken. Die Gäste, die das Luxushotel für gewöhnlich besuchten, trugen feine Anzüge oder schicke Kleider und kamen nicht in Jeans und Hemd, während sie ein Gesicht zogen, als stünde ihnen eine Darmspiegelung bevor.

Mit dem Blumenstrauß in der Hand und zwei Sternen im Rücken, die außer ihm niemand sah, durchquerte Konstantin zügig die Lobby. Ihre Pracht beeindruckte ihn nicht. Mit seinem Vater war er schon öfter in solchen Hotels abgestiegen. Alles glänzte, überall war Marmor, es gab einen Springbrunnen, einige ausgewählte exotische Pflanzen und die Mitarbeiter lächelten so breit, als hätte der Joker persönlich ihnen mit dem Messer die Mundwinkel erweitert. Das Einzige, was sich unterschied, war die jeweilige Anordnung.

Mit der Schlüsselkarte entriegelte Konstantin den Privatfahrstuhl. Die Türen öffneten sich mit einem melodiösen Ping. Antares und Aldebaran folgten ihm in die großzügige Kabine. Durch die Schlüsselkarte steuerten sie automatisch das richtige Stockwerk an. Sie verbrachten die Fahrt schweigend.

Als sich die Türen öffneten, schwebte Taurus' Stern neugierig in den offen gestalteten Raum. Die Präsidentensuite, die Selene für sich und ihre Getreuen beanspruchte, war riesig. Sie bestand aus mehreren Zimmern und bot ausreichend Platz für allerlei Gäste. Die meisten seiner Gefährten lümmelten in den Sesseln, aßen, betranken sich oder sahen fern. Konstantins Erscheinen folgte interessiertes Gemurmel.

Er selbst gesellte sich eher selten zu den anderen. Dafür fehlte ihm schlichtweg die Zeit. Seine Aufgabe war zu wichtig, um unnötig zu trödeln. Darum wohnte er auch nie im Unterschlupf der Göttin. Die Gefährten hätten ihn abgelenkt. Klar wäre Konstantins Leben hier angenehmer gewesen, doch genau davor hatte er Angst. Wenn er sich dem Müßiggang hingäbe, würde er keine Ergebnisse mehr erzielen. Sobald alle Zeichen vereint waren, konnte er über einen Umzug nachdenken. Meist schaffte er es erst kurz vor der Mondfinsternis, sie alle zu Selene zu bringen – wenn überhaupt.

So blieb er der ungesellige Einzelgänger, der es tunlichst vermied, der Mondgöttin auf der Tasche zu liegen. Für ihn fühlte es sich falsch an, mehr von ihr zu nehmen, als unbedingt nötig war.

Beim Anblick des roten Sterns drehte sich Virgo, die dem Fahrstuhl am nächsten saß, zu ihnen um. Die schwarzen Korkenzieherlocken hüpften durch die schwungvolle Bewegung auf und ab. »Hast du sie endlich gefunden … Konstantin?« Sie gewöhnten sich erst an ihre neuen Namen.

»Ja…«

Aldebaran fuhr ihm über den Mund, schoss zur Verkörperung der Jungfrau und klagte ihr Leid. Spica, Virgos hellblauer Stern, stimmte augenblicklich in die Empörung ihrer Artgenossin ein. Warum nicht gleich so? Was Konstantin sich alles hätte sparen können, wäre dieser dämliche Stern früher aufgetaucht …

Das Geschnatter nervte ihn. Suchend sah er sich um, doch Selene war nirgends zu sehen. Aldebaran würde dafür sorgen, dass die

Gefährten auf den neuesten Stand kamen. Es war Konstantins Pflicht, die Göttin auf dem Laufenden zu halten.

Leo bemerkte seinen Blick und deutete mit einem Kopfnicken zu einer der drei Schlafzimmertüren. »Sie ist da drin.«

»Warte hier auf mich«, sagte er an Antares gewandt.

Der Stern trudelte zu den anderen.

Bedächtig ging Konstantin in die ihm gewiesene Richtung. Wenn Selene sich trotz des kürzlichen Einbruchs der Nacht zurückgezogen hatte, wollte er sie eigentlich nicht stören. Nur war seine heutige Entdeckung zu wichtig.

Er klopfte an. »Hier ist Scorpio. Ich würde gern etwas mit dir besprechen.«

Nach wenigen Sekunden erhielt er eine Antwort. »Komm herein.«

Konstantin drückte die Klinke herunter und trat ein. Das Zimmer war nur spärlich beleuchtet. Die Mondgöttin lag lediglich mit einem Bademantel bekleidet auf dem Bett. Das schwarze Haar breitete sich in feuchten Wellen über den Kissen aus. Sie las in einer Zeitschrift, während sie mit Schokolade überzogene Erdbeeren aß.

Konstantin legte die rechte Faust auf die Brust und verneigte sich tief. »Ich grüße dich, Selene. Ich habe dir etwas mitgebracht.« Aus dem Augenwinkel behielt er sie im Blick und wartete darauf, sich wieder aufrichten zu dürfen, während er ihr den Blumenstrauß entgegenstreckte.

Ungeduldig wedelte sie mit der Hand. »Du brauchst doch nicht so förmlich zu sein.«

»Du kennst mich«, sagte er schmeichelnd und schenkte ihr ein Lächeln.

»Leg die Blumen auf den Tisch.« Selene nahm eine weitere Erdbeere und stand anmutig auf.

»Ich habe Taurus gefunden«, verkündete Konstantin, während er ihrer Aufforderung nachkam.

Nur kurz hielt sie inne. »Hat sie mich verraten?« Zorn flackerte in ihrem Gesicht auf.

Zwar war das Verhältnis beider Zeichen nicht herzlich, trotzdem wollte er Arianna nicht unnötig Ärger bereiten. »Sie ist nicht erwacht, von ihrer Bestimmung weiß sie nichts.«

Langsam kam Selene auf ihn zu und setzte sich in einen der beiden Sessel. »Wie kann das sein? Was ist mit dem Stern?« Die Göttin machte eine einladende Geste zu dem anderen Sessel.

Konstantin schnaubte, während er sich setzte. »Der kommt nicht an sie ran und beschwert sich gerade nebenan darüber. Nike und Zelos haben sich an Taurus' Fersen geheftet. Zelos beeinflusst sie und Taurus glaubt, er würde sie bald heiraten.«

Selene verzog das Gesicht. »Das arme Ding! Was hast du jetzt vor?«

»Ich muss mir etwas einfallen lassen, wie ich an Taurus herankomme. Ich hatte gehofft, du könntest mir dabei helfen.«

»Erzähl mir, was du herausgefunden hast.«

Konstantin erstattete Bericht und erwähnte auch die Dinge, die Aldebaran ihm erzählt hatte. »Ich muss sie aus diesem Bann befreien, damit sie dir dienen kann.«

»Das kannst du nicht«, erwiderte die Göttin schlicht.

Konstantin, der sich in der Hoffnung auf göttlichen Beistand gerade entspannt hatte, fuhr erschrocken hoch. »Was soll das heißen? Ist sie in diesem Zyklus für uns verloren?«

»Du kannst den Bann nicht auflösen. Er könnte jedoch verblassen, wenn du Zelos die Gelegenheit nimmst, ihn zu erneuern. Eine solch große Beeinflussung des eigenen Wesens bedarf regelmäßiger Kontrolle und Verstärkung«, erklärte sie.

»Wenn nicht mal Aldebaran an den Göttern vorbeikommt, wie soll mir das gelingen? Ich kann nicht gegen beide gleichzeitig kämpfen.«

»Nein, das wäre selbst für dich zu viel.«

»Kann ich ihr nicht einfach die Wahrheit sagen? Besteht die Chance, den Bann damit lösen zu können?«

Selene legte den Kopf schief. »Das würde ich lassen. Womöglich sträubt sie sich gegen die Wahrheit und ihr vernebelter Verstand sperrt sich erst recht dagegen, zu erkennen.«

»Wie lange muss sie von Zelos getrennt sein, damit der Bann verblasst?«, wollte Konstantin wissen.

»Ein paar Tage dürften reichen.«

»Tage? Heute hatte ich vielleicht zwei Minuten mit ihr allein.«

»Es wird dir gelingen. Ich habe vollstes Vertrauen in deine Fähigkeiten. Bisher hast du mich noch nie enttäuscht. Denk in aller Ruhe darüber nach, dann wirst du eine Lösung finden.« Selene lächelte zärtlich.

Konstantin spürte die uralte Verbindung, die sie untereinander hatten. »Hab Dank, dass du mich angehört hast. Ich werde dich nicht länger stören.« Konstantin erhob und verneigte sich schnell. Zum stillen Sitzenbleiben und die Hände in den Schoß legen war er nicht der Typ. Untätigkeit machte ihn unruhig. Wenn er nervös war, kam sein Naturell besonders schnell zum Vorschein. Nur selten hatten sein schwarzer Humor und die bissigen Kommentare ihm gute Dienste geleistet. Was weitere Gründe dafür waren, sich besser von den meisten seiner Gefährten fernzuhalten. Manche von ihnen waren etwas … empfindlich.

»Scorpio!« An der Tür angekommen, rief Selene ihn zurück.

Lächelnd drehte er sich um. »Kann ich noch etwas für dich tun?«

»Leo kann dir helfen«, teilte sie ihm mit.

Das war doch etwas. Normalerweise erlaubte Selene es den Zeichen nur ungern, den Rückzugsort zu verlassen. Die Gefahr, den Feinden in die Hände zu fallen, war zu groß. Was dann mit ihnen passieren konnte, sah man gerade am Beispiel von Taurus. Konstantin war der Einzige, dem es gestattet war, nach Belieben zu kommen und zu gehen, weil er Selenes Botengänge erledigte. Er neigte den Kopf. »Danke, er wird mir eine große Hilfe sein.«

Sobald er die Tür hinter sich geschlossen hatte, schwirrte Antares zu ihm. »Was sagt sie?«

»Wir sind für heute noch nicht fertig.«

Antares' Licht wurde ein bisschen schwächer. »Du bleibst dir also treu und weigerst dich nach wie vor zu lernen, was das Wort Feierabend bedeutet.«

»Komm mit.« Gemeinsam gingen sie zu Leo, dem Zeichen des Löwen. Mit ihm verstand Konstantin sich am besten. Sie waren sich ähnlich und eine lange Freundschaft verband sie.

Leo hatte sich neben Virgo auf eines der Sofas gesetzt. Im Fernseher lief eine Krimiserie. Ganz offensichtlich gehörte ein Netflix-Account zu den Annehmlichkeiten der Suite. Schlafmöglichkeiten, bester Zimmerservice rund um die Uhr und alle Blockbuster und Serien, die man sich nur wünschen konnte – bis zum Sommer wäre die Hälfte der Zeichen fett und man bräuchte ein Stemmeisen, um ihre Hintern vom Ledersofa zu lösen.

Selene wusste, wie sie es ihren Getreuen bequem machte. Alle zogen nach ihrem Erwachen kurzfristig zu ihr. Die einzige Ausnahme bildeten für gewöhnlich Scorpio, gelegentlich Libra und die Fahnenflüchtigen Aquarius und Pisces.

Gemeinsam lebten sie bis zu ihrem Einsatz sorgenfrei und sicher. Zelos und seine Geschwister wagten es nicht, den Stützpunkt der Mondgöttin offen anzugreifen. Das war verlockend. So müsste Konstantin sich keine Sorgen über die drohenden Geldprobleme machen. Doch kam es für ihn einfach nicht infrage. Er hatte das dringende Bedürfnis, nicht auf Selenes Gunst angewiesen zu sein, sondern sie sich zu verdienen. Das konnte ihm nur gelingen, wenn er alle Zeichen für sie versammelte.

»Hey«, begrüßte er Leo knapp.

»Na, was gibt's?« Sein Kumpel grinste fröhlich und ließ die strahlend weißen Zähne sehen. Mit der blonden Lockenmähne und den goldbraunen Augen sah er wirklich wie ein Löwe aus. Hallo, Klischee! Trotzdem mochte Konstantin ihn, sein Herz war am rechten Fleck – ebenfalls ein Klischee. Was man von seiner großen Klappe nicht behaupten konnte. Oder doch? Immerhin waren Löwen für ihr Gebrüll bekannt.

»Du darfst mir helfen, Taurus zurückzubekommen.«

»Bin dabei. Aldebaran ist wirklich außer sich. Wenn ich nur dran denke.« Leo machte würgende Geräusche. Virgo streckte angewidert die Zunge raus.

»Wo ist der Stern?«, fragte Konstantin, dem erst jetzt das Fehlen des roten Lichtes bewusst wurde.

»Sie ist zurück zu Taurus«, erklärte Virgo. »Wie willst du ihr helfen?«

Mit dem Zeichen der Jungfrau hatte Konstantin kein Problem. Deshalb weihte er beide in den Plan ein. Zumindest in den Teil, der während der vergangenen zehn Minuten in seinem Kopf bereits Gestalt angenommen hatte.

Von da an beschattete Konstantin täglich den Blumenladen und kaufte einen Blumenstrauß. Dummerweise kamen ihm die Osterfeiertage dazwischen und er verlor wertvolle Zeit. Die Tage, an denen

Ariannas Laden geschlossen hatte, waren für ihn nur schwer zu ertragen gewesen. Er musste herausfinden, wie lange es dauerte, bis die Götter ihn bemerkten. Es vergingen nur Minuten, bis Nike auf ihn aufmerksam wurde. Von diesem Zeitpunkt an waren es exakt fünf weitere, bis auch Zelos dazukam. Das Zeitfenster war winzig, obwohl Konstantin verschiedene Uhrzeiten ausprobierte. Arianna störte sich nicht an seinen täglichen Besuchen.

Nike hingegen erdolchte Konstantin mit Blicken, tat davon abgesehen jedoch nichts Verräterisches. Auch wahrte sie einen gewissen Abstand, um weiteren Magenbeschwerden vorzubeugen. Es war ihm nur recht. Bis Antares die Brandblasen nachts geheilt hatte, waren sie ziemlich schmerzhaft gewesen.

In der Zwischenzeit traf Leo die nötigen Vorkehrungen. Diese waren fast abgeschlossen und morgen Nachmittag würden sie zuschlagen. Wäre er gläubig gewesen, hätte er dafür gebetet, dass alles nach Plan verlaufen würde. Doch da er wusste, bei welchen Göttern ein solches Gebet im Zweifelsfall ankäme, sparte er es sich.

Die Tür fiel klappernd ins Schloss und Konstantin entfernte sich ein paar Schritte vom Laden. Er blieb in der Fußgängerzone stehen, schloss die Augen und genoss die Sonne. Sollte er Selene gleich Bericht erstatten oder erst später am Abend?

»Hey, Kon«, grüßte ihn jemand.

Wie vom Blitz getroffen riss er die Augen auf. »Julia!« Überrascht drehte er sich zu seiner Ex um.

Sie sah nicht gut aus. Ihr fehlte das übliche Strahlen und sie war blass. Außerdem wirkten ihre Haare strähnig, und das, obwohl sie immer auf ihr Äußeres und besonders ihre Frisur achtete.

»Was machst du hier?«, fragte er.

»Die Frage ist wohl eher, was machst du hier eigentlich jeden Tag? Stalkst du diese Blumenverkäuferin oder ist sie deine neue Freundin? Stehst du jetzt auf den einfachen Typ?«

Konstantin war perplex. Wieso wusste Julia von den täglichen Besuchen? »Davon abgesehen, dass dich das nichts mehr angeht, woher willst du das wissen?«

»Ich hab dein Handy geortet, Einstein. Seit Tagen pendelst du von einem Hostel in Bornheim zu einem Luxushotel oder diesem Laden und wieder zurück. Bitte komm wieder nach Hause. Ich vermisse dich und Lukas auch.«

Innerlich stöhnte er. In den Zeiten vor GPS und Smartphones war es definitiv leichter gewesen, in einer großen Stadt unterzutauchen und dem bisherigen Leben aus dem Weg zu gehen. »Ich komme nicht mehr zurück. Vergesst mich einfach.«

»Machst du irgendeine Krise durch? Ist dir das Studium vielleicht zu viel geworden? Kon, ich will dir beistehen, nur musst du mich auch lassen. Ich bin nicht die Einzige, die sich um dich sorgt. Deiner Familie geht es ebenso.«

Konstantin riskierte einen Blick zum Blumenladen. Im Schaufenster stand Zelos und beobachtete sie beide. Zu ihrem eigenen Schutz musste er Julia schnellstmöglich loswerden. Es war zu gefährlich, wenn sich der Gott für sie interessierte. Womöglich käme Zelos auf die Idee, über sie an Konstantin ranzukommen. Er musste improvisieren, damit sie in Sicherheit war. »Ich schlafe mit einer anderen, okay? Schreib mich lieber ab. Ich habe dich längst vergessen.«

Julia sah ihn an, als hätte er sie geschlagen. »Du lügst.« Ihre Stimme zitterte. Tränen sammelten sich in ihren Augen.

»Was glaubst du denn, für wen ich jeden Tag Blumen kaufe?« Konstantin gab sich bewusst gehässig. Julia tat ihm leid, doch es war sicherer für sie, nicht mit ihm gesehen zu werden.

Dicke Tränen liefen ihre Wangen hinab. »Du bist so ein Arsch!«, rief sie mit bebenden Lippen. Dann drehte sie sich um und lief davon.

Konstantin seufzte, das war nicht nett, aber nötig gewesen. Er zog sein Smartphone aus der Tasche und suchte nach einem Handyladen in der Nähe. Er brauchte dringend eine Prepaidkarte, deren Nummer niemand aus seinem alten Leben kannte.

Du spielst zu viel GTA!

Frankfurt am Main, Sachsenhausen
10. April 2018

Arianna

Die letzten Tage waren seltsam gewesen. Zac war viel öfter zu Hause. Entweder machte er früher Feierabend oder hatte etwas vergessen, ohne das er nicht durch den Tag kam. Nicky war seit der Magen-Darm-Grippe zickig. Sie war wohl noch nicht wieder auf dem Damm und es lag daran.

Arianna fragte sich, ob ihr neuer Stammkunde auch heute vorbeikäme. Seit seinem ersten Besuch war Konstantin jeden Tag hier gewesen und hatte Blumen gekauft. Da wurde sie glatt neidisch. Sie selbst hatte schon länger keine mehr bekommen. Niemand hielt es für nötig, dem Blumenmädchen welche zu schenken. Immerhin war Arianna den ganzen Tag von ihnen umgeben. Gedankenverloren drapierte sie ein paar Töpfe im Schaufenster.

Die Türglocke läutete und sie hob den Kopf. Ein Lächeln stahl sich auf ihr Gesicht. Da war er ja! Konstantin lächelte und begrüßte sie.

Sie freute sich wirklich, ihn zu sehen. Zwar hatte er nie viel Zeit, trotzdem wechselten sie immer ein paar nette Worte miteinander. »Was kann ich heute für dich tun?«

»Machst du auch Blumenschmuck für Autos bei Hochzeiten?«

»Ja, sicher, aber ich dachte, du wärst Single?«

Konstantin lachte leise. »Ich bin nur der Trauzeuge. Es geht um meinen Kumpel. Der ist allerdings fürchterlich pingelig, was den Lack betrifft. Sind seine Sorgen berechtigt?«

Arianna verdrehte die Augen. »Männer und ihre Spielsachen.«

»Da sagst du was.«

»Dem Auto passiert natürlich nichts.«

Konstantin spähte in den hinteren Teil des Ladens und fragte: »Könntest du ihm das vielleicht selbst sagen? Er parkt in der Seitenstraße und wartet da. Dann kannst du ihm gleich zeigen, wo man was befestigt und so. Seine Zukünftige wäre bestimmt erleichtert, wenn sie endlich den Blumenschmuck bestellen könnte.«

Eine Hochzeit war immer eine große Sache, nicht nur für das Brautpaar, sondern auch für die beteiligten Dienstleister. Deshalb freute Arianna sich, wenn sie einen solchen Auftrag an Land zog. Jedoch waren es sonst die Bräute, die mit besonderem Fingerspitzengefühl behandelt werden mussten, nicht deren Männer. »Klar, das ist kein Problem. Ich sage meiner Schwägerin nur noch Bescheid, dass ich kurz draußen bin.«

Konstantin musterte sie zerknirscht. »Wir haben leider echt nicht viel Zeit. Kannst du nicht schnell mitkommen und gucken? In spätestens fünf Minuten bist du wieder da.«

»Das dauert doch keine Minute«, antwortete Arianna verwundert.

»Bitte.« Konstantin sah ihr tief in die Augen.

Seufzend gab sie nach. Irgendetwas hatte er an sich, dass sie ihm vertraute. »Na schön, wenn wir uns beeilen.«

Konstantin strahlte und hielt ihr die Ladentür auf. Arianna schlängelte sich vorsichtig zwischen den Blumentöpfen hindurch und ging an ihm vorbei. Heute war es angenehm warm draußen. Der Frühling meinte es gut mit ihnen und man konnte an manchen Tagen schon auf eine Jacke verzichten.

»Wo ist das Auto?«

»Gleich da vorn um die Ecke.« Konstantin deutete die Straße entlang. Er blieb dicht an ihrer Seite.

»Weißt du, welche Blumen dem Brautpaar vorschweben?« Arianna wollte sich vorab ein Bild machen.

»Na ja, was man für Hochzeiten so nimmt. Rosen und so was.«

Skeptisch zog sie eine Augenbraue hoch. »Rosen und so was, wirklich?«

Er grinste frech. »Sehe ich so aus, als wüsste ich bei dem Thema Bescheid?«

Arianna betrachtete ihn demonstrativ von oben bis unten. »Zugegeben, du siehst nicht wie jemand aus, der sich für den Blumenschmuck einer Hochzeit interessiert. Bestimmt schenkst du den Kleidern mehr Aufmerksamkeit.«

»Den Kleidern? Warum sollte ich mich denn für die interessieren?«

»Da stellen sich als Trauzeuge schon ein paar Fragen, wenn man ewig neben einem Haufen Brautjungfern steht. Wie bekommt man das Ding auf? Oder: Wie würde das wohl vor meinem Bett aussehen?« Betont unschuldig wartete sie auf den Konter.

»Soll das heißen, du hältst mich für einen Aufreißer?«

»Willst du behaupten, ich irre mich?«, hielt Arianna dagegen.

Konstantin lachte und schob sie um die Ecke. »Glaub mir, ich bin vielschichtiger, als du denkst.«

Sie wollte etwas erwidern, doch brachte sein Verhalten sie zum Stutzen. Hatte er einen Blick über seine Schulter geworfen? Arianna wollte gerade fragen, ob alles in Ordnung war, da blieb Konstantin stehen.

Vor ihnen lehnte ein Mann an der Fahrertür eines silbernen Audi. Sobald sie in Sichtweite kamen, stellte er sich gerade hin und lockerte die verschränkten Arme. Konstantins Freund schenkte ihr ein Zahnpasta-Werbelächeln und streckte die Hand aus. »Es freut mich, dass du Zeit hast. Ich heiße Leon. Du kannst mich Leo nennen.«

Verwundert griff sie zu. Ihr war, als hätte sie ihn schon mal gesehen. »Leo …«, sagte sie langsam.

»Treffend, findest du nicht? Da haben meine Eltern Instinkt bewiesen. Wie heißt du?«

»Arianna. Du machst dir also Sorgen um dein Auto?«

»Ja«, rief er lächelnd aus und wirkte dabei alles andere als besorgt. Er öffnete die Tür hinter dem Fahrersitz und winkte Arianna näher. »Meine Verlobte will unbedingt eine riesige Schleife auf dem Dach, als wäre das Auto ein Geburtstagsgeschenk. Ich hab keine Ahnung, wie man die festmachen soll, ohne den Lack in Mitleidenschaft zu ziehen.«

Arianna ging näher heran. »Das ist eigentlich ganz einfach. Das Band selbst wird innen am Himmel befestigt und auf dem Lack ist nur der weiche Stoff.«

»Aha«, machte Leo skeptisch. »Wo würdest du es denn befestigen?«

Sie steckte den Kopf ins Fahrzeug und tippte auf den Bezug, mit dem der Himmel bespannt war. »Etwa hier.«

Konstantin beugte sich ebenfalls näher zu ihnen. »Wo genau?«

Bereitwillig tippte Arianna ein weiteres Mal an besagte Stelle, auch wenn sie sich von den beiden ein bisschen bedrängt fühlte. Er kam noch näher und schubste sie ohne Vorwarnung ins Auto. Gleichzeitig riss Leo die Fahrertür auf und warf sich auf den Sitz. Konstantin kletterte hinter Arianna auf die Rückbank und zog die Tür zu.

Sie begriff nicht, was hier passierte.

Er brüllte: »Fahr los!«

Mit lautem Röhren erwachte der Motor und das Auto machte einen Satz nach vorn. Aus dem Radio dröhnte Musik.

»Was soll denn das?«, rief Arianna verärgert vom Fahrzeugboden. Sie hatte sich das Knie und den Kopf gestoßen. Durch das Geschaukel des Wagens war es schwierig für sie, sich auf die Rückbank zu ziehen.

»Scheiße, da sind sie schon!«, rief Konstantin. »Gib Gas!«

»Danke, das weiß ich auch ohne deine schlauen Kommentare«, murrte Leo und trat das Gaspedal durch.

Arianna hatte sich so weit sortiert, dass sie aus dem Fenster sehen konnte. Zac lief über den Fußweg und versuchte sie einzuholen. Dicht hinter ihm waren Nicky und ein weiteres Paar. Diese beiden kannte sie nicht, doch offensichtlich wollten sie Zac helfen, sie zu befreien.

Erst jetzt begriff Arianna wirklich, was los war. Ihr netter neuer Stammkunde war dabei, sie zu entführen. Panisch riss sie an der Tür, um aus dem Auto zu springen. Noch fuhren sie nicht allzu schnell. Sie war verschlossen. Auch der elektrische Fensterheber versagte Arianna den Dienst. Sie war gefangen. Verzweifelt trommelte sie mit den Händen an die Scheibe und rief nach Zac.

»Du solltest dich lieber anschnallen«, riet Konstantin. »Die Fahrt wird holprig.« Nach vorn rief er: »Bia und Kratos sind auch aufgetaucht. Wenn sie uns kriegen, sind wir am Arsch!«

Sie fuhren um eine Kurve und von Zac war nichts mehr zu sehen. Eine ungeahnte Wut ergriff von Arianna Besitz. Anstatt sich anzuschnallen, stürzte sie sich auf Konstantin. Vielleicht ließ sich seine Seite öffnen. Er hielt sie fest. Sie schaffte es nicht, die Tür zu erreichen. Mit aller Kraft riss sie sich los und kratzte und schlug auf ihren Entführer ein. »Lasst mich hier raus, ihr Dreckskerle!« Arianna landete ein paar gute Treffer. Dann gelang es ihm, ihre Oberarme zu packen und nach hinten zu drücken. Jetzt saß sie halb auf seinem Schoß. Er atmete schwer und funkelte sie wütend an. Eine blutende Kratzspur verlief über die rechte Wange.

»Komm runter!«, blaffte er. »Ich hatte nicht vor, dich zu fesseln oder zu knebeln. Wenn du dich nicht beruhigst, werde ich es tun. Das alles hier ist zu deinem Besten.«

Arianna schnaubte und wollte sich befreien – vergeblich. »Erzählst du das allen, die du entführst, dass es zu ihrem Besten wäre? Hat das schon mal eine geglaubt?«

»Das hier ist keine Entführung, sondern eine Rettungsaktion«, gab Konstantin ruhiger zurück. »Du musst aus diesem Einfluss raus, dann wirst du es erkennen.«

»Was für einen Blödsinn redest du da eigentlich?« Arianna wollte mehr sagen,

Leo unterbrach sie.

»Ich störe nur ungern, aber wir bekommen Gesellschaft.«

Konstantin sah über die Schulter und fluchte. Er schob Arianna zur Seite. »Jetzt schnall dich endlich an und versuch, nichts Blödes anzustellen.«

Die Panik in ihr wurde immer größer. Seit wann hatte sie eine so schlechte Menschenkenntnis? Wieso war sie so leichtgläubig mit einem Entführer mitgegangen? Immerhin war sie keine sieben Jahre alt!

Sie schossen durch die Straßen von Sachsenhausen und wurden immer schneller. Arianna sah ebenfalls nach hinten. Durch den dichten Verkehr schlängelte sich ein schwarzer Wagen, den sie nur zu gut kannte. Zac hatte die Verfolgung aufgenommen. Er würde sie einholen und retten, ganz bestimmt!

Leo lenkte heftig nach rechts und Arianna wurde gegen die Tür gedrückt. Hinter ihnen ertönte ein wütendes Hupen.

»Kannst du das Radio ausmachen? Es nervt!«, rief Konstantin über die laute Hip-Hop-Musik hinweg.

»Weißt du, wer noch nervt?«, gab Leo zurück und drehte am Lautstärkeregler.

»Ich kapier nicht, wie du dich bei diesem Lärm auf die Straße konzentrieren kannst. Gibt dir das einen Kick? Ist die Aktion hier für dich wie 'ne Runde GTA? Gleich fängst du an, Polizeiwagen zu rammen, Prostituierte zu prellen und Passanten zu überfahren? Vielleicht finden wir noch einen Mafiaboss, den du abknallen kannst!«

»Sehr witzig!« Leo scherte aus und überholte das Auto vor ihnen. Durch den Gegenverkehr war er gezwungen, knapp einzuscheren, und fast wäre es zur Kollision gekommen.

Arianna kreischte erschrocken. Wenn das so weiterging, würde die Fahrt bald an einem Baum enden. Das Auto wurde immer schneller, obwohl die nächste Ampel eindeutig auf Rot stand.

»Halt an!«, schrie Arianna. Niemand hörte auf sie.

Der Wagen preschte über die Kreuzung und es gelang Leo gerade so, einem Kleintransporter auszuweichen. Sie hatte das Gesicht in den Händen vergraben. Arianna wollte nur hier raus und zurück in ihren Laden und zu Zac.

Etwas traf das Auto. Von der Erschütterung beunruhigt, hob Arianna den Kopf. Zacs schwarzer SUV war direkt hinter ihnen. Hatte er sie etwa gerammt? Mit grimmigem Gesicht steuerte ihr Verlobter den Wagen und gab Gas. Auf dem Beifahrersitz saß Nicky, die ebenso wütend wirkte. Der SUV rammte sie noch einmal und Arianna wurde kräftig durchgeschüttelt. Die Heckscheibe splitterte. Er sah sie doch! Wieso rammte er das Auto, in dem sie saß?

»Scheiße!« Leo wechselte die Spur. Zac folgte ihnen.

»Wir müssen sie loswerden! Sie dürfen nicht wissen, wohin wir wollen, sonst war die ganze Aktion umsonst.« Konstantin sah nervös nach hinten. Der Abstand zwischen den beiden Autos war schon wieder geschrumpft.

»Was glaubst du, was ich hier versuche?« Leo scherte in eine Lücke auf der Nebenspur ein.

Anstatt ihnen zu folgen, fuhr Zac schneller, bis sie auf einer Höhe waren. Dieses Mal rammte er sie von der Seite. Metall kreischte und Glas splitterte. Arianna fürchtete um ihr Leben. Sie war glücklich, dass Zac versuchte, sie zu retten. Nur wäre es schön, wenn sie die Rettung überlebte.

Eine der hinteren verdunkelten Scheiben des SUV fuhr herunter. Dort saßen die beiden, die hinter Zac gelaufen waren. Bei voller

Fahrt kletterte die Brünette heraus und zog sich aufs Dach des SUV. Arianna fiel die Kinnlade herunter. Was hatte diese Irre vor? Wurde hier gerade ein Actionfilm gedreht und man hatte vergessen, ihr – der Hauptdarstellerin – vorher Bescheid zu sagen?

»Bia sitzt auf dem Dach!«, warnte Konstantin.

Leo wollte Abstand zwischen die beiden Autos bringen. Zac folgte beharrlich.

Mit offenem Mund sah Arianna dabei zu, wie die Frau, die offenbar Bia hieß, vom SUV sprang und auf dem Audi landete. Das Dach dellte sich.

»Häng sie ab!«

Leo fuhr wilde Schlangenlinien und Arianna könnte ihr Essen bald nicht länger bei sich behalten, wenn das so weiterging. Es knallte und sie war überzeugt, ihre Fahrt hätte ein jähes Ende genommen, doch dieses Mal hatten sie nichts gerammt. Arianna glaubte nicht, was sie sah. Sie musste sich täuschen! Im Himmel des Autos steckten ein paar manikürte Finger. Die rot lackierten Nägel gruben sich durch Stoff und Metall. Knirschend gab das Material nach.

Bia riss ein Loch ins Dach. Kaum hatte sie genug Platz für ihre zweite Hand, schob sie diese hinterher und vergrößerte den Spalt so weit, bis ein Mensch hindurchpasste. Dann streckte sie die Hand nach Arianna aus. Konstantin schlug sie weg.

Wieso war ein Mensch in der Lage, die Karosserie eines Autos mit bloßen Händen aufzureißen? Die Hoffnung, nur zu träumen, überkam sie. Etwas so Verrücktes konnte gar nicht passieren.

»Gib mir deine Hand, dann ziehe ich dich raus«, rief Bia über das Rauschen des Fahrtwindes und streckte die Hand ins Wageninnere.

Arianna zögerte. Ja, sie wollte gerettet werden, aber doch nicht, indem sie durch ein Loch, dessen Ränder aus scharfkantigem Metall bestanden, gezogen wurde. Sie sah jetzt schon Blut und Gedärm vom Rand tropfen.

Während Arianna mit sich rang, packte Konstantin Bias Unterarm. Mit bösem Lächeln sagte er: »Das hättest du nicht tun sollen.«

Er sah konzentriert aus. Zumindest so lange, bis Bia ebenfalls sein Handgelenk mit den langen Fingern umschloss. Über den Lärm hinweg hörte Arianna ein lautes Knacken. Konstantins Gesicht verzog sich und er schrie vor Schmerz auf. Trotzdem hielt er ihren Unterarm weiterhin umschlossen.

Leo warf nervöse Blicke durch den Rückspiegel. Durch seine geteilte Aufmerksamkeit geriet das Auto ins Schlingern. Bia war dabei, den Halt zu verlieren. Konstantin ließ ihren Arm los und stieß sie zurück. Zusätzlich vollführte Leo ein waghalsiges Lenkmanöver. Bia rutschte vom Dach ab, rollte über die Heckscheibe und fiel bei voller Fahrt auf die Straße.

Arianna sah erschrocken dabei zu, wie das nachkommende Auto auswich. Bia rappelte sich auf. Das nächste Auto bemerkte die Frau auf der Straße zu spät. Arianna war fassungslos, gleich würde sie überfahren werden. Ohne darauf zu achten, streckte Bia die Hand aus. Das Auto krachte gegen sie. Bia geriet nicht mal ins Straucheln. Stattdessen wurde der Wagen abrupt gebremst und dellte sich um das Hindernis herum.

Jetzt war Arianna sicher, dass sie träumte.

»Wie geht's dir?«, fragte Leo von vorn.

»Sie hat mich erwischt. Ich werd's überleben«, brummte Konstantin.

»Wenn du es sa...« Leo wurde vom Kreischen des Metalls unterbrochen. Sie alle wurden in die Sitze gepresst. Arianna schrie panisch, davon überzeugt, den heutigen Abend nicht mehr zu erleben.

Zac hatte sie von rechts gerammt. Leo blieb keine andere Möglichkeit, als auf den breiten Bordstein auszuweichen. Fußgänger sprangen panisch beiseite. Sie rauschten durch die Sitzgruppen eines kleinen Cafés und es grenzte an ein Wunder, dass sie neben Stühlen und Tischen keine Menschen erwischten.

Leo versuchte wieder auf die Straße einzuscheren, was Zac nicht zuließ und ihn abdrängte. Es war nur eine Frage der Zeit, bis sie jemanden überfuhren. Schon bauten sich die nächsten Hindernisse vor ihnen auf. Eines davon musste den Wagen doch ausreichend beschädigen und zum Stillstand bringen.

Sie krachten gegen die Auslagen eines kleinen Geschäftes. Von ihrem Platz aus erkannte Arianna nicht, was sie dieses Mal gerammt hatten. Etwas Grünes flog durch die Luft und zerplatzte an der Windschutzscheibe. Sofort sprangen die Scheibenwischer an und wollten die Bescherung beseitigen. War das eine Wassermelone gewesen? Und klebten da am Rand Salatblätter?

»Ein Gemüsehändler, ernsthaft?«, schnaubte Konstantin. »Fehlt unserer Verfolgungsjagd noch ein Klischee, oder haben wir endlich alle?«

»Wenn du nichts Hilfreiches beizutragen hast, dann tu uns allen einen Gefallen und halt die Klappe!«, schnauzte Leo. Es gelang ihm, den Wagen auf die Straße zu lenken. Der Audi schoss quer über mehrere Fahrspuren. Ruckartig riss Leo am Lenkrad und steuerte auf die Alte Brücke zu. Zac war schon wieder an ihrer Seite und wollte sie erneut abdrängen.

»Jetzt habe ich die Schnauze voll!« Leo ließ die Scheibe des Beifahrerfensters herunter, wühlte in seiner Hosentasche und zog ein Benzinfeuerzeug hervor, das er sogleich aufklappte und entzündete. Eine Stichflamme schoss direkt auf die Fahrerseite des SUV. Das Feuer wurde immer größer und kroch gezielt über das andere Auto. Es handelte sich weder um einen Zufall noch konnte etwas daran natürlich sein.

Nach allem, was Arianna heute schon gesehen hatte, dürfte sie ein menschlicher Flammenwerfer nicht mehr überraschen, aber das tat er. Ganz eindeutig! Verängstigt schlang sie die Arme um den Kopf und hoffte, sich auf diese Weise zu schützen. Hinter dem Beifahrersitz wurde es schrecklich heiß.

»Pass auf, dass du uns nicht ebenfalls abfackelst.« Konstantin klang nervös. Das war sicher kein gutes Zeichen.

Arianna schielte aus dem Fenster und sah dabei zu, wie die Flamme Zacs Fahrertür traf. Das Feuer brannte, heißer als es normal war, denn augenblicklich warf der Lack Blasen und der Reifen entzündete sich. Wie es den Insassen erging, war durch die Feuersbrunst nicht zu erkennen.

Ihr selbst wurde immer heißer und Arianna wusste nicht, wie lange sie das noch ertrug. »Bitte hör auf«, flehte sie erstickt. Die glühende Luft brannte in der Lunge und schmerzte regelrecht.

»Leo, es reicht!«, rief jetzt auch Konstantin.

Durch den Ruf seines Freundes besann Leo sich und die Flamme verlosch abrupt. Das Feuerzeug schnappte zu und er schob es zurück in die Tasche. Sein Atem ging schwer und er sah mit grimmiger Genugtuung dabei zu, wie Zacs Auto weiter brannte und ins Schlingern geriet. Sie hatten die Brücke schon fast überquert.

Dieses Mal war es Leo, der ruckartig am Lenkrad drehte und das andere Fahrzeug rammte. Hilflos sah Arianna dabei zu, wie Zac die

Kontrolle vollends verlor. War er durch das Feuer verletzt worden? Lebte er überhaupt noch?

Der SUV schoss über die Fahrbahn bis zum Bordstein des Fußweges. Dort durchschlug das große Auto das Brückengeländer und stürzte in den darunterliegenden Fluss.

»Endlich ist Ruhe«, sagte Leo zufrieden.

Arianna kreischte entsetzt. Entgegen aller Vernunft und wider besseres Wissen zerrte sie am Türgriff. Natürlich entriegelte er sich noch immer nicht. Sie fuhren an der Unfallstelle vorbei und Arianna sah zurück. »Wir müssen anhalten und ihnen helfen!«, rief sie. »Sonst werden sie ertrinken!«

Die beiden Männer, die sie in ihrer Gewalt hatten, kümmerte das Schicksal ihrer Widersacher nicht. Stattdessen wirkten sie erleichtert.

»Leider wird das nicht passieren.« Konstantin klang tatsächlich bedauernd.

Fassungslos drehte Arianna sich zu ihm um. Dass ihr die Tränen hemmungslos über die Wangen liefen, bemerkte sie kaum. »Wie kannst du so was sagen?«

»Eine solche Kleinigkeit bringt weder deinen *Verlobten* noch seine Geschwister um. Glaub mir, ich spreche aus Erfahrung.«

Ihr gefiel weder, was er sagte, noch wie er es sagte. »Sag mal, hast du sie noch alle? Die Chancen, bei einem solchen Unfall nicht zu ertrinken, sind unter normalen Umständen schon gering, auch ohne dass das halbe Auto brennt.«

»Für Menschen vielleicht«, sagte Leo von vorn. Die Brücke lag hinter ihnen und sie fuhren durch die Innenstadt. Es grenzte an ein Wunder, dass sie noch nicht von zahlreichen Streifenwagen verfolgt wurden. Wo war die Polizei, wenn man sie mal brauchte? Seit er Zac abgehängt hatte, fuhr Leo deutlich entspannter, obwohl das Auto reif für den Schrottplatz war.

Wo war sie bloß hineingeraten? In ihrem Kopf schwirrten zahllose Fragen. »Wieso sagst du Geschwister? Zac hat nur eine Schwester.«

»Wieder etwas, bei dem er dich belogen hat. Die anderen beiden gehören auch dazu. Sie sind zu viert. Bedauerlicherweise sind sie immer zu viert.«

Gern hätte sie Konstantin gesagt, dass sie ihm nicht glaubte, aber er sprach mit einer Gewissheit, die ihr Angst machte. Zweifel überkamen sie ein weiteres Mal. Irgendetwas stimmte hier ganz und gar nicht. Stattdessen meinte sie: »Zac liebt mich. Warum sollte er mich belügen?«

Konstantin verzog das Gesicht. »Kann ich dir nicht sagen. Noch nicht.«

»Noch nicht, aha. Und wann *kannst* du mir das sagen?«, bohrte sie weiter. Als er lediglich weiterhin schwieg und Leo ebenfalls gewissenhaft den Blick auf die Straße richtete, gab Arianna sich die Antwort selbst. »Lass mich raten, das kannst du mir auch nicht sagen.«

Wieder dachte sie daran, dass Zacs Auto mittlerweile auf dem Grund des Mains lag und er aller Wahrscheinlichkeit nach darin festsaß. Arianna kämpfte mit den Tränen und konnte ein Schluchzen nicht unterdrücken.

»Was hast du? Wurdest du verletzt?«, wollte Konstantin wissen.

»Können wir wenigstens den Rettungsdienst alarmieren?«, fragte Arianna verzweifelt.

Noch während sie sprach, fiel ihr etwas ein. Sie griff in die Hosentasche und zog ihr Handy heraus. Schon drückte sie die Kurzwahl für den Notruf, da versuchte Konstantin, sich das Telefon zu schnappen. Arianna hatte alle Hände voll damit zu tun, es aus seiner Reichweite zu halten. Aus dem Lautsprecher kam eine leise Stimme, die fragte, welche Art Notfall gemeldet werden sollte.

»Ich werde entführt!«, rief Arianna so laut sie konnte. »Außerdem ist ein Auto von der Alten Brücke gestürzt. Die brauchen dringend Hilfe!«

»Es geht ihnen gut, man muss sie nicht retten. Gib mir dein Handy«, forderte Konstantin.

»Warum sollte ich?«, fragte sie giftig zurück.

»Falls du es mir freiwillig gibst, schalte ich es nur aus und verwahre es ein paar Tage. Falls nicht, nehme ich es dir notfalls gewaltsam ab und schmeiße es aus dem Fenster.«

Arianna musterte ihn finster. Fast war sie versucht herauszufinden, ob Konstantin diesen Worten Taten folgen ließ. Ihr Blick blieb an seiner verletzten Hand hängen. Dunkelblaue und violette Flecken breiteten sich rund um das Gelenk aus. Auch der kleine Finger stand seltsam ab. Konstantin hatte die Hand in einer Schonhaltung auf den Oberschenkel gelegt.

Die Knochen waren gebrochen. Das hatte Arianna selbst gehört. Nach wie vor war ihr unbegreiflich, wie ein Mensch mit bloßen Händen Knochen brechen konnte. Andererseits hatte Bia mit denselben Händen Löcher ins Autodach gerissen. Nicht nur sie war übermenschlich, mindestens für Leo galt dasselbe. Zwischen wessen Fronten befand sie sich bloß?

Die Stimme am Telefon bat um weitere Details.

»Bist du fertig mit deinem inneren Monolog?« Konstantin riss sie aus ihren Gedanken.

»Du bist verletzt«, stellte sie das Offensichtliche fest. »Wie willst du dir so mein Handy holen?«

Er lächelte spöttisch. »Glaub mir, dich schaffe ich schon noch. Selbst wenn nicht, ist Leo auch noch da.«

Recht hatte er. Konstantin war groß und muskulös. Er könnte sie mit einer Hand besiegen. Leo war von ähnlicher Statur. Irgendwo hatte Arianna mal gelesen, dass man seine Überlebenschancen erhöhte, wenn man bei einem Überfall, Amoklauf oder sonst einem Verbrechen kooperierte. Sie wollte noch nicht sterben und ihr Handy verlöre sie so oder so in den nächsten Minuten. Dann konnte sie es auch freiwillig hergeben. Hoffentlich hatte der Notruf sie in der Zwischenzeit geortet. So was taten die doch, oder nicht?

»Na schön«, murrte sie und senkte die erhobene Hand. Schweren Herzens hielt sie Konstantin das kleine Gerät hin.

»So ist es brav.« Er legte auf, schaltete es wie angekündigt aus und ließ es in seiner Jackentasche verschwinden.

Kurz darauf hatten sie Frankfurt verlassen und fuhren auf der Autobahn. »Wohin bringt ihr mich? Oder darf ich das auch nicht wissen und gleich werden mir die Augen verbunden?«

»Dir wird nichts verbunden. Das habe ich schon gesagt. Solange du mitspielst, musst du dir keine Sorgen machen.«

Arianna blieb skeptisch. »Das heißt wohl eher, ich werde nicht zurückkehren und somit niemandem erzählen können, wo ich festgehalten wurde.«

»Du wirst es nicht erzählen *wollen*. Das ist ein Unterschied.« Konstantins selbstgefällige Art ging ihr zusehends auf die Nerven. Jetzt grinste er auch noch frech.

»Schon klar!«, rief Arianna wütend. »Bringt ihr mich zu einer Sekte, die mir eine Gehirnwäsche verpassen wird, und dann lebe ich fröhlich bis zum Rest meiner Tage in der Pampa? Dort bestelle ich das Feld oder erledige andere Arbeiten einer Leibeigenen, wenn ich nicht gerade einem durchgeknallten Guru huldige?«

Leo lachte herzlich. »Sie ist echt kreativ. Das habe ich schon vermisst.«

»Wenn du es sagst«, murmelte Konstantin.

Leo übernahm das Gespräch. »Ich habe uns für eine Woche ein kleines Ferienhaus mitten im Taunus gemietet. Es liegt tief im Wald. Dort ist es ruhig und es kommt keine Menschenseele vorbei.«

Arianna wurde blass und sah von einem zum anderen. Beide waren stattliche junge Männer, die sich bestimmt auch gern amüsierten. »Keine Sekte, sondern eine Orgie?!« Mist, ihre Stimme war eine Oktave zu hoch und hörte sich an wie das Quieken einer verängstigten Maus.

Konstantin verdrehte die Augen. »Garantiert nicht.«

Schnell versuchte Leo eine andere Erklärung. »Wir werden dir nichts tun, versprochen. Es geht nur darum, dass du dich ausruhen und den Kopf frei bekommen sollst.«

»So klingt es wie eine Kur.« Das war unmöglich. Niemand wurde entführt, damit er Urlaub machte. Für einen winzigen Augenblick glaubte Arianna, Zac spiele ihr einen Streich. Manchmal war er unberechenbar, und es war nicht abwegig, dass er die beiden dazu engagiert hatte, sie zu entführen, und als Überraschung mit ihr in den Urlaub fuhr. Das würde erklären, warum Konstantin sich so sicher war, dass es ihnen gut ging, obwohl Zacs SUV im Main versunken war.

Das war Blödsinn! Dazu war es zu echt. Autos waren zerstört und Menschen verletzt worden. Für einen Streich war das zu viel des Guten. Nein, diese Hoffnung begrub sie direkt. Sie wurde gerade wirklich entführt.

»Eine Entziehungskur, wenn du so willst. Du musst ausnüchtern.«

Sie hatte mit gar keiner Antwort gerechnet und war überrascht, doch eine zu bekommen. Jetzt klang Konstantin wieder freundlicher. Auch der Blick aus seinen grünen Augen wirkte sanft.

Was wurde hier gespielt? Arianna wurde einfach nicht schlau aus ihm. Doch wie es aussah, hätte sie von jetzt an ein paar Tage Zeit dazu – ob sie wollte oder nicht.

Eine unfreiwillige WG

Taunus, ein einsames Ferienhäuschen
10. April 2018

Konstantin

Etwa eine halbe Stunde später verließen sie die asphaltierte Straße und Leo bog auf einen schmalen Waldweg ab. Konstantin hatte keine Ahnung, wo genau die Hütte lag. Die Buchung und Vorbereitung hatte er Leo überlassen. Er selbst hatte in der Zwischenzeit Arianna beschattet und ausspioniert.

Die Heizung lief auf hoher Stufe. Trotzdem kämpfte sie vergeblich gegen den Fahrtwind, der durch das Loch im Dach und die kaputten Scheiben blies. Konstantin wickelte sich fester in die Jacke und riskierte einen Blick zu Arianna. Sie trug nur eine dünne Bluse und fror erbärmlich. Jedoch hatte sie sich deswegen nicht beklagt.

Seit ihrem Gespräch war sie schweigsam und starrte aus dem Fenster. Unweigerlich fragte sich Konstantin, was in ihrem Kopf vorging. Wie weit reichte Zelos' Beeinflussung? War es mit ein paar Tagen Abstand getan? Hoffentlich!

»Wie lange fahren wir noch?«, wollte Konstantin wissen.

»Bestimmt dreißig Minuten. Von hier an geht es durch den Wald und ich muss teilweise sehr langsam fahren.« Leo sah konzentriert auf den Pfad vor ihnen und wich einem Schlagloch aus.

»Hast du an Brennholz gedacht?«

Leo warf ihm über den Rückspiegel einen Blick zu. »Ja und Vorräte für eine Woche. Wir müssen die Hütte so lange, wie es dauert, nicht verlassen.«

Je länger sie dortblieben, desto geringer war das Risiko, entdeckt zu werden. Auf ein baldiges Wiedersehen mit den Göttern konnten sie verzichten. Der Schmerz in Konstantins Hand war übel und er war froh, ihn nicht mehr lange ertragen zu müssen.

Sobald die Sonne unterging, würde Antares ihm helfen. Sein Stern heilte ein paar gebrochene Knochen schnell. Sie hatten schon Schlimmeres überstanden – viel Schlimmeres.

Wieder wanderte sein Blick zu Arianna. Sie zitterte leicht, nicht nur aus Angst. Seufzend nahm Konstantin beide Handys aus den Taschen und zog die Jacke umständlich aus. Dabei entfuhr ihm ein schmerzhaftes Zischen, als er versuchte, den rechten Ärmel über die Verletzung zu streifen.

»Was macht die Hand?«, fragte Leo.

»Geht schon«, gab Konstantin knapp zurück. Währenddessen gelang es ihm, die Jacke auszuziehen, und er hielt sie Arianna hin. »Hier.«

Sie schenkte ihm einen abfälligen Blick und drehte sich demonstrativ wieder zum Fenster. Sie wollte die Schweigsame geben? Kein Problem! Das wäre Konstantin sogar recht. Spätestens bei ihrem Erwachen in ein paar Tagen hätte sie genug Redebedarf.

»Nun nimm schon«, sagte er bemüht ruhig. Es wäre besser, wenn Arianna ein bisschen Vertrauen fasste. Das machte die nächsten Tage einfacher.

»Du kannst sie behalten. Ich will sie nicht«, gab sie würdevoll zurück.

Konstantin schnaubte. »Ich kann das Klappern deiner Zähne bis hierher hören. Niemandem ist geholfen, wenn du dich jetzt erkältest.«

Daraufhin bekam er keine Antwort mehr. Genervt warf Konstantin die Jacke in ihre Richtung. Sie landete auf Arianna und bedeckte ihre linke Seite, die dem Loch im Dach zugewandt war. Na immerhin. Sie rührte sich nicht und ließ die Jacke an ihrem Platz.

Ein paar Minuten später bemerkte Konstantin, wie sie die Zipfel möglichst unauffällig feststeckte. Arianna wollte doch nicht länger frieren. Nur war sie zu stolz, das zuzugeben. Ein schmales Lächeln stahl sich in sein Gesicht. Er sparte sich aus Höflichkeit jeglichen Kommentar.

Leo behielt recht. Die Hütte stand auf einer kleinen Lichtung, die mitten im Wald lag. Hier sollte sie niemand finden. Selbst Helios, der

Sonnengott, dürfte nicht in der Lage sein, sie an diesem verlassenen Fleckchen zu entdecken – und der sah tagsüber angeblich alles.

Sobald der Wagen stand, sprang Konstantin raus und begutachtete den Schaden. Die eine Seite war vollkommen zerkratzt und der Spiegel fehlte, die Motorhaube war eingedrückt und voller Dellen. Kaum eine Scheibe war noch intakt. Das kaputte Dach war nichts Neues. Missmutig stapfte er zum Kofferraum, von dem so gut wie nichts übrig geblieben war.

Leo gesellte sich zu ihm. Er sah alles andere als begeistert aus. »Wenn wir hier fertig sind, müssen wir uns abholen lassen. Es überrascht mich, überhaupt so weit gekommen zu sein. Selbst wenn diese Schrottkarre den Rückweg packen könnte, wären wir viel zu auffällig.«

Konstantin stimmte nickend zu, dann fiel ihm etwas auf. »Warst du so schlau, die Nummernschilder vorher zu demontieren, oder haben wir die unterwegs verloren?«

»Keine Sorge, die habe ich vorher schon abgemacht.«

»Okay, so sollte uns wenigstens nicht auch noch die Polizei nerven.« Konstantin drückte an der Griffmulde des Kofferraums herum. Natürlich bekam er ihn dadurch nicht auf. Frustriert stützte er seinen Fuß darauf und übte Druck auf das lädierte Metall aus.

»Hey!«, rief es von drinnen. »Könnt ihr das machen, nachdem ihr mich rausgelassen habt?«

Leo sah zerknirscht aus und eilte zur hinteren Tür, die durch die Kindersicherung verriegelt war, und öffnete sie. »Sorry!«

Wütend sah Arianna sich um. Ob sie ihre Fluchtmöglichkeiten durchging?

»Komm nicht auf die Idee, abhauen zu wollen. Sonst müssen wir dich doch anbinden«, sagte Konstantin streng.

Sie würdigte ihn keiner Antwort.

An Leo gerichtet fragte er: »Hast du eine Brechstange oder so was? Irgendwie müssen wir an die Klamotten kommen.« Für sie alle lagen Wechselwäsche und diverse Hygieneartikel im Kofferraum.

»Ausgerechnet heute habe ich sie vergessen. Dabei gehe ich sonst nie ohne aus dem Haus.«

Konstantin verdrehte die Augen. »Man wird ja noch mal fragen dürfen. Vielleicht gibt es irgendwo Werkzeug. Passt du auf sie auf? Dann sehe ich mich mal um.«

»Geht klar! Komm, Arianna, ich zeige dir das Haus«, sagte Leo. Seine Hand lag auf ihrem Rücken und er schob sie sanft zur Tür. Widerwillig ließ sie es geschehen.

Neben dem Ferienhaus stand ein kleiner Schuppen. Konstantin steuerte ihn an. Er war verschlossen. Den Schlüssel fand er vermutlich im Haus. Anstatt seinen Gefährten direkt zu folgen, ging er einmal außenrum und sah sich gleich etwas um. Eines der Fenster war vergittert. Die Scheibe dahinter bestand aus Milchglas. Es musste sich um ein Badezimmer handeln. Sehr gut, so entwischte Arianna ihnen nicht, während sie vorgab, auf der Toilette zu sein.

Drinnen suchte er nach Leo. Mit der kaputten Hand bekäme Konstantin den zerstörten Kofferraum sowieso nicht auf. Das müsste sein Freund übernehmen. Im Erdgeschoss fand er die Küche, eine Gästetoilette und ein großzügiges Wohnzimmer. Immerhin gab es einen Fernseher und sogar Strom. Der Erbauer dieses Hauses hatte auf den Luxus der Zivilisation nicht verzichtet.

Unten war niemand zu sehen. Leos Stimme erklang von oben. Zwei Stufen auf einmal nehmend, lief Konstantin die Treppe hinauf. Er fand die beiden in einem Schlafzimmer.

»Ich dachte, du schläfst hier. Das Zimmer hat die schönere Aussicht. Kon und ich schlafen abwechselnd in dem anderen Zimmer«, erklärte Leo gerade.

»Wieso abwechselnd?«, wollte Arianna skeptisch wissen.

»Weil wir dich nicht aus den Augen lassen dürfen«, sagte Konstantin, während er eintrat.

Arianna wirbelte zu ihm herum. »Soll das heißen, einer von euch wird am Bett sitzen, wenn ich schlafe? Folgt ihr mir vielleicht sogar bis aufs Klo?«

»Ein Platz an der Tür sollte reichen«, erwiderte Konstantin. »Was das Bad betrifft, da darfst du allein rein. Wir werden vor der Tür warten und du musst alle zwei Minuten ein Lebenszeichen von dir geben, wenn du nicht willst, dass wir einfach so reinplatzen. Natürlich haben wir alle Schlüssel vorher entfernt.«

Seine Erklärung schmeckte Arianna gar nicht. Sie kaute auf ihrer Unterlippe und rang um Worte.

Konstantin wandte sich an Leo: »Kannst du in dem Schuppen nach Werkzeug suchen? Er ist abgeschlossen und ich vermute, du weißt, wo der Schlüssel ist.« Demonstrativ hielt er die gebrochene Hand in die Höhe. »Bis zur Nacht bin ich dir leider keine große Hilfe.«

Zum ersten Mal sah Leo sich die Verletzung genauer an. »Bia hat aber auch einen festen Händedruck.«

»Haha, ich lache dann später.«

Kameradschaftlich schlug Leo ihm auf die Schulter, während er sich an Konstantin vorbeischob und das Zimmer verließ. »Ach komm, mich hat sie auch schon öfter als einmal erwischt.«

»Ich glaube, das trifft auf jeden von uns zu«, murmelte Konstantin.

Arianna hatte ihn nicht aus den Augen gelassen. Ihre Mimik schwankte irgendwo zwischen Frust und Trauer. Schließlich seufzte sie und ihr Gesicht glättete sich. »Verrätst du mir jetzt, was ihr von mir wollt? Warum das ganze Theater? Ich bin niemand Besonderes, meine Eltern oder mein Verlobter sind nicht reich, es lohnt nicht, einen meiner Angehörigen zu erpressen.«

Konstantin musterte sie aufmerksam. Sie tat ihm leid, wie sie so verloren vor ihm stand und keine Ahnung hatte, wer sie eigentlich war und was es mit ihrer Bestimmung auf sich hatte. »Wir wollen dir nicht schaden und ebenso wenig jemanden erpressen«, erklärte er sanft. »Ich kann dir nicht viel verraten, das könnte den Prozess behindern, sonst würde ich es tun. Du wirst es in ein paar Tagen verstehen und dann wirst du dankbar sein. Bis dahin machen wir uns hier eine ruhige Zeit und warten.«

»Eine ruhige Zeit?! Sag mal, willst du mich jetzt völlig verarschen?«, fuhr Arianna ihn an.

»Ich will dir helfen«, hielt Konstantin dagegen.

»Du hast mich entführt!«

Konstantin versuchte, ruhig zu bleiben. »Ich habe dich gerettet. Gib mir drei Tage, höchstens vier. Dann wirst du es erkennen.«

»Was erkennen?«, fragte Arianna störrisch. Immerhin brüllte sie nicht mehr.

»Wie froh du über mein Eingreifen bist. Ich wette sogar mit dir. Wenn du zu deinem Verlobten zurückwillst, lasse ich dich gehen. Wenn du jedoch die Wahrheit erkennst, helfe ich dir dabei, ihm eine Abreibung zu verpassen.«

»Warum sollte ich Zac etwas antun wollen?«, fragte Arianna trotzig. Die braunen Augen schossen Blitze in seine Richtung.

»Frag mich das in vier Tagen noch mal.« Am liebsten hätte Konstantin sie einfach stehen lassen. Aus naheliegenden Gründen ging das nicht. Bei der erstbesten Gelegenheit startete Arianna einen Fluchtversuch, davon war er überzeugt.

Sein Herz raste und er riss sich zusammen, um ihr nichts an den Kopf zu werfen, was er später bereute. So endete es immer mit ihnen. Sie waren wie Feuer und Eis, Tag und Nacht, Wüste und Meer.

Ariannas Gesicht spiegelte seine eigenen Emotionen. Sie sah aus, als platze sie gleich. Dann holte sie tief Luft und Konstantin konnte ihr dabei zusehen, wie sie sich zur Ruhe zwang. »Na schön, warten wir vier Tage.«

Natürlich wusste er, dass Arianna ihn nur in Sicherheit wiegen wollte, um ihren Entführern zu gefallen. Von ihrem Standpunkt aus betrachtet, ergab das sogar Sinn, wenn sie befürchtete, er oder Leo könnten ihr jederzeit etwas antun oder über sie herfallen.

»Ich hab die Taschen«, rief sein Freund von unten und unterbrach die angespannte Stille.

Konstantin löste seinen Blick, der sich mit dem von Arianna verhakt hatte, und schielte zur Treppe. An deren Fuß stand Leo mit drei Reisetaschen in den Händen.

»Prima, lasst uns auspacken und danach etwas essen«, beschloss Konstantin.

Warum suchst du mich nicht?

Taunus, ein verdammtes Gefängnis
10. April 2018

Arianna

Arianna saß neben Konstantin auf dem Sofa und kaute lustlos auf einem Stück lauwarmer Pizza. Leo hatte sich in den Sessel gelümmelt. Insgeheim hoffte sie, sich die nächsten Tage nicht ausschließlich von Tiefkühlkost ernähren zu müssen. Mal war das okay, aber Arianna bevorzugte richtiges Essen.

Konstantin bemerkte ihre fehlende Begeisterung. »Ab morgen koche ich, wenn meine Hand wieder in Ordnung ist.«

Arianna runzelte die Stirn. Sie wollte ihn gerade fragen, wie das denn funktionieren sollte, als das Intro der Lokalnachrichten anfing. Auf keinen Fall durfte sie die verpassen!

In der Zusammenfassung war von einer halsbrecherischen Verfolgungsjagd die Rede. Nach ein paar anderen Einspielern über den verstauchten Knöchel eines Fußballspielers und Nachwuchs im Zoo ging es direkt mit dem Hauptthema los.

Ariannas Blick klebte am Bildschirm. Es wurden ein paar Szenen von oben gezeigt. Offenbar hatte ein Amateurflieger mitgefilmt. Die Aufnahmen waren verwackelt. Trotzdem sorgten sie bei ihr für eine Gänsehaut. Ein paar Mal war es knapp gewesen.

Als Nächstes kam ein Schnitt und ein scharfes Bild folgte. Das Team eines Abschleppunternehmens wurde dabei gefilmt, wie es Zacs schwarzen SUV aus dem Main barg. Von den Insassen fehlte jede Spur. Arianna stieß die angehaltene Luft hart aus. Dann waren sie wirklich noch am Leben und sie durfte sich Hoffnungen machen?

Während im Hintergrund die Bergung lief, sprach davor ein Reporter in sein Mikro: »Noch sind die genauen Umstände vollkommen unklar. Bisher hat die Polizei keine Anhaltspunkte auf die Identität der Fahrer oder ihr Motiv finden können. Zur selben Zeit ging in der Leitstelle der Notruf einer jungen Frau ein, die behauptete, entführt zu werden. Bedauerlicherweise brach der Anruf ab und konnte nicht zurückverfolgt werden. Ob beide Taten in einem Zusammenhang stehen, ist bisher rein spekulativ. Sachdienliche Hinweise nehmen die Beamten jederzeit entgegen. Wenn man den Schaden am Fahrzeug und die Zerstörung betrachtet, die beide Wagen auf ihrem Weg hinterlassen haben, grenzt es an ein Wunder, dass es zu keinem ernsthaften Personenschaden gekommen ist. Wir werden Sie diesbezüglich auf dem Laufenden halten. Zurück ins Studio.«

Damit war das Thema durch und jetzt ging es um den Fußballer. Was war mit Zac? Wieso stand er nicht vollkommen aufgelöst vor einer Kamera und flehte um die Freilassung seiner Verlobten? Immerhin war er ihnen doch hinterhergejagt, solange es ihm möglich gewesen war.

Arianna versuchte, den Kloß im Hals runterzuschlucken, doch es gelang ihr nicht. Fassungslos beobachtete sie Leo und Konstantin, die gemütlich auf ihren Plätzen saßen.

»Du wirst nicht namentlich in den Nachrichten auftauchen und die Polizei wird auch nicht nach dir suchen. Das werden dein feiner *Verlobter* und seine Geschwister schon zu verhindern wissen«, sagte Konstantin, sobald er ihren Blick bemerkte.

Woher wusste er so genau, was ihr gerade durch den Kopf ging?

Arianna wollte widersprechen, stattdessen blieb sie stumm. Innerlich spürte sie, dass das die Wahrheit war. Zac liebte sie doch! Warum setzte er nicht alles daran, sie zu finden und zu befreien? Er musste bei der Polizei doch unbedingt Anzeige erstatten.

Die Nachrichten kamen zum Ende und in der Zwischenzeit war die Sonne untergegangen.

»Na endlich«, seufzte Konstantin kurz darauf. Er stand auf und sah zu Leo. »Wir ziehen uns kurz zurück. Passt ihr solange auf sie auf?«

»Klar, lasst euch Zeit. Wenn du willst, kannst du auch direkt schlafen. Wir übernehmen die Nachtschicht.«

Konstantin schnaufte. »Mal sehen, vielleicht mache ich das sogar. Nach diesem Tag bin ich echt fertig. Solltest du zu müde werden, weck mich. Wir wollen doch nicht, dass du einschläfst und sie abhaut.«

»Geht klar«, erwiderte Leo fröhlich.

Warum sprachen sie voneinander in der Mehrzahl? War ihr Ego nach der geglückten Entführung so groß, dass es für eine Person nicht mehr reichte?

Leo sah in ihre Richtung und Arianna versteifte sich bei dem intensiven Blick. Allerdings sah er sie gar nicht direkt an, sondern starrte vielmehr auf einen Punkt über ihrer rechten Schulter. Verwirrt drehte sie den Kopf. Dort entdeckte sie nichts Außergewöhnliches. Was hatte er nur?

Es wurde ihr unheimlich und Arianna stand ruckartig auf. »Ich gehe auch ins Bett. Wenn hier jemand einen anstrengenden Tag hatte, dann ich!«

Sie wandte sich ab und marschierte zur Treppe. Leo erhob sich ebenfalls und folgte ihr dichtauf. Na, das konnte ja heiter werden!

Bei gebrochenen Knochen sparen Sie sich den Gang zum Apotheker und suchen Hilfe bei Ihrem Stern

Taunus, ein einsames Ferienhäuschen
10./11. April 2018

Konstantin

Antares schwirrte den ganzen Weg nach oben nervös um Konstantin herum wie ein Glühwürmchen auf Speed. »Es hat geklappt!«, jubelte er. »Ich hab doch gesagt, du schaffst das.«

Konstantin zog die Tür zum Schlafzimmer auf und wartete darauf, dass der Stern ihm hinterhertrudelte. »Ich mag es ja, wenn du mich anfeuerst, aber können wir uns erst mal wichtigeren Dingen widmen?«

Antares stellte das Hüpfen ein und das Leuchten nahm etwas ab. »Was ist los?«

Erschöpft sank Konstantin auf die Bettkante und hielt die verletzte Hand in die Höhe. »Bia hat mich erwischt. Es war echt knapp und wäre beinahe schiefgegangen.«

Beim Anblick der dunklen Flecken am Gelenk wurde Antares blass und schwirrte schnell zu ihm. »Das haben wir gleich.«

Der Stern ließ sich auf Konstantins Arm nieder und tauchte ihn in Licht. Es flutete das kleine Zimmer und erfüllte seinen ganzen Körper. Es blendete und er kniff die Augen zusammen. Prickelnde Wärme breitete sich im Handgelenk aus und vertrieb die Schmerzen. Unter der Haut spürte er, wie sich die Knochen zurück an ihren Platz schoben. Er wurde schläfrig, streifte die Schuhe ab und ließ sich zurücksinken. »Sorry, Antares«, murmelte Konstantin, »ich kann kaum noch die Augen offen halten. Du willst bestimmt hören, was passiert ist.«

Der Stern erhob sich und flog vor Konstantins Gesicht. »Ich weiß doch, dass eine Heilung dich müde macht. Leo kann es mir auch erzählen.«

Konstantin bekam es kaum mit. Seine Augen waren bereits geschlossen und er driftete ab in einen tiefen Schlaf.

Stunden später wurde er wach, weil ihn etwas blendete. Stöhnend rollte Konstantin sich zur Seite und hob den Arm vor die Augen. Antares leuchtete grell und pulsierend, um ihn zu wecken. »Komm schon, raus aus den Federn! Leo sagt, er braucht eine Pause und du musst ihn ablösen.«

Konstantin brummte etwas Unverständliches.

»Manchmal wünsche ich mir Hände«, sinnierte der Stern. »Dann würde ich dir jetzt einen angelutschten Finger ins Ohr stecken.«

»Du bist widerlich.« Trotzdem lachte Konstantin bei der Vorstellung.

Stattdessen schwebte Antares über seinem Ohr und strahlte Hitze ab.

»Au!«, rief Konstantin und versuchte, ihn mit der Hand zu verscheuchen. »Willst du mir die Haare abfackeln?« Er saß senkrecht im Bett und suchte den übermütigen Stern.

Antares schwebte unter der Decke und kicherte fröhlich.

Mit der Hand fuhr Konstantin sich übers Gesicht. »Wie spät ist es eigentlich?«

»Kurz vor fünf.«

»Was ist mit Arianna?«

Antares sank tiefer und kam wieder in Reichweite. »Taurus schläft seit ein paar Stunden. Zunächst lag sie ewig schmollend im Bett. Nach Mitternacht ist sie endlich eingeschlafen.«

Somit wurde es wirklich Zeit, aufzustehen und Leo das Bett zu überlassen. Neu motiviert zog Konstantin sich an und griff nach dem Kulturbeutel. Er lief am Badezimmer vorbei und steckte den Kopf in Ariannas Schlafzimmer. Sie lag ruhig im Bett. Aldebaran hatte sich neben ihr auf dem Kissen niedergelassen.

Leo hatte auf einem Stuhl an der Tür Stellung bezogen und flüsterte leise mit seinem Stern Regulus. Dessen dunkelblaue Farbe war deutlich angenehmer für die Augen als Aldebarans leuchtendes Rot. Wenn sie nicht besser aufpasste, weckte sie Arianna versehentlich.

»Ich mache mich kurz frisch und dann tauschen wir.«

Leo sah aus rot geränderten Augen zu ihm auf und nickte zustimmend.

In Rekordgeschwindigkeit machte Konstantin sich fertig und war wenige Minuten später wieder in Ariannas Schlafzimmer.

Wankend stand Leo auf und schlurfte an ihm vorbei. »Gute Nacht«, murmelte er, »wenn ihr mich braucht, weckt mich.«

»Na klar«, erwiderte Konstantin und nahm sich gleichzeitig vor, es nicht zu tun. Sein Freund musste sich dringend ausschlafen. Denn so wie es aussah, würde Leo auch die nächsten Nächte durchmachen. Jetzt, da sie mit diesem Rhythmus angefangen hatten.

Konstantin bezog seinen Posten und beobachtete Arianna. Obwohl sie schlief, wirkte sie erschöpft und traurig. Einem Teil von ihm tat es leid, dass sie das durchmachte. Wenn sie bald die Wahrheit erkannte, würde ihr aller Leben so viel leichter werden!

Arianna murmelte im Schlaf und wälzte sich auf die Seite.

»Vielleicht willst du ein bisschen Abstand halten? Mit deinem grellen Licht blendest du sie bloß und weckst sie.«

Doch Aldebaran rührte sich nicht vom Fleck. »Taurus sieht mich immer noch nicht. Ich *kann* sie gar nicht blenden.« Der Stern klang beleidigt.

Fast bekam Konstantin Mitleid mit ihr, wenn er an seine eigene Bindung zu Antares dachte. Zwischen sie beide passte nicht mal ein Blatt Papier. »Hab noch ein paar Tage Geduld, dann sollte sie erwachen. Bis dahin darfst du sie nicht drängen. Angeblich dauert es sonst länger.«

Aldebaran würdigte ihn keiner Antwort und spielte die beleidigte Diva – eine Rolle, die ihr fabelhaft stand. Stattdessen unterhielt Konstantin sich leise mit Antares und Regulus.

Eine Schlafende zu bewachen erwies sich als ausgesprochen langweilig. Es war ein Wunder, dass Leo so lange durchgehalten hatte.

Kaum graute der Morgen, wurden die Sterne unruhig. In wenigen Minuten verblassten sie und konnten erst nachts wieder zu ihnen kommen. Aldebaran schwirrte um Arianna herum und drückte gegen ihre Stirn. Ganz offensichtlich wollte der rote Stern das Erwachen seiner Herrin erzwingen.

»Jetzt lass sie in Ruhe«, knurrte Konstantin. Die Gefahr, Taurus länger als nötig zu babysitten, war groß und unbequem.

»Als ob ich auf dich hören würde«, erwiderte sie trotzig. Damit war es amtlich. Dieser dickköpfige Stern raubte ihm den letzten Nerv.

Arianna stöhnte leise und drehte sich von der Seite auf den Rücken.

Bedrohlich langsam stand Konstantin auf. »Und wie du auf mich hören wirst. Selene hat mich hiermit beauftragt, und ich werde nicht zulassen, dass du dieses Vorhaben in deinem Übereifer behinderst.« Erst jetzt bemerkte er, dass Arianna zwischenzeitlich die Augen geöffnet hatte.

Bei dem barschen Tonfall setzte sie sich ruckartig auf, wobei sie die Bettdecke um sich raffte. »Wovon sprichst du?«, fragte sie ängstlich.

Konstantin ignorierte sie und funkelte Aldebaran böse an. »Haben wir uns verstanden?«

Verwirrt folgte Arianna seinem Blick, der nicht auf ihr ruhte. »Oder sollte ich fragen, mit wem du sprichst?«

Er zwang sich zur Ruhe und einem müden Lächeln. »Mit niemand Wichtigem.« Aus dem Augenwinkel sah er Aldebarans Licht wütend pulsieren, während sie mit der aufgehenden Sonne allmählich verblasste und verschwand.

»Na wunderbar! Ich bin in den Fängen eines Irren gelandet, der wütend Selbstgespräche führt«, murmelte Arianna gerade laut genug, um gehört zu werden.

Konstantin horchte auf, dann zog er einen Mundwinkel hoch. »Bald wirst du sie sehen können. Wenn du mir einen Gefallen tun willst, sag ihr, sie soll aufhören, mich zu nerven. Auf dich hört sie vielleicht.«

»Soll das heißen, nach ein paar Tagen mit euch Wahnsinnigen werde ich genauso verrückt sein wie ihr? Nein danke, ich verzichte.«

Konstantin ignorierte ihren Kommentar komplett. »Wenn du eh wach bist, kannst du auch aufstehen. Ich mache Frühstück. Dir beim Schlafen zuzusehen war alles andere als spannend.«

Und wo geht's hier nach Hause?

Taunus, ein verdammtes Gefängnis
11. April 2018

Arianna

»Wie bitte?«, entfuhr es Arianna. Wieso war dieser Kerl nur so dreist?

Jetzt grinste er auch noch frech. Weil sie nichts Besseres fand, griff sie nach einem Kissen und schleuderte es in Konstantins Richtung. Ehe es sein Gesicht traf, fing er es ab.

»Soll das die Einladung zu einer morgendlichen Kissenschlacht sein?«, fragte er süffisant.

Die bissige Antwort, die Arianna hatte geben wollen, blieb ihr im Hals stecken. Das war unmöglich! »Deine Hand …«

Konstantin ließ das Kissen aufs Bett fallen. »Was ist damit? Ich habe dir doch versprochen, dass ich ab heute für dich kochen werde. Auf Fast Food stehe ich auch nicht gerade.«

Arianna konnte nicht fassen, was sie sah. Konstantins gebrochene, wenn nicht gar zertrümmerte Hand sah vollkommen unversehrt aus. Selbst die tiefen Kratzer auf der Wange, die sie ihm verpasst hatte, waren nicht mehr zu sehen. Sie brachte kein vernünftiges Wort heraus. Ihr Hirn befand sich noch im Ruhemodus.

»Komm schon, du wirst es nicht bereuen. In ein paar Tagen wirst du auch das verstehen.« Sein Ton war einladend und Arianna musste sich daran erinnern, dass es ihr Entführer war, der hier vor ihr stand.

»Du wirst mir nicht dabei zusehen, wie ich mich umziehe!« Auch wenn Konstantin wirklich gut aussah, veranstaltete sie garantiert keinen Striptease für ihn! Eine Neuauflage des Stockholm-Syndroms würde es in dieser Hütte nicht geben.

»Danke, kein Bedarf. Nimm deine Klamotten mit ins Bad. Ich werde davor warten.«

Arianna schnaubte. Moment, war sie allen Ernstes gekränkt, weil er sie nicht nackt sehen wollte? Irgendetwas stimmte mit ihr in letzter Zeit wirklich nicht, wenn ihr schon solche Gedanken kamen. Manche Dinge ergaben in ihrem Kopf keinen richtigen Sinn. Jedoch war Arianna nicht in der Lage, den Finger daraufzulegen und den Ursprung für das Chaos zu finden. Es war ja wohl so was von egal, was Konstantin von ihr hielt! Sie liebte Zac und er sie ebenfalls. Oder etwa nicht? Schon wieder wurde sie von Zweifeln gequält.

Entschlossen stand Arianna auf und wühlte in der Reisetasche nach frischen Klamotten. Die Männer hatten an alles gedacht und sie musste nicht verwahrlosen. Nicht nur diverse Outfits, sondern auch eine Jacke und allerhand Hygieneprodukte waren dabei. Das war fast schon aufmerksam von ihnen. Nur wozu bräuchte sie für wenige Tage drei Packungen Tampons? Männer! Geduscht hatte sie gestern Abend, daher würde eine kurze Wäsche reichen.

Mit verschränkten Armen lehnte Konstantin im Türrahmen und wartete auf sie. Als sie alles beisammenhatte, fasste Arianna einen Entschluss. Erstens: Sie würde sich nicht unterkriegen lassen. Zweitens: Sobald sich eine Gelegenheit bot, floh sie von hier. Im Wald gab es jede Menge Möglichkeiten, sich zu verstecken.

Erhobenen Hauptes stapfte sie an Konstantin vorbei und steuerte das Bad an. Sobald sie drin war, knallte Arianna ihm die Tür vor der Nase zu. Diese kurze Zeit, in der sie niemand beobachtete, würde sie genießen und auskosten, solange es ging.

Im gestrigen Dämmerlicht hatte sie nicht mehr allzu viel erkannt, daher untersuchte sie das Dachfenster noch einmal. Blöderweise war es außerhalb ihrer Reichweite. Man öffnete es mit einer Griffverlängerung und selbst damit konnte es nur angekippt werden. Flucht durchs Fenster fiel aus.

»Arianna?«

Sie gab keine Antwort.

»Sag etwas oder ich komme rein«, drohte Konstantin.

Wütend schnaubte Arianna. »Ich sitze auf der Toilette! Zufrieden? Kannst du nicht wenigstens ein paar Schritte den Flur runter warten? Das ist echt peinlich, zu wissen, dass du direkt vor der Tür stehst.«

»Glaub mir, ich bin auch nicht scharf darauf, dir bei so was Gesellschaft zu leisten, geschweige denn dir dabei zuzuhören. Wir kommen beide nicht drum herum«, erwiderte er trocken.

Hatte er gerade wirklich *zuhören* gesagt?! Die Tage in Gefangenschaft würden zu einer schlimmeren Folter, als Arianna es bislang für möglich gehalten hatte! Mit knallrotem Kopf beendete sie die Morgentoilette und kam wieder auf den Flur.

Konstantin machte bei ihrem Anblick eine auffordernde Geste Richtung Treppe. »Ladys first.«

Als ob! Er wollte sie doch bloß nicht aus den Augen lassen. Garantiert fürchtete er, sie stieß ihn runter, sobald er ihr den Rücken zukehrte. Artig tat Arianna ihm den Gefallen und ging langsam die Treppe hinunter. Wenn die Flucht gelingen sollte, musste sie ihre Entführer zunächst in Sicherheit wiegen.

Sie wurde von Konstantin in die Küche geschoben. Dort steckte er den Kopf in den Kühlschrank. Die einzelnen Fächer quollen über vor lauter Lebensmitteln. Sie waren tatsächlich für eine Woche versorgt.

»Spiegel- oder Rühreier?«, fragte er über die Schulter.

»Rühreier«, gab sie knapp zurück.

Konstantin zog die Schachtel mit den Eiern hervor und stellte sie auf die Kochinsel. Arianna schwang sich auf einen der Barhocker und sah ihm zu. Das könnte interessant werden.

»Okay, Veganerin bist du schon mal nicht«, stellte er fest. »Vegetarierin?«

»Auch nicht.«

Nachdenklich kratzte Konstantin sich am Ohr. Er hielt eine Packung Speck in der Hand und machte keine Anstalten, sie zu den Eiern zu legen.

»Stimmt was nicht?«

»Ich habe das Gefühl, egal was ich sage, es wird falsch sein.«

Arianna kicherte unwillkürlich. »Falls du mich gerade möglichst taktvoll fragen willst, ob ich auch Speck möchte, dann ja, bitte. Ich liebe Speck!«

»Das wäre geklärt. Wie steht es mit Gluten oder Lactose? Hast du Allergien?«, wollte Konstantin als Nächstes wissen.

»Übertreibst du jetzt nicht ein bisschen?« Arianna zog verwundert die Augenbrauen hoch.

»Hey, ich versuche hier möglichst rücksichtsvoll zu sein, weil ich für uns kochen werde. Ich fände es einfach schade, wenn du, aus welchen Gründen auch immer, nicht mitessen könntest, und will dem vorbeugen.«

Das war überraschend aufmerksam von ihm. »Ich vertrage keine Haselnüsse.«

»Okay, mehr Nutella für mich«, stellte er mit frechem Grinsen fest.

Arianna grinste zurück. Das süße Teufelszeug durfte er gern behalten, wäre sowieso schlecht für die Figur.

Als Nächstes durchwühlte er die Küchenschränke, bis er zwei Pfannen zutage gefördert hatte. In der einen drapierte er die rohen Speckstreifen, in die andere schlug er die Eier, verquirlte und würzte sie. Das machte er definitiv nicht zum ersten Mal. Nebenbei fütterte er den Toaster mit Brot und schnitt Obst auf.

Ein köstlicher Geruch breitete sich in der Küche aus und Arianna sog ihn gierig ein. Sie wurde wehmütig. Das letzte Mal, dass ihr jemand Frühstück gemacht hatte, war mindestens zehn Jahre her. Damals war sie noch zur Grundschule gegangen und es war ihre Mutter gewesen. So was taten Mütter eben. Warum hatte Zac ihr eigentlich nie Frühstück gemacht? Wenigstens am Valentinstag. Wenn sie so darüber nachdachte, ließ ihr Verlobter sich ganz schön von ihr bedienen.

»Alles okay?« Konstantin beobachtete sie mit gerunzelter Stirn. Bei diesem Blick könnte man echt schwach werden. Dazu ein selbst gemachtes Frühstück in Kombination …

Vergiss. Nicht. Wer. Er. Ist!

Ja, war sie denn vollkommen verrückt und so leicht zu kaufen? Er wartete auf eine Antwort.

»Soll ich schon mal den Tisch decken?« Natürlich wich sie der Frage aus. Er konnte sie nicht zum Antworten zwingen. Obwohl, genau genommen könnte Konstantin das doch. Andererseits hatte er versprochen, ihr nichts anzutun, sie gut zu behandeln und nach ein paar Tagen sogar wieder gehen zu lassen. Es war verrückt, ein Teil von ihr glaubte ihm.

»Das wäre nett«, sagte Konstantin schließlich, als er einsah, keine andere Antwort von ihr zu erhalten.

Eifrig suchte Arianna nach Geschirr und Besteck sowie Untersetzer für die Pfannen und stellte alles auf den Wohnzimmertisch. Dann schaltete sie den Fernseher an. So musste sie nicht allzu viel mit Konstantin reden und war von ihren widersprüchlichen Gedanken abgelenkt.

Es lief ein Morgenmagazin. Auch heute war die gestrige Verfolgungsjagd das Tagesthema. Kraftlos sank Arianna auf einen Stuhl und lauschte dem Moderatorenpaar und einem Reporter. Die dramatisch in Szene gesetzten Ereignisse unterschieden sich kaum vom Bericht des vergangenen Abends. Es war nichts von Zac zu sehen oder zu hören, wie er darum bat, seine Verlobte schnellstmöglich zu finden.

»Warum sucht er mich denn nicht?«, flüsterte Arianna zu sich selbst und kämpfte mit den Tränen.

Konstantin stellte die Pfannen auf den Tisch und sie fuhr erschrocken zusammen. Sie wartete. Er sagte nichts.

»Was denn? Dieses Mal gibst du keinen spöttischen Kommentar ab?«

Konstantin schnaubte. »Wenn du nichts Nettes sagen kannst, sag besser gar nichts. Manchmal habe selbst ich so was wie Taktgefühl.«

Schweigend aßen sie und jeder hing den eigenen Gedanken nach. Es war lecker, nur hatte Arianna keinen großen Appetit mehr. Nach einer Weile stocherte sie lustlos in den Eiern herum.

Letztendlich war es Konstantin, der das Schweigen brach. »Es wird bald besser werden. Ich würde dir so gern alles erklären, aber das darf ich nicht.« Entweder meinte er es ernst oder er war ein guter Schauspieler.

»Was hindert dich denn daran?«, fragte Arianna müde.

»Es würde dir nicht helfen, sondern genau das Gegenteil bewirken.«

»Weil ich in Ruhe entgiften soll?« Skepsis schwang in ihrer Stimme mit.

Konstantins Gesicht hellte sich auf. »Ganz genau.«

Frustriert stöhnte Arianna. »Im Kryptische-Andeutungen-Machen bist du ein ganz Großer.«

Hatte er entgegen aller logischer Erklärungen wirklich den Schlüssel zu dem Chaos in ihren Gedanken, könnte er ihn Arianna doch einfach überlassen. Was war so schlimm daran?

Nachdem sie sich ein paar Minuten angeschwiegen hatten, räusperte Konstantin sich. »Bist du satt?«

Arianna nickte und sah ihm dabei zu, wie er aufstand und den Tisch abräumte.

Als alles wieder aufgeräumt war, fragte er: »Wollen wir das Wohnzimmer ein bisschen auf den Kopf stellen? Vielleicht finden wir irgendwo ein Kartenspiel oder ein Mensch ärgere Dich nicht oder wenigstens ein paar gute Bücher?«

Gekonnt zog Arianna eine Augenbraue hoch. »Ernsthaft?«

»Wir können auch den ganzen Tag schweigend herumsitzen und aus dem Fenster starren. Dann vergeht die Zeit erst recht nicht.«

Damit brachte er Arianna auf eine Idee. Forschend sah sie aus den bodentiefen Fenstern. Es wartete ein schöner Frühlingstag auf sie wie schon die ganze Woche über.

»Ich möchte hier nicht rumsitzen. Können wir vielleicht ein bisschen spazieren gehen und frische Luft schnappen?«

Jetzt war es an Konstantin, skeptisch dreinzuschauen.

»Sag bloß, du gehörst zur Fraktion Spaziermuffel?«, stichelte Arianna. Er sollte ihr die Bitte nicht allzu schnell abschlagen.

»Wir gehen ein Stück. Lass uns die Jacken holen. Morgens ist es zu kühl ohne.«

Mit neuem Elan rutschte Arianna vom Stuhl und flitzte möglichst lautlos die Treppe hoch. Leo sollte auf jeden Fall noch ein bisschen länger schlafen. Es wäre schon schwierig genug, Konstantin loszuwerden.

Fünf Minuten später standen sie vor der Hütte und gingen los. Schweigend liefen sie den Waldweg entlang. Arianna sah sich aufmerksam um und kundschaftete die Gegend aus. Wie gestern bereits befürchtet, waren sie im tiefsten Wald gelandet. Die Besorgnis, die deshalb in ihr aufstieg, schob sie rigoros beiseite. Arianna brauchte einen Plan, und zwar schnell.

Sobald sie Konstantin entwischte, konnte sie sich immer noch orientieren. Irgendwann käme sie dann schon zu einer Straße. Wenn sie erst mal wieder unter anderen Menschen war, half man ihr garantiert.

»Suchst du was?«, fragte Konstantin.

Ja, einen Fluchtweg … »Wieso fragst du?« Arianna gab sich möglichst unschuldig.

»Du siehst dich nach allen Seiten um, und das schon die ganze Zeit.«

Nervös biss sie in ihre Unterlippe. »Ich sehe mir nur die Blumen an«, antwortete sie schließlich. Es stimmte, der Waldboden war bedeckt von bunten Frühjahrsblühern. Auch wenn Arianna sie bis eben nicht beachtet hatte, so waren sie unleugbar schön. Ostern lag gerade erst hinter ihnen und der Frühling zeigte sich in seiner ganzen Pracht.

Jetzt sah auch Konstantin sich interessiert um. Ein leichtes Lächeln lag auf seinen Lippen. Was ihm wohl durch den Kopf ging? Andererseits konnte Arianna das herzlich egal sein. Sie witterte ihre Chance und nutzte sie.

»Die da hinten waren besonders hübsch«, sagte sie leichthin und deutete zurück.

Konstantin fiel tatsächlich darauf rein und drehte sich um. Entweder er war naiv oder sich seiner Sache zu sicher. Sofort rannte Arianna los. All ihre Kraft legte sie in diesen Sprint. Wenn sie es schaffte, aus seinem Blickfeld zu verschwinden, konnte sie ein Versteck finden und entkommen.

»Scheiße!«, fluchte Konstantin, sobald er den Fluchtversuch bemerkte, und stürmte ihr hinterher.

Zwar rannte Arianna so schnell wie sie konnte, trotzdem kamen Konstantins stapfende Schritte näher. »Bleib stehen!«, rief er atemlos. »Wenn du jetzt zurückgehst, wird es gefährlich für dich.«

Arianna hörte nicht auf ihn. An seiner Stelle würde sie sonst was erfinden, um ihr Opfer einzuwickeln. Sie tauchte unter einen tief hängenden Ast und sprang durch ein Gebüsch. An dessen stacheligen Zweigen blieb ihre Jacke hängen und Arianna hörte den Stoff reißen.

Sie hatte keine Zeit, sich damit zu befassen. Hinter dem Strauch fiel der schmale Weg steil ab. Panisch versuchte Arianna, einen Haken zu schlagen. Sie war zu schnell. Ihre Füße schlitterten durch den Matsch und sie knickte um. Gleich würde sie in den Abgrund stürzen. Panisch kniff sie die Augen zu. Sie wollte nicht sehen, was unter ihr lag.

Arianna verlor das Gleichgewicht und fiel. Konstantin erreichte sie und griff nach ihrem Arm. Er konnte sie auf dem abschüssigen Gelände nicht halten und wurde mit in die Tiefe gerissen.

Typisch Stier

Taunus, mitten im Wald
11. April 2018

Arianna

Starke Arme schlangen sich um ihre Taille und den Kopf. Gemeinsam rollten sie den Hang hinunter. Arianna verlor die Orientierung und konnte nicht sagen, wie lange der Sturz dauerte, ob es nur Sekunden oder sogar Minuten waren.

Abrupt hielten sie an. Konstantin stöhnte gequält auf. »Verfluchte Scheiße!«

Arianna schwirrte der Kopf. Sie wusste kaum, wo oben und unten war. Als sie sich sortiert hatte, wand sie den Kopf aus dem Klammergriff.

Bis auf den Fuß war sie unversehrt. Konstantin hatte die Augen fest zusammengepresst, sein Gesicht war schmerzverzerrt. Den Griff um ihre Taille lockerte er trotzdem nicht. Sie lagen Brust an Brust auf dem Waldboden. Ein Baum hatte sie gebremst. Wie es aussah, war Konstantin mit dem Rücken dagegengekracht. Arianna wollte sich befreien. Zwar war es fies, ihn hier liegen zu lassen, aber er war es, der sie entführt hatte, und nicht umgekehrt.

Sein Griff wurde fester und langsam öffnete Konstantin ein Auge. »Wenn du noch mal versuchst abzuhauen, war heute das erste und letzte Mal, dass ich dir Frühstück gemacht habe.«

Arianna hielt in ihren Bemühungen inne. Sie hatte mit Mordlust gerechnet. Das Einzige, was in seinem Blick aufblitzte, war freundlicher Spott. Sie wurde von dem Drang erfüllt, sich bei ihm zu entschuldigen. Damit die verräterischen Worte blieben, wo sie waren, biss sich Arianna auf die Lippe.

Langsam setzte Konstantin sich auf, wobei er den Griff ein wenig lockerte. »Ich habe doch glatt vergessen, wie dickköpfig und unbelehrbar du sein kannst. Typisch Stier.«

Was sollte das denn bedeuten? »Pah, du liegst falsch! Ich bin Fische.« Damit zufrieden, recht zu haben, grinste Arianna ihn an.

Konstantin war nicht überrascht. »Geboren am 13. März '98. Genau wie ich oder Leo und noch ein paar andere. Laut chinesischem Horoskop wären wir alle Tiger. Das hat in unserem Fall nicht viel zu sagen.«

Woher wusste er …? »Wie lange spionierst du mich schon aus?«

Verwundert sah er sie an. »Deinen Geburtstag kannte ich schon. Schließlich ist er am selben Tag wie meiner. Zum ersten Mal gesehen habe ich dich an dem Tag, als ich in deinen Laden kam und du einen Strauß für meine Mutter binden solltest.«

»Was soll das heißen, endlich gefunden? Wieso hast du mich gesucht?« Dieses Mal ließ er Arianna aufstehen. Sie schwankte zwischen Angst, dem Drang, vor ihm wegzulaufen, und ihrer inneren Unruhe, die mehr erfahren und Antworten bekommen wollte.

»Ich habe schon wieder zu viel gesagt«, murmelte Konstantin und mied ihren Blick. »Kannst du nicht einfach noch ein paar Tage abwarten? Dann wirst du es von selbst wissen.«

»Wie soll das denn funktionie… aua!« In der Zwischenzeit hatte Arianna sich richtig hingestellt und den Fuß belastet, was sich als schwerer Fehler herausstellte. Ein stechender Schmerz zog durch das Gelenk und sie verzog das Gesicht.

»Was hast du?« Konstantin klang alarmiert und rappelte sich auf.

»Etwas ist mit meinem Fuß«, gab sie zerknirscht zu. Weglaufen fiel damit endgültig aus. Verdammter Mist!

Er kam ebenfalls auf die Beine und musterte Arianna von oben bis unten. In seinem schwarzen Haar und an der Jacke hingen Blätter. Die Jeans wies zahlreiche Matschflecken auf. Sie selbst sah kaum besser aus.

Einer seiner Mundwinkel hob sich. »Dann hat sich das mit dem Fluchtversuch wohl erst mal erledigt.«

So ein Arsch! Arianna sah ihn böse an. War ja klar, dass die Verletzung diesem Kerl gerade recht kam.

Konstantin ließ sich von ihrem Blick, bei dem er eigentlich hätte tot umfallen müssen, nicht aus der Ruhe bringen, sondern lachte leise. »Da hast du uns einen schönen Schlamassel eingebrockt.«

Auf einem Bein stehend sah Arianna sich um. Der Weg, von dem sie abgestürzt waren, lag mindestens zehn Meter über ihnen. Allerdings waren sie nicht bis hinunter ins Tal gerollt, sondern auf halber Höhe ausgebremst worden. Egal in welche Richtung sie kletterten, es käme auf etwa dieselbe Strecke hinaus. Wobei Arianna sicher war, nicht klettern zu können, weder nach oben noch nach unten. Dazu tat der Knöchel zu weh, selbst wenn sie, so wie jetzt, den Fuß nicht belastete.

Konstantin sah über die Schulter. »Runter wäre leichter. Da ich noch nie hier gewesen bin, habe ich keine Ahnung, ob es da unten einen Weg gibt, geschweige denn ob der uns wieder zur Hütte führt.«

»Warum rufst du nicht Leo an?«, fragte Arianna vorsichtig. »Vielleicht gibt es im Schuppen ein Seil und er kann uns hoch helfen.«

»Ich habe mein Handy nicht mit. Selbst wenn, würde ich es nicht einschalten, ist zu riskant.«

»Was denn«, setzte sie spöttisch an, »hast du etwa Angst, man könnte nicht nur meines, sondern auch deines orten?«

»Ist schon vorgekommen«, antwortete Konstantin leichthin.

»Das spricht nicht unbedingt für dich«, stichelte Arianna weiter.

»Oder für meine stalkende Ex«, gab er unbeeindruckt zurück. »So oder so bin ich der Einzige, der dich jetzt von diesem Hang schaffen kann, wenn wir nicht bis zur Abenddämmerung warten wollen. Daher sei so gut und spiel ausnahmsweise mit.«

»Was hast du denn vor?«

»Ich nehme dich auf den Rücken und klettere wieder hoch. Dabei werde ich allerdings meine Hände brauchen. Das heißt, du musst dich auch mit den Beinen an mir festhalten. Wenn wir oben sind, kannst du deinen Fuß entlasten. Den Weg zurück trage ich dich huckepack.« Konstantins Blick schweifte über den Hang.

»Hast du so was schon mal gemacht? Was, wenn wir noch weiter abstürzen?« Die Vorstellung, ihm so nahe zu sein, behagte Arianna nicht.

»Bisher nur gesichert an Kletterwänden und ohne Ballast auf dem Rücken. Wenn ich abrutsche, hat sich die Frage erledigt, ob wir unser Glück nicht lieber mit dem Tal versuchen sollen.«

Jetzt hätte Arianna sich gern darüber aufgeregt, von ihm als Ballast bezeichnet worden zu sein. Zu blöd, dass es leider der Wahrheit entsprach. Sie wollte nicht länger hierbleiben und musste sich wohl oder übel fügen. Die Aussicht, auf einem bequemen Sofa die Beine hochzulegen, war verlockend. »Dann versuchen wir es.«

Kommentarlos drehte Konstantin sich um, ging in die Hocke und streckte die Arme nach hinten. Arianna machte einen Schritt auf ihn zu, umschlang widerwillig seinen Hals und ließ es zu, dass er nach ihren Oberschenkeln griff. Ächzend stand Konstantin auf und stieß hart die Luft aus.

»Komm schon, *so* schwer bin ich auch nicht.« Sie verschränkte die Beine vor seinem Bauch, auch wenn der Schmerz dadurch stärker wurde.

»Niemals würde ich wagen, etwas Gegenteiliges zu behaupten.« Mit diesen Worten griff Konstantin nach einer Wurzel, die halb aus der weichen Erde lugte, und zog sie beide hoch.

Er schwankte gefährlich und Arianna fühlte sich wie ein Klammeraffe. Die Sorge, sie könnten abrutschen und in die Tiefe stürzen, wurde immer größer. Verdammte Höhenangst! Sie vergrub das Gesicht an Konstantins Hals und schloss die Augen. So bekam sie nicht bei jedem Schritt eine Panikattacke. Dadurch wurde sie sich des Mannes, an den sie sich klammerte, umso bewusster.

Die Haare in seinem Nacken kitzelten an der Nase. Sie atmete tief ein. Das Shampoo, das er benutzte, roch gut. In Kombination mit dem frischen Schweiß ließen der Geruch und das Schaukeln sie vergessen, mit wem sie hier war, und sie entspannte sich ein wenig.

Konstantin kletterte verbissen weiter und kam halbwegs voran. Arianna wagte es nicht, die Augen zu öffnen, um herauszufinden, wie weit es noch war. Der Ruck, der durch sie beide ging, kam überraschend. Sie kreischte erschrocken auf und verstärkte ihren Griff. Ein gutes Stück rutschten sie den Hang hinunter. Konstantin fing sich ab und bremste sie.

Sein Atem ging schwer. »Du erwürgst mich gleich.«

Widerwillig lockerte Arianna sich ein bisschen und zwang die verkrampften Muskeln, sich zu entspannen. »Tut mir leid«, murmelte sie und schlug die Augen auf. Verlöre Konstantin noch mal den Halt, käme es wenigstens nicht so überraschend.

Sie hatten schätzungsweise die Hälfte geschafft. Etwa zwei Meter weiter oben war die Erde aufgewühlt und eine breite Schleifspur zog sich zu ihnen runter. Eine dünne Wurzel ragte dort aus dem lockeren Waldboden. Offensichtlich war sie der Übeltäter und hatte ihr gemeinsames Gewicht nicht getragen.

»Auf ein Neues!« Konstantin suchte mit den Fingern nach einer Vertiefung und zog sich hoch.

Arianna wagte es nicht, sich zu bewegen oder auch nur den Mund aufzumachen, aus Angst, seine Konzentration zu stören.

Ein paar Minuten später, die ihr wie eine Ewigkeit vorkamen, hatten sie die obere Kante erreicht und Konstantin hievte sich auf den Weg. Er blieb keuchend auf allen vieren und rang nach Luft. Arianna rutschte von ihm runter, um ihm eine Pause zu gönnen.

»Geht gleich wieder.« Konstantin rappelte sich auf und setzte sich zu ihr auf den Waldboden. Vorsichtig warf er einen Blick den Hang hinunter.

Die schwarzen Haare klebten ihm verschwitzt im Gesicht und das schlechte Gewissen überkam Arianna erneut. Das war vollkommen bescheuert von ihr! Wie kam sie nur auf die Idee, Mitleid für ihren Entführer zu empfinden? Trotzdem konnte sie die Vertrautheit zwischen ihnen nicht leugnen. Sie war einfach da. Vielleicht lag sie darin begründet, dass Arianna das Gefühl nicht loswurde, Konstantin kannte sie, aus welchem Grund auch immer, besser als sie sich selbst.

Er wischte sich die Haare aus der Stirn und ging wieder in die Hocke. »Komm her. Der Rest wird dagegen ein Klacks.«

Arianna krabbelte zu ihm und zog sich auf seinen Rücken. Vorsichtig stand Konstantin auf und setzte sich augenblicklich in Bewegung. Dieses Mal ließ sie ihre Füße baumeln. Seine Hände waren warm und fassten ihre Oberschenkel von unten.

Den restlichen Weg über schwiegen sie beide. Wahrscheinlich sparte Konstantin seinen Atem, bis sie wieder in der Hütte waren. Dort würde er sie garantiert anbrüllen und in einer Ecke anbinden.

Am Ende des Weges kam das Ferienhaus in Sicht und beide atmeten erleichtert auf. Schnellen Schrittes lief Konstantin die letzten hundert Meter. Umständlich öffnete er die Tür und trat ein. Er steuerte den Wohnbereich des Hauses an und durchquerte die offen gebaute Küche. Hinter der Kochinsel stand Leo. Seine blonden Locken waren zerzaust. Er trug lediglich ein T-Shirt und Boxershorts. Gerade machte er sich gierig über die Reste des Frühstücks her und aß direkt aus der Pfanne.

Als er die Schritte hörte, sah er auf und ließ die Gabel auf halbem Weg zum Mund in der Luft verharren. »Was ist denn mit euch passiert?«

Konstantin schnaubte. »Wir waren picknicken.«

»Was du nicht sagst. Muss ja sehr romantisch gewesen sein, wenn man bedenkt, wie ihr euch über den Boden gewälzt haben müsst, um so auszusehen.«

»Nicht wahr? Ich habe sämtliche Geschütze aufgefahren. Sie konnte gar nicht anders, als mich direkt zu bespringen.«

Arianna traute ihren Ohren nicht. Rissen die beiden über den offensichtlichen Fluchtversuch wirklich Witze?

Vor dem Sofa hielt Konstantin an und setzte sie vorsichtig ab. »Ruh dich aus«, sagte er seufzend, während er die Sofadecke über ihr ausbreitete. Dann wandte er sich ab und drehte ihr den Rücken zu.

Das war alles? Wo blieben das Geschrei und die Androhung von Gewalt?

Perplex sah Arianna ihm hinterher. Auf dem Weg zur Treppe streifte Konstantin sich die schmutzige Jacke ab. »Passt du ein bisschen auf sie auf? Ich muss dringend duschen.«

»Klar, kein Problem«, antwortete Leo sofort.

Der Stoff von Konstantins T-Shirt war in der Mitte des Rückens dunkler. Der Rückweg musste für ihn verdammt anstrengend gewesen sein. Sobald er die Treppenstufen erreichte, zog er sich im Gehen das Shirt über den Kopf.

Erschrocken sog Arianna die Luft ein. Eine großflächige Verletzung verunstaltete die gebräunte Haut. Schürfwunden und rote Flecken waren über Konstantins breiten Rücken verteilt. Im Bereich der Lendenwirbelsäule war es besonders auffallend. Dort war er gegen den Baum gekracht, der ihren Fall gebremst hatte.

Das musste wahnsinnig wehtun. Trotzdem hatte Konstantin sie getragen, ohne sich zu beklagen. Was stimmte mit ihm bloß nicht? Er hätte allen Grund, unfassbar wütend auf sein Opfer zu sein. Stattdessen deckte er sie sogar zu.

»Soll ich dir einen Tee kochen?«, fragte Leo aus der Küche.

Arianna riss sich von Konstantins Anblick los. Er war ohnehin gerade im oberen Stockwerk verschwunden. »Das wäre sehr nett«, sagte sie hastig.

»Welche Sorte hättest du gern? Hast du eine spezielle Vorliebe?«

»Ganz egal, nur keinen Hibiskus in der Mischung. Der Geschmack übertüncht alles andere und ich mag ihn nicht.«

»Okay, ich guck mal, was wir dahaben.«

Fünf Minuten später hielt Arianna eine Tasse Pfefferminztee in den Händen und genoss die Wärme. Leo hatte ihr auch eine kalte Kompresse mitgebracht. Zusätzlich entzündete er den Kamin. Danach ließ er sich in einen der Sessel sinken und schaltete den Fernseher ein.

Nach einer Weile kam Konstantin wieder runter. Er hatte sich frische Klamotten angezogen. Seine Haare waren feucht und die Spitzen im Nacken kringelten sich leicht.

Ariannas Puls beschleunigte sich bei diesem Anblick. Sie spürte eine Mischung aus Angst und Aufregung. Konstantin warf einen Blick auf die große Uhr im Wohnzimmer. Es war kurz nach ein Uhr mittags.

»Wie sieht's mit Essen aus? Habt ihr Hunger?«

»Na klar!«, rief Leo freudig aus.

Konstantin verdrehte die Augen. »Dich habe ich nicht gefragt. Dass du verfressen bist, weiß ich. Arianna?«

Sie wand sich unbehaglich. »Du kannst auch erst mal eine Pause machen.«

»Hast du Hunger?«, fragte er noch einmal.

Zur Antwort knurrte ihr Magen laut und Arianna wollte sich am liebsten unter der Decke verstecken. Vom Frühstück hatte sie kaum etwas gegessen und auch gestern war es nur wenig gewesen.

»Ich werte das als Ja.« Grinsend ging Konstantin in die Küche.

»Willst du in der Zwischenzeit vielleicht auch duschen?«, fragte Leo.

Arianna verzog das Gesicht. »Ich kann nicht richtig stehen und hätte allein womöglich Schwierigkeiten. Heute Abend werde ich es mal versuchen. Bestimmt geht es meinem Fuß dann besser.«

Leo nahm ihre Antwort hin und sah wieder zum Fernseher. Es interessierte ihn gar nicht, was genau vorgefallen war. Er zappte durch die Kanäle und konnte sich für nichts begeistern. »Ich vermisse unseren Netflix-Zugang.«

»Ein paar Tage wirst du ohne überleben«, erwiderte Konstantin. »Bald kannst du deinen Hintern wieder auf Selenes Sofa parken und weiter vor dich hin verblöden.«

»Hey!«, empörte sich Leo. »Das ist Qualitätsfernsehen. Du weißt doch, wie man sagt? Wenn man keine Ahnung hat …«

»Im Gegensatz zu dir habe ich mehr zu tun, als mir vorm Fernseher den Arsch platt zu sitzen«, meinte Konstantin.

Unwillkürlich lachte Arianna. Das Geplänkel der beiden war witzig. »Wie wäre es mit einer DVD? Haben wir welche hier?« Ein Film löste das Problem hoffentlich und brachte sie alle auf andere Gedanken.

Leo schenkte ihr ein anerkennendes Lächeln. »Ich mag deinen Pragmatismus.« Er stand auf und öffnete das Schränkchen unter dem Fernseher.

Darin befanden sich tatsächlich ein paar Plastikhüllen. Leo las die Titel vor: »Der Pate, Fightclub, Vier Fäuste für ein Halleluja, Titanic, The Fast and the Furious 2, oder nee, das müsste der dritte sein, Die Eiskönigin …«

»Oh, den liebe ich!«, rief Arianna begeistert.

»Dann gucken wir ihn.« Konzentriert schnippelte Konstantin vor sich hin und warf gerade etwas in einen Topf.

»Du hast versprochen, der Aufenthalt in diesem Haus würde nicht unangenehm!«, jammerte Leo.

»Arianna habe ich das versprochen, nicht dir«, stellte Konstantin klar, wobei er mit dem Messer in der Hand gestikulierte. »Leg den Film ein! Diese neunzig Minuten wirst du überleben.«

»Auf der Hülle steht, es sind hundertundeine Minute!«

»Und wenn es zweihundert wären, weniger meckern, mehr Film einlegen.«

Grummelnd gab Leo nach und kurz darauf summte Arianna das erste Lied schon mit.

Ein dampfender Teller wurde ihr unter die Nase gehalten. Konstantin lächelte aufmunternd.

Das Essen entpuppte sich als Penne all'arrabbiata. Bereits nach der ersten Nudel schloss Arianna genüsslich die Augen. Es hatte genau die richtige Schärfe. »Die sind echt lecker«, lobte sie ehrlich.

Konstantin, der selbst bedächtig kaute, nahm das Kompliment brummend zur Kenntnis. Ein schwaches Lächeln zierte sein Gesicht. Er freute sich.

»Wo hast du das gelernt?«, fragte sie interessiert.

»Man kann wohl sagen, ich habe mit den Jahren eine gewisse Erfahrung gesammelt.«

»Mit welchen Jahren denn? Du bist doch kaum älter als ich.«

Kurz verzog Konstantin das Gesicht. »Wir sind gleichaltrig. Das Thema hatten wir doch schon.«

»Stimmt, es fällt mir noch immer schwer, das zu glauben. Du kannst tatsächlich mehr als ein paar Eier braten.«

Leos Augen blitzten amüsiert. »Ich weiß, was du meinst. So etwas Produktives wie Kochen traut man diesem Miesepeter gar nicht zu.«

Konstantin musterte seinen Kumpel hochmütig. »Wer den Koch verstimmt, isst ab morgen wieder Tiefkühlpizza.«

Die Drohung zeigte Wirkung und Leo hörte auf, so frech zu grinsen. »Bin schon still.«

Den restlichen Nachmittag verbrachten sie auf der Couch. Ariannas Fuß tat kaum noch weh. Zumindest solange sie sich nicht rührte. Als sie zur Toilette humpelte, biss sie die Zähne fest zusammen.

Trotzdem wollte sie es wagen und sich heute Abend in die geräumige Dusche stellen. Sie starrte vor Dreck, was ihr der Blick in den Spiegel verraten hatte, und allmählich wurde es unangenehm.

Der Tag neigte sich dem Ende und draußen wurde es immer dunkler. Sie hatten gerade – ebenfalls vorm Fernseher – ihr Abendessen beendet und stellten die Teller zusammen.

Mitten in der Bewegung hielt Konstantin inne und sah auf. Genervt verzog er das Gesicht und Arianna fragte sich unweigerlich, woran das lag.

»Sie ist einen Hang runtergefallen«, sagte er.

Arianna spitzte die Ohren.

»Hey!«, rief er laut. »Jetzt komm mal runter und halt die Klappe. Dann könnte ich dir auch erzählen, was passiert ist.«

Mit wem verdammt noch mal sprach er da schon wieder? Kurz huschte Ariannas Blick zu Leo. Der hatte ebenfalls einen Punkt über dem Couchtisch fixiert und war nicht im Geringsten überrascht. Es sah so aus, als folgte er der einseitigen Unterhaltung.

»Arianna wollte abhauen. Ich habe sie aufgehalten und wir sind zusammen einen Hang hinuntergestürzt. Deshalb sieht sie so aus. Nein, das war ganz sicher *nicht* meine Schuld! Wenn ich sie nicht eigenhändig hoch- und hierhergetragen hätte, säßen wir immer noch dort fest, bis ihr uns jetzt erst gefunden hättet. Ja, am Fuß. Muss das sein? Sobald sie laufen kann, wird sie wieder versuchen zu fliehen. Noch ist sie nicht so weit. Sie sieht euch nicht mal.«

Jetzt sah Konstantin zu ihr und Arianna schluckte schwer. Tagsüber wirkte er ganz normal. Warum führte er nachts Selbstgespräche?

Leo mischte sich ein. »Ich muss Kon zustimmen. Es würde unseren Job wirklich erleichtern, wenn du noch einen oder zwei Tage warten könntest.«

Abrupt richtete Konstantin sich auf. »Was fällt dir ein? Natürlich bereitet es mir keine Freude, wenn Arianna Schmerzen hat. Untersteh dich, so was zu behaupten!« Er vergrub das Gesicht in den Händen und schnaubte.

Sprachlos hörte sie zu. Ihr Mund stand offen und sie schloss ihn geräuschvoll.

Konstantin sprang aus dem Sessel und stapfte zum Sofa, auf dem Arianna lag. Er sah stinksauer aus und sie zog instinktiv den Kopf ein. Ruckartig riss er die Decke von ihren Beinen und Arianna schrie erschrocken auf.

»Na schön, dann tu es! Wenn etwas schiefgeht, trägst du auch die Verantwortung. Komm nicht wieder zu uns, um dich auszuheulen, wenn sie entwischt und zu diesem Mistkerl zurückkehrt.« Er wandte sich zum ersten Mal direkt an Arianna. Das Grollen war aus seiner Stimme gewichen. Stattdessen klang er resigniert. »Welcher Fuß ist es?«

»Wie bitte?«, fiepte sie unbehaglich.

»Welchen Fuß hast du dir verletzt?«

»Den rechten«, sagte sie nach einer kurzen Pause.

Konstantin beugte sich vor und schob das Hosenbein hoch. Arianna entzog sich ihm, doch er hielt sie am Unterschenkel fest. »Halt still, es wird gleich besser.«

Etwas war in seinem Blick, was sie innehalten ließ. Sie sollte ihm misstrauen. Warum fiel es ihr mit jeder Stunde, die sie gemeinsam verbrachten, schwerer?

Unwillkürlich entspannte Arianna sich und ließ ihn gewähren. Als Nächstes zog er ihr langsam den Strumpf aus und gab sich die größte Mühe, ihr dabei nicht wehzutun.

»Gleich wird es ein bisschen warm. Erschreck dich deswegen nicht. Du darfst dich jetzt nicht bewegen, dann geht es schneller.«

Zaghaft nickte Arianna und betrachtete den verstauchten Knöchel. Er war nach wie vor geschwollen und der Schmerz pochte schwach im Gleichklang mit ihrem klopfenden Herz. Die beiden Männer starrten auf dieselbe Stelle.

Die Haut erhitzte sich. Obwohl Konstantin sie vorgewarnt hatte, japste sie erschrocken nach Luft. Wohlige Wärme kroch durch Ariannas Fuß bis hoch ins Bein. Der Schmerz verblasste und sie seufzte selig. Es fühlte sich gut und auf eine merkwürdige Art vertraut an. Obwohl Arianna sicher war, so etwas noch nie gefühlt zu haben, wusste sie, dass es nicht zum ersten Mal geschah. Was immer es war, das hier passierte.

Langsam zog sich die Wärme zurück und nahm den Schmerz mit sich. Ungläubig bewegte Arianna den Fuß, bis sie ihn kreisen ließ. Er fühlte sich an, als wäre nichts gewesen.

»Wie …?«, setzte sie an und kam nicht weiter.

Konstantin hielt ihr die Hand hin. »Auch das wirst du bald verstehen. Jetzt solltest du problemlos duschen können.«

Zögerlich griff Arianna zu und ließ sich von ihm aufhelfen. Immer noch skeptisch belastete sie den zuvor verletzten Fuß. Es tat nicht mehr weh.

Leo stand ebenfalls auf. »Komm, ich begleite dich nach oben.«

Widerstandslos ließ Arianna zu, dass er seine Hand auf ihren Rücken legte und sie zur Treppe schob. Dort angekommen, hielt sie inne und sah über die Schulter. Konstantin hatte sich nicht vom Fleck bewegt und sah ihr hinterher.

»Gute Nacht und … danke«, sagte Arianna leise zu ihm.

Überrascht hob Konstantin die Augenbrauen. »Gute Nacht.«

Arianna wandte sich ab und stieg dicht gefolgt von Leo die Treppe hoch.

Wenn dein Gegenstück sich sorgt, mach dir Gedanken

Taunus, ein einsames Ferienhäuschen
11. April 2018

Konstantin

»Du bist komisch«, stellte Antares fest, sobald sie allein waren.

»Ach ja? Warum?«

»Weil du nett zu ihr bist. Das ist ungewohnt.« Der Stern sank vor ihm auf den Couchtisch. Sein Licht flackerte, was auf Unruhe und Nervosität schließen ließ.

Konstantin setzte sich und schnaubte. »Meinst du wirklich? Ich finde, ich habe sie gerade ganz schön angefahren. Aldebaran hasst mich und wird nicht müde, mir das zu zeigen. Ich wiederum bin die meiste Zeit von ihr genervt und halte sie für unfähig.«

Antares hüpfte einmal in die Luft. »Was du nicht sagst! Das merkt man dir gar nicht an. Ich meine nicht Aldebaran, sondern Arianna. Für gewöhnlich behandelst du Taurus genauso.«

Er wollte widersprechen. Konstantin blieben die Worte im Hals stecken. »Ich darf sie nicht gegen mich aufbringen, wenn sie bald erwachen soll.«

»Mir gegenüber musst du keine Ausflüchte finden«, stellte Antares klar.

»Warum sollte ich Ausflüchte finden wollen?«

»Weil es nicht so aussieht, als müsstest du dir Mühe geben, nett zu ihr zu sein. Es geschieht einfach.«

Konstantin überdachte die Worte des Sterns. Unweigerlich kam er zu demselben Ergebnis. »Muss daran liegen, dass Arianna nicht weiß, wer ich bin. Ohne Erinnerung ist es angenehm mit ihr. Sie weiß nichts von unseren Diskrepanzen und ist, von der Geschichte mit der Entführung mal abgesehen, unvoreingenommen. Auch wenn sie manchmal in alte Muster verfällt und mich mit Blicken durchbohren will.«

»Heißt das, sobald sie erwacht, werdet ihr euch wieder in eurer gegenseitigen Verachtung suhlen?« Antares seufzte und wurde blass.

»Ich weiß es nicht«, gestand Konstantin. »Vermutlich schon. Wir hassen uns schon viel zu lange, als dass ein paar erzwungene Tage unter einem Dach das ändern könnten, schätze ich.«

»Weißt du überhaupt noch, wie es dazu gekommen ist?«, fragte Antares lauernd.

Sofort wollte Konstantin eine Antwort geben und stellte fest, nicht dazu in der Lage zu sein. »Ich werde alt und kann mich nicht mehr daran erinnern. Mit unseren verstreichenden Leben ist es zur Gewohnheit geworden.«

»Dachte ich es mir doch.« Antares hüpfte wie ein Flummi.

»Weißt du es noch?«

»Den genauen Grund habe ich nie wirklich gekannt. Ihr hattet euch früher mal verstanden. Das liegt mindestens zwei Jahrtausende zurück, wenn nicht sogar noch länger. Dann wurde euer Verhältnis schlechter und bald konntet ihr einander nicht mehr ausstehen. Damals dachte ich ja, du und Taurus …«

Konstantin verzog das Gesicht. »Sie und ich, was?«

»Ihr seid Gegenzeichen. Entweder ihr stoßt euch ab oder zieht euch an. Etwas dazwischen gibt es nicht.«

»Hattest du ein billiges Horoskop zum Abendessen?«, fragte er besorgt.

Hätte der Stern die Augen verdrehen können, er hätte es getan, dessen war Konstantin sicher. »Du hast mich nach dem Grund gefragt und so ist es eben. Es gab eine Zeit, da habt ihr beide euch blendend verstanden. Das änderte sich schlagartig.«

»Wann war das?« Konstantin wusste es wirklich nicht mehr. Die Antipathie erwachte gemeinsam mit ihrem wahren Ich. Für gewöhnlich gingen sie sich der Einfachheit halber aus dem Weg und vermieden Berührungspunkte.

Nachdenklich schaukelte Antares in der Luft. »Ein paar eurer Leben waren bereits vergangen. Wenn ich es recht bedenke, fing es bald darauf an, nachdem Selene dich zu ihrer rechten Hand gemacht hat.«

Konstantin schreckte hoch. »Ernsthaft?«

»Du hast dich in dieser Zeit verändert. Offenbar nicht zum Gefallen von Taurus«, sagte Antares vorsichtig.

Statt einer Antwort gab er ein unwirsches Brummen von sich.

Der Stern kam näher und ließ sich auf Konstantins Knie nieder. »Ich weiß, dass du der Mondgöttin nur helfen willst, ihren Geliebten zu erwecken. Das wollen wir alle. Wir verdanken ihr viel. Doch wirkst du dabei etwas verbissen. Erst recht, wenn du gerade auf der Jagd nach einem Ausreißer bist. Dann haben deine Gefährten manchmal Angst vor dir.«

»Bist du fertig oder willst du meine soziale Inkompetenz gegenüber Fahnenflüchtigen weiter vertiefen?«

»Dann eben nicht.« Antares' Seufzen war so laut, Arianna hätte es unter der Dusche gehört, hätte sie von den Sternen bisher etwas mitbekommen.

»Ich sollte mich hinlegen«, beschloss Konstantin. »Immerhin muss ich morgen wieder früh raus.«

Der Stern trudelte schweigend neben ihm her, als er sich die Treppe hochschwang. Auf weitere tiefgründige Gesprächsthemen konnte Konstantin in dieser Nacht dankend verzichten.

Komm mir nicht zu nahe, du verrücktes Glühwürmchen!

Taunus, ein Gefängnis?
12. April 2018

Arianna

Der zweite Tag in der Hütte verging schnell. Sie spielten Karten, Konstantin kochte, Arianna scherzte mit Leo und gemeinsam sahen sie sich DVDs an. Heute oblag die Filmauswahl nicht allein ihr, stattdessen ging es der Reihe nach. Es hatte eine gewisse Klassenfahrtatmosphäre.

Ariannas bewusstes Denken warnte sie davor, sich fallen zu lassen. Doch ihr Unterbewusstsein hörte nicht zu. Sie fühlte sich aufgenommen und angekommen, und das, obwohl sie nicht freiwillig hier war. Immer seltener dachte sie an Zac und fragte sich, ob sie einander wirklich liebten. Sie wusste es nicht mehr.

Genau genommen war er nie besonders gut zu ihr gewesen. Er war ständig auf der Arbeit, tat fast nie etwas für sie und hatte auch noch seine bisweilen anstrengende Schwester in Ariannas Wohnung einquartiert. Außerdem enthielt Zac ihr Sachen vor, wenn Leo und Konstantin recht hatten und die beiden anderen im Auto tatsächlich seine Geschwister waren. Von einer solchen Großfamilie hatte er Arianna nie erzählt. Das wäre spätestens wichtig für die Sitzordnung bei der Hochzeit.

Da war er wieder, dieser Gedanke. Fast war es, als wollte er ihr klarmachen, dass Zac nicht dorthin gehörte. Weder in Ariannas Wohnung noch in ihr Leben. Der Teil, der sich dagegen sträubte und ihn behalten wollte, war überraschend klein. Waren sie beide wirklich füreinander bestimmt, wie Arianna bisher angenommen hatte? Mit jeder Stunde, die sie nicht an der Seite ihres Verlobten verbrachte, wurde sie unsicherer.

War sie mit Zac glücklich?

Bis vor wenigen Tagen hätte sie geschworen, er wäre ihr Seelenverwandter. Wieso vermisste Arianna ihn dann nicht? Stattdessen fühlte sie eine merkwürdige Entfremdung.

»Was hast du?« Konstantin hatte sich vorgebeugt und musterte sie aufmerksam. Wie lange hatte er ihrem angestrengten Brüten zugesehen?

»Es ist nichts«, wich Arianna aus. Wie sagte sie ihm, dass sie zweifelte und er womöglich recht hatte?

»Nichts sieht anders aus.« Er stand auf und räumte den Tisch ab.

Sie war versucht, ihm zu helfen, doch besann sich eines Besseren. Schließlich war Arianna hier das Opfer. So weit kam es noch, dass sie ihren Entführern bei der Hausarbeit unter die Arme griff, oder nicht?

Schon wieder war ein Tag vergangen und Arianna wusste immer weniger, was sie von alldem halten sollte. Sie zog sich in ihre Gedanken zurück. Da leuchteten bunte Lichter vor ihr auf. Mit offenem Mund sah Arianna dabei zu, wie sie immer heller wurden und sich nach und nach in Bewegung setzten. Hatte sie einen Schlag auf den Kopf bekommen, ohne es zu merken?

Der orangene Lichtball schwirrte knapp an ihr vorbei und flog in die Küche. Ein dunkelblauer schwebte langsam zu Leo. »Hey, wie war euer Tag?«

Moment mal?! Seit wann konnten Lampions sprechen? Die fremde Stimme war definitiv aus dem blauen Lichtball gekommen.

Leo schenkte ihm ein mildes Lächeln. »Ruhig«, antwortete er.

Das rote Licht schwebte immer näher an sie heran. Arianna zog den Kopf ein.

»Hallo, Arianna. Wie geht es dir?«, fragte eine hohe Stimme.

Ihr gingen fast die Augen über. Wieso kannte dieses Ding ihren Namen? Sie wollte etwas erwidern. Außer zusammenhanglosem Gestammel brachte sie nichts heraus.

»Siehst du mich etwa?!«, kreischte das rote Licht begeistert und schoss auf sie zu.

Instinktiv griff Arianna nach einem Sofakissen und hielt es sich vors Gesicht. »Komm mir nicht zu nahe, du verrücktes Glühwürmchen!«

Schlagartig verstummten alle Anwesenden und sie spürte die Blicke bis durch den provisorischen Schild. Langsam ließ Arianna ihn sinken und schielte über dessen Rand. »Was bist du?«

Das rote Leuchten wurde blasser. »Ich heiße Aldebaran. Ich bin dein Stern.«

»Mein Stern?«, fragte Arianna verständnislos.

Konstantin war aus der Küche zurückgekommen und stützte sich von hinten auf die Sofalehne. Der orangene Lichtball schwebte knapp über seiner Schulter. »Du kannst sie sehen? Das wäre ja mal ein Fortschritt.«

Ruckartig nickte Arianna, auch wenn sie die Begeisterung nicht teilte.

»Fortschritt?«, beschwerte sich Aldebaran. »Sie erkennt mich nicht.«

Konstantin verdrehte die Augen und Arianna war mit einem Mal sicher, dass er die vergangenen Tage mit dem Stern diskutiert hatte, sobald sie ihn bei einem vermeintlichen Selbstgespräch gesehen hatte.

»Das ist beim ersten Mal doch normal«, sagte Konstantin geduldig, »Antares lacht sich jedes Mal kringelig, wenn er zu Beginn eines neuen Zyklus bei mir auftaucht und ich Zitat: So richtig schön blöd aus der Wäsche gucke.«

Auf Ariannas verwunderten Blick hin deutete er auf das orangene Licht an seiner Seite. »Das ist Antares. Zu Leo gehört Regulus.«

Sie folgte dem Fingerzeig. Mit Regulus war das blaue Licht gemeint. Irgendwo hatte sie das schon mal gehört. Schlagartig überkam sie die Erkenntnis. Es waren die Namen von besonders hellen Sternen.

»Was hat das zu bedeuten?«, fragte Arianna unbehaglich.

»Ich kann es dir zeigen«, sagte Aldebaran eifrig und schwebte vor ihr auf und ab.

Arianna zog den Kopf ein. Ihr war die ganze Sache nicht geheuer. »Ich weiß nicht recht.«

»Dann wirst du es endlich verstehen.« Aldebaran blieb beharrlich.

»Jetzt lass sie doch erst mal zu sich kommen.« Konstantin schaltete sich ein und klang alles andere als glücklich.

»Halt dich da raus! Das geht dich gar nichts an. Das würde Arianna dir auch sagen, wenn sie Bescheid wüsste«, zischte der rote Stern.

Wütend ballte Konstantin die Fäuste. »Und wie mich das etwas angeht. Du sollst sie nicht ständig bedrängen. Das Thema hatten wir schon.«

»Von dir lasse ich mir gar nichts sagen. Das darf nur Arianna. Im Gegenzug darf ich ihr alles sagen, was ich will. Wenn ich der Meinung bin, dass es hilft, die Wahrheit zu erfahren, dann werde ich sie ihr auch erzählen.«

»Ich stecke dich in einen Küchenschrank und nagele ihn zu, wenn du nicht augenblicklich die Klappe hältst!«, knurrte Konstantin ungehalten.

Aldebarans Leuchten schwoll an und sie schwebte nah an Arianna heran. »Willst du gar nichts dazu sagen? So ist er schon die ganze Zeit zu mir!«

Verwirrt sah sie von einem zum anderen. »Sollte ich denn?«

»Natürlich solltest du!«, jammerte der Stern.

Konstantin konnte sich nicht länger beherrschen und brach in schallendes Gelächter aus. »Jetzt ist sogar schon dein Gegenstück von dir genervt.«

»Wie kannst du es wagen?!« Wütend schoss Aldebaran gegen seine Schulter.

»Au!«, rief Konstantin aus und rieb sich die schmerzende Stelle.

Antares leuchtete grell auf und schob sich zwischen ihn und Aldebaran. »Lass ihn in Frieden!«, fauchte er bedrohlich. »Ich verstehe deine Frustration. Vergiss dabei jedoch nicht, was Konstantin alles für euch beide tut.«

Schniefend zog Aldebaran sich zurück und sank auf Ariannas Decke. Die Wärme, die von dem Leuchten ausging, kam ihr bekannt vor. Nach einer Weile bekam sie Mitleid mit dem Stern und streckte vorsichtig die Hand aus. »Du warst es, die mich gestern geheilt hat, oder nicht?«

»Natürlich habe ich das! Auch wenn dieser Grobian es nicht zulassen wollte.«

»Ich habe doch nachgegeben«, murrte Konstantin.

»Danke schön«, erwiderte Arianna und schob die Hand unter den Stern. »Du bist sehr hübsch.« Mit diesen Worten brachte sie Aldebaran zum Strahlen. »Und du gehörst wirklich zu mir?«

»Wir sind wie Pech und Schwefel!«

»Beim Pech muss ich zustimmen«, warf Konstantin ein. »Halt dich zurück oder ich stülpe einen Kochtopf über dich und lasse dich bis morgen früh darunter schmoren.«

Aldebaran ignorierte ihn. Stattdessen begann sie, pulsierend zu leuchten. Der Anblick beruhigte Arianna.

Zu Leo sagte Konstantin: »Behaltet ihr diesen vorwitzigen Stern im Auge? Dann haue ich mich für ein paar Stunden aufs Ohr.«

»Alles klar«, antwortete er locker. »Schlaf schön.«

Konstantin verließ die Runde, was Aldebaran mit einem Schnauben kommentierte. Noch eine Weile blieben die anderen im Wohnzimmer sitzen und unterhielten sich leise, bis auch Arianna zu müde wurde und ins Bett wollte.

Erwachen oder auch: Der Sprung ins Eiswasser

Taunus, ein einsames Ferienhäuschen
13. April 2018

Arianna

Schon beim Aufwachen fühlte sich Arianna wie gerädert. Sie hatte etwas Seltsames geträumt und ihr war, als befände sie sich mitten zwischen zwei Welten. Ein Bein stand in ihrem bisherigen Leben, das andere in ihrer Vergangenheit, die gleichzeitig ihre Zukunft widerspiegelte. Diese beiden Hälften musste sie miteinander in Einklang bringen.

Langsam öffnete Arianna die Augen und sah noch, wie die bunten Lichter, die sie seit gestern sah, mit dem Aufziehen der Morgendämmerung verblassten. Ihr Blick wanderte weiter und blieb an Konstantin hängen. Er saß im Sessel an der Wand und las in einem Buch. Bisher hatte er nicht bemerkt, dass sie nicht mehr schlief.

Sein Anblick löste etwas in Arianna aus. Sie entdeckte den Nebel, der sich über ihren Geist gelegt hatte. Alles, von dem sie bis vor Kurzem überzeugt gewesen war und das während der letzten Tage zu bröckeln begonnen hatte, zersprang. Endlich erkannte sie die Wahrheit.

Sie erinnerte sich daran, wie die Mondgöttin sie vor Jahrtausenden vom Himmel geholt hatte. Zeus und seine Geschichtsschreiber hatten der Welt einen Haufen Märchen über die großen Taten der Sternbilder aufgetischt. Zugegeben, vieles davon hatte einen wahren Kern. Doch war es nicht so, dass der Göttervater sie aus Gründen der Anerkennung an den Himmel geheftet hatte. Das Gegenteil war der

Fall. Es war der Ort ihrer Verbannung. Man hatte Arianna und Ihresgleichen dorthin gesperrt. Entweder weil sie den Göttern gefährlich geworden oder zu aufmüpfig waren.

Selene hatte sie befreit, den Bann gebrochen. Im Gegenzug hatten die Sternzeichen ihr die Treue geschworen und sich ihren Absichten verschrieben. Es war das erklärte Ziel dieses Bundes, der Mondgöttin zurückzugeben, was Zeus auch ihr genommen hatte: die Liebe.

Nur gemeinsam konnten sie den Bann brechen, der Endymion in seinen Träumen gefangen hielt. Wie gewöhnlich versuchten Zeus und dessen Getreuen sie aufzuhalten. Dieses Mal war Arianna ihnen ins Netz gegangen.

Zac, nein, Zelos hatte sie benutzt und manipuliert. Wohl wissend, dass er sie damit von ihren Gefährten fernhielt und ihr Erwachen behinderte, um nicht zu sagen, genau deswegen. Jetzt verstand Arianna, warum Konstantin bei ihr aufgetaucht und so hartnäckig gewesen war. Er hatte recht behalten und sie gerettet.

Tränen stiegen ihr in die Augen und erschüttert schlug sich Arianna die Hand vor den Mund. Ausgerechnet *er* hatte sie gerettet und geduldig all das ertragen, was sie ihm an den Kopf geworfen hatte.

Konstantin sah von dem Buch auf und runzelte die Stirn. »Alles okay mit dir?«

»Scorpio«, hauchte Arianna mit bebenden Lippen. »Es tut mir so leid.«

Kaum hatte sie ihn bei seinem wahren Namen genannt, sprang er auf. »Sag mir nicht, du erinnerst dich endlich?«

Ruckartig nickte sie. Die Tränen, die unbedingt aus ihr hervorbrechen wollten, schnürten ihr die Kehle zu.

Langsam kam Konstantin näher und setzte sich am Fuß des Bettes auf die Kante. »Wie geht es dir?«

»Ich weiß es nicht.« Sie raufte sich die Haare. »Es ist so viel. Alles stürzt gerade auf mich ein.« Hilfe suchend streckte Arianna die Hand aus, nur um sie gleich wieder zurückzuziehen, als weitere Erinnerungen sie zu überrollen drohten.

Konstantin bekam von dem inneren Kampf nichts mit, ergriff ihre Hand und drückte sie fest. Der Blick, mit dem er sie musterte, war mitfühlend und verständnisvoll. »Atme ganz ruhig, es geht schnell vorbei und dann weißt du bald wieder alles.«

Arianna sah ihm tief in die Augen, während ihre Gedanken vom Kopfkino überschwemmt wurden. Die Bilder, die sie sah, passten nicht zu den Erlebnissen aus ihrem aktuellen Leben. Auch wenn sie Scorpio erst vor wenigen Tagen wiedergetroffen hatte, so war ihr Verhältnis schon jetzt ein ganz anderes als während der letzten Jahrhunderte. Vorausgesetzt, Konstantin spielte ihr nicht nur etwas vor, sondern war aufrichtig.

Als es vorbei war, holte Arianna tief Luft. Die jüngsten Erinnerungen quälten sie. Wie hatte sie sich von Zelos nur so hinters Licht führen lassen können? Wenn Arianna bedachte, wozu er sie beinahe gebracht hatte. Sie hatte sich zum Spielzeug eines Gottes machen lassen und das, obwohl sie verfeindeten Lagern angehörten.

Die Möglichkeit, Zelos hatte nur ein Wort ernst gemeint, bestand nicht. Er hatte sie getäuscht und gleichzeitig Zeus' Ziele erreicht. Kein Wunder, dass er vor Konstantins Auftauchen nur abends bei ihr gewesen war. So hatte er die Manipulation erneuert. Tagsüber oblag es Nike, auf sie zu achten. Jetzt, mit klarem Verstand, durchschaute sie es.

Arianna kam sich so blöd vor! Wie hatte sie nur auf diesen ganzen Schwindel hereinfallen können? Die Tatsache, dass es schon vor ihrem Erwachen – und somit Erkennen – begonnen hatte, war nur ein schwacher Trost. Hätte ihr Instinkt sie nicht trotzdem warnen müssen? Tränen der Wut und des Kummers sammelten sich in ihren Augen und liefen über. Arianna fühlte sich betrogen und so unfassbar dumm.

In einer Kurzschlussreaktion entzog sie Konstantin die Hand und stürmte aus dem Schlafzimmer. In Windeseile durchquerte sie die wenigen Meter Flur, die sie vom Badezimmer trennten.

»Arianna?« Konstantin klang besorgt und kam hinterher. Glaubte er womöglich, sie denke immer noch an Flucht? Ganz bestimmt nicht!

Sie riss die Badezimmertür auf und stürzte unter die Dusche. Irgendwie musste sie Ordnung in ihr inneres Chaos bringen. Es war ihr egal, dass sie ein Nachthemd anhatte. Arianna stellte sich in die Kabine und fühlte sich augenblicklich besser, obwohl es eiskalt war. Das warme Wasser aus dem Boiler war in der Dusche bisher nicht angekommen. Langsam rutschte Arianna an den Fliesen zu Boden und umklammerte die Knie.

Über ihr Schluchzen und das Rauschen des Wassers hinweg hörte sie fast nicht das zaghafte Klopfen. »Darf ich reinkommen?«

Selbst wenn sie Konstantin eine Antwort hätte geben wollen, wäre Arianna mit der zugeschnürten Kehle nicht dazu in der Lage gewesen. Vorsichtig lugte er um die angelehnte Tür und kam langsam rein.

»Kann ich irgendetwas tun?«

»Es tut mir … so leid«, hickste sie hilflos.

»Was denn? Du hast doch gar nichts Schlimmes getan.« Konstantin lachte tatsächlich. Ihr wurde leichter ums Herz. Trotz ihres Erwachens hatte sich nichts an seiner Einstellung geändert.

»Ich habe dir und Leo das Leben schwer gemacht, obwohl ihr mich gerettet habt. Ganz so, wie ihr mir ständig beteuert habt. Und ich war so blöd und habe mich die ganze Zeit gewehrt und euch alles Mögliche unterstellt.« Arianna murmelte in ihren Arm. Sie traute sich nicht, ihn anzusehen.

»Ach, nach deinem gescheiterten Fluchtversuch warst du doch handzahm.«

»Na, wenn du meinst.« Arianna hatte keine Lust, das Thema weiter zu vertiefen. Ihre Gedanken kreisten schon wieder um Zelos.

Sie hatte ihr Zuhause verloren. Bis zur Mondfinsternis würde sich in Ariannas Laden oder Wohnung immer einer der Götter herumtreiben, in der Hoffnung, sie käme zurück. Das durfte sie nicht riskieren. Ihr wahres Ich war stark, aber mehreren Göttern war sie nicht gewachsen.

Zum Glück würde Selene sie mit Freuden aufnehmen und darauf baute Arianna. Erst nach dem Ritual war eine Rückkehr in ihr altes Leben möglich. Unsicher schielte sie zu Konstantin.

Wieso lief dieses Mal alles so schief? Sie biss sich auf die Lippe. Es half nichts. Ihre Tränen mischten sich mit dem Wasser aus der Dusche.

Konstantin näherte sich bedächtig und setzte sich neben sie. »Ist es so schlimm?«

»Du wirst nass«, schniefte Arianna.

Amüsiert hob er einen Mundwinkel. »Hätte ich mich zu dir gesetzt, wenn mich das stören würde?«

Nein, das hätte er wirklich nicht. Dazu war ihr Verhältnis zu angespannt. Zumindest war es das bisher gewesen. Arianna konnte den Scorpio aus ihrer Vergangenheit nicht mit seiner aktuellen Wiedergeburt in Einklang bringen. Er benahm sich untypisch und war viel netter.

Konstantin stieß sie sacht mit dem Knie an. »Du kannst mir erzählen, was dich so fertigmacht. Ich höre dir gern zu.«

Arianna rang mit sich, dann gab sie nach. »Es ist so plötzlich. Das ist unser Erwachen immer. Dieses Mal ist es trotzdem anders. Ich werde schlagartig aus meinem Leben katapultiert und habe nicht mal die Möglichkeit, noch einmal zurückzukehren, um mich zu besinnen und zu erden, wenn man bedenkt, wer sich bei mir breitgemacht hat.

Wenn ich nur an Zelos denke, schnürt sich mir der Magen zusammen. Ich habe den Betrug nicht durchschaut. Sobald ich zweifelte, hat er einfach alles weggewischt und mich nur noch rosa Watte sehen lassen. Daran erinnere ich mich jetzt. Wie konnte ich nur so blöd sein?« Sie zog den Verlobungsring vom Finger und warf ihn weg. Klimpernd rollte er unter den Waschbeckenschrank. Ihre Schultern bebten und Arianna vergrub das Gesicht zwischen den verschränkten Armen. So wollte sie nicht von Konstantin gesehen werden.

Sie bemerkte erst, dass er näher gerutscht war, als er die Arme um ihre Schultern legte. Konstantin zog sie an seine Brust und spendete ihr Trost. Arianna sträubte sich nur kurz dagegen. Schließlich siegte das Bedürfnis nach echtem Verständnis. Sie gab die abwehrende Haltung auf und schlang die Arme um seinen Hals. Es tat so gut, in diesem Augenblick nicht allein zu sein.

Konstantin drückte sie fest an sich und fuhr mit einer Hand beruhigend über ihren Rücken. In Arianna brachen alle Dämme und sie weinte bitterlich.

»Lass alles raus«, murmelte er, »und dann mach's wie Elsa. Lass los. Sobald du drüber weg bist, treten wir dem falschen Prinz Charming gemeinsam in den Arsch. Immerhin habe ich gewonnen und muss meine Wettschulden jetzt auch einlösen.«

Ein Lachen mischte sich zwischen die herzzerreißenden Schluchzer. »Für den Tritt bin ich zuständig.«

»Ich lasse dich gern vor. Das kannst du sowieso besser als ich.«

Ja, jetzt wusste Arianna wieder, was in ihr schlummerte. Vor ein paar Tagen hatte Bias Stärke sie überrascht, dabei war sie selbst zu ähnlichen Dingen fähig.

Sobald Arianna sich beruhigt hatte, lockerte sie den Klammergriff um Konstantins Nacken und rückte von ihm ab. Beschämt sah sie zu Boden. »Danke«, flüsterte sie mit brüchiger Stimme, »für alles.«

»War mir ein Vergnügen. Na ja, das meiste wenigstens.«

Er war ihr nicht böse und Arianna traute sich, zu ihm aufzusehen. Das Wasser lief über seinen Kopf, wodurch die schwarzen Haare erst richtig glänzten. Sie hingen etwas wirr ins Gesicht. Einem Impuls folgend hob Arianna die Hand und wischte sie aus der Stirn. Konstantin beobachtete sie erstaunt und rührte sich nicht. Den Kontrast zwischen dem Grün seiner Augen zum dunklen Haar hatte sie schon immer gemocht. Arianna schluckte schwer. Was tat sie hier bloß? So nah waren sie sich noch nie gewesen. Langsam ließ sie die Hand sinken und rang um die richtigen Worte.

Konstantin räusperte sich, stand auf und hielt ihr die Hand hin. Dankbar für den Ausweg griff Arianna zu und ließ sich von ihm aufhelfen. Als Nächstes stellte er die Dusche ab. »Was hältst du von Frühstück?«

»Ich verhungere«, sagte sie ehrlich.

»Perfekt! Dann treffen wir uns in der Küche, sobald wir umgezogen sind. Zur Feier des Tages lasse ich mir etwas Besonderes einfallen.«

In gespielter Verblüffung zog Arianna die Augenbrauen hoch. »Was denn? Du lässt mich allein durchs Haus laufen? Was wird denn jetzt aus meinem Schatten? Ich hatte mich gerade daran gewöhnt.«

»Inzwischen solltest du dich gut genug auskennen und den Weg nach unten allein finden. So schlecht kann dein Orientierungssinn gar nicht sein«, spottete Konstantin zurück.

Gemeinsam verließen sie das Bad und verschwanden in ihrem jeweiligen Schlafzimmer.

Fünf Minuten später saß Arianna mit Handtuchturban auf einem Barhocker und sah Konstantin dabei zu, wie er die Messer schwang. »Kann ich dir wirklich nicht helfen?«

»Nein, das ist mein Reich. Wenn du danach allerdings abwaschen möchtest, habe ich nichts dagegen.«

»Einverstanden«, stimmte Arianna zu.

Sie lachten und scherzten. Schon bald zogen sie zum Essen von der Küche ins Wohnzimmer. Nach einer Weile drehte sich Arianna überrascht um.

Die Treppenstufen knarrten und Leo stapfte im Halbschlaf nach unten. Er rieb sich mit der Hand übers Gesicht. »Was ist denn hier los?«

»Oh«, machte Arianna, »wir wollten dich nicht wecken.«

»Habt ihr aber«, grummelte Leo.

Arianna stand auf und eilte zu ihm. Sie hatte das dringende Bedürfnis, ihm um den Hals zu fallen. Überrumpelt erwiderte Leo die Geste. »Ich weiß nicht, wie ich dir danken soll! Und ich muss mich bei dir entschuldigen. Tut mir leid, was aus deinem Auto geworden ist.«

»Heißt das das, was ich denke?«, fragte Leo perplex.

Arianna löste sich von ihm und strahlte ihn an. Konstantin kam ihr mit der Antwort zuvor: »Beim Aufwachen erinnerte sie sich auf einmal. Mit dem Verarbeiten sind wir auch fast durch und als Nächstes feiern wir.«

Leo lachte erleichtert, fasste sie um die Taille und wirbelte Arianna einmal im Kreis. Unweigerlich stimmte sie in sein Lachen ein. Sie beide hatten schon immer ein enges, freundschaftliches Verhältnis. Jedoch nie mehr. Leo war seit Langem mit Virgo liiert und Arianna hatte diesbezüglich kein Interesse an ihm.

»Das ist fantastisch!«, rief Leo begeistert aus. »Ich hatte schon befürchtet, wir müssten dich noch einen Tag mit Halbwahrheiten abspeisen und uns mit Aldebaran streiten.«

Aldebaran … An den Stern dachte sie seit ihrem Erwachen zum ersten Mal. Die Arme fühlte sich garantiert schrecklich. Auch bei ihr sollte Arianna sich dringend entschuldigen und mit ihr sprechen. Manchmal war sie sehr sensibel und es war besser, die Samthandschuhe auszupacken. Mit Arianna in dem verwirrten Zustand musste Aldebaran sich verloren gefühlt haben.

»Kommt ihr? Das Essen wird kalt.« Konstantin hatte beide nicht aus den Augen gelassen und musterte sie skeptisch.

»Bin schon da!« Mit großen Schritten kam Leo zum Esstisch und Arianna folgte ihm.

Während des Essens besprachen sie ihre weitere Vorgehensweise.

»Soll ich Vik anrufen?«, fragte Leo gerade.

»Wer ist Vik?«, wollte Arianna wissen.

»Virgo wurde dieses Mal als Viktoria geboren. Allerdings bevorzugt sie die Kurzform. Sobald wir zurück sind, müssen wir dir alle ordentlich vorstellen«, stellte Leo fest.

Endlich begriff Arianna den Spruch, den Leo bei ihrer ersten Begegnung über den Instinkt seiner Eltern gemacht hatte, weil diese ihn Leon genannt hatten. Dabei handelte es sich wirklich um einen Insider-Witz und jetzt war Arianna in der Lage, ihn ebenfalls zu verstehen.

»Du kannst sie anrufen«, setzte Konstantin langsam an. »Morgen soll sie uns abholen.«

»Warum das?« Leo klang verwundert.

Arianna war ebenfalls überrascht. Sie war davon ausgegangen, so schnell wie möglich nach Frankfurt zurückzukehren.

Kurz suchte Konstantin nach den richtigen Worten. Wollte er noch nicht zurück? Dabei würde er nicht ewig an ihrer Seite bleiben. Nicht, nachdem er die Aufgabe erledigt und sie im Unterschlupf der Göttin abgesetzt hatte.

»Aldebaran war während der vergangenen Tage regelrecht aufgelöst. Wir sollten den beiden die Möglichkeit geben, sich in Ruhe auszusprechen. Wenn Vik uns jetzt schon holt, geht das in dem allgemeinen Trubel mit den anderen garantiert unter.«

»Das klingt allerdings sinnvoll«, räumte Leo ein.

»Alles andere wäre ihr gegenüber nicht fair«, stimmte auch Arianna zu.

Leo stand auf. »Okay, dann bestelle ich für morgen unser Taxi.«

Den restlichen Tag verbrachten sie mit Anekdoten aus ihrer Vergangenheit. Außerdem gab Leo sich alle Mühe, Arianna auf den aktuellen Stand zu bringen. Konstantin hingegen war ruhiger geworden. Das war nicht unbedingt untypisch für ihn, trotzdem sorgte Arianna sich. Sie wollte nicht, dass sich die Fronten verhärteten. Vielleicht ließ sich Zelos' Beeinflussung etwas Gutes abgewinnen und mit Scorpio einen Neuanfang starten. Wenn die einander verhassten Zeichen sich dadurch wieder annäherten, dann wäre wenigstens etwas gewonnen.

Das Aufeinandertreffen mit Aldebaran war überschwänglich und tränenreich. Leo und Konstantin zogen sich mit ihren eigenen Sternen zurück und ließen die beiden für sich. Es war eine Erleichterung, sich mit ihrem Gegenstück auszutauschen. Stern und Zeichen waren ein Teil voneinander und diese Bindung wurde gepflegt und gestärkt. Arianna war Konstantin dankbar, dass er darauf Rücksicht nahm. Obwohl Aldebaran es ihm in den letzten Tagen nicht leicht gemacht hatte.

Eine geschafft, fehlen noch drei

Frankfurt am Main, äußere Bezirke
14. April 2018

Konstantin

Nachdem sie am nächsten Morgen gefrühstückt hatten, stand auch schon Virgo alias Vik vor der Tür des Ferienhauses, um sie abzuholen. Leo saß vorn neben seiner Freundin und Konstantin teilte sich mit Arianna die Rückbank.

Vor Kurzem hatten sie den Taunus hinter sich gelassen und gerade fuhren sie auf die Autobahn, die sie zurück nach Frankfurt brachte. Der Verkehr staute sich ein wenig. Um diese Zeit waren viele Pendler unterwegs.

Vik plapperte angeregt mit Leo und tauschte den neuesten Tratsch der Zeichen aus. Arianna hörte aufmerksam zu und stellte ab und an eine Frage. Konstantin hingegen hatte sich vollständig in sich zurückgezogen. Er stützte das Kinn auf der Hand ab und starrte konzentriert aus dem Fenster.

Der drohende Stau kam ihm recht. So konnte er in Ruhe nachdenken. Er musste noch immer drei Zeichen ausfindig machen. Das bedeutete einen ganzen Berg Arbeit. Libra ließe sich überreden oder kaufen, wenn die Argumente oder der Preis stimmten. Mit den beiden ausgerissenen Zeichen Pisces und Aquarius käme es unweigerlich zum Kampf.

Anfangs waren die beiden Selene bereitwillig gefolgt. Irgendwann während des Mittelalters hatten sie den Dienst an der Mondgöttin quittiert. Seitdem jagte Konstantin ihnen in jedem Leben hinterher.

Nicht immer war es ihm gelungen, sie rechtzeitig in die Finger zu bekommen. Manchmal hatte er das Paar nicht gefunden oder sie hatten es geschafft, ihn auszutricksen und zu fliehen.

Irgendwo am Main musste ihr Versteck liegen. Mit viel Wasser in der Nähe war Pisces wehrhaft und fühlte sich wohl. Es wäre das Beste, sein Glück als Erstes bei Libra zu versuchen. Das Zeichen der Waage bräche ihm wenigstens keine Knochen. Gut, ein einziges Mal war das schon vorgekommen. Dabei hatte es sich allerdings um einen Unfall gehandelt.

»Einen Penny für deine Gedanken«, sagte Arianna und riss Konstantin damit aus selbigen.

»Wie bitte?« Verwundert wandte er sich ihr zu.

Arianna musterte ihn mit schelmischem Lächeln. »Du siehst aus, als würdest du gerade eine finstere Rache planen oder im Geiste deine Todesliste durchgehen.«

Konstantin schnaubte amüsiert. »Ich habe darüber nachgedacht, wo ich Libra finden könnte.«

»Das heißt, sie ist bislang nicht in Erscheinung getreten?«, versicherte Arianna sich.

»Nein, entweder will sie diese Runde aussetzen oder hat andere Pläne.«

»Vielleicht hat sie für den Sommer auch einfach schon Urlaub gebucht und will ihn nicht verfallen lassen«, warf Arianna wenig hilfreich ein.

Konstantin verdrehte die Augen. »Das würde ich ihr tatsächlich zutrauen.«

Arianna wurde ernst. »Also stürzt du dich gleich auf das nächste Ziel, sobald du mich abgeliefert hast?«

Bildete er sich das ein oder klang sie enttäuscht? »Dieses Mal fehlen vier – okay, jetzt noch drei – das hat es bisher nicht gegeben und bedeutet viel Recherche und Überzeugungsarbeit für mich.«

»Verstehe«, antwortete Arianna knapp und sah ihrerseits aus dem Fenster.

Nach einer Weile sagte Konstantin: »Andererseits vermisse ich diese Hütte jetzt schon. Dort war es so schön ruhig. Fast ein bisschen wie Urlaub.«

Arianna wirbelte zu ihm herum und beobachtete ihn aufmerksam. »Meinst du das ernst oder willst du dich über mich lustig machen?«

»Ich meine es genau so, wie ich sage«, erklärte Konstantin aufrichtig.

Eine blasse Röte zierte ihre Wangen und er traute seinen Augen kaum. Zeigte Arianna diese Reaktion etwa seinetwegen?

»Ich kann dir gar nicht genug dafür danken«, sagte sie schließlich.

»Du musst mir nicht danken.«

»Wieso nicht? Weil ich einfach nur ein Job für dich war?« Ariannas Stimme klang kalt.

»Nein, weil ich es gern gemacht habe.« Konstantin fuhr sich schnaubend durchs Haar. Kam ihre alte Feindseligkeit wieder auf? Ein Teil von ihm hoffte, sie hätten diese Phase nach all der Zeit hinter sich. Andererseits reichten drei gemeinsame Tage in einer Waldhütte vielleicht doch nicht aus, um ihr Kriegsbeil zu begraben. »Ich bin froh, dass ich dich als Erstes gesucht habe. Deine Abwesenheit hat einfach nicht ins Bild gepasst. Andernfalls wärst du Zelos und seinen Geschwistern womöglich noch länger ausgesetzt gewesen.«

»Vielleicht kann ich mich revanchieren.« Der Gedanke schwebte in der Luft, ohne dass Arianna ihn weiter ausführte.

»Wie das?«

»Libra und ich können gut miteinander. Vielleicht kann ich dir dabei helfen, sie zu überzeugen«, schlug sie vor.

»Das wäre tatsächlich eine große Hilfe.«

»Okay, dann ist es abgemacht. Wenn du sie suchst oder zu ihr willst, sag mir Bescheid und ich komme mit.« Arianna lächelte sacht und Konstantin stimmte ein.

Es war alles gesagt und Viks Auto schlängelte sich unnachgiebig durch den stockenden Verkehr. Schon bald sahen sie die ersten Hochhäuser in der Ferne.

Willkommen daheim

Frankfurt am Main, Innenstadt
14. April 2018

Arianna

Etwa eine Stunde später hatten sie den schicken Teil der Innenstadt erreicht. Hier reihte sich ein moderner Bau an den anderen. Sie hielten vor einem riesigen Hotel. Schon eilte ein Portier in dunkelgrüner Livree zum Wagen und öffnete die Beifahrertür. Arianna stieg mit den anderen aus. In jedem Leben hatte Selene es geschafft, sich die Gefolgschaft der Menschen zu sichern, um ein angenehmes Dasein zu führen. Da war es nicht überraschend, dass sie in einem der schicksten Luxushotels der Stadt untergekommen war. Dieses Zeitalter gefiel der Göttin garantiert.

Vik ließ den Autoschlüssel in die ausgestreckte Hand des Portiers fallen und lief neben Leo durch die doppelflügelige Tür. Sie hielten Händchen. Arianna blieb an Konstantins Seite, dessen Hände tief in den Jackentaschen vergraben waren. Gemeinsam betraten sie das Foyer und Arianna gingen fast die Augen über. Sie hatte mit einer prachtvollen Atmosphäre gerechnet, doch wurden ihre Erwartungen noch übertroffen. Einen solchen Luxus kannte sie bislang nur aus dem Fernsehen. Kein Wunder, dass Leo sich hierhin zurückgesehnt hatte.

Zielsicher steuerten sie einen abgelegenen Fahrstuhl an. Konstantin zog eine Schlüsselkarte durch das Bedienpanel und nur Sekunden später glitten die Türen auseinander.

Arianna war aufgeregt. Sie hatte ihre Gefährten lange nicht mehr gesehen und freute sich schon. Mit allen kam sie gut aus und die unzähligen Jahre hatten tiefe Verbundenheit hervorgebracht. Ja, sie verstand sich mit ihnen allen, außer mit dem Zeichen des Skorpions. Zumindest war das bisher so gewesen. Dabei war es nicht mal direkt Konstantins Schuld, dass sie Abstand suchte und sich nach Möglichkeit von ihm fernhielt. Es ging von ihr aus. Arianna hatte Angst, erneut von ihm verletzt zu werden. Sie hatte sich schon einmal die Finger an ihm verbrannt.

Von der Ecke des Aufzugs aus beobachtete sie Konstantin. Ja, sie hatte noch immer eine heimliche Schwäche für ihn. Er gefiel ihr in jedem Leben, doch in diesem war er besonders gut in Form. Kein Wunder, wenn er regelmäßig kletterte oder noch andere kräftezehrende Sportarten betrieb.

Vik und Leo hatten die Köpfe zusammengesteckt. Sie turtelten offensiv miteinander und Arianna spürte einen Stich im Herzen.

»Könnt ihr damit nicht warten, bis ihr unter euch seid?«, sprach Konstantin ihre Gedanken aus.

Leo zog eine Augenbraue hoch. »Was hast du denn für ein Problem?«

Zur Antwort schnaubte Konstantin verächtlich und sparte sich einen weiteren Kommentar. Was war nur mit ihm los? Arianna hätte ihn zu gern gefragt. Sie traute sich nicht. Für gewöhnlich reagierte er bissig auf ihre Distanz und die Kälte, die sie ihm entgegenbrachte. Nach den gemeinsamen Tagen im Wald wollte sie sich nicht wie sonst verhalten, auch nicht zum Selbstschutz. Es war dumm zu glauben, es könnte jemals anders zwischen ihnen sein. Arianna seufzte leise.

Konstantin blickte über die Schulter und musterte sie eindringlich. »Du musst nicht nervös sein. Du kennst sie alle schon. Es ist nur ein Wiedersehen. Die anderen haben dich vermisst und werden sich freuen.«

Ariannas Herz machte einen flatternden Satz. Es war garantiert und ohne jeden Zweifel eine dumme Idee, ihm dieses Mal nicht auszuweichen. Die Erkenntnis kam zu spät. Sie hatte Konstantin versprochen, ihm mit Libra zu helfen. Von nun an konnte sie nur hoffen, dass ihre gemeinsame Reise nicht holprig wurde oder vorzeitig in einer Sackgasse endete.

Der Fahrstuhl kam zum Stehen und sie blieb die Antwort schuldig. Leo und Vik stiegen aus. Arianna schloss sich sogleich an. Noch länger mit Konstantin auf so engem Raum zu bleiben, war eine Herausforderung, der sie sich nicht gewachsen fühlte.

Der Wohnbereich erstreckte sich ausladend vor ihr und Arianna sah sich staunend um. Die Aussicht durch die gegenüberliegende Glasfront war atemberaubend. Schon nach einem kurzen Blick konnte sie sagen, dass die Inneneinrichtung nur vom Feinsten war. Dunkles Holz, Naturstein und Kristall, wohin man sah.

Arianna hatte keine Zeit mehr, sich umzusehen, denn Leo rief: »Seht mal, wen wir euch mitgebracht haben!«

Sechs Köpfe drehten sich gleichzeitig in ihre Richtung und sie wurde nervös. Normalerweise genoss sie unter den Zeichen keine große Aufmerksamkeit, was ihr nur recht war. Taurus verhielt sich still und sah ruhig vom Rand aus zu, doch nicht in diesem Leben. Jetzt stand Arianna im Mittelpunkt und wusste nicht, ob sie sich dort wohlfühlte.

Konstantin legte die Hand auf ihren Rücken und beugte sich vor. Sein Atem strich über ihre Haut, als er flüsterte: »Du schaffst das. Stur lächeln und winken und warten, bis es vorbei ist.«

»Bin ich ein Pinguin?«, schnaubte sie.

»Ich habe eine Schwäche für Pinguine.« Konstantin richtete sich auf und schlenderte an ihr vorbei in Richtung Sofa.

Warte mal, was?! Hatte er etwa mit ihr geflirtet? Oder wollte er ihr mitteilen, dass er einen krankhaften Vogel-Fetisch hatte? Arianna stand der Mund offen. Länger darüber grübeln konnte sie nicht, weil sie von einer übermütigen Rothaarigen in die Arme geschlossen wurde.

»Cancer!«, rief Arianna fröhlich aus und erwiderte die Umarmung.

»In diesem Leben heiße ich Jana.«

»Arianna«, antwortete sie automatisch. Anfangs war es immer dasselbe. Reihum wurde sich vorgestellt und man versuchte, dem jeweiligen Zeichen den aktuellen Namen zuzuordnen.

»Es ist so schön, dich endlich zu sehen. Als ich gehört habe, was passiert ist, wurde mir ganz anders.« Der Krebs, nein, Jana verzog angewidert das Gesicht.

Arianna verkrampfte sich. Sie wollte nicht an Zelos denken. Eine große Hand legte sich auf Janas Schulter und schob sie weiter. »Mach mal Platz, jetzt bin ich dran!« Capricorn, der Steinbock, stand vor ihr. Die braunen Haare und freundlichen blauen Augen erkannte Arianna sofort. Sie hielt ihm die Hand hin, die er sogleich ergriff. »Du kannst mich Finn nennen.«

Hinter ihm warteten schon die nächsten darauf, an die Reihe zu kommen. Dieses Mal wurde sie von zweien gleichzeitig gedrückt. »Willkommen daheim!«, riefen sie synchron.

Die Zwillinge waren ein spezieller Fall, weil es zum einen nun mal zwei Menschen gab, die dieses Zeichen verkörperten – okay, das war jetzt nicht *so* überraschend –, zum anderen waren sie die Einzigen, die nach dem Erwachen den Namen ihres Zeichens dem Geburtsnamen vorzogen. Arianna erführe den Namen, den ihre Eltern für sie ausgesucht hatten, nicht. Seit dem zwanzigsten Geburtstag nannten sie sich nur noch Castor und Pollux. Sie teilten sich einen Stern, was den beiden nichts ausmachte.

Danach warteten Schütze und Widder auf sie, dann hatte Arianna alle begrüßt. Sie standen schon in den Startlöchern und sahen genauso fröhlich aus wie der Rest. Es fühlte sich tatsächlich wie Nachhausekommen an. Die Nervosität legte sich und Arianna strahlte mit ihren Gefährten um die Wette.

Merze aus, was dir Schmerzen bereitet

Frankfurt am Main, Innenstadt
14. April 2018

Konstantin

Das Sofa war bequem und Konstantin versank im weichen Leder. Es war eine seltene Gelegenheit, hier sitzen und seine Gefährten beobachten zu können. Meistens hetzte er durch die Räumlichkeiten der Mondgöttin und hatte keine Zeit zum Verweilen. Er achtete nicht auf den laufenden Fernseher. Mit ihrem Auftauchen war er für alle Anwesenden uninteressant geworden.

Er freute sich für Arianna. Sie sah glücklich aus. Bei dem Lärm, den die anderen in ihrer Wiedersehensfreude veranstalteten, würde es nicht mehr lange dauern und Selene würde nach dem Rechten sehen. Es konnte ihm nur recht sein, dann musste er nicht bis zum Abend warten, um die weitere Vorgehensweise mit ihr zu besprechen.

Die Mittagszeit brach gerade an. Für gewöhnlich verbarrikadierte die Göttin sich im Schlafzimmer, bis die Sonne den Zenit überschritten hatte. Diese Tageszeit gehörte ihrem Bruder Helios. Solange der Sonnengott über den Himmel herrschte, war die kleine Schwester nur halb so stark. Erst mit seinem Untergang und dem Einbruch der Nacht verfügte Selene über ihre vollen Kräfte.

Konstantin dachte an das Gespräch auf der Fahrt hierher. Ariannas Hilfsangebot hatte ihn vollkommen überrascht. Damit machten sie zum ersten Mal gemeinsame Sache. Davon ab war es auch das erste Mal im Allgemeinen, dass ein anderes Zeichen ihm von sich aus angeboten hatte, ihn bei der Suche nach den Ausreißern zu unterstützen. Selene sah es nicht gern, wenn die Zeichen vor der Finsternis herumstreunten und sich damit in Gefahr brachten. Darum blieben sie an ihrer Seite. Dort waren sie sicher.

Klar half Leo ihm gelegentlich, wenn Konstantin ihn fragte oder Selene es anordnete, doch wenn sein Kumpel die Wahl hatte, turtelte er viel lieber mit seiner Freundin rum. Beide hatten schon so viele Leben gemeinsam verbracht, da sollte man meinen, sie hätten einander inzwischen über. Weit gefehlt! Virgo und Leo waren der Inbegriff des verknallten Pärchens, Amors ganzer Stolz, eine Dauerwerbesendung für Flirtwebseiten, die pure Zurschaustellung von … Konstantin schweifte ab und rief sich innerlich zur Ordnung. Er musste auf der Hut bleiben und seine Sinne beisammenhalten. Für Liebe hatte er keine Zeit.

Eine innere Unruhe erfüllte ihn, sobald er sich in Selenes Nähe befand. Dann wollte er am liebsten aufspringen und das nächste Zeichen suchen, bis er seine Aufgabe erfüllt hatte. Vorher fände er keine Ruhe. Das schuldete er der Göttin nach allem, was sie für ihn getan hatte.

Die Hände hatte er nach wie vor in den Jackentaschen vergraben. Niemand sollte die geballten Fäuste sehen, mit denen er wieder runterzukommen versuchte. In beiden Taschen lag ein Handy und Konstantin fiel ein, dass er das von Arianna immer noch mit sich herumtrug. Jetzt konnte er es ihr gefahrlos zurückgeben. Er zog es hervor und schaltete es wieder ein. Das Handy ließ sich problemlos entsperren. Arianna nutzte nicht mal einen Code. Sie war viel zu vertrauensselig! Die SIM war gesperrt, was kein Problem war. Er wollte nicht telefonieren, wählte sich ins Hotel-WLAN ein und wartete.

Sobald die Verbindung hergestellt war, erwachte es zum Leben und kam aus dem Vibrieren und Brummen nicht mehr raus. Über das Display schossen unzählige Nachrichten von Zelos – oder Zac, wie er sich Arianna vorgestellt hatte. Konstantin überflog die neuen Nachrichten und seine Miene wurde finster. Zunächst hatte der Gott es mit Schmeicheleien und Liebesbekundungen versucht. Dann war er zu Überzeugungsversuchen übergegangen und endete schließlich in wüsten Drohungen.

Es war nicht richtig, die Nachrichten zu lesen, das wusste Konstantin natürlich. Trotzdem konnte er nicht anders. Was Zelos Arianna angetan hatte, widerte ihn an. Jemanden gegen dessen Willen mental zu verbiegen war eine Leichtigkeit für viele Götter und sie bedienten sich dieser Technik gern. Ganz egal, was ihr Gegenüber tatsächlich dachte und fühlte. Sobald Arianna diese Nachrichten sah, würde sie in ein tiefes Loch stürzen. Aus dem hatte Konstantin sie unter der Dusche im Ferienhäuschen erst rausgezogen. Er wollte sie nicht wieder fallen sehen.

Kurz entschlossen löschte er sämtliche Nachrichten und Chatverläufe von Zelos und Nike und setzte beide Kontakte auf die Liste blockierter Rufnummern. Genau da gehörten sie hin! Er hoffte, Arianna wäre deshalb nicht wütend auf ihn. Es lag in ihrem Interesse, nicht ständig an die Zeit mit den feindlichen Göttern erinnert zu werden.

Einer Eingebung folgend speicherte Konstantin seine eigene Nummer ein. Die neue hatte kaum jemand, damit man ihn nicht behelligte. Sein altes Leben lag hinter ihm.

Dann fiel ihm noch etwas Dringenderes ein. Wie hatte er nicht daran denken können? Konstantin öffnete den Foto-Ordner und bei den Bildern, die er in Miniaturansicht zu sehen bekam, wurde ihm ganz anders. Während der letzten Wochen waren zahlreiche Selfies von Arianna und Zelos entstanden. Löschen, löschen, löschen! Der Anblick eines solchen Bildes würde verdammt wehtun. Bei einem Foto blieb Konstantin hängen. Es zeigte das vermeintliche Paar, dieses Mal bei einem Ausflug. Arianna posierte vor einem Riesenrad und strahlte die reine Freude aus. Zelos war nur im Hintergrund zu sehen und es fiel leicht, ihn auszublenden. Es war eine Schande, dass der Tag, der ihr ein solches Glück beschert hatte, nichts als eine Lüge war.

Der plappernde Pulk steuerte die Sitzecke an. Hastig löschte Konstantin auch das letzte Foto und schob das Handy über den Tisch in ihre Richtung. Einige setzten sich, andere blieben stehen. Finn und Jana quasselten ohne Punkt und Komma auf Arianna ein. Vom ständigen Blickwechsel mit den beiden bekäme sie bestimmt bald einen steifen Hals. Dennoch lächelte sie und sah entspannt aus.

Hinter ihm klappte eine Tür »Was ist denn hier los?«

Er spähte über die Sofalehne. Selene sah verschlafen aus, wie sie dort stand mit zerzausten Haaren und sich in ihren Morgenmantel wickelte. Ihr Blick fiel auf Arianna und sie entspannte sich. Ein strahlendes Lächeln breitete sich auf ihrem Gesicht aus.

Mit ausgreifenden Schritten ging Selene zu ihr. Das fröhliche Geplapper war mit dem Auftauchen der Göttin verstummt. Die Zeichen wichen zurück und gaben Arianna frei. Diese verbeugte sich leicht vor Selene, während sie sagte: »Bitte verzeih meine Verspätung. Es war nicht meine Absicht, erst jetzt zu dir zu kommen.«

Die Göttin verzog das Gesicht. »Mir ist Zelos' List zu Ohren gekommen. Bist du gänzlich von seinem Bann befreit?«

»Das bin ich. Noch einmal werde ich nicht auf ihn hereinfallen und von jetzt an treu an deiner Seite stehen.«

Selenes Lächeln wurde breiter und sie schloss Arianna in eine liebevolle Umarmung. »Sehr gut, du kannst dich einrichten.« Die Göttin sah sich währenddessen suchend um. »Wo ist Scorpio?«

Die unterschwellige Anspannung summte in ihm und wollte ihn antreiben. Er räusperte sich und stand auf. »Ich bin hier.« Konstantin legte die Faust aufs Herz und verneigte sich.

Selene kam zu ihm und strich über seine Wange. »Das hast du gut gemacht.«

»Hab Dank«, gab er ehrfurchtsvoll zurück. »Doch es ist nicht allein mein Verdienst. Ohne Leo hätte ich es nicht geschafft.«

Ihre Finger schob sie nach hinten und zog sacht an den Haaren in seinem Nacken. »Sieh mich an.«

Konstantin folgte der Aufforderung und sah aus dem Augenwinkel, wie ihn alle beobachteten. Fabelhaft! Wenn es etwas gab, auf das er wirklich nicht stand, dann war es, wie ein Tier im Zoo angegafft zu werden.

»Ich weiß deinen Einsatz für meine Sache zu schätzen. Rede es nicht klein.« Wenn Selene ihn so warm ansah, hatte sie etwas Mütterliches.

Kein Wunder, dass die meisten Zeichen ihr bereitwillig folgten. Es war nichts Falsches daran. Umso seltsamer waren deshalb die Ausreißer. Mit den Jahrhunderten hatte Konstantin aufgegeben, sich über den Grund ihrer Weigerung den Kopf zu zerbrechen. Es reichte, wenn er sie fand und zu Selene brachte.

»Können wir die weitere Vorgehensweise besprechen? Wäre es dir jetzt recht oder soll ich später wiederkommen?«

»Das können wir gleich tun. Komm mit«, forderte Selene. Konstantin folgte der Göttin in ihr privates Schlafzimmer. Im Gehen warf er einen Blick über die Schulter und bemerkte, wie Arianna ihm hinterhersah und nicht aus den Augen ließ. Sie stand inmitten ihrer Gefährten, deren Worte wieder auf sie einprasselten. Ihr Blick lag auf Konstantin und Selene. Dabei runzelte sie die Stirn und sah alles andere als begeistert aus.

Was war plötzlich mit ihr los? Arianna wandte den Blick ab und die seltsame Stimmung zwischen ihnen war so schnell vorbei, wie sie gekommen war.

Vergangenes Leid ist heutiges Leid

Frankfurt am Main, Innenstadt
14. April 2018

Arianna

Es durfte ihr nichts ausmachen, wenn er ihr den Rücken kehrte. Es sollte längst nicht mehr wehtun. Zu blöd, dass es anders war. So lange schon war es her. In diesen Momenten hatte Arianna an der gemeinsamen Vergangenheit am meisten zu knabbern. Dabei war es Konstantin nicht mal bewusst. Falls doch, verbarg er es ausgesprochen gut.

Nein, er wusste definitiv nicht, dass ein Teil ihres Herzens nie zu Arianna zurückgekehrt, sondern bei ihm geblieben war. Es war buchstäblich ewig her, als sie dachte, sie bedeute ihm etwas. Die Gefühle waren kaum erwacht, da hatte Scorpio sich auch schon wieder von ihr abgewandt.

Von da an war ihr gebrochenes Herz aus dem Takt geraten. Taurus hatte anderenorts Liebe gefunden und erfüllte Leben gelebt. Über Scorpio war sie nie ganz hinweggekommen. Dazu war sie zu stur. Ihrer Natur wurde Taurus viel zu oft gerecht. Es würde schwer werden, ihm in diesem Leben aus dem Weg zu gehen. Nicht nur, weil er sie gerettet hatte und Arianna sich deshalb revanchieren wollte. Nach den Tagen im Wald hatte sie schlichtweg keine Lust dazu.

Arianna lenkte sich ab und unterhielt sich mit ihren Freunden über deren bisherige Vergangenheit. Bei den meisten war nichts Nennenswertes geschehen. Dann spielten sie Beruferaten. Es war spannend und witzig zugleich, zu überlegen, welche der bekannten Charaktereigenschaften des jeweiligen Zeichens die Wahl beeinflusst hatten. Als Aldebaran und die anderen Sterne erschienen, war Arianna überrascht. Der Raum wurde in buntes Licht getaucht und augenblicklich brachen die Gespräche zwischen ihnen los. Sie hatte gar nicht bemerkt, wie die Zeit verging. Seit Stunden waren sie zurück.

Die Schlafzimmertür öffnete sich und Konstantin eilte heraus. Für seine Gefährten hatte er nur einen schnellen Abschiedsgruß auf den Lippen. Dann verschwand er mit Antares an seiner Seite auch schon im Fahrstuhl.

Die Entscheidung, ihr Herz nicht zu verschließen, war dumm. Sie hatte sich mehr erhofft. Es versetzte ihr einen Stich, wie die anderen von ihm abgespeist zu werden.

»Alles okay mit dir?« Vik musterte sie aufmerksam von der Seite.

»Ja, klar. Ich habe nur überlegt, ob hier noch genug Platz für mich ist.«

Ihre Freundin lachte. »Du musst dich dringend mal umsehen, wenn du wirklich daran zweifelst. So viel Platz hatten wir noch nie!«

Okay, das war ein mieses Ausweichmanöver für ihre trübe Stimmung gewesen. Erst recht, wenn man die Unvollständigkeit der Zeichen bedachte. »Stimmt«, meinte Arianna, »dieses Mal hat Selene es echt gut getroffen.«

»Außerdem fehlen noch drei und auch die bekommen wir hier unter«, sagte Vik.

Leo beugte sich an seiner Freundin vorbei. »Und Kon schläft mal wieder woanders.«

Das war etwas, was Arianna nie verstanden hatte. Konstantin hielt Abstand zu den Gefährten und wohnte immer an einem anderen Ort. Dabei könnte er doch alle Annehmlichkeiten der Unterkunft nutzen. Außerdem wäre es ihm möglich, die durch Selene privilegierte Stellung auszuleben. Aber er tat es nicht.

»Na ja, das hat auch etwas Gutes«, schnaubte Castor.

Leo zog eine Augenbraue hoch. »Was denn?«

»Wir müssen nicht ständig sein finsteres Gesicht sehen?«, fragte Finn, die Verkörperung des Steinbocks, gleichzeitig.

»Ganz genau. Oder findest du nicht, dass seine Anwesenheit die Stimmung drückt?« Pollux gab die Antwort und grinste seinen Bruder wissend an.

»Ehrlich gesagt nicht«, erwiderte Leo.

Jana räusperte sich. »Na ja, seine Art wirkt schon ein bisschen … verbissen. Ich werde selbst immer ganz nervös, sobald er in der Nähe ist.«

Emma, die Verkörperung des Widders, grinste. »Also wenn mich die Nähe eines Mannes nervös macht, dann, weil ich verknallt bin.«

»So ein Quatsch!«, empörte sich Jana daraufhin. »Ich finde Konstantin eher beängstigend statt heiß.«

»Ach, manchmal hat eine gewisse Düsternis schon etwas Verlockendes.« Emma blieb beharrlich.

Castor stöhnte. »Mädels, können wir *bitte* das Thema wechseln? Ich muss echt nicht wissen, auf welchen Typ Mann ihr abfahrt.«

Allseits wurde in Gelächter ausgebrochen. Arianna rang sich ein müdes Lächeln ab, das ihre wahren Gefühle hoffentlich verbarg.

Später am Abend gesellte sich Selene zu ihr. »Wie geht es dir?«

Arianna lächelte die Göttin dankbar an. »Gut, danke, dass du fragst.«

»Ich bin so froh, dass du unbeschadet zu uns zurückgefunden hast. Seitdem Scorpio herausgefunden hat, was mit dir geschehen ist, war ich sehr besorgt.« Selene legte ihr eine Hand aufs Knie. Die Geste war liebevoll.

Es fühlte sich gut an, hier zu sitzen. An der Seite der Mondgöttin und ihrer Gefährten war Arianna sicher und wurde beschützt. Selten war das Gefühl der Verbundenheit größer gewesen als heute. »Die Zeit mit Zelos kommt mir mit jedem neuen Tag weiter weg vor. Bald ist es bestimmt nur noch eine unliebsame Erinnerung.«

»Hat er dir etwas getan?« Besorgnis schwang in Selenes Stimme mit.

»Nein, weder er noch Nike. Zelos habe ich immer nur abends gesehen. Er hatte mich glauben lassen, wir wären verlobt.« Ein Schauer überkam sie.

Selene fuhr hoch. »Hat sich dieser Unhold an dir vergriffen?«

Arianna schluckte, ihr Gesicht wurde heiß. Hätte Konstantin sie nicht da rausgeholt, wäre ihre Zukunft mehr als ungewiss gewesen. »Nichts, worüber ich nicht bald hinweg sein werde.«

Die Göttin entspannte sich. »Na, immerhin. Wie war die Zeit danach? Ich hoffe, Leo konnte zwischen dir und Scorpio vermitteln?«

»Das war gar nicht nötig.« Arianna knetete unbeholfen die Finger.

»Nicht? Hat er keinen Streit mit dir vom Zaun gebrochen wie sonst?«

»Nein.« Es war ihr selbst ein Rätsel, warum Konstantin in diesem Leben so nett zu ihr war. Beim Gedanken daran schlug ihr Herz höher. »Entweder ihm war nicht danach oder er hat sich zusammengerissen. Wir sind gut miteinander ausgekommen. Da Libra dieses Mal wieder fehlt, habe ich angeboten, ihm bei der Suche zu helfen. Auf mich hört sie vielleicht eher.«

Selenes Mund bekam einen verkniffenen Zug. Ob sie sich über Libras Ungehorsam ärgerte? »Das wäre in der Tat eine Hilfe. Es würde mich glücklich stimmen, sollten wir in diesem Zyklus endlich Erfolg haben. Ein weiteres Jahrhundert in Einsamkeit wäre nur schwer zu ertragen.«

»Dieses Mal klappt es bestimmt.«

Selene drückte ihre Schulter und schenkte der Runde ein aufrichtiges Lächeln. »Das hoffe ich.«

Ein Läuten erklang. Arianna sah sich erstaunt um. Auf dem Beistelltisch neben einem der Sofas klingelte ein Telefon. Vik ging ran. »Hallo? Ja, okay. Vielen Dank. Bis gleich.« In die Runde sagte sie: »Das Abendessen wird gleich gebracht.«

Damals in Costa Rica

Frankfurt am Main, Innenstadt
20. April 2018

Arianna

Kommst du runter in die Lobby? Die Nachricht hatte Arianna aus der Bahn geworfen. Von ihren Eltern und ein paar Freunden mal abgesehen, hatte sie in der Woche seit dem Erwachen keine Nachrichten oder Anrufe erhalten. Es hatte nicht lange gedauert, bis sie den Grund herausgefunden hatte. Alle Spuren von Zelos und Nike waren fein säuberlich von ihrem Handy entfernt worden. Das war zweifellos Konstantins Werk. Arianna war nicht sicher, ob sie darüber froh oder wütend sein sollte. Erst recht, weil sie sich seitdem fragte, welche Beweggründe ihn dazu gebracht hatten.

Umso mehr hatte sie der neue Kontakt überrascht. Bis sie die Nachricht geöffnet hatte, war er ihr gar nicht aufgefallen. Jetzt stand Arianna mit wild klopfendem Herz im Fahrstuhl und konnte es kaum erwarten, den Absender der Nachricht zu treffen.

Während der letzten Tage war Konstantin zwar zweimal in der Suite gewesen, doch war er beide Male nur für eine Besprechung in Selenes Schlafzimmer gerauscht und kurz darauf ohne großes Aufheben verschwunden.

Der Fahrstuhl erreichte das Erdgeschoss und Arianna sah sich suchend um. Konstantin stand in einer Ecke und hob grüßend die Hand. Er sah müde aus, unter seinen Augen lagen tiefe Schatten.

»Hallo«, begrüßte Arianna ihn knapp, sobald sie vor ihm stand. Sie wusste nicht wohin mit den Händen. Aus Angst, nervös zu fuchteln, verschränkte sie sie hinterm Rücken.

»Hey«, gab Konstantin zurück. »Danke, dass du gekommen bist.«

»Kein Problem. Was machen wir jetzt?«

»Du sagtest, du würdest mir helfen, Libra zu finden«, antwortete er langsam und es klang fast nach einer Frage.

»Ja, na klar, das meinte ich auch«, versicherte Arianna eilig. »Ich wollte wissen, wie ich dir dabei helfen kann. Laufen wir durch die Stadt und suchen sie?«

»Nee, so weit bin ich noch nicht. Dieses Mal macht sie es mir wirklich schwer.« Konstantin deutete einen Gang entlang. »Man kann hier Büros anmieten. Wir werden recherchieren.«

Arianna hatte keine Vorstellung davon, wie so was aussah. Dafür war er der Experte. »Okay, wenn du meinst, ich bin dir nützlich, dann gern.«

Sein Gesicht hellte sich auf und er wies ihr die Richtung. »Da geht's lang.«

»Müssen wir noch irgendetwas machen? Wir dürfen da doch nicht einfach rein.« Dieser Teil des Hotels führte zu den Konferenzräumen und sah schlichter aus. Hier wurde definitiv die nötige Privatsphäre geboten, wenn man das wollte.

»Alles schon geregelt, Selene zahlt.« Konstantin zuckte mit den Schultern. »Oder eben nicht. Die Dame von der Rezeption setzt es auf ihre Rechnung. Somit haben wir freie Hand.«

»Na dann.« Arianna folgte ihm und es ging tiefer hinein in verwinkelte Gänge. Vor einer Tür mit der Aufschrift *Konferenzraum D* blieben sie stehen.

Konstantin zog eine Schlüsselkarte aus der Hosentasche und entriegelte die Tür. »Nach dir.«

Der Raum wurde von einem großen ovalen Tisch dominiert. Darauf standen neben zwei Laptops allerlei Getränkeflaschen, eine Kaffeekanne und sogar ein paar Schnittchen, Obst in mundgerechten Häppchen und anderes Fingerfood.

»Die lassen sich hier wirklich nicht lumpen«, kommentierte Arianna das Angebot.

Konstantin zog sich einen Stuhl heran und setzte sich. »Es ist eine nette Abwechslung. Sonst sitze ich allein in einer dunklen Ecke, wobei schlafen und essen viel zu kurz kommen.«

Das erklärte dann wohl die Augenringe. Sie setzte sich ihm gegenüber und zog einen Laptop heran. Nachdem sich beide eingerichtet hatten, fragte Arianna: »Wie gehen wir vor? Wonach soll ich suchen?«

»In den sozialen Medien komme ich nicht weiter. Viele geben dort kein Geburtsdatum an und nicht jeder, der am 13. März geboren wurde, ist automatisch eines der vermissten Sternzeichen.«

»Das macht Sinn. Wir sind nur zwölf.«

»Eben.« Konstantin seufzte. »Ich habe versucht, an Listen mit Schülern aus unserem Jahrgang ranzukommen. Das war nichts.«

»Nicht? Dabei klingt die Idee echt gut. Wenigstens in den Grundschulen in der Nähe müssten wir doch alle gewesen sein«, überlegte Arianna laut.

»Ich hab erst gar nichts bekommen. Datenschutz und so. Da sind jetzt schon alle total nervös.«

»Blöd für dich, gut für alle nicht betroffenen Schüler.« Sie beugte sich vor und musterte ihn. »Was soll ich also suchen?«

»Schlagzeilen, Blogbeiträge, Verschwörungstheorien, wenn du so willst. Vielleicht hat sich bei einem von den dreien die Gabe vor Zeugen verselbstständigt«, erklärte Konstantin.

»Na schön, wie sähe das denn aus? Tut mir leid, wenn ich blöde Fragen stelle. Ich möchte gern nützlich sein und nicht nur nerven.« Arianna war unsicher, ob sie wirklich helfen konnte.

»In erster Linie suchen wir Libra. Das heißt spontane Gefühlsausbrüche, veränderte Persönlichkeiten und Ähnliches, jemanden, der ohne sinnvolle Erklärung aus dem Gleichgewicht geraten ist. Das kann sowohl zum Guten als auch zum Schlechten sein. Solltest du zufällig über Geschehnisse am Main insbesondere mit Wasser stolpern, könnte das Pisces sein. Aquarius verhält sich meistens ruhig, sein Freund ist der Temperamentvolle. Er verrät die beiden für gewöhnlich.«

»Du kennst dich gut mit uns aus, was?« Arianna stützte die Ellbogen auf die Tischplatte und beugte sich vor.

Konstantin tat die Angelegenheit ab. »Das ist mein Job.«

»Wie bist du bei mir vorgegangen? Was hat dich auf meine Spur gebracht?«

»Eine Zeitungsannonce und das örtliche Telefonbuch.«

Arianna zog ein Gesicht. »Es war so leicht?«

»Nein, ganz so leicht war es nicht, sonst hätte es nicht über zwei Wochen gedauert. Ich habe mich durch sämtliche Zeitungsarchive der Stadt gewühlt und nach Annoncen über Geburten gesucht. Dann musste ich rausfinden, was während der letzten zwanzig Jahre mit den Kindern passiert ist, bei denen das Datum passte. Einige waren tatsächlich unsere Gefährten, allerdings hatten die freiwillig den Weg zu Selene gefunden. Bei manchen verlor sich mit den Jahren die Spur und wieder andere waren Fehlschläge. Doch als ich vor deinem Blumenladen stand, war ich guter Dinge. Das war eine Umgebung, in der du dich wohlfühlen könntest, und so war es dann auch.«

Ariannas Gedanken wurden bei der Erinnerung zu wehmütig. Um sich abzulenken, stürzte sie sich in die Arbeit. »Okay, wer zuerst einen Ausreißer findet, hat gewonnen!«

Nachdem sie fast zwei Stunden lang die wildesten Verschwörungstheorien gewälzt hatte, von denen eine verrückter war als die andere, brauchte Arianna eine Pause. Offenbar war es wieder in Mode, zu glauben, die Erde sei eine Scheibe. In der Eifel hatte sich erst dieses Jahr ein neuer Freistaat Preußen gebildet, der fröhlich die Regierung verklagte, Chemtrails waren ein Dauerbrenner und in jedem Hinterhof bildeten sich Vereine und Interessenvertretungen zu allem möglichen und unmöglichen Schwachsinn, den man sich nur vorstellen konnte. Zumindest wenn man eine wirklich blühende Fantasie hatte.

Doch nichts deutete auf das Wirken eines Zeichens hin. Arianna schnaufte, klappte den Laptop zu und griff nach einem halben Brötchen.

»Alles okay?«, fragte Konstantin und sah von seinem eigenen Gerät auf.

»Sag mal, bestand die Menschheit schon immer zur Hälfte aus Idioten oder ist das eine Erscheinung der Neuzeit?« Arianna rieb sich mit einer Hand die Schläfen, während sie vom Brötchen abbiss.

»Die Idioten gab es schon immer. Dank des Internets können sie ihre Meinung ungefiltert in die Welt hinausblasen, um überall Gleichgesinnte zu finden, nicht nur den nächsten Dorfdepp.« Er suchte und las nebenbei weiter.

»Hm, wir sollten zu dem Thema eine Verschwörungstheorie entwickeln«, scherzte sie.

Konstantin lachte. »Besser nicht. Außerdem gibt es dazu bestimmt längst welche.«

Arianna streckte sich und klappte den Laptop wieder auf. »Warum suchen wir eigentlich nicht oben? Dort sind auch Computer und WLAN. Da wäre es bequemer und der Zimmerservice noch besser. Hast du mal die Pannacotta gegessen, die die hier haben? Zum Reinlegen!«

Konstantin verzog das Gesicht. »In der Suite komme ich eher nicht zum Recherchieren. Die anderen sind nicht gerade leise. Wem nützt es, wenn ich schlechte Stimmung verbreite, weil ich mich nicht konzentrieren kann? Es ist besser, meine Arbeit außerhalb zu erledigen, wenn ich vorankommen will.«

Arianna rang sich ein Lächeln ab. Natürlich hatte er bemerkt, wie einige ihrer Gefährten über ihn dachten. Schnell wechselte sie wieder das Thema. »Wie hast du das all die Male bisher gemacht, bevor es Internet und Facebook gab?«

Konstantin schnaubte. »Weißt du, was? Da war es fast leichter.«

»Wie das?«

Er hörte auf, auf die Tastatur zu hämmern – warum konnte er eigentlich so schnell tippen? –, und wandte sich Arianna zu. »Das explosionsartige Bevölkerungswachstum macht es mir schwer, rechtzeitig alle zu finden, die am selben Tag geboren wurden und somit infrage kommen. Das sah im 19. Jahrhundert oder davor ganz anders aus. Einmal durch die Stadt gelaufen und ich bin mindestens drei Zeichen begegnet.«

Arianna schmunzelte und dachte an ihr vorheriges Leben zurück. »Stimmt, zur letzten Jahrhundertwende war San José nicht besonders groß. Es war schön da, entspannter und freundlich, nicht so hektisch wie Frankfurt heute.«

»Das war einerseits ganz praktisch, andererseits bin ich durch halb Costa Rica gewandert, um alle zu finden.«

»Na ja, du kommst in dieser Zeit wenigstens rum. Die meisten von uns verbringen Monate am selben Ort, auf engstem Raum zusammengepfercht. Das kann verdammt langweilig werden oder für Streitereien sorgen«, erwiderte Arianna.

»Manchmal bin ich neidisch auf Leo und die anderen«, gab Konstantin leise zu.

Überrascht sah sie auf. Er wich ihrem Blick aus. »Wieso denn das? Im Gegensatz zu uns genießt du alle Freiheiten. Wir sind nahezu eingesperrt.«

Konstantins Augen blitzten spöttisch. »Ja klar, ich bin ja *so was* von frei. Ihr könnt es euch gut gehen lassen, seid in Gesellschaft und in Sicherheit und wartet geduldig auf euren Einsatz. Ich dagegen hetze durch die Straßen und bin immer auf der Suche. Mit jedem verstrichenen Tag wird der Druck größer und die Frist rückt näher. Und wenn ich endlich einen meiner ausgerissenen Gefährten finden kann, feiern wir kein fröhliches Wiedersehen. Nein!

Stattdessen will Libra mich über den Tisch ziehen, Aquarius mich verprügeln und wenn ich nicht aufpasse, schafft Pisces es irgendwann doch noch, mich zu ertränken wie einen räudigen Kater, den er in mir sieht. Während Selene …« Er unterbrach sich selbst und wirkte verwundert. Er schüttelte den Kopf, wie um einen unliebsamen Gedanken loszuwerden. »Willst du wissen, was ich von dieser tollen Zeit in Costa Rica noch weiß?«

Arianna nickte schwach. So erlebte sie ihn zum ersten Mal. Seine Augen wirkten verbittert und nahe dran an der Hoffnungslosigkeit.

»Ich habe mir Blasen gelaufen, bis meine Füße so blutig waren, dass ich kaum noch gehen konnte. Einmal lief ich Zelos über den Weg und erkannte ihn zu spät. Er hat so in meinem Kopf herumgepfuscht, dass ich über drei Tage nicht mehr wusste, wo oben und unten ist und ich die ganze Zeit sinnlos durch die Gegend torkelte.

Libra wollte, dass ich für sie eine goldene Statue aus der Villa eines Bonzen klaue, mit dem sie kurz vorher noch etwas hatte und an dem sie sich nun rächen wollte. Seine Leibwächter hätten mich fast aufgeknüpft. Nachdem ich ordentlich Prügel bezogen hatte, bin ich ihnen ganz knapp entwischt.

Eines Morgens im Gebirge haben mich Bia und Kratos aufgeschreckt. Ich war nicht weit gekommen, als sie mich einholten. Beim anschließenden Kampf brach Bia mir die Beine. Ich lag den ganzen Tag in der brennenden Sonne und konnte mir nicht selbst helfen. Erst spät am Abend flickte Antares mich zusammen, sobald er aufgegangen war und mich fand.

Pisces und Aquarius haben mir so zugesetzt, dass ich wirklich fast draufgegangen wäre. Sie hatten sich an einem abgelegenen Strand versteckt. Pisces hat mich literweise Salzwasser schlucken lassen beim Versuch, an ihn ranzukommen.

Ich habe mich abgehetzt, gekämpft und verloren. Denn wie du weißt, hat es mal wieder nicht geklappt. Also ja, ich würde gern mit einem von euch tauschen.

Trotzdem mache ich meinen Job, ohne zu murren. Für Selene wäre es zu gefährlich, selbst auf die Suche zu gehen. Was aus uns wird, sollte Zeus oder einer seiner Häscher sie festsetzen, weißt du. Ich habe keine Lust, wieder verbannt zu werden. Du etwa? Es ist nicht nur der Selbsterhaltungstrieb, der mich antreibt. Wir sind es Selene schuldig.«

Arianna stand der Mund offen. Sie wusste nicht, was sie dazu sagen konnte, ohne dass es wie eine leere Floskel klang. So viel wie heute hatte Scorpio ewig nicht mit ihr gesprochen, geschweige denn sie so tief blicken lassen. Ihr wurde das Herz schwer, als sie begriff, was er da eigentlich durchmachte. Zuvor hatte sie nie darüber nachgedacht, ihm nur sehnsüchtig hinterhergesehen, sobald er den Zufluchtsort der Göttin verließ und sie selbst dortblieb. Sie hatte nichts von dem täglichen Kampf geahnt.

Konstantin musterte sie kalt, seine Züge waren verschlossen. Dann rieb er sich mit der Hand übers Gesicht und wirkte wieder gelassener. »Irgendetwas machst du mit mir. Meine Zunge lockert sich in deiner Gegenwart …« Er seufzte schwer. »Wir sollten weitermachen.«

Sie nickte stumm und sah erneut auf den Bildschirm.

Spiel mit dem Feuer

Frankfurt am Main, Innenstadt
04. Mai 2018

Konstantin

Seit zwei Wochen suchte er fast täglich mit Arianna nach Spuren der vermissten Zeichen. Bislang absolut erfolglos. Konstantin erwischte sich immer öfter bei einem nervösen Tick. Mal zuckte sein linkes Auge, ein anderes Mal trommelte er mit der Faust Löcher in die Tischplatte. Es waren keine drei Monate mehr bis zur Finsternis und die Zeit verrann nur so zwischen seinen Fingern.

Nachts lief er getrieben durch die Straßen und hoffte, das Licht eines Sterns zu sehen, das ihn zielstrebig zu dessen Gegenstück führte. Bisher war ihm diesbezüglich das Glück nicht hold gewesen. Er war weder in Mainnähe auf die Ausreißer noch in einem der Villenviertel auf einen Hinweis zu Libras Verbleib gestoßen.

Nur vormittags schlief Konstantin ein paar Stunden. Die meiste Zeit kippte er Kaffee und Energydrinks in sich rein. Und wenn das nicht mehr half, griff er auf das spezielle Studentenfutter zurück, das ihn erfolgreich durch die Prüfungsphase gebracht hatte. Hochkonzentrierte Guarana-Pillen hielten ihn in der Spur, wenn Koffein allein nicht mehr reichte.

Er sollte sich mal ausschlafen. Das kam frühestens infrage, nachdem sie Libra aufgespürt hatten. Wenigstens einen der drei musste Konstantin bald auftreiben.

Libras Verschwinden blieb ihm unbegreiflich. Normalerweise hatte das Zeichen der Waage immer irgendetwas, was sie von Konstantin brauchte. Bisher hatte sie sich jedes Mal früher oder später den Gefährten angeschlossen und ihren Teil beigetragen.

Heute lümmelten er und Arianna sich mit den Laptops auf dem Schoß auf dem Sofa. Der Text der Webseite verschwamm immer wieder vor seinen Augen und war kaum lesbar. Die Hand, in die Konstantin das Kinn gestützt hatte, rutschte weg und fast wäre er mit dem Kopf auf den Laptop gekracht oder hätte den Computer fallen lassen. Nicht viel hatte gefehlt und er wäre eingeschlafen.

Arianna sah auf. »Alles okay mit dir?«

»Alles bestens«, nuschelte Konstantin und kniff die Augen zusammen. Diese blöden Buchstaben weigerten sich weiterhin, ihm ihren Sinn zu verraten.

»Sicher? Du siehst aus wie das Plakatmodel einer Antidrogenkampagne.« Sie schwenkte die Hand, während sie inbrünstig vortrug: »Keine Macht den Drogen, sonst seht ihr auch bald so scheiße aus wie der Typ da.«

Konstantin brummte. »Wir hocken in letzter Zeit definitiv zu oft aufeinander.«

»Ach ja?«

»Ja, ich beginne auf dich abzufärben. Bald bist du genauso ein sarkastisches Arschloch wie ich.«

Ein freches Grinsen schlich sich auf Ariannas Lippen. »Sarkastisch war ich auch schon davor. Durch kleine Gemeinheiten zeige ich meine Zuneigung.«

»Ist das so? Dann bedeutet der Vergleich mit einem abgewrackten Junkie, dass du mich in Wahrheit total heiß findest?« Es sollte nur ein dummer Konter sein. Arianna schaffte es nicht, ihre Reaktion zu verbergen. Sie wurde knallrot.

Konstantin fuhr hoch. »Echt jetzt?!«

Sie riss sich zusammen und erwiderte möglichst würdevoll: »Und wenn schon. Ja, du siehst gut aus. Das weißt du selbst. Mich brauchst du nicht, um dir das zu sagen. Es ist keine große Entdeckung, sondern allgemein bekannt.«

Diese offenen Worte gefielen ihm, ebenso wie Ariannas Reaktion. Er legte den Arm auf die Sofalehne, strich mit den Fingerspitzen kaum merklich über die nackte Haut ihrer Schulter und spielte mit den

Spitzen ihrer braunen Haare, die sich in geschmeidigen Wellen über den Rücken ergossen. »Es würde mir gefallen, wenn du mir möglichst ausführlich mitteilst, für wie gut aussehend du mich hältst.«

Sie trug heute ein dünnes Sommerkleid und Konstantin ertappte sich bei dem Gedanken, dass er es ihr gern ausziehen würde. Ihr Mund war leicht geöffnet, die Augen überrascht geweitet. Er leckte sich über die Lippen und beugte sich vor. Arianna rührte sich keinen Millimeter. Sie würde es zulassen – was auch immer er vorhatte.

Fast berührten sich ihre Nasenspitzen, da fuhr Konstantin erschrocken zurück. Die Übermüdung machte ihm ganz offensichtlich das Hirn weich! War er denn von allen guten Geistern verlassen? Beinahe hätte er das Bescheuertste getan, zu dem er in der Lage war. Ja, er hatte Arianna fast geküsst, und ja, er wollte es noch immer ... Dabei hatte er für solcherlei Ablenkungen wirklich keine Zeit! Er war auf einer Mission und würde erst ruhen, wenn er sie erfüllt hatte. Dieses Mal musste es einfach gelingen. Wie viele Leben er das Katz-und-Maus-Spiel mit den anderen Zeichen noch aushalten konnte, bis er zusammenbrach, war ungewiss. Für sie alle musste er es zu einem Abschluss bringen.

Er rutschte so weit weg, wie das kleine Sofa es zuließ. Über Ariannas Gesicht huschten die Emotionen. Sie wirkte enttäuscht, dann gekränkt, bis sie ihren Ausdruck wieder unter Kontrolle hatte.

»Wir sollten weitersuchen. Vielleicht finden wir heute endlich eine heiße Spur«, murmelte Konstantin und vermied jeglichen Blickkontakt.

»Genau genommen glaube ich, einen Hinweis auf Libra gefunden zu haben.«

Er richtete sich auf und kam wieder näher. »Wirklich?«

»Sieh selbst.« Arianna drehte ihm den Bildschirm hin.

Konstantin studierte die Webseite und kam schnell zu dem Schluss, dass es sich um ein Selbsthilfeforum für Depressionserkrankte handelte. Stirnrunzelnd sah er auf. Warum sollte Libra sich da rumtreiben?

Arianna tippte auf den untersten Beitrag. Dort berichtete eine Nutzerin darüber, dass sie sich nach nur einer Sitzung bei der Hypnosetherapie deutlich besser fühle und wieder in der Lage war, die positiven Dinge im Leben zu sehen. Die anderen Nutzer des

Forums wollten entweder wissen, bei welchem Therapeuten sie war, oder taten es als Blödsinn ab.

»Eine solche Aktion könnte wirklich auf Libras Konto gehen«, überlegte Konstantin.

»Vor allem, weil die Frau für diese eine Sitzung eine horrende Summe hingelegt hat«, fügte Arianna hinzu.

»Steht da auch irgendwo, wer für die Wunderheilung verantwortlich ist?«

»Leider nicht, ich habe ihr eine Nachricht geschickt und hoffe, so an ein paar weitere Infos zu kommen.« Arianna hatte sich wieder gefangen und steckte den Beinahekuss gut weg.

Insgeheim war Konstantin erleichtert darüber. Er mochte es, mit ihr zusammenzuarbeiten, und freute sich darauf, sie zu treffen. Mehr war einfach nicht drin. Unmöglich.

Sieh mich an!

Frankfurt am Main, Bockenheim
06. Mai 2018

Konstantin

Die Chancen standen gut, heute einen entscheidenden Schritt voranzukommen. Sobald Konstantin der Fährte folgte, fand er weitere vermeintliche Wunderheilungen von psychisch Erkrankten. Mit einer dieser Frauen hatten er und Arianna sich heute zum Kaffee verabredet.

Das Treffen war kurz, doch aufschlussreich gewesen. Silke, die von Libra behandelte Frau, hatte ihnen zwar nur wenige Infos gegeben, dafür war eine Visitenkarte dabei gewesen. Libra sicherte sich doch tatsächlich mit einer Verschwiegenheitserklärung ab, weshalb es denjenigen verboten war, ausführlich über die Sitzung zu sprechen, wenn man ernste rechtliche Konsequenzen vermeiden wollte.

Während des Studiums hatte Konstantin schon ein paar von diesen Verträgen auseinandergenommen und analysiert, weil es das Steckenpferd von einem seiner Profs war. Eine solche Erklärung brach einem das Genick. Darum galt besonders in diesem Jahrhundert: Immer das Kleingedruckte lesen!

Ein Aquarellmuster aus verschiedenen Rottönen zierte das kleine Kärtchen in seiner Hand. Darauf war nichts als ein verschlungener QR-Code. Das war eindeutig Libras Handschrift. Sie gab sich gern geheimnisvoll. Konstantin zog das Handy aus der Tasche und scannte den Code. Auf dem Bildschirm ploppte ein Kontaktformular auf. Nicht mal scrollen konnte man auf der Seite und natürlich gab es kein Impressum. Über den Eintragungsfeldern prangte die Frage: *Wie kann ich dir helfen?*

Mach deinen Job und erledige den von dir erwarteten Part! Hätte Konstantin gern geschrieben. Tat er selbstverständlich nicht, obwohl die Versuchung groß war.

Er sah vom Handy auf. Arianna hätte bestimmt eine Idee. Libra und sie waren befreundet. Daher musste sie wissen, welche Geschichte man ihr auftischen konnte, damit Libra anbiss und einen Termin anbot. Laut Silke suchte sich die junge Frau, die diese Karten verteilte, ihre Kundschaft ganz genau aus. Gerade machte Konstantin den Mund auf, um Ariannas Meinung zu erfragen, da blieben ihm die Worte im Hals stecken.

Seine Gefährtin freute sich sichtlich, mal aus dem Hotel zu kommen, und tänzelte mehr, als dass sie ging. Konstantin beobachtete sie lächelnd. Die Unbeschwertheit, die sie ausstrahlte, war eine willkommene Abwechslung zu den finsteren Gedanken, die ihn die meiste Zeit über plagten. Als spürte Arianna seinen Blick, sah sie auf.

Konstantin fing sich wieder und räusperte sich. »Sieh mal.« Er hielt ihr das Handy hin. »Was muss ich schreiben, damit Libra uns nicht abblitzen lässt?«

Sie studierte das Display. »Sie steht auf gebrochene Jungs mit Vaterkomplex. So was sollte funktionieren.«

»Aha?« Konstantin hatte keine Ahnung, was das bedeutete.

»Okay, ich mach das für dich. Da fällt mir ein, was hast du bisher eigentlich so getrieben? Gib mir mal ein paar Anhaltspunkte.« Schon tippte sie wild drauflos.

»Ich hatte ein Studium angefangen«, begann er langsam.

»Welches Fach?«

»Jura.«

»Oh, anspruchsvoll. Das hilft. Was ist mit deiner Familie?«, fragte Arianna weiter.

»Ich habe einen älteren Bruder und meine Eltern.«

»Du bist das Nesthäkchen?« Sie grinste breit. »Sehr gut, damit kann ich arbeiten!«

»Was schreibst du da?« Konstantin bekam ein mieses Gefühl bei der Sache.

»Das siehst du gleich. Verrate mir noch, was deine Eltern beruflich machen.«

»Meine Mutter ist Künstlerin, hauptsächlich Ölgemälde. Mein Vater sitzt im Vorstand einer Bank. Jetzt sag mir endlich, was das werden soll.« Seine Vergangenheit ließ Konstantin am liebsten genau da: in der Vergangenheit. Er hatte damit abgeschlossen und konnte nicht einfach wieder zurück. Warum stocherte Arianna darin herum?

»Also«, setzte sie an, »du steckst in einer tiefen Sinnkrise. Dein Leben lang wolltest du es deinem strengen Vater recht machen und seine Anerkennung gewinnen. Der hat dich nur mit deinem älteren Bruder verglichen, wobei du immerzu den Kürzeren gezogen hast. Das hat zu einem Bruch und dauerhaften Wettbewerb mit deinem Bruder geführt. Um deinem Vater zu imponieren, hast du ein Jurastudium angefangen, dabei hättest du dich viel lieber für Literatur entschieden. Du kommst eben mehr nach deiner Mutter und tief in dir verborgen schlummert eine Künstlerseele.

Jetzt stehst du kurz davor, dein Studium abzubrechen und alles hinzuschmeißen. Du schläfst kaum noch und züchtest dir ein Magengeschwür von der Größe einer Wassermelone heran. Du bist kurz davor, von der nächsten Brücke zu springen. Diese Webseite beziehungsweise die Frau dahinter ist deine einzige Hoffnung darauf, dein Leben wieder auf die Reihe zu bekommen.«

Konstantin klappte geräuschvoll den Mund zu. Dann brach es empört aus ihm hervor: »Wie konntest du in gerade mal fünf Minuten aus meinem Leben die totale Seifenoper machen? Gib her!« Er schnappte sich das Handy und las den Text, den Arianna getippt hatte.

»Ist doch egal. Das brauchen wir nur, bis Libra uns verraten hat, wo sie steckt. Du musst diese Rolle ja nicht spielen oder so was. Sobald sie uns sieht, weiß sie sowieso, was los ist. Es wird funktionieren, vertrau mir.«

Unglücklich grummelte Konstantin vor sich hin. In seinem Leben gab es schon genug Drama, auch ohne dass man ihm eines andichtete. Schließlich gab er nach und schickte die Nachricht ab. »Ich hoffe wirklich, dass die Masche zieht.«

»Ganz bestim…« Arianna brach mitten im Satz ab. Sie riss die Augen auf und starrte auf etwas hinter ihm.

Beunruhigt sah Konstantin über die Schulter. Höchstens zehn Meter von ihnen entfernt stand Zelos. Der blonde Gott hatte die

Arme vor der Brust verschränkt und beobachtete sie. Wie lange war er schon da? Um sie herum waren unzählige Menschen. Vor Zeugen war ein offener Angriff unmöglich. Darin waren sich sowohl Zeichen als auch Götter einig. Die normalen Menschen durften weder etwas von ihrer Existenz noch dem jahrtausendealten Konflikt wissen. Für Zelos war das kein Problem. Die Methoden seiner Wahl waren subtil und nicht offensichtlich.

Konstantin ergriff Ariannas Hand und zog sie mit sich. »Was du auch tust, sieh ihm nicht in die Augen. Sonst machst du es ihm leichter.«

Sie antwortete nicht und hatte die Lippen zu einem schmalen Strich zusammengepresst.

»Was ist los?«, fragte Konstantin besorgt und ging schneller. Sie mussten dringend aus der Reichweite des Gottes raus.

»Er will wieder in meinen Kopf«, stieß Arianna flach atmend hervor.

Verdammt! Das durfte nicht passieren. »Du musst an etwas anderes denken.«

»Versuche ich doch. Er macht es mir nahezu unmöglich, mich zu konzentrieren. Ich kann kaum klar denken.« Sie war blass geworden, ihre Schritte unsicher.

»Wir schaffen das!« Konstantin machte ihnen beiden Mut und nahm die Beine in die Hand. An der nächsten Ecke entdeckte er ein Hinweisschild für die U-Bahn. Dort konnten sie ihn hoffentlich abhängen.

Er zog Arianna die Treppen runter und wich entgegenkommenden Passanten aus. Sie stolperte und wäre fast gestürzt. Konstantin fing sie gerade so auf. Am Treppenabsatz tauchte Zelos auf und schenkte ihm ein selbstgefälliges Grinsen.

»Komm weiter.« Er setzte sich wieder in Bewegung und lief den unterirdischen Gang entlang. Sie hatten Glück. Eine Bahn fuhr gerade in den Bahnhof ein.

Ohne darauf zu achten, in welche Richtung sie fuhr, stieg er ein und zerrte Arianna mit sich. Anstatt stehen zu bleiben, ging Konstantin innerhalb der Bahn weiter. Zelos musste sie aus den Augen verlieren. Sie passierten zahlreiche Sitzreihen und stehende Fahrgäste. Hier und da rief man ihnen etwas hinterher, wenn einer von ihnen aus Versehen jemanden anrempelte.

Konstantin sah sich über die Schulter. »Wird es besser?«

Arianna wimmerte zur Antwort. Hinter ihnen entdeckte er Zelos. Fluchend zog Konstantin sie weiter. Wenn sie die Bahn jetzt verließen, fuhr der Gott vielleicht mit ihr davon und sie wären ihn los.

Er arbeitete sich gegen den Strom voran. Nur ein paar Schritte trennten sie vom rettenden Ausgang, als die Türen sich schlossen. Konstantin hämmerte auf den Knopf, nichts geschah. Die Bahn fuhr an und sie waren gefangen. Verdammt!

Konstantin drehte sich um und bewertete seine Möglichkeiten. Nur wenige Schritte von ihnen entfernt stand Zelos und beobachtete sie grinsend. Während der Fahrt gab es keinen Ausweg. Da war es besser, in der Nähe eines Ausgangs zu bleiben.

Arianna zitterte, ihr war der Schweiß ausgebrochen. Mit allen Mitteln kämpfte sie gegen den mentalen Angriff an, während Konstantin vollkommen verschont blieb. Zelos konzentrierte sich voll und ganz auf das Zeichen des Stiers. Die Bahn fuhr in eine Kurve und Arianna schwankte. Sofort war Konstantin bei ihr und fing sie auf. Sie klammerte sich an ihn und suchte in mehrfacher Hinsicht Halt.

»Wie süß«, kommentierte Zelos spöttisch.

Das war zu viel! Mit einer Hand stützte er Arianna, die andere streckte er nach dem Gott aus. »Lass sie sofort in Ruhe oder du wirst es bereuen!«

Zelos hob übertrieben die Hände und wich einen Schritt zurück. »Was willst du von mir?«, fragte er laut. »Ich stehe hier nur und mache gar nichts.« Jetzt wandte er sich an die Umstehenden. »Hilfe! Der ist doch irre!«

Nun hatten sie die allgemeine Aufmerksamkeit inne und Zelos hatte dafür gesorgt, wie das Opfer auszusehen. Zähneknirschend ließ Konstantin die Hand sinken. Wenn er jetzt tätig wurde und der Gott röchelnd zusammenbrach, standen beide auf der Abschussliste des Mobs. Es war einer seiner guten Vorsätze, niemals die ihm gegebenen Kräfte gegen einen Menschen zu richten.

»Ich weiß nicht, wie lange ich noch durchhalte«, hauchte Arianna in sein Hemd.

Beruhigend fuhr er ihr über die schmalen Schultern. »Du schaffst das. Ich glaube fest an dich, okay?«

»Er ist überall. Egal wohin ich mich wende, er ist schon da.«

Konstantin umfasste Ariannas Gesicht. Tränen verschleierten ihren Blick und liefen über ihre Wangen. »Sieh mich an! Vergiss, dass er da ist.«

Ihre Augen wurden etwas klarer und sie sah ihn fest an, schluckte schwer. »Okay, ich sehe nur dich.« Arianna beruhigte sich ein wenig und er atmete tief durch.

Ihr Gesicht verzog sich und sie keuchte. Über ihre Schulter sah er Zelos breit grinsen. Konstantin nahm sie beschützend in die Arme. Eine Hand legte er auf ihren Hinterkopf. »Ich lasse nicht zu, dass er dich noch mal kriegt. Ich passe auf dich auf.«

Arianna nickte schwach.

Die Bahn wurde langsamer und fuhr in den nächsten Bahnhof ein. Konstantin trat einen Schritt zur Seite und machte den anderen Passagieren Platz.

»Warum steigen wir nicht aus?«

»Ich habe einen Plan. Dazu müssen wir noch etwas weiterfahren. Vertraust du mir?«

»Ja«, stieß sie angestrengt aus.

»Gut, konzentrier dich ganz auf mich. Dann findet Zelos keinen Raum.« Sollte sich die Gelegenheit bieten, würde Konstantin den Gott für diese Attacke büßen lassen.

Die Bahn fuhr wieder an. Während der Fahrt raunte er in Ariannas Ohr, um sie zu ermutigen, noch ein bisschen durchzuhalten. Wieder kamen sie zum Stehen.

»Jetzt!«, rief Konstantin und riss sie mit sich.

Sie hatten den Hauptbahnhof erreicht. Hier herrschte zu jeder Tageszeit das reinste Getümmel. Wenn es ihnen irgendwo gelingen konnte, Zelos abzuhängen, dann an der größten Verkehrsdrehscheibe, die Frankfurt zu bieten hatte.

Er zerrte Arianna hinter sich her, was gar nicht so leicht war. Sie taumelte und verlor regelmäßig das Gleichgewicht. Doch sie biss die Zähne zusammen und versuchte Schritt zu halten. Sie rannten eine Rolltreppe hoch, dann noch eine, bis sie schließlich in der Haupthalle des Bahnhofs standen.

Zelos war ihnen dicht auf den Fersen. Nachdem Konstantin sich kurz orientiert hatte, wechselte er die Richtung und hielt auf die verglaste Front zu. Sie stürzten ins Freie und nicht weit entfernt entdeckte er, wonach er gesucht hatte: einen Taxistand.

»Nur noch ein Stück. Dann haben wir es geschafft«, sprach er Arianna Mut zu.

Konstantin hatte keine Zeit, auf die Antwort zu warten. Zelos schritt soeben durch die Türen und sah sich suchend um.

Sie rannten ein letztes Mal. Am liebsten wäre er in das nächstbeste Taxi gesprungen. Für die Diskussion mit dem Fahrer, ob er fahren sollte oder nicht, hatte er weder Lust noch Zeit. Sie hechteten an den wartenden Fahrzeugen vorbei. Nur das erste in der Schlange würde sie mitnehmen, ohne zu murren.

Dort angekommen, stieß Konstantin einen Anzugträger beiseite, der versuchte, mit dem Fahrer zu feilschen. »Sorry, Notfall!«, rief er keuchend aus und riss im selben Atemzug die hintere Tür auf.

So behutsam, wie es auf die Schnelle ging, schob er Arianna ins Taxi und kletterte hinterher. Der Fahrer sah verwirrt von ihnen zu dem potenziellen Fahrgast, mit dem er eben noch diskutiert hatte. Dieser regte sich auf und redete sich gerade so richtig schön in Rage.

»Fahren Sie los!«, herrschte Konstantin den Fahrer an.

»Wohin soll es denn so eilig gehen?«, fragte der Mann überrumpelt.

Er nannte den Namen des Hotels, ohne sich von Arianna abzuwenden. Das Taxi setzte sich in Bewegung und Konstantin verspürte seit dem Aufeinandertreffen mit Zelos zum ersten Mal Erleichterung. Jetzt hatten sie es fast geschafft. Er hielt noch immer ihre Hand.

Konstantin sah durch die Heckscheibe und beobachtete, wie Zelos ebenfalls in ein Taxi stieg. »Dein Kopf muss runter. Wenn du aus seinem Sichtfeld verschwindest, kann er dir nichts mehr tun.«

Arianna rutschte nach vorn und senkte den Kopf. So saß sie halb im Fußraum. »Das geht so nicht. Komm her.« Konstantin klopfte sich auf den Oberschenkel.

Zögerlich kam sie der Aufforderung nach und legte den Kopf in seinen Schoß. Er fuhr mit dem Daumen beruhigend über ihre Wirbelsäule und Arianna entspannte sich merklich. »Besser?«

»Mhm«, machte sie. »Im Moment spüre ich ihn nicht.«

»Okay, sollte sich daran etwas ändern, sag mir sofort Bescheid.«

Das Taxi schlängelte sich durch den dichten Verkehr der Innenstadt. Es waren noch einige Blocks bis zum Hotel. Die Fahrt konnte dank der Ampeln und Baustellen lange dauern.

Konstantin zog das Handy aus der Tasche. Schon nach dem zweiten Klingeln war Leo dran. »Was gibt's, Kon?« Im Hintergrund hörte man zahlreiche Stimmen. Ganz offensichtlich hatten die Zeichen gerade großen Spaß.

»Ich brauche auf der Stelle deine Hilfe. Wir stecken in Schwierigkeiten.«

Sofort war sein Freund ganz bei der Sache. »Was ist passiert?«

In wenigen Sätzen brachte Konstantin ihn auf den aktuellen Stand, ohne zu viel zu verraten. Damit würde er nur den Taxifahrer verunsichern.

»Wir erwarten euch unten. Sollte der Drecksack dann immer noch hinter euch her sein, erlebt er sein blaues Wunder!«

»Danke, bis gleich.« Konstantin legte auf und betrachtete Arianna. Sie war ruhig, wenn auch durch den Sprint ein wenig außer Atem. Zum Glück hatte er sie nicht verloren. Sie ein weiteres Mal in Zelos' Fängen zu wissen wäre nur schwer zu ertragen gewesen.

»Ist er noch da?«, fragte Arianna unvermittelt.

Konstantin warf einen Blick durch die Heckscheibe. »Er ist ebenfalls in ein Taxi gestiegen. Hinter uns sind ein paar. Ich weiß nicht, ob seines mit dabei ist. Wie geht es dir?«

»Mein Hirn fühlt sich an, als wäre es im Schleudergang gewesen, davon abgesehen bin ich okay. Danke, dass du auf mich aufgepasst hast.« Arianna drückte sich fester an ihn.

Den Rest der Fahrt verbrachten sie schweigend. Etwa zehn Minuten später erreichten sie das Hotel. Der Portier trat vor, um seine Arbeit zu machen, da schob Leo sich an ihm vorbei und öffnete die Tür. »Hier kommt euer persönliches Empfangskomitee samt Escortservice.«

Im Eingangsbereich und an der Fassade lehnten ihre Gefährten und sahen sich finster um. Alle waren mit runtergekommen und hielten Wache.

»Das macht siebzehn Euro sechzig«, sagte der Fahrer in die Stille hinein.

Konstantin dankte ihm und zog einen Zwanziger aus dem Portemonnaie. »Stimmt so.« Dann stieg er aus und half Arianna. Langsam fuhr ein anderes Taxi an ihnen vorbei. Auf dessen Beifahrersitz entdeckte er Zelos. Für einen winzigen Augenblick streifte ihn die Gabe des Gottes, wie um zu prophezeien, dass es noch nicht vorbei war. Konstantin schenkte ihm seinen finstersten Blick. Das Taxi beschleunigte und brauste davon.

Sie hatten es geschafft.

Vik hakte sich bei Arianna unter und führte sie zum Hoteleingang. Leo schlug ihm kameradschaftlich auf die Schulter. »Lass uns gehen!«

Konstantin blieb, wo er war. Ein innerer Widerstand, den er nicht näher definieren konnte, hielt ihn an Ort und Stelle. Es war ihm nicht bestimmt, sich mit seinen Gefährten eine angenehme Zeit zu machen. »Ich komme nicht mit.«

Arianna blieb stehen und drehte sich zu ihm um. Die Weigerung machte sie traurig. »Warum nicht?«

Er stieß hart die Luft aus. »Habe noch zu tun. Ich gebe dir Bescheid, sobald Libra sich gemeldet hat.«

Arianna senkte den Kopf. »Na schön.« Dann ließ sie sich von Vik mitziehen und die beiden verschwanden im Hotel.

»Alter, du hast Sternchen in den Augen.« Leos Grinsen reichte bis zu den Ohren.

Konstantin erstarrte und fühlte sich ertappt. »Ich hab keine Ahnung, wovon du sprichst.«

»Schon klar! Ich mag nicht so eine Leuchte sein wie du, aber *den* Blick kenne ich.«

»Wenn du meinst«, brummte Konstantin. »Wir sehen uns.« Er steckte die Hände in die Hosentaschen und machte auf dem Absatz kehrt. Sollte Zelos noch irgendwo lauern, so hatte er keine Angst mehr vor ihm. Ohne Arianna, die seinen Schutz benötigte, würde der Gott zur Abwechslung eine Kostprobe von seinen eigenen Kräften bekommen. Er stapfte die Straße entlang und die Gedanken verselbstständigten sich. Konstantin dachte an die U-Bahnfahrt zurück und erschauderte. Nicht wegen Zelos, sondern wegen Arianna in seinen Armen. Etwas regte sich in ihm, das unbedingt zum Schweigen gebracht werden musste.

Auftragsmord für Anfänger

Frankfurt am Main, Nordend
16. Mai 2018

Konstantin

Zehn geschlagene Tage hatte es gedauert, bis Libra sich zu einem Termin erweichen ließ. Arianna hatte in den folgenden Nachrichten sämtliches Seifenopernpotenzial aus der Geschichte herauskitzeln müssen. Jetzt befanden sich beide auf dem Weg zu der Gefährtin, die von ihrem Glück noch nichts ahnte.

Das Frankfurter Nordend war eine Mischung aus historischen Stadtvillen und modernen Prunkbauten. Also genau der Ort, an dem Libra sich wohlfühlte. Mit den Jahrhunderten der Suche hatte Konstantin die Gefährten und deren Gewohnheiten bestens kennengelernt. Es gelang ihnen ausgesprochen selten, ihn noch zu überraschen. Die vielen Wiedergeburten hatten sie träge gemacht und sorgten dafür, dass sie immer und immer wieder in dieselben Muster verfielen. Konstantin war der Letzte, der sich darüber beschwerte, es erleichterte seinen Job und der war hart genug.

Arianna sah sich neugierig um, während er zielstrebig die Straße entlanglief. Er zog die Schultern hoch und hatte es eilig, das gesuchte Haus zu erreichen. Nur ein paar Kreuzungen weiter begann das Ostend und somit für Konstantin heißes Pflaster. Dort konnte er jederzeit einem bekannten Gesicht über den Weg laufen. Im allerschlimmsten Fall wäre er mit besagtem Gesicht verwandt.

Am liebsten hätte er ein Basecap und eine Sonnenbrille getragen. Immerhin war das im Film stets eine ideale Tarnung, auch wenn die Gesuchten seiner Meinung nach damit erst recht verdächtig aussahen.

Es war Konstantin ein Rätsel, warum sein Vater ihm trotz beharrlichem Totstellen den Geldhahn nicht abgedreht hatte. Sollte er sich doch mal zu Hause blicken lassen? Besser nicht, es war in mehrerer Hinsicht zu riskant für alle Beteiligten. So war es am besten. Bis zur Mondfinsternis käme Konstantin allein klar. Wenn alles vorbei war, und für sie nicht mehr die Gefahr bestand, zwischen die Fronten der Götter zu geraten, konnte Konstantin sich wieder bei ihnen blicken lassen.

»Müssen wir so rennen?«, fragte Arianna, die mit ausholenden Schritten zu ihm aufschloss.

»Ja, wir machen schließlich keine Stadtbesichtigung.«

»Mag sein, dabei ist es wirklich schön hier und bislang war ich in dem Teil der Stadt so gut wie nie. Wir kommen viel zu selten aus dem Hotel raus. Diese Zeit sollten wir nutzen und nicht bloß von A nach B hetzen.« Arianna ging demonstrativ langsamer.

Entnervt drehte Konstantin sich um. »Du weißt schon noch, wer hinter uns her ist und was beim letzten Mal passiert ist?«

Ihre Augen verengten sich zu Schlitzen. »Sollen sie nur kommen. Dieses Mal haben sie nicht so leichtes Spiel mit mir.«

»Ich bewundere deinen Kampfgeist, trotzdem sind wir nur zu zweit. Gegen alle vier hätten wir keine Chance. Also sei so gut und setz deinen Hintern in Bewegung.«

Arianna gab nach, was für sie durchaus unüblich war, doch wollte Konstantin sich auf keinen Fall darüber beschweren. Es war ihm recht, dass sie wider ihre Natur handelte. Er prüfte die Navi-App und bog um die nächste Kurve. Sie betraten eine breite Fußgängerzone. Jetzt war es nicht mehr weit.

»Welche Laus ist dir heute über die Leber gelaufen?«, fragte Arianna, nachdem sie zu ihm aufgeschlossen hatte.

»Was soll das denn heißen?«

»Nun, das ist eine Redewendung, bei der der Fragende taktvoll wissen möchte, welches Problem sein Gegenüber eigentlich hat.« Sie grinste frech, woraufhin Konstantin schnaufte und sich eines Schmunzelns nicht erwehren konnte.

Schließlich entschied er sich für die Wahrheit. »Meine Familie wohnt nicht weit von hier. Ich bin im Nachbarbezirk aufgewachsen und möchte nur ungern jemandem aus meinem früheren Leben begegnen.«

»Wieso das denn?«, wollte Arianna ernsthaft verwirrt wissen.

»Ist besser so. Sag bloß, du handhabst das anders?« Die Vorstellung war für ihn vollkommen abwegig.

»Ja, na klar«, setzte Arianna langsam an, »ich telefoniere regelmäßig mit meinen Eltern. Sie sind heilfroh darüber, dass ich nach dem spontanen Entschluss, zu heiraten, wieder zur Besinnung gekommen bin. Sie hielten Zac aka Zelos direkt für einen Idioten. Obwohl die beiden ihn nur einmal getroffen haben, wenn ich mich recht erinnere.«

»Damit haben sie wirklich gute Menschen- oder besser Götterkenntnis bewiesen«, gestand Konstantin ihnen zu.

»Wem sagst du das!«, schnaufte Arianna. »Zu schade, dass ich viel zu sehr in dieser rosa Wolke gefangen war und es ihnen sowieso nicht geglaubt hätte. Aufgrund meines Verhaltens hatten sie sich gar nicht erst getraut, Fragen zu stellen. Kann sein, dass Zelos sie ebenfalls beeinflusst hat. Das möchte ich bei meinem heutigen Wissen nicht ausschließen.«

»Durchaus denkbar«, überlegte Konstantin.

Abrupt blieb Arianna stehen. Er ging einige Schritte weiter, bevor er es bemerkte und ebenfalls anhielt. Entnervt rollte Konstantin mit den Augen. Warum nur trödelte sie ausgerechnet heute so? »Was ist jetzt wieder?«

Die Farbe war aus Ariannas Gesicht gewichen. »Zelos weiß, wo meine Eltern wohnen … Glaubst du, er könnte das ausnutzen? Ihnen etwas antun oder mich erpressen?«

Konstantin verzog das Gesicht. Leider hatte er am eigenen Leib erfahren, wie wenig ein Gott sich um ein Menschenleben scherte, wenn er es als Mittel zum Zweck benutzen konnte, um seinen Willen durchzusetzen. »Ich würde jetzt wirklich gern etwas Beruhigendes sagen, aber ich befürchte, das kann ich nicht. Nur so viel: Das ist genau der Grund, warum ich nach meinem Erwachen alle bestehenden Verbindungen kappe. Eine Vermischung dieser beiden Leben ist riskant und führt unweigerlich zu Komplikationen.«

Arianna ballte die Fäuste, sie zitterten. »Zu dem Zeitpunkt war ich ja nicht mal erwacht. Selbst wenn, lade ich für gewöhnlich keinen gegnerischen Gott zu mir nach Hause zum Kaffeetrinken ein. Ich habe es nicht besser wissen können!«

»Es sollte kein Vorwurf sein«, wich Konstantin aus.

»Klang wie einer«, erwiderte sie eingeschnappt.

Konstantin schnaubte unzufrieden. Arianna sollte nicht wütend auf ihn sein. »Ich habe diesbezüglich bereits schlechte Erfahrungen gemacht. Wenn dir das während unserer zahllosen Leben bislang erspart geblieben ist, freut mich das aufrichtig für dich und ich hoffe, es wird auch in diesem Leben so bleiben.«

So schnell, wie sie gekommen war, verrauchte Ariannas Wut. »Was ist geschehen?«

Demonstrativ studierte Konstantin die Karte auf dem Handy und ging weiter. »Ich glaube, wir haben unser Ziel gleich erreicht.«

Arianna holte ihn ein. »Es tut mir leid, wenn ich zu neugierig bin. Nur kann ich mir gar nicht vorstellen, wie es wäre, unter mein bisheriges Leben einen Schlussstrich zu ziehen.«

»Irgendwann entwickelt man Routine darin. So wie in allen Dingen, die man regelmäßig macht.« Es war einmal passiert, dass die feindlichen Götter sich an seiner Familie vergriffen hatten. Das würde kein zweites Mal geschehen.

»Das muss wahnsinnig einsam sein«, murmelte Arianna.

Konstantin versteifte sich und sagte trotzig: »Du willst mir jetzt nicht erzählen, du kannst dich noch an alle wichtigen Details aus all deinen Leben erinnern. Ich weiß nicht mal mehr, wie lange wir schon in diesem Kreislauf gefangen sind und in wie vielen Zyklen er sich wiederholt hat.«

»Das nicht«, räumte sie ein, »für mich ist jedes neue Leben eine Art Neubeginn. Die vorherigen zwanzig Jahre sind nicht unwichtig geworden. Mein bisheriges Leben ist mir jedes Mal sehr präsent. Natürlich weiß ich auch noch die meisten Dinge aus vergangenen Zyklen, manche davon haben sich stärker in meine Erinnerung gebrannt als andere. Für gewöhnlich kehre ich zu meinem Leben zurück, sobald die Mondfinsternis vorbei ist und Selene ihren Wunsch nicht erfüllen konnte, so wie die meisten anderen Zeichen. Machst du das nicht?«

»Kommt drauf an. Meistens kehre ich in mein Leben zurück. Manchmal ist zu viel Zeit vergangen und der entstandene Bruch zu groß. Dann lasse ich es.«

»Dieses Mal dauert die Phase vom Erwachen bis zur Finsternis mit vier Monaten zwar länger als durchschnittlich, trotzdem ist es danach nicht zu spät, an den jeweiligen Ausgangspunkt zurückzukehren. Bestimmt nimmt deine Familie dich danach wieder auf.«

»Kann sein, das sehe ich dann. Womöglich reichen die vier Monate aus und es gelingt uns ausnahmsweise, das Ritual durchzuziehen und endlich siegreich aus dem Wettstreit hervorzugehen.«

»Glaubst du das wirklich?« Arianna klang skeptisch.

»Ich werde alles in meiner Macht Stehende dafür tun.«

»Wow, du bist Selene also wirklich so treu ergeben«, murmelte sie. »Warum mühst du dich in jedem Leben so ab? Es könnte doch auch mal ein anderer von uns sein Glück versuchen. Oder genießt du deine Position so sehr?«

Konstantin stutzte. Ariannas Fragen stießen etwas in ihm an, etwas, das tief in seinem Unterbewusstsein vergraben war. Wieso kämpfte er eigentlich so verbissen? Weil er Selene verpflichtet war. Sie verdiente die Treue der Sternzeichen. Sie hatte so viel für sie getan.

Konstantin wollte nicht in die Verlegenheit geraten, etwas darauf erwidern zu müssen. Er entdeckte die Hausnummer, nach der er schon die ganze Zeit Ausschau gehalten hatte. »Wir sind da. Jetzt müssen wir dafür sorgen, von Libra empfangen zu werden, ohne dass sie uns zuvor durchschaut. Wie ich sie kenne, könnte sie uns andernfalls einfach vor verschlossener Tür stehen lassen.«

Sobald sie vor der großen Eingangstür standen, drückte Konstantin auf die Klingel, die in der E-Mail genannt worden war.

Kurz darauf knackte die Gegensprechanlage: »Wer sind Sie und was wollen Sie?« Die Stimme klang blechern. Es war unmöglich, nur mit deren Hilfe zu erkennen, ob es sich bei der Frau um Libra handelte. Dazu mussten sie einander schon in die Augen sehen.

»Hier ist Konstantin«, antwortete er möglichst freundlich. »Ich habe um drei einen Termin. Bin ich bei Ihnen richtig?«

»Das sind Sie. Meine Wohnung liegt im zweiten Stock. Bitte kommen Sie herein.« Der Türöffner brummte.

Schon von außen war das Gebäude beeindruckend gewesen, von innen erkannten sie, dass man die riesige Stadtvilla geteilt hatte. Um das obere Stockwerk allein bewohnen zu können, musste Libra einiges hingeblättert haben. Eine geschwungene Treppe mit breiten, ausgetretenen Stufen, von denen fast jede knarrte, schwang sich nach oben.

Geräuschvoll wurde eine Tür geöffnet und eine junge Frau spähte zu ihnen herunter. Ihre Stirn legte sich in Falten, während Konstantin lächelte. Sie waren hier richtig.

»Ihr seid das.« Libra sah wenig begeistert aus.

Zügig stiegen sie die verbliebenen Stufen hinauf. Libras Züge verdunkelten sich mit jedem Schritt, den die beiden in ihre Richtung taten.

Er musterte sie herausfordernd. »Sollen wir dieses Gespräch im Treppenhaus führen oder wirst du uns endlich hereinbitten?«

Murrend trat sie einen Schritt zur Seite und versperrte nicht länger den Durchgang. »Dann kommt eben rein.«

»Zu freundlich von dir.« Konstantin schob sich an ihr vorbei, als sei es seine Wohnung.

Arianna lächelte entschuldigend und folgte ihm. Gemeinsam zogen sie die Schuhe aus und gingen zu Libra, die in der Tür zum Wohnzimmer wartete und sie missmutig beobachtete.

»Wollt ihr etwas trinken?«

»Wenn du dich dazu herablässt, uns zu bedienen«, gab er zurück.

Libra sparte sich einen weiteren Kommentar und ging durch die gegenüberliegende Tür in die Küche. »Wie hast du mich so schnell gefunden, Scorpio?«

Auf den Flur schallte das Klirren von Gläsern, die aneinanderstießen.

»Du solltest den viralen Effekt sozialer Medien wirklich nicht unterschätzen.« Konstantin marschierte ins Wohnzimmer, Arianna eilte hinterher.

»Den was?«, fragte Libra, die mit einem kleinen Tablett dazustieß.

Konstantin musterte sie überrascht. »Du willst mir nicht erzählen, dass du aus deiner Fähigkeit einen solch großen finanziellen Nutzen ziehst, ohne eine Ahnung von Onlinemarketing zu haben?«

Libra setzte das Tablett auf dem gläsernen Couchtisch ab. »Es ganz läuft gut mit Mund-zu-Mund-Propaganda. So viel kommt noch nicht rein. Das Haus gehört meinem Vater. Doch seit meinem Erwachen verdiene ich mir ein nettes Taschengeld dazu. Mach mir keinen Vorwurf, nur weil ich das, was mir gegeben wurde, zu meinen Gunsten nutze. Das könntet ihr genauso gut.«

»Davon ab, dass ich dazu weder die Zeit noch die Lust habe, würde es mich echt interessieren, wie das funktionieren soll.«

So wie Libra ihn ansah, musste Konstantin ihrer Meinung nach etwas extrem Dämliches gesagt haben. »Es ist auch in diesem Leben so, dass du mit einer einzigen Berührung Menschen tödlich vergiften kannst?«

»Ja, klar, aber das mache ich doch nie. Ich gehe damit nur den Göttern auf den Geist und beschere ihnen eine durchgekotzte Nacht.«

Während des Gesprächs hatte Arianna sich auf das große Sofa gesetzt. Murrend gesellte Konstantin sich zu ihr.

»Vielleicht solltest du diese Einstellung ändern«, schlug Libra vor.

»Durch Mord wird man nicht reich, sondern landet im Knast«, stellte er nüchtern fest. Auf was für Ideen kam Libra da nur wieder?

»Selbstverständlich sollst du nur solche töten, für die du dich vorher bezahlen lässt«, erklärte sie weiter.

»Schlägst du gerade ernsthaft vor, ich soll mich als Auftragskiller verdingen?« Konstantin war empört. Was dachte sie eigentlich von ihm und dem, was er tat? Kurzzeitig beschlich ihn ein mulmiges Gefühl.

»So etwas würde Konstantin niemals tun«, schaltete sich jetzt Arianna ein, »da kennst du ihn echt schlecht!«

Verwundert betrachtete Libra sie, nur um gleich darauf wissend zu lächeln. »Wie es aussieht, kennst du ihn inzwischen ganz gut.«

Arianna ging nicht darauf ein und fragte stattdessen: »Und womit soll *ich* deiner Meinung nach mein Geld verdienen, Libra?«

»In diesem Leben heiße ich Antonia«, bemerkte das Zeichen der Waage.

»Erfreut, deine Bekanntschaft zu machen«, gab sie höflich zurück.

»Gleichfalls … Arianna, richtig?«

»Genau. Also, wenn du Konstantin eine Karriere als Killer schmackhaft machen willst, zu was wäre ich dann fähig?«

»Spontan fiele mir etwas Sportliches ein. Du könntest boxen oder anderen Kampfsport betreiben, ohne großartig dafür trainieren zu müssen. Bei den entsprechenden Meisterschaften kann man gutes Geld verdienen. Niemand wäre in der Lage, dich fertigzumachen.«

Konstantin prustete amüsiert und Arianna verzog das Gesicht. »Nein danke, kein Bedarf. Außerdem wäre das Betrug.«

»Betrug? Du würdest nur nutzen, was dir mitgegeben wurde«, hielt Antonia dagegen.

»Den anderen hat niemand diese Fähigkeit gegeben, folglich wäre es ein unlauterer Vorteil.«

»Ich hab vergessen, was für ein Gutmensch du bist. Du hast recht, so wird das nichts.« Antonia hob die Schultern und goss Wasser in die mitgebrachten Gläser.

»Du solltest bei deinem spirituellen Kram bleiben. Als Berufsberatung taugst du nichts«, spottete Konstantin. »Bietest du auch Inneneinrichtung nach Feng-Shui an oder hilfst du deiner Kundschaft nur bei der Selbstfindung?«

Antonia rümpfte die Nase und donnerte das halb volle Wasserglas vor ihm auf den Tisch. »Solltest du nicht etwas freundlicher zu mir sein? Schließlich bist du der Bittsteller von uns beiden. Mir geht es prächtig. Ich brauche nichts von dir. Selene, und somit auch du, braucht *mich.*«

Konstantin biss sich auf die Zunge, um den blöden Kommentar, der ihm über die Lippen kommen wollte, zurückzuhalten. Es schmeckte ihm nicht. Leider hatte Antonia recht.

Die Waagschale kippt

Frankfurt am Main, Nordend
16. Mai 2018

Arianna

Ariannas Blick wanderte von einem zum anderen wie bei einem spannenden Tennismatch. Keiner von ihnen sagte etwas, während sie sich mit den Augen gegenseitig erdolchten. Da sollte noch mal jemand behaupten, der Stier sei der Sturkopf unter den Zeichen … Wenn die beiden so drauf waren wie jetzt, standen sie ihr selbst in nichts nach.

Am Ende war es Konstantin, der den Blick senkte. »Natürlich brauchen wir dich. Wenn wir nicht vollzählig sind, funktioniert es nicht.«

Antonia wähnte sich als Siegerin. »Hast du Aquarius und Pisces schon eingefangen?«

»Nein, die hebe ich mir zum Schluss auf. Du bist die Zweite«, erklärte er geduldig.

Diese Nachricht überraschte sie. »Wie kommt's? Normalerweise bin ich deine Nummer eins.«

Auch wenn Konstantin sie gern auf die Folter spannen wollte, fuhr Arianna ihm in die Parade. Sie war hier, um zwischen den beiden zu vermitteln. »In diesem Zyklus habe ich dir den Rang abgelaufen. Mich hat er zuerst gesucht.«

»Seit wann hast du etwas gegen Selenes Pläne? Oder beherzigst du endlich meinen Rat und lässt dir deine Dienste bezahlen?«, wollte Antonia überrascht wissen.

»Weder noch. Zelos und Nike hatten mich in die Finger bekommen. Konstantin hat mich gerettet. Dafür bin ich ihm sehr dankbar.«

»Dankbar? Soso.« Sie sah Arianna tief in die Augen.

Nutzte sie gerade ihre Kräfte? Die Fähigkeiten der Waage waren Zelos' Manipulationen auf den ersten Blick nicht unähnlich, obwohl Libra ständig das Gegenteil behauptete.

»Wie ich sehe, seid ihr euch dadurch nähergekommen. Eine wirklich interessante Entwicklung. Dafür, dass ihr euch zusammenschließt, um mich zu überreden, könnte ich fast einwilligen und mitmachen.«

»Dann sei doch so freundlich und mach es einfach. Um der alten Zeiten willen«, schnaubte Konstantin.

»So billig kriegst du mich nicht.«

»Was willst du?«

»Wollen wir doch mal sehen.« Antonia tippte sich mit dem Finger demonstrativ nachdenklich gegen die Unterlippe.

Arianna wartete gespannt auf die Antwort ihrer Gefährtin. Was würde sie von Konstantin für ihre Treue verlangen? Sie hatte keine Ahnung, was beide für gewöhnlich miteinander ausmachten, und war entsprechend neugierig.

»Arianna.«

Die Art und Weise, wie Konstantin ihren Namen aussprach, ließ sie erschaudern. Sie wandte sich von Antonia ab und sah zu ihm. Was zum …? Seine Augen leuchteten und sämtliche Strenge und Anspannung war aus seinen Zügen gewichen. Selbst die dauerpräsente Falte zwischen den Augenbrauen war verschwunden. Konstantin wirkte ähnlich verzaubert wie ein Kind beim ersten Schneefall des Winters. So hatte Arianna ihn noch nie gesehen.

»Ja?«, fragte sie vorsichtig.

Konstantin hob die Hand und strich ihr zärtlich eine Haarsträhne hinters Ohr. »Habe ich dir jemals gesagt, wie schön du bist?«

»Ähm … nein«, gab sie schwach zurück. Arianna schluckte angestrengt. Was auch immer in ihn gefahren war, sorgte für wohlige Schauer ihrerseits. Ihr Herz galoppierte in der Brust und drohte zu platzen.

»Manchmal funkeln deine Augen auf eine ganz besondere Weise. Nicht wenn du mich am liebsten zum Teufel jagen oder mich tot umfallen sehen willst, sondern wenn du mir Kontra gibst. Das mag ich ganz besonders.« Konstantins Stimme war rau und traf damit genau den richtigen Ton.

Arianna wurde unwillkürlich heiß und sie fragte sich, ob er das wirklich meinte. Nichts deutete auf das Gegenteil hin. Es musste sein Ernst sein, so ein guter Schauspieler war er nicht. Erwartete er eine Antwort oder war es okay, ihn weiterhin mit aufgerissenen Augen anzustarren?

Seine Hand ruhte an Ariannas Hals. Ganz langsam strich er mit dem Daumen über die Wange. »Deine Haut ist so weich«, stellte Konstantin andächtig fest.

Irgendetwas passierte mit ihm und Arianna bekam eine Idee, was das war. Ihr Blick huschte zu Antonia, die beide grinsend beobachtete. Sie hatte sich im Sessel vorgebeugt und genoss das Schauspiel. Gerade wollte Arianna fragen, ob sie Popcorn besorgen solle, da brachte Konstantin sie vollends aus dem Konzept. Sein Daumen war weitergewandert und er strich nun über ihre Unterlippe. Die Berührung war zart, reichte jedoch aus, um ihren ganzen Körper zu elektrisieren. Fast hätte sie vor Wonne laut geseufzt. Wie konnte so wenig Hautkontakt sie in einen solchen Zustand versetzen?

Konstantin beugte sich vor. Jetzt trennten sie nur noch wenige Zentimeter. Würde er die dieses Mal überwinden? Ein Teil von ihr war in heller Aufregung und Vorfreude.

Die nächsten Worte rang er sich sichtlich ab: »Seit einer Weile gehst du mir nicht mehr aus dem Kopf. Manchmal wünschte ich …« Er unterbrach sich.

»Was wünschst du?«, fragte Arianna atemlos. Sie musste es einfach wissen.

Konstantin erstarrte mitten in der Bewegung. Die grünen Augen wurden riesig und mit einem Ruck entfernte er sich von ihr. »Libra! Was soll der Mist?«

Sie kicherte. »Nenn mich doch bitte Antonia. Wieso Mist? Das waren deine Gefühle.«

»Von wegen!«, knurrte Konstantin und war inzwischen knallrot. Ob vor Scham oder Wut, wusste Arianna nicht zu sagen. Sie selbst war total verwirrt. Also hatte Antonia ihn wirklich mit ihrer Gabe dazu gebracht, all diese Dinge preiszugeben.

»Du weißt doch, wie meine Fähigkeit funktioniert. Ich kann nichts herbeizaubern, was nicht da ist. Stattdessen lasse ich die innere Waagschale in die von mir gewünschte Richtung kippen. Ich kann nur verstärken, was bereits vorhanden ist, und es an die Oberfläche spülen.«

Konstantins Kiefer mahlten und er suchte nach den richtigen Worten. »Ich wäre dir sehr dankbar, wenn du nicht noch einmal meine Gefühle manipulieren könntest.«

Antonia seufzte. »Da leidet jemand unter Verdrängung. Ich *kann* dich gar nicht manipulieren. Das war echt. Ich habe dich nur dazu gebracht, es auszusprechen.«

Konstantin presste die Lippen aufeinander und sagte nichts mehr. Dabei hätte Arianna nur zu gern mehr zu dem Thema gehört. Abrupt stand er auf. Über sein Gesicht flackerten mindestens fünf Gefühle gleichzeitig. »Für heute habe ich genug. Ich komme bald wieder vorbei, dann kannst du mir deinen Preis nennen und ich werde sehen, was ich tun kann.«

Schon stürmte er aus dem Wohnzimmer. Arianna verfolgte seinen Abgang mit offenem Mund. Sie fühlte sich wie ein begossener Pudel und sah ähnlich anmutig aus der Wäsche.

»Bis bald!«, rief Arianna aus, sobald sie sich mental zur Ordnung gerufen hatte, und lief Konstantin hinterher.

»Warte noch kurz«, bat Antonia.

»Ja?« Ungeduldig trippelte Arianna mit den Füßen. Sie musste verhindern, dass er ohne sie verschwand. Offensichtlich wollte er nicht über das sprechen, was hier gerade vorgefallen war. Arianna hingegen hatte großen Redebedarf.

»Ich habe die Show echt genossen. So habe ich ihn noch nie gesehen. Das reicht mir dieses Mal als Preis. Konstantin kann mit mir rechnen. Ich werde mich bald blicken lassen. Richte ihm das bitte aus.«

Arianna war verblüfft. Sie wusste von Libra selbst, dass diese sich erst von Scorpio kaufen ließ, damit Selene sich ihrer Dienste sicher war. Ihre Freundin hatte oft genug empfohlen, es genauso zu handhaben wie sie. Das hatte Arianna nie gewollt. In keinem ihrer Leben.

Schnell zog sie die Schlüsselkarte aus ihrer Hosentasche und warf sie auf den Tisch. »Damit kommst du rein. Es ist die Präsidentensuite im sechsundzwanzigsten Stock.«

Antonia schielte kurz zur Karte. »Natürlich, was auch sonst.«

»Du kennst sie doch«, entgegnete Arianna und stand bereits im Türrahmen.

»Jetzt lauf ihm endlich nach.« Mit diesen Worten warf Antonia sie raus.

»Wehe, du lässt uns hängen!« Sie machte auf dem Absatz kehrt und stürmte die Treppen hinunter.

Klappe halten, Herz, du bist nicht dran!

Frankfurt am Main, Nordend
16. Mai 2018

Konstantin

»Konstantin, warte doch mal!«, rief Arianna hinter ihm.

Anstatt stehen zu bleiben, ging er schneller, huschte durch die volle Fußgängerzone und wollte mit der Menge verschmelzen und verschwinden. Wenn das bei Assassinen angeblich klappte, dann vielleicht auch bei ihm. Konstantin hatte die Hände in den Jackentaschen vergraben und konnte darauf verzichten, jetzt jemanden zu sehen oder zu hören. War er vor Kurzem noch stolz auf sich gewesen, sich nicht von Zelos einwickeln zu lassen, war er heute an Libra grandios gescheitert.

So etwas hätte er Arianna niemals sagen dürfen. Nicht nur ihr nicht, sondern keiner Frau. Sollte Endymion endlich mithilfe des Rituals erweckt werden, konnte Konstantin sich solch ein Geständnis erlauben. Vorher lenkten ihn solche Gefühle nur unnötig ab. Der Verstand behielt immer die Kontrolle. Unter keinen Umständen konnte er das Herz ans Ruder lassen.

Jemand packte ihn von hinten an die Schulter und wirbelte ihn herum. In der Aufregung hatte Arianna die eingesetzte Kraft unterschätzt und riss Konstantin fast von den Füßen. Der Griff war fest und bohrte sich in sein Fleisch. Danke, Ubisoft! So viel zu den Verschleierungstechniken von Assassinen. Im echten Leben waren sie ein Haufen Bullshit und nützten gar nichts …

»Aua«, maulte er und entzog sich ihr.

Arianna sah ihn schuldbewusst an. »Tut mir leid, du wolltest ja nicht stehen bleiben.« Ihr Atem ging schnell und sie hatte rote Wangen.

»Und das ist ein Grund dafür, mich wie ein wild gewordener Footballspieler zu rammen? Was ist denn?«, wollte Konstantin möglichst gleichgültig wissen.

Perplex sah Arianna ihn an. Von den Menschen, die um sie herumliefen und ihnen auswichen, nahm keiner von beiden Notiz. »Ist es wahr?«

»Was soll wahr sein?« Im Verdrängen war er ein ganz Großer, da hatte Antonia schon recht.

»Das, was du mir gerade gesagt hast, natürlich.«

Konstantin schluckte und zwang sich zur Ruhe. »Ich habe dich nur auf den Arm genommen. Vielen Dank für das blöde Gesicht. Darüber werde ich in ein paar Wochen noch lachen können.« Damit wandte er sich ab und ließ sie verletzt stehen. Das war zumindest der Plan gewesen. Er hatte vergessen, mit wem er es zu tun hatte. Typisch sturer Stier!

»Bleib endlich stehen und hör verdammt noch mal auf, mir auszuweichen. Sonst werde ich dich wieder festhalten!«

Konstantin wirbelte zu ihr herum und knurrte: »Versuch es! Ich mag Selenes Bluthund sein, das heißt nicht, ich höre auf: *Sitz, Platz, Bleib*!«

Arianna lockerte die verschränkten Arme und sah ihn verwundert an. »Ich habe nichts in der Richtung andeuten wollen. Ich will doch nur mit dir reden. Denkst du nicht, wir hätten da einen gewissen Bedarf?«

Konstantin ballte die Hände zu Fäusten, er wollte sie nicht unnötig verletzen. Er hatte nicht wirklich eine Wahl. Solange er von Selene einen Auftrag hatte, war in seinem Leben kein Platz für Liebe. Ausgeschlossen! Auch wenn er vielleicht gern wollte … *Klappe halten, Herz, du bist nicht dran!*

»Nein danke, kein Bedarf. Ich habe dich lediglich verarscht.«

Mittlerweile wurden die ersten Passanten auf ihre hitzige Diskussion aufmerksam. Na, ganz toll! Das große Publikum konnte Konstantin echt gebrauchen, wenn er mit Absicht auf Ariannas Gefühlen herumtrampelte.

»Das sieht Antonia anders«, hielt sie dagegen.

»Wie kommst du darauf?«

»Ich soll dir ausrichten, dass sie die Show sehr genossen habe und ihr das Schauspiel als Preis genüge. Ich habe meine Schlüsselkarte dagelassen und sie will mal im Hotel vorbeischauen. Wäre das alles nur ein Witz, hätte sie wohl kaum eingelenkt.«

So billig war er bei Libra lange nicht mehr davongekommen. Gleichzeitig konnte der Preis zu hoch werden, wenn er Arianna nicht bald überzeugte. Konstantin überlegte, was er dazu sagen konnte – möglichst etwas Unverfängliches. »Bei Antonias Erwachen ist was schiefgelaufen, wenn so ein lahmer Scherz ausreicht, ihre Gefolgschaft zu sichern. Womöglich sollten wir ihr medizinische Hilfe besorgen.«

»Was ist los mit dir? Darf niemand wissen, dass du auch ein paar Gefühle hast und doch kein Eisblock bist? Wovor hast du solche Angst?« Ariannas Tonfall war erfüllt von provozierender Gelassenheit.

Noch ließ sie sich nicht von ihm reizen. Dazu müsste er wohl eine Schippe drauflegen. Kein Problem, das bekam Konstantin ohne Weiteres hin. »Zuallererst wäre da Leos Fahrstil. Du hast es ja selbst schon erlebt. Man glaubt nicht, dass man in einem Stück aus der Karre rauskommt, sobald er am Steuer sitzt.

Dann dieser gruselige Professor, den ich in Zivilrecht hatte. Der hat so einen gekräuselten Schnurrbart wie dieser eine Fernsehanwalt. Wie hieß der gleich wieder? Auch egal, du weißt sicher, wen ich meine. Jedenfalls fing dieser Prof immer dann an, an seinem Bart zu zwirbeln, wenn wir was zum Thema Erbrecht hatten.« Konstantin ahmte die Bewegung nach. »Ich glaube ja, dabei ging ihm irgendwie einer ab. Vielleicht hat er sich vorgestellt, wie er seine Schwiegermutter am besten um die Ecke bringen kann. Wer will das schon so genau wissen?

Was haben wir noch? O ja, Volksmusik! Die finde ich wirklich beängstigend. Dieses Dauergrinsen ist schlichtweg unheimlich. Kein Mensch, der so einen schmalzigen Mist trällern und ein so bescheuertes Outfit tragen muss, kann dabei so glücklich aussehen. Was nehmen die bitte schön? Das will ich auch!

Nicht zu vergessen: Meerschweinchen!«

»Was kann man denn gegen Meerschweinchen haben?«, fragte Arianna überrascht dazwischen. Anstatt ihn für bescheuert zu erklären, amüsierte sie sich köstlich.

»Hast du einem schon mal tief in die Augen gesehen?«, fragte er mit dem gebotenen Ernst.

»Ich finde diese schwarzen Knopfaugen süß«, antwortete sie gelassen.

»Süß? In ihnen lauert der Wahnsinn!« Okay, in seinen gerade auch. Aber hey, genau das beabsichtigte Konstantin. Wie auch immer es zu dieser Annäherung gekommen war, er musste sie beenden. Ganz schnell! »Wahrscheinlich fragen sie sich Tag für Tag, wie sie die Weltherrschaft an sich reißen können, und wir ahnen es nicht mal. Kein Wunder, dass man in Peru die Biester isst. Die Südamerikaner sind schlauer als wir.«

»Du bist niedlich, wenn du irre bist.« Arianna grinste breit und sah gar nicht ein, damit aufzuhören. »Wenn du magst, besorge ich etwas Alufolie und bastle dir einen Hut. Dann kannst du mir in aller Ruhe davon erzählen, was dich bedrückt.«

Wunderbar, Konstantin gab sich alle Mühe, vollkommen bescheuert zu wirken, und sie fand ihn *niedlich*. Wann war es nur dazu gekommen?

»Wenn du nicht mal darüber nachdenkst, Reißaus zu nehmen, macht es keinen Spaß«, maulte er.

»Schade, es wurde gerade echt witzig. Vielleicht können wir wieder ernst werden und du sagst mir, was für ein Problem du wirklich hast.«

»Deine Gelassenheit nervt.« Vielleicht funktionierte offene Provokation besser.

»Typisch Stier«, wiederholte Arianna die Worte, die er ihr in der Hütte nach dem Sturz unter die Nase gerieben hatte und die ihm eben erst selbst durch den Kopf geschossen waren. »Es braucht mehr, um mich aus der Haut fahren zu lassen. Ein bisschen Wahnsinn reicht noch nicht als rotes Tuch.«

»Okay, dann versuche ich als Nächstes brütendes Schweigen.« Mit diesen Worten drehte Konstantin sich um und trat ein weiteres Mal die Flucht an.

Arianna stürzte ihm hinterher. Zunächst glaubte er, sie wolle ihn noch mal herumwirbeln und zum Stehenbleiben zwingen. Da hatte er sich getäuscht. Stattdessen hakte sie sich bei ihm unter und lächelte fröhlich.

»Was soll das werden, wenn es fertig ist?«

»Ich bleibe bei nervender Gelassenheit. Das funktioniert gut.«

Außer einem Grummeln sagte Konstantin nichts dazu. Immerhin hatte er das angekündigte Schweigen schon einmal gebrochen. Gemeinsam liefen sie durch die Einkaufsstraße zur nächsten U-Bahn-Station. Arianna hing die ganze Zeit an seinem Arm. Klar könnte ihm das gefallen, tat es auch, sollte es nur nicht.

Vor den unterirdischen Rolltreppen war Konstantin gezwungen, sein Schweigen ein weiteres Mal zu brechen. Die Dinger waren verdammt schmal und man konnte kaum bequem nebeneinanderstehen. »Wie, stellst du dir vor, sollen wir da runterkommen?«

»Seitlich?«, schlug Arianna vor.

Ungewollt hoben sich seine Mundwinkel. Sie war genauso bescheuert wie er selbst. »Dann verlieren wir garantiert das Gleichgewicht und fallen runter.«

»Würde ich riskieren.«

Konstantin seufzte. »Komm schon, lass los.«

»Keine Lust.«

»Solltest du die Feldstudie ›Wie gehe ich Konstantin möglichst konsequent auf die Nerven?‹ betreiben, so muss ich dich beglückwünschen. Du bist auf einem guten Weg.«

Arianna grinste nur frech und machte keinerlei Anstalten, von ihm abzurücken.

»Muss ich erst giftig werden?«, fragte er schon fast verzweifelt. Was war nur in sie gefahren? Wie sollte Konstantin sich von ihr fernhalten, wenn Arianna wortwörtlich an ihm klebte?

Kurz wurde sie blass. Offenbar verstand sie die kaum versteckte Doppeldeutigkeit. »Das würdest du mir niemals antun.«

Okay, davon war sie nicht überzeugt, Konstantin auch nicht. Wenn es zum Äußersten kam, würde er es womöglich tun. Obwohl, nein, würde er nicht. Das musste Arianna ja nicht unbedingt wissen.

»Sag niemals nie.«

Sie verzog das Gesicht. »Dafür, dass du mich mit brütendem Schweigen strafen wolltest, redest du ganz schön viel.«

Konstantin sagte nichts, auch wenn ihm das gerade echt schwerfiel. Stattdessen starrte er in Ariannas Augen und versuchte, möglichst wenig zu blinzeln. Mit jeder Sekunde, die verstrich, wand sie sich ein bisschen mehr. Schließlich hielt sie es nicht länger aus und ließ ihn los. Sie sah unglücklich aus. Ihr Anblick versetzte seinem Herz einen Stich. Er hatte doch gute Gründe, sich von ihr fernzuhalten. Davon war Konstantin tief im Inneren überzeugt! Warum fiel ihm dann keiner dieser Gründe ein?

Ach, wärst du doch Mein

Frankfurt am Main, Innenstadt
16. Mai 2018

Arianna

Seitdem Arianna ihn losgelassen hatte, schwiegen sie und Konstantin sich an. Zu gern hätte sie vernünftig mit ihm gesprochen. Wie es aussah, war das nicht möglich, ohne dass er durchdrehte. Warum, war Arianna ein echtes Rätsel. Auch wenn der Ausbruch Comedy-Qualitäten hatte.

Schweigend waren sie mit der Bahn gefahren, schweigend zum Hotel gelaufen und ebenfalls schweigend fuhren sie mit dem Fahrstuhl nach oben. Nach dem heutigen Tag konnte Konstantin einen weiteren Haken hinter eines der Sternzeichen setzen. Eigentlich sollte ihn das doch freuen. Dafür sah er nicht besonders glücklich aus.

Gern hätte Arianna das Schweigen gebrochen, nur wusste sie nicht, wie sie das möglichst unverfänglich anstellen sollte. Die Fahrstuhltüren öffneten sich und entließen sie in die weiträumige Suite.

Leo und Vik winkten fröhlich zur Begrüßung und warteten offensichtlich auf eine Erfolgsmeldung. Arianna stutzte kurz, als sie Selene bemerkte. Die Mondgöttin gesellte sich tagsüber nicht oft zu den Zeichen. Andererseits war es kurz vor der Abenddämmerung. Es dauerte nicht mehr lange, bis die Sonne unter- und die Sterne aufgingen.

Auch heute Abend hatte die Küche des Hotels ein regelrechtes Büfett auf den Tischen und Tresen aufgebaut. Zur Feier des Tages würde Arianna sich durch die einzelnen Gerichte schlemmen. Sie war glücklich darüber, dass sie Konstantin bei seiner Aufgabe geholfen hatte. Selbst wenn er seitdem komisch drauf war.

Er seufzte leise neben ihr und ging zu Selene. Der Anblick, wie er sie verließ, um zur Göttin zu gehen, versetzte ihr einen Stich in der Brust. War sie eifersüchtig? Dazu gab es keinen Grund. Selene war für sie alle so etwas wie eine zweite Mutter.

Die Chemie zwischen ihr und Konstantin war gut, kein Vergleich zu der ihrer früheren Reinkarnationen als Scorpio und Taurus. Das Verhältnis von Stier und Skorpion war selten so entspannt gewesen und trotzdem – oder deswegen – schnürte sich Arianna die Kehle zu. Sie wollte nicht, dass Konstantin von ihrer Seite wich, egal weswegen.

Um nicht wie erstarrt vor dem Aufzug stehen zu bleiben, setzte sie sich ebenfalls in Bewegung und ging zu dem gemütlichen Sofa, auf dem sich Vik an Leo gekuschelt hatte. Ihre Freundin zog die Beine an und klopfte einladend auf den freien Platz, den sie dadurch schuf.

»Libra wird sich uns anschließen«, verkündete Konstantin und deutete vor Selene eine leichte Verbeugung an.

Die Göttin lächelte erfreut. »Tatsächlich? Das ging schnell. Wollte sie nicht feilschen?«

»Ich habe sie bereits zufriedenstellen können.« Konstantin wich der Frage bewusst aus. Es war ihm garantiert peinlich, was er unter Antonias Einfluss von sich gegeben hatte.

Arianna erreichte das Sofa und ließ sich schwungvoll nieder. Sie tat so, als studierte sie das Fernsehprogramm, war mit den Ohren aber ganz bei dem leisen Gespräch zu ihrer Linken.

»Ich brenne darauf, die Geschichte zu hören«, erwiderte Selene und erhob sich.

Konstantin folgte ihr ins Schlafzimmer.

»Ob die beiden wirklich nur miteinander reden?«, fragte Vik spitzzüngig in die Runde.

Leo gab nur zu gern seinen Senf dazu. »Was sollen sie sonst machen? Karten spielen?«

Vik kicherte und knuffte ihren Freund in die Seite. »Du weißt schon, was ich meine. Bin ich die Einzige, die es komisch findet, dass die beiden für ihre *Besprechungen* immer allein in einem Raum mit Bett sind?«

Arianna zwang sich zu einem schwachen Lächeln, auch wenn ihr ganz und gar nicht danach war. Sonst würde sie selbst zum Ziel des freundschaftlichen Spotts werden. »Wenn da etwas wäre, würden wir das doch merken.«

»Stimmt, das müsste man hören«, sagte Leo.

»O ja, das hört man allerdings. Zumindest wenn es bei euch zur Sache geht.« Pollux grinste frech.

»Wie bitte?!« Vik lief knallrot an.

»Lass sie doch in dem Glauben, wir wären taub. Unsere tugendhafte Jungfrau würde schließlich nie was Versautes tun«, meinte sein Bruder Castor und stimmte ins Grinsen ein.

Leo blieb unbeeindruckt von den Worten der Zwillinge. »Ich kann ja verstehen, dass ihr sensationslüstern andere Paare beneidet. Kein Grund, traurig zu sein, schließlich habt ihr noch einander.«

Castor verzog angewidert das Gesicht. »Bah! Typisch Einzelkind! Sonst wüsstest du, wie eklig solche Andeutungen sind.«

Pollux gab würgende Geräusche von sich. »Du guckst zu viel *Game of Thrones*, wenn du glaubst, Inzest sei sexy!«

»Ach komm, am Ende der aktuellen Staffel haben wir es Jon Snow doch alle gegönnt, dass er mal randurfte.«

Vik brach in schallendes Gelächter aus und Leo stimmte mit ein. Die Zwillinge sahen nach wie vor angeekelt aus. Die Richtung, die dieses Gespräch eingeschlagen hatte, gefiel Arianna von Minute zu Minute weniger.

Konstantin hatte sich ihr gegenüber heute unerwartet geöffnet. Da wollte sie nicht glauben, dass er sie wegen einer geheimen Zuneigung zu Selene auf Abstand hielt. Andererseits hatte Konstantin total dichtgemacht, als sie ihn zu einer Antwort hatte drängen wollen.

Sie wurde nicht schlau aus ihm und ihr entfuhr ein lautes Seufzen.

»Ist alles okay bei dir?«, wollte Vik daraufhin wissen.

»Ich bin müde und habe leichte Kopfschmerzen. Am besten, ich lege mich nebenan ein bisschen hin.«

»Mach das. Ruh dich aus.«

Arianna nickte abwesend und verließ die Gefährten. Erleichtert stieß sie die Luft aus, sobald sie im angrenzenden Schlafzimmer verschwunden war.

Wenn die Welt kopfsteht

Frankfurt am Main, Innenstadt
16. Mai 2018

Konstantin

Konstantin kam eine halbe Stunde später aus Selenes Schlafzimmer. Er straffte die Schultern und durchquerte zügig den Wohnbereich der Suite.

Nur vereinzelt trafen ihn die Blicke der anderen. Die meisten schenkten seinem Auftauchen keine große Beachtung. Arianna saß nicht mit vorm Fernseher. Wo sie wohl steckte?

Konstantin steuerte den Fahrstuhl an. Nicht mehr lange und Antares erschien an seiner Seite. Das dringende Bedürfnis, mit dem Stern unter vier Augen zu reden, nagte an ihm, seit sie Libra verlassen hatten.

Die Manipulation hatte ihn aufgewühlt. Es fühlte sich so an, als wäre etwas in seinem Inneren zurück an den richtigen Platz gerutscht. Trotzdem gab es einen Teil in ihm, der mit aller Kraft dagegen ankämpfte und die aufkommenden Gefühle für Arianna austreten wollte wie einen Schwelbrand.

Draußen angekommen, suchte sich Konstantin einen verlassenen Hinterhof und wartete. Die Unruhe, die in ihm tobte, war eine andere als der übliche Drang, schnellstmöglich seine Pflicht zu erfüllen. Er wurde den Eindruck nicht los, dass ihm etwas Entscheidendes fehlte.

Ein orangenes Leuchten flackerte auf und tauchte den schummrigen Hof in helles Licht. Antares trudelte gut gelaunt an seine Seite. »Was machen wir hier? Musst du inzwischen als Drogenkurier arbeiten, um deine Finanzen aufzubessern? Wenn es so schlimm ist, solltest du wirklich zu den anderen ziehen.«

»Witzig wie immer. Erstens warte ich auf dich, weil ich mit dir reden muss. Zweitens will ich Selene nach wie vor nicht auf der Tasche liegen. Das fühlt sich einfach falsch an.« Konstantin wusste selbst nicht genau, warum er nicht wie die anderen Zeichen im Hotel schlief. Er hatte die Befürchtung, dadurch weniger produktiv zu sein und Gefahr zu laufen, träge zu werden.

Antares' Leuchten ließ nach. Endlich wurde er ernster. »Worüber willst du mit mir sprechen?«

»Ich war heute bei Libra.«

Der Stern fuhr dazwischen. »Stimmt! Der Termin war ja heute. Das heißt, sie war es wirklich? Warum guckst du dann so finster? Das erinnert mich an deine Entdeckung von Taurus. Wird Libra etwa ebenfalls manipuliert?«

Konstantin holte tief Luft. »Genau genommen hat sie *mich* manipuliert.«

»Sie hat ihre Fähigkeit bei dir eingesetzt? Wie?«

»Indem sie mich dazu brachte, Arianna zu sagen, was ich von ihr halte.«

Antares wurde noch blasser. »Oh … das klingt so, als hätte Taurus allen Grund gehabt, dich anschließend auf die Hörner zu nehmen.«

»Nicht wirklich. Es war eine Menge Süßholzgeraspel. Ich habe durchschaut, was Libra mit mir macht, als ich Arianna gerade küssen wollte. Schon wieder!«

»Was heißt hier *küssen* und *schon wieder*? Wann denn noch?!«

Konstantin rammte die Fäuste in die Jackentaschen. Bei jedem anderen Gesprächspartner hätte er inzwischen das Weite gesucht, doch bei seinem Gegenstück konnte er mit offenen Karten spielen. Niemand kannte ihn so gut wie Antares. »Neulich, als wir zusammen recherchiert haben, ist es schon einmal fast dazu gekommen.«

»Du magst sie also doch!« Antares hüpfte triumphierend durch die Luft.

»Nein, ich finde sie fürchterlich. Ich will nur Frauen küssen, die ich gar nicht leiden kann.« Hitze stieg in seine Wangen. Blieb zu hoffen, dass der Stern es nicht bemerkte, nun, da auch das letzte Sonnenlicht verblasst war.

»Dann küss sie doch. Worauf wartest du?«

»Das ist ein Song aus Arielle. Ich bin weder ein Prinz noch bist du eine singende Krabbe, also lass stecken.«

»Sollte ich kapieren, was du da sagst?«

Konstantin raufte sich die Haare. »Das ist ein Disney-Film. Meine Ex Julia hat die Streifen rauf und runter geguckt, da ist unweigerlich etwas hängen geblieben.«

»Okay ...«, meinte Antares langsam. »Ich gehe nicht davon aus, dass deine Gefühle für Julia dich so aus der Haut fahren lassen. Wenn Arianna dich hingegen in Aufruhr bringt, schnapp sie dir. Ich habe nicht den Eindruck, sie wäre abgeneigt.«

»Nein, das scheint sie nicht zu sein«, erwiderte Konstantin und dachte an ihr Verhalten am Nachmittag zurück.

»Warum stehen wir dann hier und diskutieren sinnlos herum?«

Er seufzte. »Ich will zu ihr gehen und gleichzeitig will ich es nicht.«

»Das ergibt keinen Sinn.«

»Was du nicht sagst!«, blaffte Konstantin. »Es fühlt sich an, als hätte ich einen Knoten im Hirn. Da ist eine Stimme, die mir sagt, dass ich keinen schlimmeren Fehler begehen könnte, als mich Taurus auch nur zu nähern. Ganz so, als würde ich damit mein Todesurteil unterschreiben.«

»Ich denke nicht, dass sie einen fragwürdigen Charakter hat. Taurus ist nett.« Antares klang verunsichert.

»Ja, eben. Davon bin ich überzeugt. Nur warum gehen in meinem Unterbewusstsein alle Warnleuchten an, sobald ich in dieser Hinsicht an sie denke?«

»Ich weiß es nicht.« Der Stern war ratlos.

»Wirklich nicht?«, fragte Konstantin lauernd.

»Was soll das denn jetzt?«

»Vielleicht ist bei meinem eigenen Erwachen etwas schiefgelaufen oder du verschweigst mir etwas. Ich weiß nicht mehr, was ich denken soll. Etwas fehlt oder stimmt nicht. Anders kann ich es nicht beschreiben.« Konstantin tigerte durch den Hof. Still stehen zu bleiben war gerade keine Option.

Antares schoss an ihm vorbei und bremste ihn aus. »Okay, stopp, das reicht jetzt! Misstraust du mir etwa? Glaubst du, ich hätte einen

Teil deiner Erinnerungen zurückbehalten? Ich habe dir alle gegeben, die ich hatte. Zusätzlich müssen auch all deine eigenen zurückgekehrt sein, als ich dich berührt habe. Ich würde dich niemals hintergehen oder dir etwas vorenthalten.«

Tief in seinem Inneren wusste er das. Trotzdem blieben die Zweifel. »Dann mach's noch mal!«

»Was?«

»Tu so, als würdest du mich noch mal erwecken wollen, und konzentriere dich dabei auf unsere Erlebnisse mit Taurus. Habe ich sie wirklich in jedem unserer Leben gehasst?« Konstantin konnte es inzwischen kaum noch glauben.

»Versuchen wir's. Schließ die Augen.«

Bereitwillig kam er der Aufforderung nach. Antares' Wärme ging auf ihn über und zum ersten Mal seit Stunden beruhigte Konstantin sich. Zunächst passierte nichts und er hielt das Experiment schon für gescheitert, da flackerte ein Bild vor seinem geistigen Auge auf. Es war Taurus während ihrem letzten Leben in Costa Rica. Sie lächelte ihn warm an. Er küsste ihr die Hand zum Abschied, als er sich auf die Suche nach Aquarius und Pisces machte.

Die Szene entglitt ihm und wurde von einer neuen abgelöst. Es war ein früheres Leben. War das in Spanien oder in Indien gewesen? Er war sich nicht mehr sicher. Die Erinnerung war verschwommen. Er tanzte mit Taurus. Sie lachte und sah ihn dabei mit funkensprühendem Blick voller Liebe an.

Mehr und mehr Szenen, die ihm eine glückliche Vergangenheit an der Seite von Taurus zeigten, fluteten seinen Verstand. Sie kamen immer schneller und Konstantin konnte ihnen kaum noch folgen. Dann versiegten die Bilder und brachen ab.

»Was war das?« Konstantin schlug die Augen auf.

»Ich habe keine Ahnung«, gestand Antares fassungslos.

»Dann hast du es auch gesehen?« Eines wurde ihm klar. Er empfand nicht zum ersten Mal so für sie wie jetzt für Arianna. Fast in jedem ihrer Leben hatte es solche Begegnungen zwischen ihnen gegeben.

»Ja. Wie kann das sein? War das echt?« Der Stern trudelte angeschlagen durch die Luft.

»Woher soll ich das wissen?«, entgegnete Konstantin und stürmte zur Straße.

»Wo willst du hin?«

»Ins Hotel.«

»Dann warte gefälligst auf mich.« Antares schoss ihm hinterher.

Konstantin musste sich zwingen, nicht zu rennen. Damit würde er zu viel Aufsehen erregen. Den Weg zurück lief sein Körper auf Autopilot. Sein Kopf wälzte dieselbe Frage hin und her. Was waren das für Erinnerungen?

In der Suite angekommen, eilte er zu Leo.

»Hey, Kon! Was machst du denn wieder hier? Hast du was vergessen?«

»Wo ist Arianna?«, fragte er atemlos.

»Sie wollte sich ein bisschen ausruhen.« Vik deutete auf eine der Schlafzimmertüren.

Konstantin wandte sich ab.

»Willst du da jetzt wirklich rein?«, fragte Vik hinter ihm.

»Lass mal«, erwiderte Leo. »In diesem Leben verstehen die beiden sich überraschend gut.«

Bei den Worten erstarrte Konstantin. Leo war sein bester Freund. Sie hatten in jedem Leben innige Kameradschaft verspürt. Langsam drehte er sich wieder zur Sitzgruppe. »In diesem Leben?«

»Willst du behaupten, ich irre mich? Sonst schweigt ihr euch doch an oder hört nicht auf zu streiten.« Leo grinste vergnügt.

»Da ist vielleicht was dran«, erwiderte Konstantin tonlos.

»Sag bloß, der Eisblock, den du statt eines Herzens in der Brust hast, taut auf«, feixte Pollux.

»Hast du in letzter Zeit zu nah an der Wand geschaukelt oder vielleicht Lack gesoffen?«, fuhr Leo ihn an.

Castor stand seinem Bruder bei. »Ach, komm schon. Falsch liegt er damit nun wirklich nicht.«

Leo wollte protestieren. Konstantin freute sich darüber, trotzdem hielt er ihn davon ab. »Lass gut sein.« Mit diesen Worten ließ er die Sitzgruppe hinter sich und ging zu der Schlafzimmertür, hinter der er hoffentlich Arianna fand.

Sein Herz hämmerte in der Brust. Konstantin hob die Hand, um anzuklopfen. Kurz bevor seine Fingerknöchel das Türblatt berührten, zögerte er. War das hier richtig? Sollte er es wirklich tun? Ebenso wie er selbst glaubten alle Zeichen, Scorpio habe die Liebe aus seinem

Leben verbannt. Nur woher kamen dann diese vielen Erinnerungen und warum kannte sie keines der Zeichen? Wer hatte etwas davon, diese Begegnungen von ihm und Taurus im Verborgenen zu lassen?

»Warte hier auf mich«, sagte Konstantin zu seinem Stern und klopfte an.

Die Sekunden zogen dahin und er befürchtete, Arianna schlief längst.

»Herein.« Ihre Stimme klang gedämpft durch das Holz.

Konstantin betrat das Schlafzimmer. Nur eine Nachttischlampe und Aldebarans Licht erhellten den Raum. Arianna saß auf dem Bett und musterte ihn.

»Kann ich mit dir reden?« Seine Stimme kratzte im Hals.

»Sicher.«

»Unter vier Augen.«

»Alles, was du Arianna sagen willst, kannst du auch in meinem Beisein tun. Ich erfahre es sowieso.« Aldebarans Tonfall troff vor Verachtung und Hochmut.

»Bitte«, presste Konstantin hervor. Es brachte nichts, dem Stern auf die gleiche Weise zu antworten.

»Sei so gut und lass uns eine Weile allein«, entschied Arianna.

»Wieso das?«

»Weil ich dich nett frage und es so möchte. Wir können später darüber reden.«

Beleidigt schoss der rote Stern davon.

Konstantin lehnte die Tür an und ging in den Raum hinein. »Warum bist du nicht bei den anderen? Was machst du hier?«

»Das Gleiche wollte ich dich auch gerade fragen. Ich dachte, du wärst längst gegangen«, gab Arianna zurück. Ihre Lippen hatte sie zu einem schmalen Strich zusammengepresst. Sie sah wütend aus.

Hatte sie sich mit jemandem gestritten? »Was ist denn mit dir los?«

»Mir will nicht aus dem Kopf, was bei Libra passiert ist. Warum weichst du mir ständig aus?« Sie stand auf und kam zu ihm.

»Ich weiß es nicht.« Auch jetzt fühlte Konstantin sich zerrissen. Er wollte Arianna gleichzeitig an sich ziehen und sie wegstoßen. Trotz der neuen Erinnerungen war das Gefühlschaos geblieben. »Vielleicht sollte ich wieder gehen.«

Eigentlich hatte er sie darauf ansprechen und herausfinden wollen, ob sie sich an ihre gemeinsame Zeit aus früheren Leben erinnern konnte. Dabei tat sie das ganz offensichtlich nicht, sonst hätte Arianna ihn längst zur Rede gestellt. Bis er herausgefunden hatte, was hier gespielt wurde, sollte er für sich behalten, was er gerade herausgefunden hatte.

»Nein, du bleibst hier.« Sie stand nun ganz nah bei ihm. Ihr Brustkorb hob und senkte sich schnell, als wäre sie gerade gerannt oder kurz davor, ihn auf die Hörner zu nehmen. Fast stießen ihre Brüste dabei gegen seinen Oberkörper. Rote Flecken leuchteten auf den Wangen und ihr Blick hätte töten können. Sie war stinksauer.

»Warum soll ich bleiben?«

»Deswegen!«, schnaubte Arianna, stellte sich auf die Zehenspitzen, umgriff seinen Hals und zog ihn zu sich herunter. Nur um im nächsten Augenblick die Lippen auf seine zu pressen.

Konstantin erstarrte. Geschah das gerade wirklich oder war er längst eingeschlafen und träumte wirres Zeug? Erinnerte sie sich etwa doch?

Arianna neckte ihn und zog mit den Zähnen an seiner Unterlippe. Dann löste sie sich langsam von ihm und trat einen Schritt zurück. Reflexartig schossen Konstantins Hände hervor und er umfasste ihre Taille. Er wollte nicht, dass sie sich weiter von ihm zurückzog.

»Wo kam das denn her?«, fragte er und forschte in ihrem Gesicht.

Unter dem wachsamen Blick wurde Arianna knallrot und wollte sich aus dem Griff lösen. »Vergiss am besten, dass das passiert ist«, murmelte sie.

»Bestimmt nicht«, erwiderte Konstantin fest. Mit den Händen wanderte er über ihren Rücken und zog Arianna wieder an sich. Anstatt sie direkt zu küssen, fuhr er mit den Lippen über ihren Hals. Sie erschauderte in seinen Armen, was ihm wahnsinnig gut gefiel.

Seit Libra diese Gefühle freigespült hatte und sie durch das Experiment mit Antares bestätigt worden waren, verschwanden sie nicht mehr aus seinem Kopf. Okay, schon vorher nicht. Es war leichter, sich etwas vorzumachen, als sich die Wahrheit einzugestehen. Er wollte Arianna nicht erst seit heute.

Sie gab ein heiseres Wimmern von sich.

»Warum hast du mich geküsst?« Die Worte strichen über ihre Haut.

Sie wollte widerstehen und ihm die Antwort verwehren. Das spürte Konstantin ganz genau. Doch so schnell würde er nicht lockerlassen. So gut sollte sie ihn kennen. Seine Finger tanzten über die Wirbelsäule, während er an ihrem Ohrläppchen knabberte. »Sag es mir.«

Sacht schüttelte Arianna den Kopf. Konstantin zog sich zurück, damit er sie ansehen konnte. Als er von ihr abließ, entfuhr ihren Lippen ein leises Stöhnen. Ihr Atem ging schnell und unter den Fingerspitzen spürte er den rasenden Puls. Ihr Anblick weckte die Lust in ihm. Verdammt, es fehlte nicht viel und er verfiel ihr. Damit gewänne sein Herz doch noch. Gab ein solcher Sieg einen Anlass zum Feiern oder zum Trauern? Darüber konnte er sich auch später noch Gedanken machen.

Er schenkte ihr ein schiefes Lächeln. »Wenn du willst, dass ich dich küsse, musst du es mir verraten.«

»Du bist wirklich teuflisch«, hauchte Arianna.

Konstantins Grinsen wurde breiter. Jetzt war es ohnehin zu spät, dann konnte er sich auch kopfüber in diese verlockenden Gefühle stürzen. »Das weißt du schon länger. Nicht erst, seit du mir um den Hals gefallen bist.« Er strich mit dem Daumen über ihre Unterlippe. »Sag mir warum, dann können wir es noch mal machen. Dieses Mal richtig.«

Arianna leckte sich über die Lippen. »Weil ich es wollte.«

»So?«

Zögernd fügte sie hinzu: »Und weil ich wütend darüber war, dass du schon wieder vor mir weggelaufen bist.«

»Wieso hat dich das wütend gemacht?«

Arianna schluckte sichtbar. »Wie es scheint, bin ich anhänglich geworden. Ich bin selbst noch nicht ganz sicher, wie es dazu kommen konnte, aber so ist es.« Sie beobachtete ihn und wartete auf eine Reaktion.

Die Antwort gefiel Konstantin. Ganz langsam senkte er den Kopf und drückte einen zarten Kuss auf Ariannas Lippen, dann noch einen. Seufzend öffnete sie den Mund und fuhr mit den Händen über seinen Rücken bis zum Nacken. Ihre Zungen fanden einander und begannen einen sinnlichen Tanz. Nur zu gern wollte Konstantin sich in Ariannas Armen verlieren.

Der Kuss wurde drängender und Konstantins Atem ging immer schneller. Die Anstrengung des Tages war wie weggeblasen. Mit den Händen fuhr er unter Ariannas Bluse und strich über die weiche Haut, die sich darunter verbarg.

Ihre Leidenschaft fand ein jähes Ende. Etwas Heißes knallte gegen Konstantins Hinterkopf und er ließ Arianna fluchend los.

»Lass deine dreckigen Finger von ihr, du Mistkerl!«, keifte Aldebaran und umschwirrte seinen Kopf, als wollte sie gleich noch mal angreifen. Ihr rotes Licht war so grell, dass Konstantin kaum etwas erkennen konnte.

Schützend bedeckte er die Augen mit der Hand. »Sie hat angefangen«, knurrte er über das nicht enden wollende Zetern des Sterns.

Entweder Aldebaran hatte ihn nicht gehört oder es interessierte sie einfach nicht. Schon rauschte sie wieder auf ihn zu und traf dieses Mal das Ohr. Ihm entfuhr ein schmerzhaftes Zischen und Konstantin wich zurück.

»Aldebaran, hör auf!«, rief Arianna streng. »Er hat nichts getan, was ich nicht gewollt hätte.«

Endlich hörte der Stern zu. Schlagartig nahm das Leuchten ab. »Wie bitte?!«

Konstantin hatte keine Lust, diesem Gespräch beizuwohnen. Außerdem fürchtete er, Aldebaran könnte erneut auf ihn losgehen. Er steuerte das angrenzende Badezimmer an. »Redet miteinander. In zehn Minuten komme ich wieder raus.«

Ja, ich will dich wirklich

Frankfurt am Main, Innenstadt
16. Mai 2018

Arianna

Etwa eine Viertelstunde später kam Konstantin aus dem Badezimmer. Er hob den Kopf und sein Blick durchbohrte Arianna, die auf der Bettkante saß.

»Warum hast du mich geküsst?«

»Das hast du mich schon gefragt.«

»Ich möchte es gern noch einmal hören, um ganz sicher zu sein.«

»Weil ich es wollte.«

Sein Mundwinkel hob sich. »Können wir das fürs Protokoll bitte festhalten und Aldebaran eine Abschrift davon zukommen lassen?«

Arianna schnaubte. Ja, mit dem Stern musste sie tatsächlich noch ein paar Punkte klären. Allen voran diejenigen die Privatsphäre betreffend. »Ich habe es ihr erklärt.«

»Und sie ist damit einverstanden?«, fragte Konstantin ungläubig.

»Das habe ich nicht behauptet.« Arianna lachte trocken.

»Wirst du jetzt wieder gehen?« Sie hatte Angst vor der Antwort, nachdem ihr Konstantin am Nachmittag ausschließlich ausgewichen war.

»Warum willst du das wissen?«

»Soll ich ehrlich sein?«, fragte sie.

»Ja, Ehrlichkeit würde ich begrüßen.« Konstantin setzte sich zu ihr aufs Bett und ließ sie nicht aus den Augen.

Arianna holte tief Luft und hielt seinem Blick stand. Immerhin kannten sie sich wortwörtlich ewig, da war falsche Scham unnötig. »Ich möchte hier nicht allein bleiben.«

Konstantin verzog das Gesicht. »Im Hotel kann ich nicht bleiben, tut mir leid.«

»Es gäbe da noch eine Alternative«, sagte sie langsam.

»Welche?«

Kam er wirklich nicht drauf oder sollte Arianna ihren Wunsch laut aussprechen? »Du könntest mich mitnehmen. Dann wären wir weder hier noch allein.« Gespannt wartete sie auf Konstantins Erwiderung.

»Aus Kostengründen habe ich mich in einem winzigen Zimmer in einem Hostel einquartiert, weil ich unmöglich im Studentenwohnheim bleiben oder zu meinen Eltern zurückkehren konnte. Mit dem Luxus dieser Suite kann meine Bleibe nicht mithalten. Zimmerservice gibt es auch nicht.«

»Dich gibt es dort. Luxus brauche ich nicht, den bin ich von meiner Zweizimmerwohnung auch nicht gewohnt.« Arianna sprach mit fester Stimme und hoffte, ihn zu überzeugen.

Konstantin musterte sie zweifelnd. »Du bist nicht sehr anspruchsvoll.«

»Nur in wichtigen Dingen«, hielt sie dagegen.

»Das habe ich gemeint.« Ein leises Lächeln schlich sich auf sein Gesicht.

Arianna seufzte. »Offensichtlich reden wir aneinander vorbei. Ich will hier nicht ohne dich sein. Wenn du nicht bleiben willst, dann möchte ich mitkommen. Mir ist egal wohin und wie dort der Service ist. Ich möchte dich jetzt nicht verlassen. Nimm mich mit.«

Konstantin sah sie mit großen Augen an. War sie zu forsch gewesen? »Heißt das, Aldebaran müsste ich auch mitnehmen? Bei dir hätte ich sofort Ja gesagt, doch wenn dein kampflustiges Gegenstück ebenfalls bei mir einziehen soll, muss ich wirklich noch mal drüber nachdenken.«

»Sie wird sich zurückhalten und meine Wünsche respektieren. Uns gibt es nur im Doppelpack, genauso wie dich und Antares.«

Er begann zu lächeln. »Gut, wenn es dein Wunsch ist, lass uns gehen.«

Arianna strahlte und stand auf. Gemeinsam verließen sie das Zimmer und steuerten direkt den Fahrstuhl an. Die Sterne schossen regelrecht in ihre Richtung und folgten ihnen dichtauf.

Auf der Fahrt nach unten ergriff Konstantin ihre Hand und ließ Ariannas Herz damit höherschlagen. Aldebarans Licht flackerte wütend. Ihr Schutzstern verkniff sich jeglichen Kommentar. Über das Bild, das sie beide boten, war Antares deutlich glücklicher. Sein Licht pulsierte und er summte vor sich hin.

Konstantin versteifte sich. »Antares, halt die Klappe.«

Arianna war so in Gedanken gewesen, dass sie erst jetzt richtig zuhörte. Der Stern summte den Hochzeitsmarsch. Aldebarans Licht wurde immer greller. Arianna hätte peinlich berührt sein sollen. Das Gegenteil war der Fall. Sie war glücklich und gleichzeitig erleichtert. Sie konnte sich nicht beherrschen und kicherte.

Von ihrer Reaktion angestachelt, summte Antares immer lauter.

Konstantin wurde knallrot im Gesicht, hielt jedoch weiterhin Ariannas Hand. »In welchem Irrenhaus bin ich hier bloß gelandet?«

Arianna fand seine Reaktion einfach nur süß und konnte gar nicht mehr aufhören zu lachen.

»Frag mich mal«, knurrte Aldebaran.

Konstantin warf dem roten Stern einen kurzen Blick zu. »Ich hätte niemals gedacht, dass wir mal einer Meinung sind.«

»Geht mir ebenso.«

Die Aufzugtüren öffneten sich, sie stiegen ein und fuhren hinunter. Zügig durchquerten sie die Lobby und machten sich auf den Weg zur nächsten U-Bahn-Station. Dieses Mal ließ Konstantin sie beim Passieren der Rolltreppe nicht los und brachte Arianna damit zum Lächeln.

Sobald du deinem Herz das Ruder überlässt, geht alles den Bach runter

Frankfurt am Main, Bornheim
16. Mai 2018

Konstantin

Konstantin hielt inne. Der Zimmerschlüssel schwebte vorm Schloss in der Luft. Was machte er hier eigentlich? Die in ihm widerstreitenden Gefühle hatten den ganzen Weg über keine Ruhe gegeben. Konnte sich eine Sache gleichzeitig wie die beste und dümmste Idee aller Zeiten anfühlen?

Arianna stand neben ihm und beobachtete ihn erwartungsvoll. In diesem Augenblick war sie atemberaubend schön. Seitdem sie den Fahrstuhl betreten hatten, waren ihre Finger miteinander verschränkt. Ein Gefühl von Geborgenheit erfüllte Konstantin und ließ ihn seufzen. Davon wollte er mehr.

Auf dem Weg hierher hatte Konstantin sie nach ihren eigenen Erinnerungen ausfragen wollen. Als ihm aufgegangen war, dass Arianna längst etwas gesagt hätte, wenn sie von der gemeinsamen Vergangenheit wüsste, die sie beide offensichtlich teilten, hatte er den Mund gehalten. Erst musste er rausfinden, was hier gespielt wurde. Bis dahin würde er Stillschweigen bewahren und die neu entdeckte Zweisamkeit mit ihr genießen. Wäre da nur nicht die Stimme in seinem Kopf, die ihn regelrecht anschrie, sie auf dem Flur stehen zu lassen und das Zimmer allein zu betreten.

Arianna runzelte die Stirn. »Überlegst du es dir gerade anders?«

Konstantin hasste die Unsicherheit in ihrer Stimme und die Tatsache, dafür verantwortlich zu sein. »Es ist nicht aufgeräumt.«

Sie ließ sich von dem Ablenkungsmanöver nicht beeindrucken. »Das stört mich nicht.«

Der wahre Grund für sein Zögern hing unausgesprochen in der Luft. Davon ahnte Arianna nichts.

Letztendlich gewann die Begierde gegen die warnende Stimme. Allerdings hatte die Begierde auch mit unlauteren Mitteln gekämpft. »Dann komm mit rein.«

»Das ist für uns wohl der Moment, um Gute Nacht zu sagen. Komm schon, Aldebaran, wir machen die Gegend unsicher.« Antares stupste den roten Stern an.

»Warum denn?«, wollte dieser wissen.

»Etwas Privatsphäre wäre jetzt wirklich schön. Außerdem geht die Sonne in einer Stunde sowieso auf«, erklärte Arianna.

Aldebaran knurrte. »Wenn du darauf bestehst. In der nächsten Nacht hast du mehr Zeit für mich.«

»Bestimmt.«

Die Sterne ließen sie allein und Stille senkte sich auf den Flur. Konstantin schloss auf und öffnete die Tür für Arianna. Entschlossenen Schrittes ging sie an ihm vorbei. Inmitten des gerade mal fünfzehn Quadratmeter großen Zimmers blieb sie stehen und sah sich um. Außer ein paar Klamotten lag nichts Persönliches von ihm herum. Die Einrichtung bestand aus dem üblichen Mobiliar. Bett, Schrank, Stuhl, Garderobe – eben was man so brauchte, wenn man unterwegs und nicht zu Hause war.

»Ich wusste nicht, dass du so ordnungsliebend bist.« Arianna betrachtete ihn spöttisch. Sie kam eben dahinter, dass er Schwachsinn von sich gegeben hatte.

»Du glaubst es vielleicht nicht, aber ich bin schrecklich neurotisch. Nach spätestens drei Tagen hast du die Schnauze so voll von mir, dass du schnellstmöglich vor mir abhaust.«

Sie ging auf den Scherz nicht ein. »Ich lasse es auf einen Versuch ankommen.« Stattdessen schlenderte sie zum Bett und setzte sich auf dessen Kante.

»Tut mir leid, es ist ein Einzelzimmer. Somit sitzt du auf der einzigen Schlafmöglichkeit hier drinnen.«

»Das habe ich schon mitbekommen.« Arianna lächelte wissend und lehnte sich zurück. Mit den Handflächen stützte sie sich ab und ließ ihn nicht aus den Augen.

»Ich kann mir eine Decke schnappen und auf dem Boden schlafen.« Verdammt, hatte er das gerade wirklich vorschlagen? Er wollte nicht auf dem verfluchten Boden schlafen müssen, sondern an ihrer Seite.

»Du sollst nicht auf dem Boden schlafen.« Arianna hielt seinem Blick stand. Ob sie nur ansatzweise ahnte, was in ihm vorging?

Konstantin näherte sich dem Bett und hielt inne. »Du weißt schon, was du für Signale sendest, wenn du dich bei einem Mann halb aufs Bett legst und ihm gleichzeitig sagst, du hättest noch Platz für ihn?«

Arianna täuschte Überraschung vor. »Was denn für Signale?«

»Du willst spielen? Sind wir dafür nicht zu alt?«

»Man ist nie zu alt für gewisse Spiele.«

Oh, wie recht sie hatte! Konstantin täte nichts lieber, als jetzt mit ihr zu spielen. Er schluckte schwer und riss sich zusammen. Es war zu früh. Diesen Weg durfte er mit Arianna noch nicht gehen, bis sie nicht wussten, wer ihnen die Erinnerungen geraubt hatte. Alles andere fühlte sich schlichtweg falsch an. Außerdem war er nach wie vor von dem Drang erfüllt, sich wieder von ihr zurückzuziehen und sie nicht so nah an sich ranzulassen. Arianna hatte Besseres verdient als diese Unsicherheit, die ihn beherrschte.

Konstantin stöhnte innerlich. Jetzt klang er wie einer dieser Bad Boys aus einem Liebesroman, der von der Heldin zum Besseren bekehrt wurde. Julia hatte die Schmöker geliebt. Konstantin hatte nie verstanden weswegen. Seit wann war sein Leben dabei, sich in ein solches Drama zu verwandeln? Die Antwort war leicht: Seit er Arianna neu kennengelernt hatte.

»Lernst du das Muster der Tapete auswendig oder löst du in deinem Kopf gerade ein Kreuzworträtsel?«

Konstantin zuckte ertappt zusammen. Wie lange war er mental weggetreten? »Sorry, war in Gedanken«, murmelte er.

»Muss spannend gewesen sein, wenn du es vorziehst, in deinen Gedanken, statt in mir zu sein«, meinte Arianna leichthin.

Hatte sie das gerade wirklich …? Sie hatte! Konstantin traten die Augen beinahe so weit aus den Höhlen wie in einem schlechten Comic.

Der Spruch war ihr trotzdem nicht ohne Weiteres über die Lippen gekommen. Arianna wurde rot. Die Lust verpasste der Selbstbeherrschung gerade einen kräftigen Tritt in den Hintern. Mit schnellen Schritten war Konstantin bei ihr, streifte die Schuhe ab und stieg zu Arianna aufs Bett. »Das willst du also?« Seine Stimme kratzte im Hals.

Mit großen Rehaugen sah sie zu ihm auf und nickte. Langsam beugte er sich vor und küsste sie. Arianna erschauderte und sank zurück aufs Bett, wobei sie die Hände in seinem Haar vergrub und ihn mit sich zog. Sie schmeckte süß und sein Innerstes geriet in Aufruhr. So hatte Konstantin sich ewig nicht gefühlt. Dennoch blieben die Zweifel. Was, wenn es doch schiefging?

Er riss sich regelrecht von ihr los. Schwer atmend musterte Konstantin sie. Es fehlte nicht viel und er besprang sie hier und jetzt. Der Drang, herauszufinden, wie es in diesem Leben mit ihr sein konnte und nicht nur in verschwommenen Erinnerungen, wuchs und forderte nachdrücklich Beachtung.

Sie lagen Brust an Brust. Bestimmt spürte sie das Hämmern seines Herzens. Es sprang fast aus dem Brustkorb.

Arianna erwiderte seinen Blick, als suchte sie dort nach etwas. Konnte sie durch seine Augen die Abgründe seiner Seele sehen, wenn sie einander so nahe waren wie jetzt? Spürte sie, dass er etwas vor ihr verborgen hielt? Er musste einen Weg finden, die gemeinsame Zeit ihrer früheren Reinkarnationen auch für Arianna zugänglich zu machen.

»Woran denkst du?«, wisperte sie unter ihm.

Zärtlich streichelte Konstantin ihre Wange. Es stand außer Frage, dass er nicht mit Arianna schlief, solange sie sich nicht ebenfalls vollständig erinnerte. Dieses Versprechen nahm er sich selbst ab. Dafür verzichtete er gern aufs eigene Vergnügen. »Willst du das hier wirklich? Willst du mich?«

»Ja, sonst wäre ich nicht hier.«

»Und du hast keine Angst, wenn ich dich anfasse?«, fragte er gepresst.

»Wovor sollte ich denn Angst haben?« Arianna war ernsthaft verwundert.

»Meiner Fähigkeit. Davor, dass meine Berührung dir schaden könnte.«

Sie lachte leise, verkniff es sich jedoch, sobald sie den freudlosen Blick von ihm bemerkte. »Hast du Angst vor *meiner*?«

»Natürlich nicht!«

»Ich könnte dich von mir schleudern und gegenüber an die Wand werfen«, hielt Arianna dagegen.

»So was würdest du nie tun«, brummte Konstantin.

»Eben! Warum sollte ich also glauben, du wärst dazu fähig? Mach dir keine Sorgen.« Sie schob die Hand in seinen Nacken und zog ihn an sich.

Dieser Kuss war drängender und machte es Konstantin schwer, sich an die guten Vorsätze zu halten. Er stand kurz davor, über Arianna herzufallen. Stöhnend wich er zurück. Wenn sie sich länger küssten, war es das mit der Selbstbeherrschung. Sie zerrte an den Knöpfen seines Hemdes und schob es ihm über die Schultern.

Konstantin platzierte sanfte Küsse ihren Hals entlang, während seine Hand einen Weg unter die dünne Bluse fand. Ihre Haut war heiß und sie erzitterte durch die Berührung. Als Nächstes schob er den BH ein Stück nach oben und entblößte Ariannas Brüste. Eine Gänsehaut überzog ihren halb nackten Körper. Die Lust vernebelte ihm die Sinne. Trotzdem bremste er sich. Er wollte, dass Arianna voll und ganz auf ihre Kosten kam und danach mit ihr im Arm zusammen einschlafen.

Sie stieß ein heiseres Stöhnen aus, sobald Konstantin mit der Zunge Kreise auf ihrer Haut zog. Mit der freien Hand fuhr er tiefer und schob sie in den Bund der Jeans. Dort hatte er kaum Spielraum. Den Knopf und Reißverschluss öffnete er, ohne von ihr abzulassen. Problemlos fanden seine Finger die richtige Stelle. Ariannas Atem ging schwer. Er ließ sich Zeit und verwöhnte sie angemessen.

Er schob sich langsam tiefer und bereitete ihr mit den Lippen eine süße Folter. Sobald er zwischen ihren Beinen angekommen war, zog er mit einem kräftigen Ruck die enge Hose herunter. Der Slip folgte gleich darauf. Ariannas Becken hob sich, sobald er ihre Mitte küsste. Sie packte Konstantins Haar und bog sich ihm keuchend entgegen. Schnell baute sich der Höhepunkt auf. Arianna stöhnte, ihre Muskeln bebten. Er half ihr, die Welle zu genießen und über sich hereinbrechen zu lassen.

Kaum war es vorüber und sie zu Atem gekommen, zog sie sanft an seinem Haar. »Du kannst wieder auftauchen, sonst machst du mich noch verrückt.« Ihre Stimme klang belegt.

»Das ist das erklärte Ziel.« Konstantin pustete gegen ihren erhitzten Körper und bescherte Arianna eine weitere Gänsehaut.

Ihr Griff wurde nachdrücklicher und er gab sich geschlagen. Anstatt sich auf sie zu legen, rollte er sich, die zu eng gewordene Hose ignorierend, auf die Seite und blieb neben ihr liegen. Selig seufzend zog Konstantin sie in die Arme. Arianna hatte etwas anderes erwartet.

»Das war's?«, fragte sie ungläubig.

»Hat es dir nicht gefallen?« Natürlich wusste Konstantin, worauf sie anspielte. Doch wenn er das Thema nicht vertiefen wollte, musste er sich dumm stellen.

»Und wie es mir gefallen hat. Ich dachte nur ... da käme noch mehr.«

Er verzog das Gesicht. »Sorry, bin echt müde. Wenn es dir nichts ausmacht, würde ich gern etwas schlafen. Der Tag war lang und ich brauche eine Pause.«

Arianna wirkte enttäuscht. Das tat ihm weh. Trotzdem war es besser so. Die Unruhe in ihm war wieder größer geworden und schrillte wie ein Alarm durch seinen Kopf.

Nach kurzem Zögern streckte sie sich und drückte einen zarten Kuss auf seine Wange. »Okay, dann ruh dich aus und schlaf schön.«

»Du auch.«

Er sagte nichts mehr und es verging fast eine halbe Stunde, bis Konstantin sicher war, dass Arianna schlief. Durch seinen Kopf rauschten die Gedanken. Was tat er hier? Seitdem sie sich ihm an den Hals geworfen hatte, waren diese Gefühle nicht mehr aufzuhalten.

Neu erwachende Gefühle

Frankfurt am Main, Bornheim
17. Mai 2018

Arianna

Es war fast Mittag, als Arianna aufwachte. Wo war sie hier? Schnell kamen die Erinnerungen zurück. Sie hatte mit Konstantin die Nacht verbracht und lag in dessen Bett. Damit hatte sie nach dem gestrigen Abend nicht gerechnet. Das machte es umso besser. Sie vergrub den Kopf im Kissen und atmete tief ein. Sein Duft umfing Arianna und brachte sie zum Lächeln. Suchend strich sie über das Laken. Doch von der Decke mal abgesehen wurde sie nicht fündig.

Verwundert hob sie den Kopf. Konstantin saß mit dem Laptop auf dem Schoß in einem der beiden Sessel. Arianna hielt sich die dünne Decke vor den nackten Körper und setzte sich auf. »Guten Morgen.«

Konstantin schreckte hoch. Sobald er sich gefangen hatte, erwiderte er: »Morgen. Hast du gut geschlafen?«

»Ganz wunderbar. Was machst du da?«

»Wir haben immer noch keinen Hinweis auf Pisces und Aquarius. Ich überfliege die Nachrichtenportale. Das mache ich jeden Morgen.«

»Und? Gibt es was Interessantes?« Arianna streckte die Beine und ließ die Füße kreisen.

»Leider nicht«, schnaubte Konstantin.

»Wie schade.« Als Nächstes hob sie die Arme über den Kopf und dehnte die Muskeln betont langsam. Dass die Decke dabei runterrutschte und ihren Oberkörper entblößte, war volle Absicht.

Konstantin bemerkte die kleine Showeinlage und ließ sie nicht aus den Augen. Der Laptop und die Tagesnachrichten waren vergessen.

»Wenn es nichts Neues gibt, kannst du doch wieder ins Bett kommen«, schlug Arianna mit neckischem Augenaufschlag vor. Damit brachte sie ihn auf jeden Fall in Versuchung.

Konstantin schlug ihre Einladung aus. »Wir brauchen endlich einen Anhaltspunkt. Wer weiß, wo sie sich verstecken.«

Enttäuscht verzog sie das Gesicht. »Wir haben Antonia gefunden. Da ist eine kleine Pause doch drin.«

»Geht nicht, es ist wichtiger denn je, etwas zu finden.« Nachdrücklich senkte er den Blick auf den Laptop.

Frustration wallte in Arianna auf. Sie hatte sich mehr erhofft. Dass Konstantin sie mit hierhergenommen hatte, bedeutete etwas. Davon war sie überzeugt. »Okay, ich helfe dir ein bisschen – immerhin habe ich auch den Hinweis auf Antonia gefunden – und danach widmen wir uns spaßigeren Dingen.«

Ein Lächeln zupfte an seinem Mundwinkel. »Hier habe ich nur einen Laptop. Wie willst du mir da helfen?«

Arianna kräuselte nachdenklich die Nase. »Ich hole Kaffee und was zu essen. Gleich um die Ecke war doch ein Bäcker.«

Der Vorschlag ließ ihn aufsehen. »Es kann draußen gefährlich werden. Das weißt du selbst am besten.«

»Es ist doch nicht weit. Ich passe schon auf mich auf. Wenn ich nicht wenigstens ein bisschen nützlich sein kann, komme ich mir blöd vor.« Arianna stand auf und ging ins Bad. Erst mal war die Morgentoilette dran. Dabei stellte sie fest, dass sie so gut wie nichts mitgenommen hatte. Wie auch, wenn sie zurzeit kaum etwas besaß? Wenn sie das nächste Mal im Hotel war, musste Arianna ihre wenigen Sachen zusammenpacken. Hoffentlich fand Konstantin das nicht zu aufdringlich. Doch dann hätte er sie erst gar nicht mitgenommen, oder?

Kurz darauf war Arianna vorzeigbar und schlüpfte zurück ins Zimmer. Als sie an Konstantin vorbeilief, strich sie mit den Fingern über seine Schulter. »Bin gleich wieder da.«

Er griff nach ihrer Hand und drückte sie kurz. »Bitte sei vorsichtig. Wenn dir irgendetwas komisch vorkommt, lauf zurück zum Hostel. Lass dich auf nichts ein.«

»Okay«, versicherte Arianna. Die Intensität dieser Worte sorgte für ein angenehmes Kribbeln in der Magengegend. Mit beschwingten Schritten verließ sie das Zimmer.

Der Besuch beim Bäcker verlief reibungslos und kurz darauf genossen die beiden Kaffee und belegte Baguettes.

»Bist du sicher, dass dir das reicht?«, fragte Konstantin nach einer Weile und sah sich vielsagend in dem kleinen Raum um.

Arianna verdrehte die Augen. »Wie oft willst du das denn noch hören?«

»Ein paar Mal sollte schon drin sein«, erwiderte er grinsend.

Nachdenklich kaute Arianna auf der Unterlippe. War jetzt der richtige Zeitpunkt, um es anzusprechen? Ach verdammt, ja! Sie brauchte Gewissheit. »Obwohl du gestern noch behauptet hast, dass alles, was du unter Libras Einfluss von dir gegeben hast, nur Blödsinn gewesen sei, sind wir uns seitdem ziemlich nahegekommen.«

Konstantin sah auf. »Worauf willst du hinaus?«

»Na ja, das wäre nicht passiert, würde ich dich kaltlassen, oder?« Arianna wich seinem Blick aus, er machte sie nervös.

»Du lässt mich nicht kalt.«

Erleichtert atmete sie auf. »Okay. Gut, dass wir das klären konnten.«

»Lasse ich dich kalt?«, wollte Konstantin neckend wissen.

Arianna erschauderte und schloss die Augen. »Nein, tust du nicht.«

Der Laptop wurde zugeklappt und Arianna hörte Schritte auf sich zukommen. Dann wankte die Matratze. Konstantin setzte sich zu ihr. Sie hielt die Augen geschlossen. Die Nähe zu ihm steigerte die Nervosität ins Unermessliche.

»Dann habe ich ja noch mal Glück gehabt.« Konstantin beugte sich vor und küsste sie.

»Was ist mit deiner Recherche?«

»Da komme ich heute sowieso nicht weiter. Ich sollte die Methode wechseln und mir was Neues überlegen. Das mache ich morgen. Heute habe ich dazu keine Lust mehr.«

Arianna gab ihm einen kurzen Kuss. »Worauf hast du denn sonst Lust?«

Konstantin umfasste ihre Wange. »Auf das hier.« Dann versiegelte er ihre Lippen mit seinen.

Es war einer dieser seltenen, köstlichen Momente, in denen die Zeit stillstand. Stundenlang lagen sie im Bett, redeten und küssten sich die ganze Nacht, ohne müde zu werden. Als es doch so weit war, kuschelten sie sich aneinander und schlossen die Augen.

Wenn der Zweifel an dir nagt

Frankfurt am Main, Bornheim
20. Mai 2018

Arianna

Die kuschelige Atmosphäre zwischen ihnen hielt genau für drei Nächte. Auf der Suche nach Pisces und Aquarius durchstreiften sie zusammen die Stadt und spazierten die meiste Zeit am Main entlang. Dabei unterhielten sie sich über Gott und die Welt, wie man so schön sagte. Die Tage verbrachten sie eng aneinandergeschmiegt. Trotzdem ließen sie es langsam angehen und waren über Küssen und Fummeln noch nicht hinausgekommen.

Doch was Konstantin gerade zu ihr gesagt hatte, fühlte sich an wie ein Schlag in die Magengegend.

»Was soll das heißen, du musst los? Wohin denn?«

Er starrte stur auf den Boden. »Heute suche ich allein. Ich muss mal wieder raus. Außerdem hatte Antares mich seit Tagen nicht für sich.«

Ariannas Mund wurde trocken. Bisher hatten sie nicht definiert, was zwischen ihnen lief. Trotzdem fühlte es sich falsch an. »Und du willst wirklich allein gehen? Bist du jetzt schon von mir genervt?«

»Nein, du nervst mich nicht. Wäre es so, wüsstest du das.«

»Na schön, dann wünsche ich dir viel Erfolg.« Arianna würgte die Worte hervor. Den verletzten Stolz wollte sie ihm nicht zeigen.

Konstantin nickte abwesend und hatte dabei Ähnlichkeit mit einem Wackeldackel. »Lauf nicht allein durch die Straßen. Wir sehen uns nachher.« Ohne sie noch mal anzusehen, verließ er das Zimmer und schloss leise die Tür.

Sobald Arianna allein war, standen ihr die Tränen in den Augen. Für die verletzten Gefühle von damals hatte Konstantin sich doch bei ihr entschuldigt. Warum schob er sie jetzt schon wieder von sich? Reagierte sie über und machte aus einer Mücke einen Elefanten?

Der rationale Teil von ihr sah ein, dass sie und Konstantin nicht Tag und Nacht aneinander kleben konnten. Trotzdem trübte sein heutiger Alleingang ihre Hochstimmung. Die Zeit nach dem Kuss war wie ein Feuerwerk, heiß, strahlend und es machte berauschend glücklich. Arianna war frisch verliebt und wünschte sich, Konstantin empfand ebenso für sie.

Sie setzte sich auf die Fensterbank und beobachtete die Passanten auf der Straße unter sich. Arianna sah nicht wirklich hin, trotzdem beruhigte es sie und vertrieb die Zeit, bis Aldebaran zu ihr stieß.

Beim Gedanken an den Stern stöhnte Arianna. Ihr Gegenstück würde sich freuen, sobald es erfuhr, dass Konstantin sich in dieser Nacht allein herumtrieb.

Schließlich ging die Sonne unter und ein rotes Leuchten erfüllte den Raum. Aldebaran schoss freudestrahlend auf sie zu. »Oh! Wir sind heute endlich mal unter uns?«

»Mhm«, brummte Arianna.

»Wo sind die anderen beiden?«, wollte der Stern wissen.

»Vermisst du sie jetzt doch?«

Das Leuchten wurde stärker. »Ach was! Bin nur neugierig.«

»Wenigstens Antares magst du, dachte ich immer«, überlegte Arianna laut.

»Ja, *ihn* schon.«

Wieder stieß sie ein Brummen aus und sparte sich davon abgesehen jeglichen Kommentar.

Aldebaran hakte nach: »Also, wo sind sie?«

»Sie durchstreifen gerade die Stadt«, murmelte Arianna.

»Warum bist du nicht mitgegangen?«

»Konstantin wollte mich nicht dabeihaben.« Sie wandte wohlweislich den Blick ab, sonst war ihr Augenlicht gefährdet, sobald Aldebaran es begriff.

»Heute wollte er deine Gesellschaft nicht und hat dich hier zurückgelassen?«

Arianna nickte schwach. Eine kleine Supernova explodierte im Zimmer und sie schloss die Augen, damit die Netzhaut keinen dauerhaften Schaden nahm.

»Dieser Drecksack! Wieso sitzt du hier überhaupt noch? Du siehst aus wie das letzte Häufchen Elend. Das hast du nicht nötig, Arianna. Wir gehen!« Aldebaran schoss durch den Raum und suchte nach Ariannas Sachen, damit diese sie schneller zusammenpacken konnte.

Sie straffte sich. »Nein, das werde ich nicht.«

Abrupt blieb der Stern in der Luft stehen. Es sah aus, als wäre eine Pantomime gegen eine unsichtbare Wand gelaufen. »Wie bitte?!«

»Ich werde noch bleiben, weil ich sehen möchte, wohin das hier führen wird«, sagte Arianna mit fester Stimme.

»Warum solltest du dir das antun?« Aldebaran war wie befürchtet fassungslos und alles andere als verständnisvoll.

»Es sind erst wenige Tage. Früher oder später wird Konstantin sich entscheiden und dann weiß ich, woran ich bin.« Das klang vernünftiger, als Arianna sich tatsächlich fühlte, doch der Stern gäbe keine Ruhe und würde ihre Zweifel nähren, sobald sie es zuließ. Es war die Wahrheit. Sie konnte Konstantin immer noch in den Wind schießen, wenn er wankelmütig blieb. Nur hatte Arianna so lange auf das hier gewartet und ein Teil von ihr hatte darauf gehofft, dass sie der Sache erst eine Chance geben wollte.

»Was, wenn er dich immer weiter hinhält?«

»So ist Konstantin nicht. Du bist um meinetwillen schon ewig sauer auf ihn, das weiß ich und es ist lieb von dir. Doch möchte ich dich bitten, ihm jetzt ebenfalls eine Chance zu geben. Tu es für mich.«

Aldebaran schwieg und schaukelte nachdenklich durch die Luft.

»Was sagst du?«, hakte Arianna nach.

»Es gefällt mir nicht, aber dir zuliebe werde ich mich zurückhalten.«

»Danke.« Sie glaubte wirklich, Konstantin würde sich für eine echte Beziehung mit ihr entscheiden. Nicht nur während der letzten drei Tage, auch schon davor war er ihr gegenüber liebevoll und aufmerksam gewesen, wenn er nicht gerade einen panischen Arschloch-Anfall oder spontane Ausbrüche von Schwachsinn hatte. Das musste doch irgendetwas bedeuten.

Aldebaran schwebte zurück und setzte sich an Ariannas Seite. Für den Rest der Nacht leisteten sie sich Gesellschaft und redeten miteinander. Viel zu früh graute der Morgen und sie mussten sich verabschieden. In den Sommernächten blieb den Zeichen und ihren Sternen nur wenig gemeinsame Zeit.

Müde und gleichzeitig aufgekratzt legte Arianna sich ins Bett. Sie sollte schlafen, sonst wäre sie den Rest des Tages vollkommen gerädert. Es dauerte nicht lange, bis das Türschloss knackte und sich öffnete. Sofort presste sie die Augen zu. Jetzt wollte sie nicht mit Konstantin reden, erst wenn sie beide ausgeschlafen hatten.

Kleidung raschelte und gleich darauf wankte die Matratze. Er legte sich zu ihr, dabei wahrte er einen gewissen Abstand. Die bisherigen Nächte hatten sie aneinandergekuschelt verbracht. Instinktiv wussten beide, dass sie in dieser Nacht etwas anderes und Raum für sich brauchten.

»Arianna?«

Sie blieb stur und stellte sich weiterhin schlafend. Wenn sie jetzt über die Zukunft diskutierten, heulte sie bloß. Das wollte sie vor ihm nicht.

Konstantin seufzte. »Es tut mir wahnsinnig leid, ich kann nicht anders.« Es war nur ein Flüstern, mehr zu sich selbst als für ihre Ohren bestimmt. Arianna war davon überzeugt, sich nicht verhört zu haben. »Scheiße, es tut mir so leid.«

Was bedeutete das wieder? Ihr Herz schlug schneller und sie zwang sich innerlich zur Ruhe, sonst ertappte Konstantin sie bei der Schauspielerei.

Nach einer Weile ging sein Atem tief und gleichmäßig. Arianna entspannte sich und versuchte ebenfalls zu schlafen.

Von verlorener Liebe

Frankfurt am Main, Innenstadt
05. Juni 2018

Konstantin

Am heutigen Abend beschloss Konstantin, eine Pause einzulegen. Sie alle hatten sie mehr als nötig. Gemeinsam mit Arianna und den Sternen fuhr er ins Hotel. Von ihren Gefährten wurden sie freundlich begrüßt und in deren Mitte aufgenommen. Die anfängliche Zurückhaltung, die die anderen Konstantin entgegenbrachten, schwand mit jeder Stunde ein bisschen mehr. Eine fast vergessene Dazugehörigkeit erfüllte ihn und ließ ihn lächeln.

Selene blieb in ihrem Schlafzimmer. Die Göttin hatte sich bereits vor Konstantins Eintreffen zurückgezogen. Da es nichts Neues zu berichten gab, störte er sie auch nicht und genoss stattdessen die unbeschwerten Stunden, während derer sie in gemeinsamen Erinnerungen schwelgten.

»Wisst ihr noch, als Aries in Paris mit dem Absatz im Kopfsteinpflaster hängen geblieben und fast von einer Kutsche überfahren worden war?«, fragte Finn, der Steinbock, lachend.

Emma, auf deren Kosten der Witz ging, funkelte ihn böse an. »Das war alles andere als witzig.«

Castor grinste. »Ich bedaure heute noch, dass ich es nur geschafft habe, dich wegzustoßen und den Schuh nicht ebenfalls retten konnte. Der war wirklich chic gewesen.«

Gelächter erklang und flutete den weitläufigen Raum. Emma war knallrot angelaufen, was Laura, die Personifikation des Zeichens

Schütze, dazu veranlasste, ihrer Gefährtin beizustehen. »Als ob einem von euch in all der Zeit nicht ebenfalls blöde Sachen passiert wären.«

»Ich für meinen Fall kann mich nicht erinnern, mir mal aus Versehen fast das Leben genommen zu haben«, hielt Finn dagegen.

»Das vielleicht nicht«, begann Laura bedeutungsschwer. »Dafür ist – ebenfalls in Paris – Castor auf einem Ball einer Herzogin beim Tanzen auf die Schleppe getreten und die arme Frau stand nur noch im Unterrock vor der versammelten Gesellschaft, weil der dünne Stoff des Kleides gerissen ist. Und dir, mein Lieber«, sie deutete mit dem Finger auf Finn, »hat man einen Nachttopf hinterhergeworfen.«

Dessen Lächeln verblasste. »Das habe ich dir im Vertrauen erzählt!«

»Meinst du nicht, es passt ganz wunderbar, wo wir uns gerade über vergangene Fehltritte amüsieren?«

»Wenn du die Geschichte erzählst, verrate ich allen, was du damals in Indien gemacht hast«, drohte Finn.

Konstantin spitzte neugierig die Ohren. Die meisten Erlebnisse seiner Gefährten waren ihm tatsächlich neu. Ihm fehlte immer die Zeit, an ihrem Leben teilzuhaben. Darum war ein Abend wie dieser, an dem er die Pflichten ausnahmsweise vergaß, etwas Besonderes.

Arianna schaltete sich ein. »Indien war nicht so schlimm. Dafür musst du dich nicht schämen. Also erzähl uns von dem Nachttopf.«

»Na schön.«

Finn knurrte. »Laura …«

Sie grinste ihn nur an und begann: »Haltet das Popcorn bereit. Das wird besser als jede Seifenoper. In der Stadt der Liebe ist auch unser lieber Finn ihr zum Opfer gefallen. Bis über beide Ohren verliebte er sich in eine junge Adelstochter und stellte ihr nach, wann immer er konnte. Ihre Eltern und ganz besonders die Gouvernante waren von seinen Avancen gar nicht begeistert.«

»Jetzt, wo du es sagst, war er zu der Zeit wirklich mies drauf«, überlegte Vik.

»Schlecht drauf? Du meinst wohl eher, er glich einem Häufchen Elend.« Leo sah von einem zum andern. »Dann war Liebeskummer der Grund für sein Leiden?«

»Ganz genau«, bestätigte Laura. »Um die junge Dame von seiner Liebe zu überzeugen, schrieb er ihr ein Gedicht, das wirklich schrecklich war.«

»So schrecklich war es auch wieder nicht«, verteidigte sich Finn.

»Du hast cœur auf sœur gereimt, in dem missratenen Versuch, ihr zu sagen, dass du dein Herz an sie und nicht etwa an ihre Schwester verloren hast. Jedenfalls nahm er eines Morgens seinen ganzen Mut zusammen und ging zum Haus seiner Angebeteten. Er stellte sich unter ihr Fenster und begann seinen Vortrag. Schon nach wenigen Zeilen bemerkte er eine Gestalt, die sich hinter der Gardine versteckte. Davon angestachelt, wurde sein Geschwafel noch inbrünstiger. Als er fertig war, öffnete sich das Fenster.« Laura machte eine Kunstpause.

»Was passierte dann?«, fragte Emma. »Hat sie ihn erhört?«

Laura grinste diabolisch. »Sie hat seine Zeilen nicht mal *gehört* – was besser so war, wenn man die Qualität bedenkt.«

»Wer hat das Fenster geöffnet?« Jana hielt es vor Neugier kaum noch auf ihrem Platz.

Finn war ins Sofa gesunken. Eine Hand lag über seinen Augen. »Jetzt bring es endlich hinter mich und erzähl es.«

Laura genoss seine Qualen sichtlich. »Er hatte sich im Fenster geirrt. Statt seiner Angebeteten, hat er der Gouvernante einen Antrag gemacht. Die war davon allerdings wenig begeistert und hat ihn nicht nur mit unflätigen Verwünschungen, sondern ebenfalls mit ihrem vollen Nachttopf beworfen.«

Jetzt gab es kein Halten mehr. Bis auf Finn brachen alle in lautes Gelächter aus. Arianna lachte Tränen und auch Konstantin wurde von der guten Laune der anderen mitgerissen. So viel Spaß hatte er seit seinem Erwachen nicht mehr gehabt.

»Gibt es Grund zu feiern?« Selene stand in der Tür von ihrem Schlafzimmer.

Jana sprang vom Sofa auf und wischte sich ein paar Haarsträhnen aus dem Gesicht. »Haben wir dich gestört? Das wollten wir nicht.«

Die anderen verstummten und gaben zustimmendes Gemurmel von sich.

Selene ließ den Blick über die Zeichen wandern. An Konstantin blieb sie hängen. »Ich wusste nicht, dass du auch hier bist, Scorpio.«

Zerknirscht stand er ebenfalls auf. Es kam ihm unpassend vor, sich mit der Göttin auf dem Sofa lümmelnd zu unterhalten. Selene wirkte nicht erzürnt, trotzdem bekam er ein schlechtes Gewissen. »Die anderen meinten, du fühlst dich nicht wohl, da habe ich dich nicht behelligen wollen. Dennoch hätte ich dich wenigstens kurz begrüßen sollen. Bitte verzeih meine Unhöflichkeit.«

Die Göttin lächelte milde. »Es gibt nichts zu verzeihen. Ich freue mich, dass ihr beide hier seid.«

Natürlich hatte sie längst bemerkt, dass Arianna die Nächte nicht mehr in der Suite, sondern an Konstantins Seite verbrachte. Er lächelte dankbar. Selenes Verständnis bedeutete ihm viel. Es besänftigte die Unruhe, die schon wieder in ihm aufgestiegen war.

Konstantin räusperte sich. »Wenn es dein Zustand erlaubt und du es wünschst, berichte ich dir von meinen jüngsten Nachforschungen.«

»Ja, davon würde ich gern hören.« Selene ging zurück ins Schlafzimmer.

»Soll ich mitkommen?«, fragte Arianna.

»Nein, ich gehe allein zu ihr – wie immer. Warte hier solange. Ich bin bald wieder da.« Er ließ die geschwätzigen Gefährten hinter sich und folgte Selene.

Die Göttin saß auf dem Bett. Auf ihre Füße starrend, gab sie keinen Ton von sich.

»Wie geht es dir?« Konstantin kniete sich vor ihr auf den Boden. Sie wich seinem Blick aus, der ergründen wollte, was mit ihr nicht stimmte. Konnten Götter krank werden? Man konnte sie verletzen und unter gewissen Umständen konnten sie einander wohl sogar töten. Doch bekamen sie so etwas wie eine läppische Grippe? Konstantin wusste es wirklich nicht. So hatte er Selene bisher nie gesehen. Sonst wirkte sie immer stark. Sie war die Anführerin und die Sternzeichen ihre Diener.

Selene hob den Kopf und rang sich ein Lächeln ab. »An manchen Tagen ist es schwerer zu ertragen als an anderen. Das kennst du sicher. Heute ist ein solcher Tag.«

Konstantin bekam ein schlechtes Gewissen, weil er heute Nacht nicht nach den Ausreißern suchte. Stattdessen hatte er sich zurückgelehnt und mit seinen Gefährten Witze gerissen. »Kann ich etwas tun, um es dir leichter zu machen?«

Mit den Fingerspitzen fuhr sie sacht über seine Wange. »Du tust schon so viel für mich. Wie könnte ich da noch mehr verlangen?«

Er schluckte schwer. Das Gefühl, trotz ihrer Worte nicht genug zu erreichen, erdrückte ihn fast. »Ich werde die beiden finden. Das schwöre ich dir.«

Ein trauriges Lächeln breitete sich auf Selenes ebenmäßigem Gesicht aus. »Hast du eine neue Spur?«

Konstantin schnaubte. »Leider habe ich noch keinen Anhaltspunkt zu ihrem Unterschlupf. Dabei bin ich mir sicher, dass sie irgendwo am Main sein müssen. Pisces wird die Möglichkeiten, die ihm der Fluss bietet, kaum ungenutzt lassen. Trotzdem sind er und Aquarius wie vom Erdboden verschluckt. In diesem Leben machen sie es mir wirklich schwer.«

Selenes Lächeln verblasste. »Glaubst du, sie sind noch in der Stadt? Wirst du sie rechtzeitig finden?«

»Noch haben wir ein paar Wochen. Lass uns zuversichtlich bleiben.«

»Ich vertraue dir und deinen Fähigkeiten«, erwiderte sie.

»Weißt du, weshalb sie sich von dir abgewandt haben?«, fragte Konstantin. In der knienden Position schliefen ihm die Füße ein und er setzte sich auf den weichen Teppich vorm Bett.

»Nein, sie haben sich mir nie erklärt. Von einem auf den anderen Tag waren sie verschwunden und seitdem nicht mehr freiwillig zu mir zurückgekehrt.« Selenes Augen schimmerten feucht. Der Verrat der beiden belastete sie.

Konstantin verstand seine Gefährten bis heute nicht. An Selenes Unterfangen war nichts falsch. Es hatte sich auch nie jemand daran gestört, dass sie beide Männer waren und einander liebten. Weder die Zeichen noch Selene hatten diesbezüglich Vorurteile. Liebe war Liebe – ganz egal, wer wen liebte. Dafür kämpften sie schließlich. Es konnte nicht der Grund für ihre Flucht sein.

»Vielleicht hat Zeus oder einer der anderen ihnen den Kopf verdreht.«

Konstantin horchte auf. »Glaubst du wirklich? Würde er so weit gehen?«

»In seinem Größenwahn ist ihm alles zuzutrauen. Warum sollte er sonst die Kinder der Göttin Styx, die sonst nicht von seiner Seite weichen, auf uns ansetzen, sobald ein vielversprechender Blutmond naht?« Selene seufzte schwer.

»Hast du seitdem mit Zeus gesprochen? Wäre es möglich, dass er seine Meinung mit den Jahrtausenden geändert hat?« Wie alle Zeichen kannte Konstantin ihre Geschichte, dennoch brachte es Selene oftmals auf andere Gedanken, wenn sie darüber sprechen konnte. Außer zu ihnen pflegte sie kaum soziale Kontakte – zumindest nicht, soweit er wusste.

Manchmal nannten die anderen ihn scherzhaft Selenes Mädchen für alles. Damit hatten sie nicht mal unrecht. Es kam selten vor, doch gelegentlich war das Zeichen des Skorpions auch der Kummerkasten einer mächtigen Göttin.

»Damit er mich wie Prometheus an einen Berg kettet, weil ich mich ihm widersetzt habe?« Selene schnaubte.

»Ja, okay, ich habe kurzzeitig vergessen, dass Zeus ein Arsch ist.« Damit brachte Konstantin sie zum Schmunzeln. »Erzähl mir von Endymion. Ich habe ihn nie kennengelernt.«

»Was willst du denn wissen?« Selene wirkte über die Entwicklung des Gespräches überrascht.

»Wo seid ihr euch zum ersten Mal begegnet?«

Sie winkte ab. »Die Geschichte kennst du doch.«

»Na und? Gute Geschichten kann man sich immer wieder anhören. Außerdem steht mir gerade der Sinn nach Liebe.« Konstantin lächelte fröhlich und dachte an Arianna.

Selene musterte ihn. »Könnte das an Taurus liegen?«

»Wäre möglich.«

»Ihr seid einander nähergekommen. Das ist mir nicht entgangen. Sonst streitet ihr immer.« Sie ließ ihn nicht aus den Augen.

Glaubte selbst Selene, dass die Gegenzeichen einander nicht ausstehen konnten? Konstantin überkam ein mulmiges Gefühl. Wie es aussah, ging diese Manipulation viel tiefer als gedacht. »Ja, während der vergangenen Wochen haben wir einander neu kennengelernt. Die Chemie zwischen uns ist besser als je zuvor.«

Selene lächelte wehmütig. »Das freut mich für euch.«

Das schlechte Gewissen biss Konstantin wieder in den Hintern. Er sollte gerade auf den Straßen unterwegs sein und nach den Ausreißern suchen. Um sich selbst von diesem unguten Gefühl abzulenken, sagte er: »Wir sind vom Thema abgekommen. Du wolltest mir etwas erzählen.«

»Wie du weißt, ist es mir bestimmt, über das Himmelszelt zu wandern. Eines Nachts bemerkte ich einen jungen Hirten, der den Schlaf seiner Schafe bewachte. Er war ganz allein auf diesem Berg und trotzdem hatte er keine Angst vor der Dunkelheit. Ich beobachtete ihn das ganze Frühjahr über und hielt an seinem Berg immer länger inne.

Der Sommer nahte und ich entschied mich, zu ihm herabzusteigen. Mit jedem Tag war mein Interesse an dem Mann, der die Nächte durchwachte, gestiegen. Zunächst war Endymion überrascht, doch er überwand die Zurückhaltung schnell. Wir verbrachten einen Sommer voller Liebe, an dessen Ende es für ihn Zeit wurde, den Berg zu verlassen.

Sich zu trennen fiel schwer. Die Wochen waren so schnell vergangen, dass sie mir rückblickend wie ein einziger Tag erschienen. Ich ahnte, dass die Zeit zu unserem größten Feind werden würde, und wandte mich an Zeus. Mit seiner Hilfe wollte ich die Zeit für Endymion anhalten, damit sie ihm nichts mehr anhaben konnte, und ihm so die Ewigkeit schenken.

Nicht nur betrog Zeus mich, indem er meinen Geliebten in einen ewigen Schlaf versetzte, sondern verspottete mich auch und behauptete, dies wäre mein eigener Wunsch gewesen. Sag mir, wer würde sich den Geliebten schlafend wünschen? Nie wieder einander in die Augen sehen zu können. Nie wieder die Berührung des anderen spüren zu können. Nie wieder …« Selene brach ab. Sie rang die Hände und suchte nach den richtigen Worten.

»Warum hat Zeus das getan?« Konstantin hing an ihren Lippen, obwohl er die Geschichte längst kannte.

Selene fuhr sich mit der Hand durch das lange schwarze Haar. »Ich bin mir nicht sicher. Vielleicht war es für ihn nur ein Spiel oder das Ausleben seiner Allmacht, die er zu haben glaubt. Womöglich ist er auch schlichtweg unfähig zu wahrer Liebe. Hera kann von seinen zahllosen Eskapaden mit allem, was zwei oder sogar vier Beine hat, wahrlich ein Lied singen.«

»Hast du Endymion während der letzten Wochen besucht?«

»Ich wage es nicht bis zur Finsternis.«

Konstantin konnte sich kaum ausmalen, was Selene durchmachte. Die Vorstellung, Arianna zu verlieren, nachdem er endlich wieder zu ihr gefunden hatte, schnürte ihm die Kehle zu. »Vermisst du ihn?«

»An jedem einzelnen Tag.«

Konstantin stand auf und verneigte sich vor Selene. »Ich werde Aquarius und Pisces finden. Dieses Mal gewinnen wir. Ich schwöre es.«

»Ich danke dir.« Selene entließ ihn mit einem schwermütigen Lächeln.

Bis er die beiden fand, würde Konstantin sich keine Pausen mehr gönnen. Der Drang, sie aufzuspüren, war größer denn je und trieb ihn an.

Wenn wir uns verlieren

Frankfurt am Main, Mainufer nahe Alte Brücke
30. Juni 2018

Konstantin

Fast jede Nacht lief er händchenhaltend mit Arianna durch Frankfurt. Das war zweifelsohne schön. Trotzdem nahm die innere Unruhe von Tag zu Tag zu. Frühestens am Nachmittag trauten sie sich nach draußen. Das Risiko, einem Gott über den Weg zu laufen, war nachts geringer. Auf eine weitere Verfolgung verzichtete er dankend.

Konstantin musste schnellstmöglich Ergebnisse liefern. Bis zur Mondfinsternis blieben bloß vier Wochen und sie waren keinen Schritt weitergekommen. Das Ritual durfte nicht scheitern. Nicht schon wieder!

Nur leider gab es für Aquarius und Pisces keine Alternative. Sie konnten es nur durchziehen, wenn alle zwölf Sternzeichen ihren Beitrag leisteten. Insgeheim fürchtete Konstantin, sie hatten längst die Stadt verlassen. In diesem Jahrhundert brauchte es nur ein Flugzeug und ein paar Stunden, schon war man am anderen Ende der Welt und unauffindbar. Sähe den beiden ähnlich, es ihm so schwer wie möglich zu machen.

Verstohlen spähte er zu Arianna. Sie schlenderte neben ihm und summte leise. Die Gelassenheit, die sie ausstrahlte, tat ihm gut und färbte sogar ein bisschen ab. Sie harmonisierten vollkommen. Sie bemerkte Konstantins Blick und erwiderte ihn erwartungsvoll.

»Ist was?«, fragte Arianna überrascht.

»Ich dachte nur gerade, wie froh ich bin, dich an meiner Seite zu haben«, antwortete er wahrheitsgemäß.

Sie lächelte breit. »Geht mir genauso. Diese Spaziergänge mit dir sind echt schön. Da ist es fast egal, ob wir fündig werden oder nicht.«

Konstantin verzog das Gesicht. Jedes Mal, wenn er sich einen Tag lang gehen ließ und diesen nicht mit der Suche nach den Ausreißern, sondern lieber mit ihr verbrachte, plagte ihn das schlechte Gewissen. Das ungute Gefühl, sich besser vom Zeichen des Stieres fernzuhalten, war tags drauf übermächtig. Es scheuchte ihn aus dem Bett und auf die Straßen Frankfurts.

»Habe ich etwas Falsches gesagt?«, wollte Arianna wissen.

»Nein, eigentlich nicht. Ja, es ist schön. Trotzdem dürfen wir unser Ziel nicht aus den Augen verlieren. Wir müssen die beiden zurückbringen. Es hängt zu viel davon ab.«

»Na schön, dann werde ich die Augen offen halten.«

Sie gingen weiter und musterten jeden, der ihnen entgegenkam, ganz genau. Bei niemandem machte es klick. Es war kein Sternzeichen dabei. Konstantin war so sicher, sie in der Nähe des Mains zu finden. Hier hatte Pisces genug Wasser und konnte einem Kontrahenten die Hölle heiß – oder eher feucht – machen. Durchnässen und Ertränken waren seine Lieblingsbeschäftigungen. Zumindest in Bezug auf Konstantin.

Die Alte Brücke lag vor ihnen.

»Versuchen wir auf der anderen Seite unser Glück.«

Auf der Brücke tummelten sich viele Pärchen und zahllose Touristen. Kein Wunder, die Ferien hatten gerade angefangen und alle Welt genoss den lauen Abend. Vielleicht konnten sie sich am Ende des Sommers dieser Unbeschwertheit anschließen. Wenn die Frist für das Ritual in diesem Jahrhundert abgelaufen war, konnten sie den Rest ihres Lebens miteinander verbringen.

Eine Gruppe betrunkener Jugendlicher, die offensichtlich ihre Ferien feierten, kam ihnen entgegen. Er zog Arianna an sich, damit sie nicht angerempelt wurde, und stellte sich mit ihr ans Geländer. Sie stand zwischen seinen Armen und sah auf den Main hinunter.

Die Position gefiel ihm. Konstantin beugte sich vor und küsste sie hinterm Ohr.

Sie erschauderte. »Was machst du da?«

»Wir laufen seit Stunden durch die Gegend und haben uns eine kleine Pause verdient.«

Arianna bot ihm den Hals an und Konstantin küsste ihn nur zu gern. Sie drückte den Rücken durch und schmiegte sich fest an ihn. An die Stelle, über die sie mit dem Hintern rieb, dachte er lieber nicht nach. »Sag bloß, du stehst auf Publikum?«, knurrte er.

»Wie kommst du darauf?« Den unschuldigen Tonfall nahm er ihr nicht ab.

»Wenn du nicht damit aufhörst, vergesse ich mich gleich.« Ja, er hatte einen Ständer, und ja, am liebsten wäre er jetzt mit ihr allein. In diesem Augenblick wollte Konstantin die ihm selbst auferlegten Regeln brechen und sich nicht länger zurückhalten, sondern sie so lange vögeln, bis sie beide Sterne sahen. Also metaphorische, nicht ihre echten. Sollte Aldebaran ihn jemals dabei erwischen, hätte er ein größeres Problem als versengte Haare.

»Und wenn ich es darauf anlege?« Arianna drehte das Gesicht zu ihm.

Konstantin senkte die Stirn auf ihre Schulter, um dem drängenden Blick auszuweichen. »Lass uns noch ein bisschen warten«, bat er. Bislang war er dem Rätsel der verlorenen Erinnerungen kein Stück näher gekommen. Egal wem er auf den Zahn fühlte, niemand konnte sich daran erinnern, dass Taurus und Scorpio auch in früheren Leben ein Paar gewesen waren. Stattdessen war jeder überrascht von dieser Entwicklung.

»Na schön«, stieß sie seufzend aus. Jetzt stand sie still.

»Ich hoffe, du genießt die Aussicht.«

»Ja …?«, fragte Arianna gedehnt.

»Gut, wir werden hier noch eine Weile stehen bleiben müssen, während ich in aller Ruhe über innenpolitische Entwicklungen grübele.«

Das fröhliche Kichern war ansteckend und Konstantin blieb auch nicht länger ernst. »Das sind echte Schmerzen, weißt du? Ich könnte dich wegen Körperverletzung verklagen.«

Arianna zwang sich zur Ruhe. »Sobald du mich lässt, werde ich mich der Sache annehmen und dann sind die Schmerzen wie weggeblasen.« Beim Wort *blasen* senkte sie die Stimme und sprach eine halbe Oktave tiefer.

»Durchtriebenes Stück!«, knurrte Konstantin und bemühte sich, keine Aufmerksamkeit zu erregen. Allein der Gedanke, wie Arianna sich vor ihn kniete, ließ ihn fast wie einen Fünfzehnjährigen in seiner

Hose kommen … Scheiße, sein letztes Mal war eindeutig zu lange her! Wie war das mit der Innenpolitik? Stand da gerade etwas an oder waren die schon im Sommerloch? Dunkel erinnerte er sich an den Mitschnitt einer hitzigen Haushaltsdebatte. Die verbohrten Politiker kühlten sein Gemüt auf ein erträgliches Maß ab.

»Es liegt ganz bei dir«, murmelte Arianna sehnsüchtig.

Dass sie ihm allerlei gestatten würde, hatte sie Konstantin inzwischen auf diversen Wegen mitgeteilt. Anfangs war sie subtil und zurückhaltend geblieben, doch mittlerweile wurde sie forscher. Arianna war ungeduldig und lange konnte er sie nicht mehr hinhalten. »Bald«, flüsterte er zurück und drückte einen Kuss auf ihren Hinterkopf.

»Woran denkst du?«, fragte Arianna.

Die Frage hatte er noch nie gemocht. »Nichts Bestimmtes. Und du?«

»Ich glaube, ich verstehe langsam, was meine Eltern damals geritten hat.«

Jetzt wurde er hellhörig. »Was meinst du?«

»Kurz vor meiner Geburt hatten sie einen fürchterlichen Streit. Meine Mutter behauptet heute noch, sie hätte meinen Vater fast vor die Tür gesetzt. Ein gemeinsamer Kinoabend sollte die Romantik und Zuneigung zurückbringen. Es funktionierte und sie gingen danach lange spazieren und redeten miteinander. Unter anderem gingen sie über diese Brücke. Am nächtlichen Panorama der Stadt konnten sie sich kaum sattsehen. Es ist eine ihrer Lieblingsgeschichten. Ich habe sie inzwischen oft gehört.«

Konstantin schmunzelte. Ihm gefiel die Geschichte auch. »So wie du klingst, teilst du ihre Begeisterung nicht.«

»Doch, die Aussicht ist wirklich schön. Ich fand die Geschichte vom gemeinsamen Kinoabend mit der Zeit zu kitschig. Bei jedem Erzählen wurde sie weiter ausgeschmückt. Würden meine Eltern sie heute erzählen, wären sie ganz allein auf der Brücke gewesen und ein Zuckerwatte pupsendes Einhorn wäre vorbeigekommen und hätte ihnen bescheinigt, dass sie seelenverwandt sind, bevor es singend in den Main gesprungen wäre.«

Konstantin lachte. »Hey! Versuch nicht, mir den Rang im Schwachsinnreden abzulaufen. Das ist mein Spezialgebiet. Außerdem hast du mir immer noch nicht erzählt, warum du sie plötzlich verstehst.«

»Na ja, ich glaube, heute kann ich ihre damaligen Gefühle besser verstehen. Sie müssen wahnsinnig glücklich gewesen sein.«

»Sind sie es noch?«

Arianna grinste. »Sie sind schon fast ekelhaft verliebt. Du würdest es hassen!«

Das verpasste ihm einen kleinen Dämpfer. »Wieso sollte ich das hassen?«

»Du bist doch nicht der Typ für so was«, erklärte sie.

Ja, so musste es in ihren Augen aussehen, so vehement, wie Konstantin sich sämtliche Romantik verkniff und Arianna auf Abstand hielt. Warum erinnerte er sich als Einziger? Er hatte gehofft, mit der Zeit würde Arianna ebenfalls merken, das mit ihnen etwas nicht stimmte. Sie war völlig unbedarft und wie frisch verliebt, ohne dass es gestelzt wirkte. »Ich glaube, ich habe genug über Innenpolitik nachgedacht und wir können weitergehen.«

»Sag ich doch«, murmelte Arianna, ohne verärgert zu wirken. Dann stieß sie sich vom Geländer ab, schob die Hand in seine und schlenderte neben ihm her.

Sie näherten sich der Mitte der Brücke. Der Brickegickel leuchtete in der untergehenden Sonne und brachte Konstantin auf eine Idee. Er deutete auf den vergoldeten Hahn, der das Brückenkreuz, das die tiefste Stelle des Fahrwassers markierte, schmückte. »Aus Erfahrung kann ich dir sagen, dass es hässlich wird, wenn wir auf Aquarius und Pisces treffen. Sie werden uns beide angreifen, um nicht zu Selene mitkommen zu müssen. Zum ersten Mal stehe ich ihnen nicht allein gegenüber, daher ist es vielleicht ratsam, einen Treffpunkt auszumachen, sollte etwas schiefgehen.«

»Was könnte denn passieren?« Arianna folgte dem Fingerzeig.

»Keine Ahnung. Gut möglich, das Pisces mich im Main ertränken will und ich dabei ein paar Kilometer flussabwärts treibe. Wäre nicht das erste Mal. Er ist nicht besonders gut auf mich zu sprechen.«

»Und dann willst du dich hier wieder mit mir treffen?«, hakte sie nach.

»Es machen uns ja nicht bloß die beiden das Leben schwer. Vielleicht müssen wir auch vor den Göttern flüchten oder so was. Um sie nicht zu unserem Unterschlupf zu führen, sollten wir uns an einem belebten Ort treffen«, erklärte er weiter.

»Okay, da ist was dran. Von mir aus. Es schadet nicht, einen Plan B zu haben. Wie willst du es machen? Sollen wir stundenlang aufeinander warten, bis der andere irgendwann kommt oder eben auch nicht, falls er nicht kann?« Arianna betrachtete nachdenklich das schmiedeeiserne Kreuz, das sie in der Zwischenzeit erreicht hatten.

»Das wäre in der Tat blöd. Was hältst du von zwölf Uhr mittags?«, schlug Konstantin vor.

»Zu der Zeit wäre hier zumindest etwas los und man könnte uns schwerer auflauern.«

»Dann ist es abgemacht. Sollten wir uns, aus welchen Gründen auch immer, trennen müssen, treffen wir uns am nächsten Tag um zwölf in der Mitte der Brücke«, fasste er zusammen.

Arianna hob ihre verschlungenen Hände und drückte sie fest. »Hand drauf!«

»Abgemacht.« Konstantin erwiderte die Geste und lächelte sie breit an.

Es dauerte nicht mehr lange, bis die Sonne unterging und die Sterne erschienen. Vielleicht fanden sie in dieser Nacht nicht nur die eigenen, sondern auch die der Ausreißer.

Wasser, verdammt viel Wasser

Frankfurt am Main, Maininsel
01. Juli 2018

Konstantin

Mitternacht lag seit geraumer Zeit hinter ihnen. In wenigen Stunden ging die Sonne schon wieder auf. Die kurzen Sommernächte waren zermürbend, wenn man auf Dunkelheit angewiesen war.

»Wie viele Nächte wollen wir noch sinnlos durch die Gegend laufen?« Aldebaran schwirrte um Ariannas Kopf und hielt Konstantin damit auf Abstand. Händchen hielten sie trotzdem. Sehr zum Missfallen ihres Gegenstücks.

»Genau genommen läufst du nicht, sondern fliegst«, gab er klugscheißend zurück. Wenn sie schon nicht weiterkamen, wollte er wenigstens den roten Stern ein bisschen piesacken, damit sich seine miese Stimmung wieder hob.

»Selten so gelacht.«

Antares war weniger zappelig und schwebte über seiner Schulter. »Unrecht hat sie nicht. Fällt dir wirklich nichts mehr ein, wie wir sie hervorlocken können?«

Konstantin seufzte. »Wenn ich eine andere Idee hätte, würden wir der längst nachgehen. Früher war alles überschaubarer. Vielleicht sind sie gar nicht mehr in Frankfurt. Dann finden wir sie nie.«

»Ich hoffe nicht.« Antares flüsterte, doch trotzdem war er weithin zu hören. Zu dieser späten Stunde waren sie die einzigen Fußgänger auf der Brücke und nur gelegentlich fuhr ein Auto an ihnen vorbei.

Unter ihnen rauschte der Main entlang und Frankfurts Lichter spiegelten sich darin. Der Anblick hatte etwas Romantisches. Es war nicht schwer vorstellbar, dass Ariannas Eltern sich einst in einer ähnlichen Nacht neu ineinander verliebt hatten.

Konstantin sah am Portikus, den sie gerade passierten, vorbei und betrachtete die Lichter. Dann bemerkte er zwei Dinge, die nicht zusammenpassten. Erstens waren es keine Spiegelungen, sondern eigenständige Lichter auf der Maininsel, die auf die Entfernung an Lampions erinnerten und sich bewegten. Zweitens dürfte es so was am Ende der Insel gar nicht geben. Sie war ein Naturschutzgebiet. Zwar nur inoffiziell, trotzdem hielt sich jeder Frankfurter daran und respektierte die Betreten-verboten-Schilder.

Abrupt blieb er stehen und trat ans Geländer. Arianna folgte ihm verwundert. Jetzt waren die Lichter im dichten Gestrüpp verschwunden. Konstantin war sicher, sie sich nicht nur eingebildet zu haben.

»Was ist los?«, wollte Antares wissen.

»Ich habe was gesehen«, murmelte Konstantin und wünschte sich den Röntgenblick, während er versuchte, etwas zwischen den Büschen und Bäumen der Insel auszumachen.

»Was soll denn da sein?« Aldebaran war schon auf halbem Weg die Brücke runter.

Konstantin rief sie zurück. »Bleib hier!« Natürlich interessierte das den trotzigen Stern nicht im Geringsten.

»Arianna, bitte! Ruf sie zurück! Man sieht sie oder Antares auf hundert Meter Entfernung.«

»Aldebaran, komm her«, forderte sie energisch.

Mit sichtlichem Widerwillen kam der Stern der Aufforderung nach. »Was soll denn die Aufregung? Ich wollte doch nur nachsehen, um die ganze Sache abzukürzen.«

Arianna betrachtete ihn ebenfalls erwartungsvoll.

»Da waren zwei Lichter. Das dürfte auf der Insel nicht sein. Sie waren gelblich. Es könnten Sterne sein«, fasste er seine Beobachtung zusammen.

»Soll das heißen …?« Antares schwebte näher heran.

Konstantin musste ihn ebenfalls zurückpfeifen. »Ihr beide leuchtet wie zwei Signalfackeln. Was versteht ihr daran nicht? Wenn ich wirklich Sadalsuud und Kullat Nunu gesehen habe, entdecken die euch doch sofort und warnen ihre Gegenstücke. Dann war es das mit dem Überraschungsmoment.«

»Was schlägst du vor?«, fragte Arianna mit kaum unterdrückter Spannung in der Stimme.

»Ihr wartet hier und ich sehe mich da unten mal um.«

»Ganz allein?« Das passte ihr sichtlich nicht.

»Wenn sich Aquarius und Pisces wirklich auf der Insel verstecken, kommt ihr selbstverständlich nach. Bis dahin musst du unsere beiden hier unter Kontrolle halten«, erklärte Konstantin.

»Na schön, sei vorsichtig.« Sie beugte sich vor und gab ihm einen schnellen Kuss auf die Lippen.

»Ich lasse mich nicht allein von Pisces ertränken. Vorher rufe ich um Hilfe.« Konstantin joggte zu der Wendeltreppe, die neben dem Ausstellungsgebäude nach unten führte, und ignorierte Schilder und Ketten. Kaum verließ er den Lichtschein der umliegenden Stadt und tauchte in die düsteren Bäume ein, scheuchte er einen schlafenden Wasservogel auf. Der quakte übellaunig und Konstantin stöhnte innerlich. Er wartete mit klopfendem Herz. Alles blieb still.

Es waren etwa hundert Meter, die er möglichst lautlos überwinden musste. Zu gern hätte er die Taschenlampe des Handys bemüht, nur wäre er damit erst recht aufgefallen. Jeden Schritt platzierte er wohlüberlegt. Manchmal schlug Konstantin Haken, um weiteren Vögeln auszuweichen.

Je näher er dem Ende der Insel kam, desto sicherer wurde er, endlich fündig geworden zu sein.

Jetzt war Konstantin nah genug dran, um den Schemen eines Zeltes auszumachen. Es war keines dieser kleinen bunten Dinger, die beim ersten Windstoß davonflogen und die man für eine Nacht auf dem Feld benutzte, sondern die mittelgroße Variante eines professionellen Tarnzeltes. Aquarius und Pisces lernten ebenfalls dazu. Das musste er ihnen lassen.

Die Maininsel war der perfekte Ort für sie. Vor der Öffentlichkeit geschützt und trotzdem leicht zugänglich. Mitten in der Stadt für alles, was man beim Camping benötigte, und dazu umgeben von Wasser, was Pisces zugutekam. Der Platz war so offensichtlich und gleichzeitig genial gewählt, dass man schnell darüber hinwegsah. Einfach nur, weil er einem direkt vor der Nase lag.

Der Stoff der Zeltplanen war dick. Kaum etwas des Sternenlichtes leuchtete hindurch. Von außen betrachtet erhellte es nur ein schwacher Schein. Das machte nichts. Konstantin war am Ziel.

Die Erleichterung durfte ihn nicht blind machen. Er musste näher heran. Das war der Nachteil seiner Fähigkeit. Konstantin brauchte direkten Körperkontakt. Die beiden Gegner hatten dieses Problem nicht. Auf Entfernung waren die ihnen gehorchenden Elemente sogar effektiver. Hoffentlich blieb von der Insel etwas übrig, wenn sie hier fertig waren.

Langsam umrundete Konstantin das Zelt. Der Plan, den er sich zurechtgelegt hatte, sah vor, einen von beiden zu erwischen und direkt außer Gefecht zu setzen. Der andere gäbe dann schnell auf und die Sache wäre ausgestanden. So zumindest in der Theorie.

Zu blöd, dass selten etwas nach Plan lief und allzu oft Murphys Gesetz gnadenlos zuschlug. Bisher war der Sommer überdurchschnittlich heiß gewesen und in manchen Regionen des Landes sprach man schon von einer Dürre. Die Sonne sorgte somit für trockene Böden und Wälder. Der nächste Schritt war schlecht gewählt.

Konstantin verlagerte das Gewicht aufs vordere Bein. Den dünnen Stock hätte er im Dunkeln gar nicht bemerken können. Trotzdem verfluchte er sich dafür, ihn übersehen zu haben, als er unter ihm nachgab und laut knackte. Das durfte doch nicht wahr sein!

»Hast du das gehört?«, flüsterte es hinter der Zeltplane.

Fast zehn Meter trennten ihn vom Ziel. Konstantin wog seine Möglichkeiten ab. Wenn er wartete, blieb er womöglich unentdeckt und konnte nach einer Pause weiterschleichen. Doch wenn er sowieso gleich aufflog, wäre es klüger, einen Frontalangriff zu wagen.

Die Lichtverhältnisse im Zelt änderten sich. »Ich sehe nach.« Ein Stern schlüpfte durch den Schlitz.

Konstantin konnte nicht sicher sagen, welcher von beiden es war. Dazu sahen sie sich zu ähnlich und er begegnete ihnen zu selten. Pisces' Stern war etwas heller, wenn er sich recht erinnerte. Der Stern drehte eine Runde ums Zelt und Konstantin zog den Kopf ein. Vielleicht hatte er ausnahmsweise mal Glück.

Hatte er natürlich nicht … Das Leuchten kam in seine Richtung. Der Stern stellte den inneren Regler hoch und strahlte immer heller. Konstantin wurde geblendet und kniff die Augen zu. Nach der Dunkelheit brannte sich das grelle Sternenlicht regelrecht auf die Netzhaut. Er unterdrückte den Fluch, den er reflexartig hatte ausstoßen wollen, doch es war ohnehin zu spät. Man hatte ihn entdeckt.

»Es ist Scorpio!«

Konstantin öffnete die Augen, erkannte außer bunten Flecken jedoch kaum etwas. Der Stern hatte ihn erfolgreich geblendet. Ungehalten fluchte er vor sich hin und rieb sich über die Augen, was natürlich auch nichts brachte.

Dafür funktionierten seine Ohren noch. Die Zeltplane wurde zurückgeschlagen und er hörte eilige Schritte. Schemenhaft erkannte er eine Gestalt vor sich.

»Ich dachte wirklich, wir könnten dieses Mal den Kampf mit dir vermeiden.« Das war Aquarius. Konstantin erkannte das Zeichen des Wassermanns an der Stimme. Das Witzige war, dass nicht er derjenige war, der über das Wasser gebot, obwohl es naheliegend schien. Nicht mal den Wasserzeichen gehörte er an. Stattdessen zählte Scorpio selbst zu diesem Element. Wie sagte man so schön? Klingt komisch, ist aber so.

»Wenn du das tatsächlich geglaubt hast, bist du naiver, als ich dachte«, spottete Konstantin zurück. Er musste Zeit schinden, damit sich seine Augen erholten.

»Und du bist genauso blind wie eh und je.«

Konstantin schnaubte. »Das habe ich deinem Stern zu verdanken. Oder war es der von Pisces? Wo steckt er eigentlich?«

»Kümmere dich nicht um ihn. Ich bin dein Gegner. Bringen wir es hinter uns!«

Das war der Startschuss. Wind kam auf. Jetzt hieß es schneller sein. Konstantins Sicht hatte sich in der Zwischenzeit gebessert. Er stürmte Aquarius entgegen und versuchte ihn zu packen. Der Griff ging ins Leere und er strauchelte. Eine Windböe erfasste Konstantin und schleuderte ihn mühelos in die Bäume.

Konstantin krachte in die schmalen Stämme und zog sich zahlreiche Kratzer und Schürfwunden zu. Verdammt, das brannte! Er rappelte sich keuchend auf.

Ironischerweise war das Zeichen des Wassermanns Teil der Windfamilie und Hüter des Elements. Der Mistkerl hatte ihn voll erwischt und Konstantin konnte nicht sagen, ob noch alle Knochen ganz waren. Darüber würde er sich später Gedanken machen. Einen von beiden musste er außer Gefecht setzen und den anderen erpressen.

Ein orangener Lichtball schoss durchs Dickicht und hielt auf Aquarius zu. Bevor Antares ihn erreichte, stieß er in der Luft mit einem gelben Leuchten zusammen. Funken stoben auf und landeten zischend auf dem Boden. Immer wieder gingen die Sterne aufeinander los. Kurz befürchtete Konstantin, sie steckten die Insel in Brand.

Wie sich herausstellte, war diese Sorge unbegründet. Pisces hatte sich hinter seinem Geliebten versteckt und trat hervor. Zeitgleich hob sich der Wasserspiegel und spülte über die flache Insel. Jetzt hatte er wirklich schlechte Karten. Hier gab es keine Möglichkeit, seiner Fähigkeit auszuweichen. Der Sog wurde stärker. Konstantin kämpfte sich den beiden Abtrünnigen entgegen. Sie selbst standen nur knöcheltief im Wasser. Das meiste hob Pisces sich für ihn auf. Wenn er den Kampf gegen das Wasser verlor, hatte er keine Chance.

Seitlich türmte sich eine Welle auf und rauschte unaufhaltsam auf ihn zu. Konstantin war zu langsam und kam nicht gegen den Druck an. Er wurde voll getroffen und von den Füßen gerissen. Vor Schreck schnappte er nach Luft. Schwerer Fehler! Sein Kopf wurde unter Wasser gedrückt, während die Welle ihn über den Boden schleifte. Es war kühl, doch auszuhalten. Erfrieren würde er nicht.

Wenn es dem Zeichen der Fische gelang, ihn in die Fluten des Mains zu spülen, musste er erst recht um sein Leben kämpfen. Gegen die Strömung im Fluss konnte er nicht anschwimmen. Konstantin erwischte eine Wurzel und klammerte sich daran fest. Ihm tat alles weh und der Sauerstoffmangel machte sich bemerkbar. Schwärze breitete sich vor seinen Augen aus, was leider nicht an der tiefen Nacht lag.

Der Raserei verfallen

Frankfurt am Main, Maininsel
01. Juli 2018

Arianna

Ein grelles Leuchten flutete über die Insel. »Es ist Scorpio!« Der Ruf schallte bis zur Brücke hoch und Arianna bekam eine Gänsehaut. Konstantin hatte den richtigen Instinkt bewiesen und die ausgerissenen Zeichen entdeckt. Einerseits war sie froh darüber. Endlich hatte die Suche ein Ende! Andererseits bekam sie es mit der Angst zu tun. Das Kräfteverhältnis auf der Insel war komplett unausgeglichen. Zurzeit stand es vier zu eins.

Antares schoss als Erster davon.

»Wir müssen hinterher!«, rief Arianna ihrem Stern zu und rannte los. Aldebaran folgte dichtauf.

Es war hilfreich, das rote Leuchten an der Seite zu haben. Dadurch wurde das Unterholz erhellt und Arianna hastete über die Insel, ohne einen Sturz befürchten zu müssen.

Vor ihr brach Holz und Wasser rauschte. Der nächste Schritt durchnässte ihre Schuhe. Der Kampf war voll im Gange. Sie musste Konstantin dringend helfen! Wozu war sie sonst die ganze Zeit an seiner Seite geblieben, wenn sie jetzt untätig blieb?

Das Erste, was Arianna sah, waren die kämpfenden Sterne. Antares versuchte immer wieder, zum Rand der Insel zu gelangen, doch wurde er von den gelben Sternen bedrängt und zurückgetrieben. Aldebaran eilte ihm umgehend zu Hilfe.

Wasser strömte über den Boden und reichte bis zu Ariannas Knien. Wo war Konstantin? Außer ihr selbst standen nur die Abtrünnigen auf der Insel. Noch hatte keiner von ihnen sie entdeckt, obwohl Aldebarans Erscheinen sie überrascht haben musste. Stattdessen starrten sie ins Wasser.

Antares näherte sich der Oberfläche und sein Licht schien bis an den Grund. Dann wurde er abgedrängt. Jetzt entdeckte Arianna es auch. Konstantin war unter Wasser! Panik erfüllte ihr Herz. Sie durfte nicht zu spät gekommen sein.

Wenn sie ihm eine Chance zum Auftauchen verschaffen wollte, musste sie das Wasser abstellen. Die Kraft in ihrem Inneren tobte und Arianna befreite sie mit Freuden. Sie stemmte sich gegen den Druck und machte schnell Boden gut.

Aquarius bemerkte sie als Erster. »Was willst du hier, Taurus?«

Pisces sah auf und musterte sie erstaunt.

Arianna musste sich beeilen. Vielleicht ließen sich die beiden überzeugen, schließlich hatten sie einst im selben Team gekämpft. »Hört auf! Ihr bringt Konstantin noch um!«

Pisces' Gesicht verfinsterte sich. »Und wenn schon! Was mischt er sich auch ständig ein?«

»Sag mal, spinnst du?!«, brüllte Arianna außer sich.

Jetzt sah sie rot. Jeder Schritt ging leichter und brachte sie näher. Ihre Muskeln brannten, was sie nur am Rande bemerkte. Aquarius schleuderte Windböen auf sie zu. Arianna stemmte sich dagegen und ließ sich davon nicht beeindrucken. Sie pflügte durch Wasser und Wind und hielt unbeirrt auf Pisces zu. Das Zeichen der Fische war die größere Gefahr.

Ohne Vorankündigung rammte Arianna ihm die Faust in den Magen. Röchelnd ging Pisces in die Knie und der Wasserfluss stoppte zeitgleich. Besorgt beugte Aquarius sich zu seinem Freund, der nun seinerseits nach Atem rang.

»Mach das noch mal und es setzt richtig Prügel!«, knurrte Arianna.

Sie wandte sich ab und stürmte zum Ufer. Konstantin hing reglos am Rand der Insel. Sein Unterleib war immer noch im Wasser. Er wirkte leblos. Mit aller Kraft zog sie ihn aus dem Main. Der Boden war aufgeweicht und sie versanken halb im Matsch. Sie prüfte Konstantins Puls, war sich bei den zitternden Händen jedoch nicht sicher, ob sie etwas fühlte.

Dadurch, dass Arianna Pisces außer Gefecht gesetzt hatte, ließ sein Stern von Antares ab und eilte zu seinem Gegenstück. Konstantins Stern sank auf dessen Brust und strahlte hell. Arianna schirmte die Augen ab. Es dauerte, bis er hustete, sich auf die Seite rollte und schwallweise Wasser erbrach.

»Verfluchte Scheiße!«, stieß Konstantin hervor, sobald er halbwegs Luft bekam. »Ich dachte wirklich, dieses Mal hätte er mich.«

»Geht's wieder?«, fragte Arianna besorgt.

Er sah alles andere als fit aus.

Aquarius setzte Wind gegen sie ein. Arianna stieß die Fersen in die Erde und schirmte Konstantin ab. Die Luft schob sie ein Stück vorwärts. Ihren eigenen Kräften sei Dank hielt sie stand.

Antares schoss in die Luft. Wurde er davongeweht? Bedächtig erhob sie sich und achtete darauf, dass Konstantin im Windschatten blieb. Arianna mobilisierte die Kraft, die sie in sich hatte, und stemmte sich gegen den Druck. Ihre Augen tränten. Aquarius griff vom Boden aus an. Pisces hatte sich von dem Schlag bisher nicht erholt. Geschah ihm nach der Aktion recht.

Von oben stieß Antares gegen den ausgestreckten Arm und beendete die Attacke. Fluchend schüttelte Aquarius die Hand aus. Arianna baute sich vor ihm auf, packte ihn am Kragen und zog ihn auf die Füße. Mit aufgerissenen Augen starrte er zu ihr runter, als fasste er nicht, dass auch sie hier und gegen ihn war.

Arianna war stinksauer über das, was Konstantin passiert war. »Kommt ihr freiwillig mit oder muss ich euch den ganzen Weg zu Selene hinter mir herschleifen? Glaub mir, ich tu's!«

Um den Worten Nachdruck zu verleihen, drehte sie das Handgelenk und schnürte Aquarius die Luft ab. Eine Hand legte sich auf ihre Schulter.

»Ich danke dir für die Hilfe. Langsam solltest du den Berserker-Modus runterfahren. Wir brauchen sie in einem Stück.« Der Klang von Konstantins Stimme beruhigte Arianna. Obwohl sie rauer als sonst war.

Sie lockerte den Griff und stieß den hustenden Aquarius in seine Richtung. Dann bückte sie sich nach Pisces und zog ihn hoch.

»Eine falsche Bewegung und ihr kotzt die ganze Nacht«, drohte Konstantin. »Ein Teil von mir wünscht sich wirklich, dass ihr so blöd seid.«

»Leck mich, Scorpio!«, stieß Aquarius wütend aus, davon abgesehen blieb er friedlich und suchte den Blick seines Partners.

Pisces taumelte leicht an Ariannas Seite. Hatte sie ihn so schlimm erwischt? Bei dem Schlag hatte sie sich schon fast in der Raserei verloren. Er war zu fest ausgefallen.

Konstantin und Arianna führten die Ausreißer über die Insel und die Treppe hinauf. Zurück auf der Brücke, atmete sie erleichtert durch. Sie hatten es fast geschafft. Über ihnen zankten sich die Sterne und stießen sich manches Mal an, ohne es wirklich ernst zu meinen.

Im Licht der Straßenlaternen sah sie, wie übel die beiden Konstantin mitgespielt hatten. Er starrte vor Dreck. Die nackten Arme und sein Gesicht waren von unzähligen Kratzern und kleinen Wunden übersät.

»Alles okay mit dir?«, fragte sie besorgt. Inzwischen hatte Arianna sich beruhigt und wieder vollkommen unter Kontrolle.

»Nichts, was Antares nicht hinbekommt.« Er schob Aquarius vor sich her. »Sobald wir die beiden abgeliefert haben, kann er sich darum kümmern.«

»Wie kannst du nur in jedem Leben so furchtbar verblendet sein? Lernst du nie etwas dazu? Du bist eine Marionette und merkst es nicht mal«, stieß Aquarius verächtlich aus.

»Was soll das heißen?«, fragte Arianna irritiert.

Konstantin schob ihn weiter. »Lass ihn reden. Davon hält man ihn sowieso nicht ab.«

Aquarius witterte offenbar eine Chance auf Gehör und verdrehte den Kopf, um Arianna beschwörend anzusehen. »Ihr begeht einen schweren Fehler. Wieso hilfst du ihm? Was hat sich geändert?«

Ihr neu entdecktes Gefühlsleben wollte Arianna nicht in aller Öffentlichkeit ausbreiten. Zumal sie die beiden kaum noch kannte. Vor Jahrhunderten hatten sie sich aus den Augen verloren. »Warum ist es ein Fehler? Was ist falsch daran, die Liebe seines Lebens zurückbekommen zu wollen?«

»Bist du so blöd oder tust du nur so?« Pisces hatte sich etwas erholt und sah Arianna über die Schulter hinweg an, als hätte sie nichts Dümmeres sagen können.

Vor Empörung ließ sie ihn fast los. Schnell verstärkte sie den Griff.

»Schatz, sei nett«, meinte Aquarius versöhnlich, »Beleidigungen bringen uns nicht weiter.«

»Ist doch so. Was kann ich dafür, wenn Taurus so naiv ist?«

»Hab ich dir doch gesagt«, seufzte Konstantin, ohne auf das Gerede der beiden einzugehen.

Aquarius' Tonfall blieb freundlich. »Was Selene veranstalten will, ist ein uralter Blutzauber, den sie einst von Hades selbst bekommen hat. Das dürfte eigentlich alles sagen.«

»Erzähl das deinem Friseur«, antwortete Konstantin genervt.

»Na schön, wenn du es eh nicht hören willst, tu mir nur einen Gefallen und denk mal darüber nach, was du nach Selenes letztem Scheitern getan hast. Wie hast du dein Leben gelebt?«

Konstantin ging nicht darauf ein und schob den störrischen Wassermann weiter. Jedes Mal, nachdem er die beiden eingefangen hatte, versuchte besonders Aquarius, ihn auf seine Seite zu ziehen und die Loyalität zu Selene zu untergraben.

Sie mieden sowohl die U-Bahn als auch belebte Straßen oder Plätze mit Kneipen, die selbst zu später Stunde Menschen anzogen. Das erschwerte den Weg zum Hotel, doch wurden sie nicht aufgehalten. Zweimal mussten sie die abtrünnigen Zeichen bändigen, als diese versuchten zu entkommen. Doch letztendlich erreichten sie ihr Ziel.

Der Portier und die Nachtrezeptionistin sahen sie schockiert an, sobald das Quartett durch die Glastüren des Hotels trat und Konstantin Matschflecken auf dem teuren Teppich hinterließ.

Ein Mitarbeiter eilte empört auf sie zu. »Kann ich Ihnen helfen?«, fragte er streng. Hilfe war das Letzte, was er anbot. Gleich rief er den Sicherheitsdienst.

Konstantin kramte in der Hosentasche und drückte dem Mann die ebenfalls matschige Schlüsselkarte in die Hand. »Sie können tatsächlich etwas tun und den Fahrstuhl für uns rufen«, entgegnete er liebenswürdig.

Verblüfft betrachtete der Mann die kleine schwarze Karte und wurde blass. »Selbstverständlich«, stammelte er, lief voraus und hielt ihnen den Fahrstuhl auf.

Konstantin nahm die Karte lächelnd entgegen und bedankte sich. Dann begann die Fahrt nach oben und Aufregung erfüllte Arianna. Die wochenlange Arbeit zahlte sich endlich aus. Die Zeichen waren vollzählig, Konstantins Aufgabe erledigt. Hoffentlich fand er jetzt ein bisschen Frieden.

Ausgeliefert in mehrfacher Hinsicht

Frankfurt am Main, Innenstadt
01. Juli 2018

Konstantin

Die Gespräche verstummten, sobald sich die Aufzugtüren öffneten und Konstantin den sich immer noch sträubenden Aquarius ins Zimmer schob. Die Morgendämmerung nahte und Selene hatte sich bei den Zeichen im Wohnzimmer eingefunden. Mit breitem Lächeln erhob sie sich.

»Da seid ihr ja!«, begrüßte sie die Abtrünnigen, als hätten sie sich bloß ein wenig zur Party verspätet.

Pisces sah sich verstohlen um. Eine Flucht war gleichermaßen zwecklos wie unmöglich. Nicht nur Selene wollte endlich ihr Ziel erreichen. Alle Anwesenden dachten ähnlich darüber. Zwar war Konstantin der Einzige, der sie aktiv jagte, doch nun, da sie sich im Einflussbereich der Göttin aufhielten, ließen die Zeichen sie nicht gehen. Dazu wollten sie den Schlussstrich unter dieser Geschichte viel zu sehr.

Selene baute sich vor Aquarius auf und umfasste dessen Kinn. Die spitzen Fingernägel bohrten sich in seine Haut, dabei verzog er keine Miene. »Welche Ausrede für eure Untreue habt ihr dieses Mal?«

Er schwieg beharrlich und mied Selenes Blick.

»Nimm die Pfoten von ihm!«, blaffte Pisces und versuchte sich von Arianna frei zu machen.

»Es wird mir eine Freude sein, der Sache auf den Grund zu gehen. Das ist eine willkommene Abwechslung.«

Pisces bedachte die Göttin mit einem Blick, der töten konnte. Die zu Fäusten geballten Hände zitterten so stark, dass sein ganzer Körper bebte.

»Bleib ruhig«, beschwichtigte Aquarius seinen Freund. »Das bringt jetzt auch nichts mehr.« Er nuschelte, weil Selene den Unterkiefer so fest gepackt hielt.

»Dort drin werdet ihr bleiben, bis die Nacht der Finsternis gekommen ist.« Sie schnalzte mit der Zunge und deutete auf eine der Schlafzimmertüren. »Redet nicht mit den anderen oder versucht zu verschwinden.«

Hocherhobenen Hauptes schritt Aquarius an der Sitzgruppe, auf der sich die verbliebenen Zeichen eingefunden hatten, vorbei. Die meisten wichen dem herausfordernden Blick aus und sahen betreten zur Seite.

Pisces eilte ihm hinterher, sobald Arianna ihn losließ. Der Kampfgeist hatte ihn verlassen.

Selene streckte die Hand nach Konstantin aus und strich ihm über die Wange. Bei der Berührung schreckte er zurück. Ein Bild blitzte in seinen Gedanken auf, wie die Göttin ihn schlug. Es verschwand sofort wieder in seinem Unterbewusstsein. Er blinzelte benommen. »Haben sie dich verletzt?«

Konstantin war einerseits verwirrt und wollte sie gleichzeitig nicht beunruhigen. »Nichts, was Antares nicht wieder hinkriegt.«

Besorgt verzog Selene das Gesicht. »Das heißt, es ist schlimm?«

»Pisces hätte es fast geschafft, mich zu ertränken«, murrte Konstantin.

Die Göttin beugte sich vor und drückte ihm einen sanften Kuss auf die Stirn. »Ich bin froh, dass es ihm nicht gelungen ist. Ruh dich nun aus. Das hast du dir mehr als verdient. Ich bin sehr stolz auf dich.«

»Es ist mir eine Freude, meinen Teil zur Erfüllung deiner Wünsche beitragen zu können.«

Einen Augenblick wurden er und Arianna von Selene gemustert, bis sie die Hand zurückzog und sich von ihnen entfernte. Sie steuerte das Schlafzimmer an, das während der nächsten Wochen ein Gefängnis darstellte.

»War das wirklich richtig?«, murmelte Arianna an seiner Seite, als Selene außer Hörweite war. Die Ereignisse der Nacht hatten sie sichtlich aufgewühlt. Kein Wunder, hatte sie heute zum ersten Mal gegen den Willen eines ihrer Gefährten gehandelt.

»Es war nötig.« Konstantins ganze Haltung war steif. Zwar hatte er beide Zeichen schon oft vor Selenes Füße geschleift, das machte es aber nur bedingt leichter. Eine Routine hatte er darin gewiss nicht.

»Das war keine Antwort.«

»Ich weiß es nicht. Lass uns gehen.«

Arianna verschränkte die Finger mit seinen und zog ihn zum Fahrstuhl. Während der Fahrt nach unten sagte sie: »Heute hatte ich zum ersten Mal Angst vor Selene.«

Er dachte an die vergessene Erinnerung, die ihn bei der Berührung der Göttin durchflutet hatte. Sie stammte aus seinem letzten Leben. Er hatte sich wiedererkannt. Wie es aussah, hatte Konstantin inzwischen mehr Erinnerungen als seine Gefährten, doch längst nicht alle. Durch die heutigen Erlebnisse keimte ein böser Verdacht in ihm. »Ja, ich auch.«

Zurück im Hostel legte Arianna sich schlafen, nachdem sie geduscht hatte. Konstantin hingegen fand keine Ruhe.

»Wann darf ich dich endlich zusammenflicken?« Antares umschwirrte ihn und bewertete dabei die sichtbaren Kratzer.

»Wenn du das jetzt machst, schlafe ich ein.«

»Und das ist ein Problem, weil …? Du hast alle gefunden, deine Aufgabe ist erfüllt. Niemand macht dir einen Vorwurf, wenn du die Zeit bis zur Finsternis langsam angehen lässt.« Antares' Licht flackerte aufgeregt.

Konstantin klappte den Laptop auf. »Ich will etwas herausfinden.«

»Was denn noch?«

»Mir fehlt mehr, als ich dachte«, erwiderte er bedeutungsschwer.

Antares wurde hellhörig. »Das kann nicht sein. Da war nichts mehr.«

»Wie erklärst du dir dann, dass ich mich seit der Übergabe von Aquarius und Pisces an etwas erinnere, was ich niemals für möglich gehalten hätte? Hältst du weitere Dinge vor mir zurück?«

»Ich dachte, das hätten wir längst geklärt.« Antares war sichtlich empört. »Ich war genauso von deiner gemeinsamen Vergangenheit mit Taurus überrascht wie du. Wenn ich mich für eine Seite entscheiden müsste, würde ich *immer* deine wählen. Wir sind schließlich das Gegenstück des jeweils anderen, dessen Ergänzung. Wie könnte ich dich hintergehen?«

Konstantin stieß hart die Luft aus. »Du hast recht, es tut mir leid.«

»Könnt ihr ein bisschen leiser sein? Arianna schläft und hat nach dem Kampf, den sie für dich ausgefochten hat, wenigstens ein bisschen Erholung verdient. Wovon sprecht ihr überhaupt?«, fragte Aldebaran.

Fast fiel ihm vor Schreck der Laptop vom Schoß. Den roten Stern, der sich ins Bett zu seinem Gegenstück gekuschelt hatte, hatte Konstantin vollkommen vergessen. Antares schwieg beharrlich und überließ es ihm, eine passende Antwort zu finden.

»Wenn sich meine Vermutung bestätigt, erzähle ich dir, was ich weiß.« Er wandte sich an seinen eigenen Stern. »Was habe ich gemacht, nachdem das Ritual in San José schiefgegangen war?«

Antares stutzte über den plötzlichen Themenwechsel. »Du bist in dein Elternhaus zurückgekehrt, hast eines Tages die Schusterei deines Vaters übernommen, geheiratet.«

»Also alles, was es für ein glückliches Leben braucht?« Während sie miteinander sprachen, war Konstantin fündig geworden. Es gab die Zeitungsredaktion noch, die die Bewohner von Costa Ricas Hauptstadt seit über einem Jahrhundert über die Geschehnisse ihrer Heimat auf dem Laufenden hielt. Er klickte sich durch die Webseite.

»Ja, es war ruhig. Das war jedes deiner Leben, sobald der stressige Teil vor dem Ritual erst mal vorüber war.«

»Wie alt bin ich geworden?«

»Alt.«

»Wie alt genau?«

Antares dachte angestrengt darüber nach. »Ich bin mir nicht mehr sicher. Solltest du das nicht selbst am besten wissen?«

»Das dachte ich auch, nur bin ich mir ebenfalls nicht sicher. Ich glaube, kurz vor der Vergreisung in meinem Bett gestorben zu sein.«

»Du glaubst?« Aldebaran erhob sich und kam näher. »Warst du im Alter dement und hast es deshalb vergessen?«

»Wie alt ist Taurus denn geworden?« Konstantin hatte das digitale Archiv der Zeitung gefunden. Wenn er jetzt mehr Glück als Verstand hatte, bekam er womöglich eine Antwort. Um vollen Zugriff zu erhalten, musste er den Service bezahlen. Das war das kleinste Übel.

Aldebaran flackerte. »Wieso weiß ich das nicht mehr?«

»Bist du danach nicht an ihrer Seite geblieben?«, fragte Antares.

Konstantin zog sein Portemonnaie aus der Hosentasche und gab die benötigten Kreditkarteninformationen ein. Das spanische Formular bereitete ihm keine Probleme. Von manchen Sprachen, die sein früheres Ich mal gesprochen hatte, bekam er nur noch ein paar Brocken zusammen, Spanisch wiederum war leicht. Diese Muttersprache hatte er schon öfter gehabt.

»Natürlich bin ich bei ihr geblieben! Was denkst du denn von mir?« Aldebaran reagierte mit der gewohnten Gereiztheit.

»War Taurus' Leben auch lang und erfüllt?«, fragte Konstantin.

»Ja.«

»Also ebenfalls alles wie immer.«

»Ganz genau!«, bekräftigte Aldebaran.

»Hatte sie Kinder?« Konstantin schloss den Vorgang ab und bekam Einblick in sämtliche zur Verfügung stehenden Jahrgänge.

»Ja, drei. Wird das ein Verhör?«

»Genau das ist es bereits. Wie hießen sie?«

»Wer?«

»Taurus' Kinder. Wenn du den Rest ihres langen und glücklichen Lebens bei ihr gewesen bist, dann wirst du auch ihre Kinder beim Aufwachsen begleitet haben, bis zu dem Zeitpunkt, an dem sie flügge wurden und ihre Mutter verließen, um ein eigenes Leben zu führen. Vielleicht hatte sie im Alter sogar Enkelkinder? Dass du von denen noch die Namen kennst, erwarte ich gar nicht, aber was ist mit den eigenen Kindern? Wie hieß ihr Mann?« Während er sprach, geriet das rote Leuchten immer stärker aus dem Takt. Seine provozierenden Worte wühlten den Stern sichtlich auf.

»Ich weiß es nicht. Nichts von alledem«, hauchte sie.

»Also das Gleiche wie bei uns. Ist das nicht seltsam? Ich weiß genau, wie ich versucht habe, das Ritual zu einem Erfolg zu führen. Was die Zeit danach betrifft, herrscht verwaschene Glückseligkeit.«

»Es fehlen die Details«, sagte Antares. »Was bedeutet das?«

»Das will ich herausfinden.« Bisher hatte Konstantin nicht das Bedürfnis verspürt, in früheren Leben herumzustochern. Das lag zum einen daran, dass er sich immerhin an alles erinnern konnte – oder es bis eben noch geglaubt hatte –, zum anderen war es vor dem digitalen Zeitalter deutlich schwieriger gewesen. Er müsste das Land verlassen und in staubigen Stadtarchiven wühlen. Wenn er in einem Jahrhundert zurückblicken würde, gäbe es irgendwo bestimmt noch ein verstaubtes Instagram-Profil von Konstantin Rauch aus Frankfurt, auch wenn er dann längst ein anderer war.

Er scrollte sich bis zu dem Jahr der letzten totalen Sonnenfinsternis, an der sie ihr Glück versucht hatten, durch das Archiv. Am Tag der Finsternis selbst befasste sich das Titelthema mit einem Großbrand in der Altstadt. Zufälligerweise kannte Konstantin nicht nur den Verursacher, sondern auch die Umstände, wie es dazu gekommen war. Bei einem Kampf gegen Kratos hatten sich Leos Kräfte verselbstständigt. Selenes Unterschlupf und die angrenzenden Häuser waren den Flammen zum Opfer gefallen. Für Cancer war jede Hilfe zu spät gekommen.

Sie war im Feuer eingeschlossen worden. Konstantin hatte alles versucht, um an sie ranzukommen, doch es war vergebens gewesen. In der kommenden Nacht waren sie unvollständig gewesen und hatten nicht mal versuchen können, den Bann zu brechen, der Endymion in seinen Träumen auch heute noch gefangen hielt.

Die Schlagzeile des anschließenden Tages ließ Konstantin geräuschvoll nach Luft schnappen.

»Was hast du?« Antares klang alarmiert.

Aldebaran schwebte an Konstantins Seite. »Das glaube ich nicht!«

Der orangene Stern warf nun ebenfalls einen Blick auf den Bildschirm. »Das ergibt keinen Sinn.«

Es war von einem Massenmord die Rede.

Konstantin überflog den Artikel. Die Qualität des Scans war nicht besonders gut, weshalb es schwerfiel, die kleinen Buchstaben zu lesen. In einem Hinterhof hatte man neun Leichen gefunden. Alle waren durch einen Stich ins Herz getötet worden und hatten dabei keine sichtbare Gegenwehr geleistet. Eine Liste der Opfer gab es ebenfalls. Konstantins Magen wurde zu einem eisigen Klumpen, sobald er die Namen seiner Gefährten las. Dann stutzte er.

Es war sein eigener Name und die der beiden notorischen Ausreißer, die nicht mit aufgeführt waren.

»Hatten uns die Götter angegriffen?« Aldebaran überlegte laut.

»Nein.«

»Wieso bist du so sicher?«, fragte Antares.

»Daran müsste zumindest *ich* mich noch erinnern. Wie es aussieht, durfte ich länger als der Rest leben.« Konstantin durchforstete angestrengt seine Erinnerungen. Vom Tod seiner Gefährten war dort … nichts.

»Weißt du, was aus dir geworden ist?«, fragte Antares.

»Bisher nicht. Als Selene mich vorhin berührte, kam ein Bruchstück hoch. Ich habe gesehen, wie sie mich schlug.«

»Unmöglich!« Aldebaran erstrahlte grell. »Sie ist die Sanftmut in Person und beschützt uns. Noch nie ist sie gegenüber ihren Getreuen handgreiflich geworden.«

»Es war nur ein Sekundenbruchteil. Vielleicht irre ich mich.« Konstantin wollte es selbst nicht glauben. Konnten sie sich in Selene täuschen? Sobald er diese Möglichkeit in Betracht zog, begann alles zu bröckeln, wofür sie standen. Selene hatte sie befreit und gerettet. Es war undenkbar, von ihr hintergangen zu werden.

Antares blieb ruhiger. »Hast du dafür irgendwelche Anhaltspunkte? Wir können nicht einfach mit solchen Anschuldigungen um die Ecke kommen ohne Beweise. Niemand würde uns glauben.«

»Was ist mit den Erinnerungen an meine Liebe zu Taurus? Wer hätte etwas davon, mir die zu nehmen?«

»Das weiß ich nicht«, räumte Antares ein.

Aldebaran war noch weniger davon überzeugt. »Was soll Selene denn davon haben? Sie verbietet niemandem die Liebe. Leo und Virgo sind in jedem Leben ein Paar, ebenso Aquarius und Pisces. Sie selbst strebt nach der Vereinigung mit ihrem Liebsten.«

Es war zugegebenermaßen schwer, ein Gegenargument zu finden. »Ich werde noch ein bisschen weitersuchen. Vielleicht finde ich heraus, was aus meinem früheren Ich geworden ist.«

An deiner Seite

Frankfurt am Main, Bornheim
01. Juli 2018

Arianna

In Konstantins Armen zu erwachen war ein tröstliches Gefühl. Der gestrige Tag oder vielmehr die heutigen Morgenstunden verstörten sie. Anfangs war Arianna froh über die Entdeckung der Ausreißer gewesen, dann hatte das Adrenalin des Kampfes alle anderen Gefühle verdrängt. Kaum hatten sie Aquarius und Pisces bei Selene abgeliefert, zweifelte Arianna an der Rechtmäßigkeit ihrer Tat. Sie hatte ein schlechtes Gefühl bei der Sache, auch wenn sie nicht benennen konnte, woher das kam.

Neben ihr rührte sich Konstantin. Langsam öffnete er die Augen und sah sie schlaftrunken an. »Guten Morgen«, murmelte er und drückte ihr einen Kuss auf die Stirn.

Arianna kicherte. »Es ist längst Nachmittag.«

»Willst du mir etwa Vorwürfe machen? Ich wäre gestern fast ertrunken. Die Pause hatte ich bitter nötig, wenn man bedenkt, wie wenig ich während der letzten Wochen geschlafen habe.«

»Ach komm, ich habe dich doch gerettet«, neckte sie.

Konstantin seufzte. »Stimmt. Habe ich mich dafür schon richtig bei dir bedankt?«

Arianna klimperte unschuldig mit den Wimpern. »Irgendwie nicht.«

»Dann sollte ich das dringend nachholen.«

»Was schwebt dir vor?« Arianna spürte Wärme in sich aufsteigen und wurde von Vorfreude erfüllt.

»Ich verschwinde kurz im Bad, dann kümmere ich mich um dich.«

»Okay, lass mich nicht so lange warten«, erwiderte sie.

»Niemals.« Konstantin gab ihr einen flüchtigen Kuss auf die Wange und sprang regelrecht aus dem Bett.

Nach ein paar Minuten hörte sie das Rauschen der Dusche. Ein Lächeln stahl sich auf ihre Lippen und eine Idee keimte in ihr. Arianna kroch ebenfalls unter der Decke hervor, zog sich Shirt und Slip aus und schlich auf Zehenspitzen zur Badezimmertür.

Dort angekommen, huschte sie hinein. Der winzige Raum war von Dampf erfüllt und die Duschwand war auch schon beschlagen. *Nicht mal in Ruhe spannen konnte man hier!*

»Arianna?«

»Ich müsste auch duschen. Also dachte ich, das erledigen wir in einem Abwasch.« Genau genommen hatte sie vorm Schlafengehen geduscht. Ja, es war nur ein billiger Vorwand. Wer konnte es ihr verdenken, wenn man bedachte, wie Konstantin sie bisher auf Abstand hielt? Sie ging näher heran und versuchte, etwas durch die Glastüren zu erkennen.

Das Wasser wurde abgestellt und Konstantin angelte sich das Handtuch vom Haken. Was sollte das denn?

»Schade, da kommst du zu spät, bin schon fertig.«

»Das waren doch keine fünf Minuten«, merkte Arianna irritiert an.

Die Tür der Kabine öffnete sich und Konstantin kam heraus, das Handtuch um die Hüften geschlungen. »Ich bin schnell.«

Er sah ihr weder in die Augen noch ließ er verstohlene Blicke über ihren nackten Körper wandern. Stattdessen starrte er stur auf den Boden. Was hatte er für ein Problem?

»Wenn du magst, kannst du jetzt unter die Dusche. Lass dir ruhig Zeit. Ich warte nebenan.« Mit diesen Worten rauschte er an ihr vorbei und flüchtete regelrecht zurück ins Zimmer.

Tja, die gemeinsame Dusche konnte Arianna sich offensichtlich abschminken. Sie fühlte sich vor den Kopf gestoßen. Zwar war Konstantin höflich, trotzdem klang es in ihren Ohren nach einer Abfuhr. Ihm jetzt direkt hinterherzulaufen war Arianna zu blöd. Daher ging sie zur Toilette, putzte sich die Zähne und stieg anschließend unter die Dusche. Dort ließ sie sich Zeit. Tränen drückten hinter ihren Augen. Sie wollte nicht losheulen. Bestimmt hatte Konstantin es gar nicht böse gemeint, sondern nicht kapiert, worauf sie angespielt hatte.

Das war Quatsch! Seit ihrem ersten Kuss waren sechs Wochen vergangen. Während der ganzen Zeit hatte Arianna ihn nicht ein Mal nackt gesehen. Selbst wenn sie sich nach dem Schlafen anzogen, erledigte Konstantin das immer im Badezimmer. Schüchtern war eigentlich keiner von ihnen. Falsche Scham war nicht angebracht. Sie kannten sich wortwörtlich ewig.

Schämte er sich vielleicht oder versteckte etwas? Aber warum sollte er? Das, was Arianna bisher von ihm gesehen hatte, war wirklich nicht von schlechten Eltern. Warum also zeigte er sich ihr nicht? Ein Stechen meldete sich in Ariannas Brust.

Entschlossen wickelte Arianna sich in ein knappes Handtuch und ging zurück ins Zimmer. Konstantin saß auf dem Bett. Er hatte allen Ernstes Jeans angezogen. Dafür war sein Oberkörper nackt. Die feuchten Haare in der Stirn verliehen ihm etwas Verwegenes. Dieses Mal sah er genauer hin. Arianna spürte den heißen Blick auf der Haut. Ihm gefiel ganz eindeutig, was er sah. Warum griff Konstantin nicht zu und nahm es sich? Sie wollte es, wollte ihn!

Das Handtuch fiel zu Boden und Arianna präsentierte sich ihm. Sein Adamsapfel zitterte, als er schwer schluckte. »Was machst du da?«

Sie spielte den Ball zu ihm zurück. »Was glaubst du denn, was ich mache?«

»Du willst mich um den Verstand bringen«, murmelte er mit rauer Stimme.

»Kann schon sein.« Arianna setzte sich auf seinen Schoß und schmiegte sich an ihn. Durch die Hose spürte sie seine Härte. Konstantin wollte sie. Sie küsste ihn und rieb sich mit dem Becken nachdrücklich an ihm.

Nach kurzer Zeit zog er sich stöhnend zurück. »Ich wollte mich doch bei dir bedanken, nicht umgekehrt.«

»Das eine muss das andere ja nicht ausschließen.«

»Erst mal bist du dran.« Er drehte sich zur Seite und legte Arianna sanft auf dem Bett ab. Konstantin beugte sich über sie und neckte ihre Lippen.

Sie erwiderte den Kuss und zog ihn fest an sich. Er sollte nicht auf die Idee kommen, einen Rückzieher zu machen. Arianna wollte endlich mit ihm schlafen. Etwas, das Konstantin – der Beule in seiner Hose nach zu urteilen – auch wollte.

Der Kuss wurde drängender. Sie fuhr über die harten Muskeln und klammerte sich an seinen Rücken. Konstantin löste seine Lippen von ihren und wanderte am Hals entlang. Er atmete schwer und war dabei, sich tieferzuschieben. Arianna packte ihn am Hosenbund und hielt ihn fest.

»Das musst du nicht. Ich bin längst bereit für dich. Ich will dich so sehr. Bitte …«, flehte sie. Noch länger hielt Arianna diese Folter nicht aus.

Konstantin erstarrte und haderte mit sich. Er senkte die Stirn auf ihre Schulter und schnaufte. In der Zwischenzeit machte sie sich über den Knopf und Reißverschluss seiner Jeans her.

»Nicht, dafür haben wir keine Zeit.« Konstantin entzog sich ihr und setzte sich auf. Schon wieder!

»Dafür hat man immer Zeit«, versuchte sie es, obwohl sie bereits ahnte, dass es vergebene Liebesmüh war.

»Wir müssen reden.« Konstantin stand auf und ging zum Kleiderschrank.

»Ich liege nackt in deinem Bett und du willst lieber mit mir reden?« Wieder kämpfte sie mit den Tränen. Die Zurückweisung tat weh.

Er steckte mit dem Kopf im Schrank und kramte energisch darin herum. Die Kleiderbügel klapperten aneinander. »Ich habe etwas herausgefunden, was mir keine Ruhe lässt.«

»Du weichst mir aus!«, warf Arianna ihm vor. »Wieso? Wo liegt das verdammte Problem?«

»Ich kann nicht, okay?«, donnerte Konstantin und schlug die Schranktür zu.

»Und warum nicht?«

»Weil … Es geht einfach nicht. Etwas stimmt nicht mit unseren Erinnerungen. Ich will bei dir sein und wünsche mir nichts sehnlicher. Nicht erst, seit ich von unserer vergangenen Liebe erfahren habe. Gleichzeitig will ich das Weite suchen, sobald wir beide uns näherkommen.« Mit ruckartigen Bewegungen zog er das Hemd, das er aus dem Schrank gezogen hatte, über die Schultern und wich ihrem Blick aus.

»Warum willst du vor mir davonlaufen? Bist du mich schon leid?« Arianna stand ebenfalls auf. Diesen Streit wollte sie auf Augenhöhe führen.

Konstantin schluckte angestrengt. »Das will ich doch gar nicht.«

»Du tust es gerade.« Bockig verschränkte sie die Arme.

Mit flinken Fingern schloss er die Jeans, an der Arianna sich zu schaffen gemacht hatte. »Ich habe dir etwas verschwiegen, nicht weil ich es verbergen will. Zunächst musste ich mehr herausfinden.«

Ihr Gemüt kühlte sich so weit ab, dass sie halbwegs sachlich argumentieren konnte. »Was hast du herausgefunden?«

»Lass mich dich erst noch etwas fragen.«

Arianna nickte.

»Wie oft waren wir schon ein Paar?«

Was sollte das denn jetzt? »Es ist das erste Mal, wie du wissen solltest.«

Konstantin seufzte schwer. »Das habe ich befürchtet. Dann bist du auch davon überzeugt, dass wir uns eigentlich gar nicht leiden können?«

»Na ja, vor Ewigkeiten hätte sich mal fast etwas zwischen uns angebahnt. Ich hatte mir wirklich Hoffnungen gemacht, doch du hast mich ohne Erklärung fallen lassen.«

»Nein, habe ich nicht.« Er ließ sie nicht aus den Augen, als wog er jede ihrer Reaktionen genau ab.

»Doch, natürlich. Daher kam ja auch mein Groll, den ich gegen dich gehegt habe. Dir war es vielleicht nicht so wichtig, weswegen du es inzwischen vergessen hast. Mir hat es viel bedeutet.« Es war Arianna egal, ob sie damit ihre Verletzlichkeit preisgab. Konstantin konnte ruhig wissen, wie sehr sie mit seiner Ablehnung hatte kämpfen müssen.

»Costa Rica, Indien, Spanien, China – wir waren in fast jedem Leben ein Paar.«

Jetzt kam sie nicht mehr mit. »Soll das ein Scherz sein? Falls ja, ist er nicht witzig.«

»Ich mache dir keinen Vorwurf. Man hat mich auch vergessen lassen.« In der Zwischenzeit hatte Konstantin das Hemd zugeknöpft.

»Tut mir leid, ich kann dir nicht folgen. Wovon sprichst du?«

»Jemand hat nicht nur uns, sondern auch unseren Gefährten die Erinnerungen an uns beide genommen. Ich habe keine Ahnung, wozu das gut sein soll, doch ich habe mir vorgenommen, genau das herauszufinden.«

Konnte das wahr sein? Ja, Arianna hatte in jedem Leben widersprüchliche Gefühle gegenüber Scorpio gehegt. War es möglich, dass mehr dahintersteckte? »Wer, glaubst du, würde uns so etwas antun?«

»Ich will nicht glauben, was mein Verstand mir sagt.« In Konstantins Stimme klang eine merkwürdige Mischung aus Mutlosigkeit und Verwirrung mit.

»Sprichst du von Selene? Das würde sie nicht tun. Wir spielen im selben Team.« Wie konnte er nur so etwas Absurdes behaupten?

Konstantin zog das Handy aus der Hosentasche, wischte darauf herum und hielt es ihr hin. »Sieh selbst.«

Auf dem kleinen Bildschirm hatte Arianna einige Schwierigkeiten mit dem Artikel einer alten Zeitung. Sobald sie ihn entziffert hatte, stieß sie die angehaltene Luft aus. »Ich kann mich nicht daran erinnern, dass das passiert ist. An meinen eigenen Tod müsste ich mich doch erinnern.«

Konstantins Blick war nicht zu deuten. »Wenn du wissen willst, was in Costa Rica aus mir geworden ist, sieh dir das nächste Bild an.«

Zögernd wischte Arianna zur Seite. Es war ein weiterer Zeitungsartikel, nur wenige Wochen später als der erste. Dieses Mal sogar mit einem Foto. Es zeigte eine andere Version des Mannes, der gerade vor ihr stand. In der Schlagzeile war von einem grausamen Mord die Rede. Jemand hatte das Opfer fast zur Unkenntlichkeit misshandelt und gefoltert. Ihr stiegen die Tränen in die Augen, während sie die Zeilen las, die das Ende von Scorpios letztem Leben beschrieben.

»Bis heute Morgen hatte ich keine Ahnung davon. Ich glaube immer noch, dass ich ein langes und glückliches Leben in der Schusterei meines Vaters geführt habe. Trotzdem behaupten unabhängige Zeitzeugen etwas völlig anderes.« Konstantin nahm ihr das Handy wieder ab und warf einen flüchtigen Blick auf das alte Foto. »So ist es auch mit meinen Gefühlen für dich. Ich erinnere mich daran, dich geliebt zu haben. Ich liebe dich jetzt in diesem Leben. Gleichzeitig steckt in mir der Drang, mich von dir fernzuhalten. Solange das so ist, kann ich nicht bei dir sein, nicht vollständig. Ein Teil von mir wird weiterhin protestieren und weglaufen wollen.«

»Du liebst mich?« Ariannas Stimme zitterte. Sie hatte nicht zu hoffen gewagt, diese Worte von ihm zu hören.

Sein Mundwinkel hob sich. »Ja, tue ich. Ich muss diesen widersprüchlichen Teil in mir zum Verstummen bringen, sonst macht er mich noch wahnsinnig, und genau das habe ich jetzt vor.«

»Wie willst du das anstellen?«

»Ich werde mit Selene reden. Sie muss wissen, was mit uns geschehen ist.«

Arianna war sich da nicht so sicher. »Wenn sich deine Vermutung bewahrheitet und es wirklich sie selbst war, die uns ermordet hat, begibst du dich in Gefahr.«

»Nein, das kann einfach nicht sein. Wenn sie es gewesen war, dann nur aus gutem Grund. Vielleicht wollte sie uns vor etwas beschützen?«

»Na schön, ich komme mit!« Arianna raffte ihre Klamotten zusammen und stieg so schnell hinein, wie sie konnte.

»Ins Hotel kannst du gern mitkommen. Zu Selene gehe ich allein. Sie soll nicht das Gefühl bekommen, unter Druck gesetzt zu werden.«

»Dann lass uns gehen.« Sie ergriff Konstantins Hand und ließ sie bis zum Unterschlupf der Mondgöttin nicht mehr los.

Freier Fall

Frankfurt am Main, Innenstadt
02. Juli 2018

Arianna

Arianna hatte es nur wenige Minuten an der Seite ihrer Gefährten im Wohnzimmer ausgehalten. Stattdessen war sie in das Schlafzimmer geflüchtet, in dem sie Konstantin zum ersten Mal geküsst hatte. Sie war viel zu nervös. Dadurch würden die anderen sofort merken, dass etwas in der Luft lag. War es richtig, Konstantin allein zur Göttin gehen zu lassen? Ein mieses Gefühl machte sich in ihrer Magengegend breit und war dabei, sich häuslich einzurichten. Wenn an den Vermutungen etwas dran war, begab er sich dann gerade in Gefahr?

»Willst du dich nicht setzen?«, fragte Aldebaran. Sie schwebte neben Antares knapp über dem Bett. Die beiden Sterne hatten sie begleitet.

Arianna fuhr mit dem nervösen Marsch durch das Zimmer fort. »Ich kann mich jetzt unmöglich hinsetzen.«

»Es bringt doch nichts, dich so verrückt zu machen«, versuchte es Aldebaran vorsichtig.

»Das weiß ich ja, aber ich habe Angst.«

Ihr Leuchten nahm ab und Aldebaran klang kleinlaut. »Hätte ich es nicht selbst gesehen, würde ich es nicht glauben.«

Antares schwieg und behielt seine Gedanken für sich. Arianna betrachtete ihn argwöhnisch. »Du hast es schon länger gewusst, nicht wahr?«

Kurz flackerte Konstantins Stern, bis er sich wieder fing. »Schon vor einigen Wochen haben wir bemerkt, dass unsere Erinnerungen unvollständig sind. Dass wirklich Selene dahinterstecken soll … Ich weiß nicht, was ich davon halten soll. Sie würde uns nicht hintergehen.«

Arianna näherte sich dem Bett. »Wie seid ihr daraufgekommen?«

»Konstantin hat nach dem Besuch bei Libra keine Ruhe gefunden. Das ist für ihn nicht unbedingt etwas Neues, doch dieses Mal wirkte er gehetzter als üblich. Er hat darauf bestanden, dass seine Erinnerungen und Gefühle nicht zusammenpassen, und mich gebeten, noch einmal so zu tun, als wolle ich ihn erwecken. Dabei sollte ich mich speziell auf dich konzentrieren – und siehe da, er hatte recht. Ihr beide habt eine aufregende Vergangenheit hinter euch. Zu schade, dass du nichts mehr davon weißt.«

»Erzähl es mir.«

Während der nächsten Stunde berichtete Antares von den Erlebnissen, die er zusammen mit Konstantin aufgedeckt hatte. Die meisten davon waren friedlich und romantisch. Den Geschichten – denn für Arianna fühlte es sich nicht wie ihre Erinnerungen an – zu lauschen lenkte sie ab und wühlte sie gleichermaßen auf. Es klang zu schön, um wahr zu sein. Sollte all der Gram nur ein Hirngespinst gewesen sein?

Mutlos sank Arianna aufs Bett und vergrub das Gesicht im Kissen. Länger ließen sich die Tränen nicht zurückhalten. Sie spürte Aldebarans sanfte Wärme neben sich und beobachtete aus dem Augenwinkel das langsame Pulsieren, das ihr Stern dann anstimmte, wenn sie Trost brauchte. »Wenn du dich beruhigt hast, können wir das auch versuchen. Vielleicht bekommen auch wir diese Erinnerungen zurück.«

Schwaches Licht fiel durch die großen Fenster und kündete von einem neuen Tag. Arianna schreckte hoch. Sie war allein, war das Erste, was sie feststellte. Die Sterne waren mit der aufgehenden Sonne verblasst und auch Konstantin war nicht an ihrer Seite. Wie hatte sie nur einschlafen können?! Warum hatte Konstantin sie nicht geweckt? Wo war er?

Beunruhigt stand sie auf und öffnete leise die Tür zum Wohnzimmer. Es war erst kurz nach sieben und sie wollte niemanden wecken. Die meisten Sternzeichen waren eher nachtaktiv. In den dunklen Stunden waren sie stärker und nur dann konnten sie Zeit mit ihren Sternen verbringen.

Bis auf Pisces und Aquarius, die im dritten Schlafzimmer weggesperrt waren, hielten sich alle anderen Zeichen im Wohnzimmer auf. Alle bis auf Konstantin. Ihre Gefährten hatten es sich auf den Sofas, Sesseln oder Matratzen gemütlich gemacht.

Am liebsten hätte Arianna lauthals geflucht. Wenn Konstantin sich noch immer in der Suite aufhielt, wovon sie ausging, dann blieb nur noch ein Raum, in dem er sein konnte. Konnte er wirklich so lange bei Selene geblieben sein? Normalerweise dauerten ihre Besprechungen viel kürzer.

Auf Zehenspitzen schlich sie zur Schlafzimmertür und legte das Ohr ans Türblatt. Von drinnen war kein Laut zu hören.

»Was machst du denn da?«

Arianna erstarrte und biss sich auf die Lippe, um einen kleinen Aufschrei zu unterdrücken. Sie wirbelte herum und entdeckte Leo, der sich in einem der Sessel aufgerichtet hatte und sich verschlafen die Augen rieb.

Sie wagte es nicht, direkt vor der Tür etwas zu sagen, darum ging Arianna zu ihm. »Ich suche Konstantin. Ist er zwischendurch rausgekommen?«

»Nee, hab ihn nicht gesehen«, murmelte Leo und hatte die Augen schon wieder halb geschlossen. »Vielleicht ist er erst gegangen, als ich geschlafen habe.«

Sie ballte die Hände zu Fäusten und überlegte, was sie jetzt tun sollte. Allem Anschein nach war Konstantin in diesem Schlafzimmer. Ihr Blick huschte zur Garderobe. Dort hing seine schwarze Jacke. Demnach hatte er die Suite noch nicht verlassen. Ohne sie wäre Konstantin nicht gegangen. Arianna hatte gesehen, wie er Schlüsselbund, Handy und Portemonnaie in den Taschen verstaut hatte. Ohne diese Dinge wäre er aufgeschmissen. Wenn sie wie versprochen auf ihn warten wollte, musste sie es hier tun. Schweren Herzens setzte Arianna sich auf einen freien Platz.

Leo rollte sich auf die Seite und schlief wieder ein. Sie war allein mit ihren Gedanken, die sich im Kreis drehten. Sie brauchte dringend eine Ablenkung, sonst würde sie in Selenes Schlafzimmer platzen.

Seufzend zog Arianna das Handy aus der Tasche und öffnete ein Spiel, bei dem sie nicht allzu viel nachdenken musste.

Es vergingen Stunden, bis ihre Gefährten nach und nach aufwachten. In der Zwischenzeit war Arianna zu einem nervlichen Wrack mutiert. Von Konstantin fehlte jede Spur. Er hätte doch längst zu ihnen stoßen müssen!

Erst gegen Mittag öffnete sich die Schlafzimmertür. Es war Selene, die herauskam. »Guten Morgen.« Sie grüßte ihre Getreuen nur knapp und sah sich suchend um. »Hat jemand bereits etwas zu essen bestellt?«

Vik meldete sich zu Wort. »Ja, ich. Es sollte bald kommen.«

»Sehr schön.« Selene wollte sich wieder in ihr Zimmer zurückziehen. Sie wirkte angespannt – kein Vergleich zu ihrer üblichen Ausgeglichenheit.

Arianna stand auf und rief sie zurück.

Mit gerunzelter Stirn betrachtete die Göttin sie. »Wie kann ich dir helfen?«

Nur nicht nervös werden. »Wo ist Konstantin?«

»Wer?«

»Scorpio meine ich. Ist er noch bei dir?«

»Warum interessiert dich das?« Nein, heute war sie wirklich nicht sie selbst. So feindselig hatte sie noch nie geklungen.

Arianna verschränkte die Finger, um nicht wild mit ihnen durch die Luft zu fuchteln. »Er hatte etwas mit mir besprechen wollen. Ich habe auf ihn gewartet. Worum es geht, weiß ich nicht.«

Selene beobachtete sie mit einem Ausdruck, den sie nicht deuten konnte. So abweisend kannte sie die Göttin nicht. Auch unter den Zeichen machte sich Unruhe breit. Etwas stimmte hier nicht. Das war offensichtlich.

Leo setzte sich auf. »Was ist mit ihm? Ist etwas passiert?«

Schlagartig wurde ihr Blick weich und die Göttin lächelte lieblich. »Ich habe ihm einen Wunsch erfüllt.«

Arianna bekam eine Gänsehaut. »Einen Wunsch?«

»Scorpio wollte vergessen. Er hatte so viel auf dem Herzen, dass es zu schwer für ihn wurde. Ich habe ihn gelassen. Was auch immer er mit dir besprechen wollte, er weiß es nicht mehr.« Jetzt hatte Selene die Aufmerksamkeit aller.

Die Züge entglitten Arianna ohne ihr Zutun. Das durfte sie einfach nicht getan haben! Bitte nicht! »Was genau bedeutet das?«

»Er ist ein unbeschriebenes Blatt. Ich habe einen Schwamm genommen und alles weggewischt, was ihn belastete.«

Bestürzt schlug Arianna sich die Hände vor den Mund. »Wie konntest du nur, nach allem, was er für dich getan hat? Du brauchst ihn noch!«

»Ich sagte es bereits, es war sein Wunsch.« Selene wurde ungeduldig. »Wenn es so weit ist, hole ich ihn zurück.«

Arianna schluckte angestrengt, ihr Blick wanderte zur Schlafzimmertür. »Wo ist er jetzt?«

»Ich weiß es nicht, er ging vor Stunden.« Selene wandte sie sich an Vik: »Sag mir Bescheid, sobald das Essen da ist. Ich habe Hunger.« Ohne weiteren Kommentar ging sie zurück in ihr Schlafzimmer.

Vor Wut und Angst bebte Arianna am ganzen Körper. Sie hätte ihn nicht allein lassen dürfen. Nun lief er seit Stunden durch die Stadt, ohne zu wissen, wer oder wo er war.

Die Zeichen sahen einander betreten an. Keiner von ihnen traute sich, auch nur ein Wort zu sagen. Sie alle kannten nur die liebevolle Seite der Mondgöttin. So wie gerade eben hatte sie sich noch nie benommen. Wenn Selene sich am Zeichen des Skorpions vergriff, das als treuestes von allen galt, dann lag wirklich etwas im Argen. Dessen war sich ein jeder der Anwesenden bewusst.

Leo stand ruckartig auf, er war blass. »Wir müssen ihn suchen.« Diese Worte gaben den Ausschlag.

Arianna stürzte regelrecht zum Fahrstuhl und schlug auf den Knopf. Sekunden später fuhren die Türen lautlos auf und sie trat gemeinsam mit Leo in die Kabine.

»Wie ist es bloß dazu gekommen?«, murmelte er fassungslos, sobald die Fahrt nach unten begann und niemand mehr lauschen konnte.

Arianna hielt es nicht länger aus und verlor die mühsam aufrechterhaltene Beherrschung. Schwere Tränen liefen über ihre Wangen. »Das ist alles meine Schuld!«

Leo musterte sie verblüfft. »Wie kommst du darauf?«

»Ich hätte ihn nicht allein gehen lassen dürfen«, flüsterte sie mit bebenden Lippen.

»Warum? Die beiden besprechen sich doch fast immer unter vier Augen. Wir stören da nur.« Leo klang ehrlich überrascht.

»Dann hat er dir gegenüber auch keine Andeutungen über seine neuesten Nachforschungen gemacht?«

»Das verstehe ich nicht. Was für Andeutungen denn?«

Konnte sie ihn einweihen? Die beiden waren in jedem Leben Freunde, das wusste Arianna. Trotzdem hatte Konstantin es ihm gegenüber nicht erwähnt. Wie sollte Leo verstehen, was hier vor sich ging, wenn er nicht alle Fakten kannte?

»Konstantin hat herausgefunden, dass wir nach dem letzten Fehlschlag allesamt getötet wurden. Er wollte Selene darauf ansprechen und herausfinden, was dahintersteckt.«

»Wie kommt er denn auf solche Ideen? Ich hatte ein langes und glückliches Leben.«

»Ja, bis gestern habe ich das auch geglaubt. Dann habe ich einen Zeitungsartikel gesehen, in dem es um unsere Ermordung ging.« Der Fahrstuhl erreichte das Erdgeschoss und Arianna war vollkommen aufgelöst.

Sanft schob Leo sie aus der Kabine. »Komm, wir müssen ihn finden, sonst läuft er noch dem Falschen über den Weg. Alles andere sehen wir dann.«

Arianna japste nach Luft. Daran hatte sie noch gar nicht gedacht! Bisher war ihre größte Sorge Konstantins Orientierungslosigkeit gewesen. Nicht auszudenken, was geschah, sobald er einem verfeindeten Gott in die Arme lief.

Im Laufschritt durchquerten sie die Hotellobby und achteten nicht auf die teils verwunderten, teils vorwurfsvollen Blicke der Angestellten und anderen Gäste.

Auf der Straße angekommen, sah Arianna sich suchend um. Natürlich war er nicht mehr hier. Konstantin hatte das Hotel vor Stunden verlassen. Er konnte sonst wo sein.

»Sollen wir die Polizei alarmieren und eine Vermisstenmeldung aufgeben?«

Leo sah sie schief von der Seite an. »Was willst du denen denn erzählen?«

»Das weiß ich doch auch nicht.« Arianna fühlte sich hilflos. »Wir können nicht die ganze Stadt allein durchkämmen und das zu Fuß.«

»Stimmt, da mein Auto Schrott ist, nehmen wir die Straßenbahn.«

Sie wollte Leo gerade darauf hinweisen, dass es der denkbar ungünstigste Moment für unpassende Scherze war, da fügte er hinzu: »Irgendetwas muss von ihm übrig geblieben sein. Ich kann nicht glauben, dass Selene wirklich sein ganzes Wesen auslöschen konnte. Schon gar nicht, wenn sie davon überzeugt ist, Kon jederzeit wiederholen zu können. Etwas von seinem Instinkt oder andere Bruchstücke muss es einfach noch geben. Wir suchen als Erstes an Orten, die ihm vertraut sind. Vielleicht hat ihn die Sinnkrise, die er zweifellos gerade durchmachen muss, an einen von ihnen geführt.«

Zwar war Arianna davon nicht ganz überzeugt, aber wenigstens war es ein Plan, den sie verfolgen konnten. Das war allemal besser, als ziellos durch eine Metropole zu laufen. Es reichte, wenn Konstantin das unfreiwillig tat.

»Wo willst du anfangen?«, fragte Arianna.

Leos Blick schweifte unbestimmt die Straße entlang. »Vor unserem Erwachen hat Kon studiert. Ich glaube, er hat dort in einem Wohnheim gelebt. Vielleicht finden wir ihn da. Wo er seitdem untergekommen ist, weiß ich nicht. Eventuell in seinem Elternhaus.«

»Er hat ein kleines Zimmer in einem Hostel in Bornheim. Ich weiß wo. Allerdings hat mir Konstantin nur wenig von seiner Familie erzählt, daher glaube ich nicht, es könnte ihn nach Hause verschlagen haben.« Wie Arianna wusste, hielt er alle Menschen, die ihm etwas bedeuteten, von sich fern, damit sie nicht seinetwegen zur Zielscheibe wurden.

»Okay, dann lass uns von vorn anfangen, soweit wir die Stationen kennen. Wenn wir ihn an keinem uns bekannten Ort finden, können wir immer noch an der Uni nach ihm fragen. Wie ich ihn kenne, war er ein fürchterlicher Streber, der einem im Gedächtnis bleibt. Und falls er auch nicht zu seinen Eltern zurück ist, dann, erst dann, versuchen wir es mit der Polizei. Sollte Antares keinen Kontakt zu uns aufnehmen, könnte eine Fahndung eine Alternative sein.«

An den Stern hatte Arianna gar nicht gedacht. Mit dem Sonnenuntergang würde Antares unweigerlich an Konstantins Seite auftauchen. Ob der sein Gegenstück ebenfalls sah, müsste sich zeigen. Schließlich hatte Arianna selbst ein paar Tage gebraucht, bis sie wieder in der Lage gewesen war, Aldebaran zu sehen. Blieb nur zu hoffen,

Konstantins Stern würde sich Hilfe suchen, sobald er erkannte, was geschehen war.

Ariannas schlechtes Gewissen wuchs mit jeder Sekunde mehr. Antares hatte an ihrer Seite ausgeharrt, anstatt wie sonst bei Konstantin zu bleiben oder im Wohnzimmer auf ihn zu warten. Wäre der Stern nicht bei ihr gewesen, hätte er Konstantins Verschwinden sofort bemerkt.

Niedergeschlagen kehrten Arianna und Leo ins Hotel zurück. Es war der letzte Ort, an dem sie jetzt sein wollte. Es half nichts. Die Sonne war vor Kurzem untergegangen und Aldebaran und Regulus begleiteten sie. Von Antares fehlte bisher jede Spur.

Sie hatten Konstantin nicht gefunden und Arianna hoffte, sein Stern hatte es geschafft. Falls nicht, wollten sie an einem Ort warten, zu dem Antares hoffentlich zurückkäme.

Der Fahrstuhl fuhr für Ariannas Geschmack viel zu schnell. Wie sollte sie sich in Selenes Nähe verhalten, ohne dass die Göttin Verdacht schöpfte? Würde Selene auch ihren Geist auslöschen, sobald sie sich auflehnte?

Die Türen glitten auf. Ein orangener Blitz schoss in die Kabine. Leo oder Arianna hatten noch keinen Schritt gemacht.

»Wo ist Konstantin? Ich kann ihn nicht finden!« Antares klang panisch und huschte wild umher, als müsste sein Gegenstück sich hinter einem von ihnen verstecken.

Ariannas Lippen bebten. Der letzte Hoffnungsschimmer zerbarst und ließ nichts als Verzweiflung zurück.

Leo räusperte sich. »Hat es dir noch keiner gesagt?«

»Was denn gesagt? Ich bin gerade erst hier angekommen, nachdem ich bei meinem Erscheinen nicht an Konstantins Seite war.«

Kurz entschlossen drückte Leo auf den Knopf für das Erdgeschoss. »Lasst uns in der Lobby sprechen. Selene sitzt sicher im Wohnzimmer.«

»Jetzt sagt mir endlich, warum ich ihn nicht mehr spüren kann!«, forderte Antares schrill. »Konstantin ist doch nicht etwa …«

»Er ist nicht gestorben«, stellte Leo schnell klar. »Selene hat ihn bestraft und seine Erinnerungen geraubt.«

»Warum …?« Antares wurde ruhiger und das nervöse Flackern ließ nach. Er trudelte in Ariannas Richtung. »Er ist mit dem, was er heute Morgen gefunden hat, kurzerhand zu Selene gegangen?«

»Er hat dich eingeweiht?«, fragte Leo.

»Nein, ich wusste nicht, was er vorhatte, sonst hätte ich ihm davon abgeraten. Die Erkenntnis, dass man ihm so viele Erinnerungen genommen hat, hat ihm zugesetzt.«

Leo betrachtete nachdenklich die Sterne. »Ihr habt wirklich keine Möglichkeit, Kon ausfindig zu machen? Wir suchen ihn schon den ganzen Tag, ohne heiße Spur.«

Regulus antwortete ihm: »Wir können unser Gegenstück spüren. Das ermöglicht es uns, immer an eurer Seite aufzugehen, sobald die Nacht hereinbricht. Wenn Selene diese Verbindung stören kann, ist Antares für Scorpio genauso blind wie wir.«

»Die Göttin selbst hat uns vom Himmel geholt und aus dem Exil befreit. Sie schuf unsere Verbindung. Diese zu zerbrechen oder zu blockieren dürfte ihr ein Leichtes sein«, meinte Aldebaran düster.

Zurück im Erdgeschoss verließen die fünf den Fahrstuhl. Arianna und Leo setzten sich in eine ruhige Ecke mit nur zwei Sesseln in der Nähe des Ausgangs. Da sie zu zweit waren, wunderte sich niemand über die vermeintlichen Selbstgespräche.

Die halbe Nacht beratschlagten sie sich und fanden doch keine Lösung. Arianna hatte sich an der hitzigen Diskussion kaum beteiligt. Die dunklen Gedanken wogen zu schwer und zogen sie runter. Es war weit nach Mitternacht, als sie den Kriegsrat beendeten. Morgen wollten sie weitersuchen. Dass Arianna in dieser Nacht Schlaf finden konnte, bezweifelte sie stark.

Wohin des Weges?

Frankfurt am Main, Sachsenhausen
05. Juli 2018

Kon

Seit über zwei Tagen irrte er durch die Stadt und wurde nicht schlauer. Er hatte keine Ahnung, wer er war und wohin er gehörte. Das Erste, an das er sich erinnerte, war, wie er mit leeren Taschen vor einem Nobelhotel gestanden hatte. Das Einzige, was ihm einen Hinweis auf sich selbst gab, war ein dünnes Lederband mit einem roten Stein, der leicht milchig war. Er hatte keine Ahnung, was es mit dem Anhänger auf sich hatte. Etwas sagte ihm, dass er wichtig war.

Blöderweise hatte er sich den Hotelnamen nicht gemerkt, geschweige denn den Stadtteil, sonst hätte er wenigstens einen Anhaltspunkt. Er war zu verwirrt gewesen und einfach losgelaufen. Erst später war ihm aufgegangen, was für ein dummer Entschluss das war. Wie sollte er herausfinden, wohin er musste, wenn er nicht wusste, woher er kam?

Es war nicht so, dass er alles vergessen hatte und hilflos wie ein Neugeborenes war. Er kannte den Namen der Stadt, wusste den der amtierenden Bundeskanzlerin und auch das aktuelle Datum. Er hatte auch nichts verlernt. So gesehen hatte er nur alles über sich selbst vergessen.

Auch wusste er noch, dass es nahezu unmöglich war, ohne Geld zu überleben. Die letzten beiden Nächte hatte er sich auf einem U-Bahn-Klo eingeschlossen und im Sitzen geschlafen. Dort hatte er sich außerdem notdürftig gewaschen. Der Magen knurrte und er verzog das Gesicht. Nicht schon wieder wollte er etwas zu essen klauen. Wenn das so weiterging, musste er das Schicksal als Obdachloser akzeptieren und das Betteln anfangen.

Eine unbestimmte Angst hielt ihn davon ab, ins Krankenhaus oder zur Polizei zu gehen. Dort konnte man ihm nicht helfen. Er hatte keine Ahnung, woher diese Überzeugung kam, doch sie war da und unverrückbar.

Ziellos lief er durch eine weitere Fußgängerzone und sah sich müde um, in der Hoffnung, ihm käme etwas bekannt vor. Er näherte sich dem Main. Obwohl ihm die Füße wehtaten, ging er immer weiter. Irgendwann musste er sich doch an etwas erinnern. Egal wie belanglos es auch wäre, es könnte die Lösung seiner Probleme sein.

Das Viertel, durch das er lief, ließ ihn unruhig werden, auch wenn er nicht wusste, woher dieses Gefühl kam. Eines der Häuser erregte seine Aufmerksamkeit. Es stach gar nicht heraus. Der Altbau mit Schieferfassade sah aus wie fast jedes andere Haus in dieser Gasse, doch trotzdem ließ es ihn die Marschrichtung ändern.

Ob er hier Antworten fand?

Im Erdgeschoss war ein kleines Geschäft untergebracht. Durch die Glastür und das große Schaufenster drang kein Licht. Die Innenjalousie war halb heruntergelassen. Es sah nicht so aus, als wenn geöffnet wäre. Er studierte das Schild überm Eingang. Es handelte sich um einen Blumenladen. Zwar hatte er nach wie vor kein Geld bei sich, trotzdem brannte in ihm das dringende Bedürfnis hineinzugehen.

Zu beiden Seiten der Tür standen große Blumenkübel. Die Pflanzen darin hatten definitiv schon bessere Zeiten gesehen. Vor einer Weile waren sie in der Sommersonne vertrocknet. Lediglich braunes Gestrüpp zierte die großen Schalen, die bei etwas Pflege prächtig ausgesehen hätten.

Der Anblick entmutigte ihn. Es war kein gutes Aushängeschild für ein Blumengeschäft. Ein paar vertrocknete Blumen hielten ihn jedoch nicht davon ab, endlich Antworten zu bekommen.

Er holte tief Luft, straffte die Schultern und erklomm die wenigen Stufen zur Eingangstür. Ohne noch einmal darüber nachzudenken, drückte er die Klinke hinunter und trat ein. Ein leises Glöckchen erklang und kündete von seiner Ankunft.

Der Verdacht bestätigte sich. Im Verkaufsraum war bis auf eine Lampe auf dem Tresen am anderen Ende des kleinen Raumes die Beleuchtung ausgeschaltet.

Das schummrige Licht täuschte nicht über den erbärmlichen Zustand, in dem sich der Laden befand, hinweg. Auch drinnen waren alle Blumen längst verblüht und ließen die Köpfe hängen. Die Luft roch abgestanden und sogar leicht faulig. Offenbar hatte man sich nicht mal die Mühe gemacht, das Wasser aus den Vasen zu entfernen.

Mit gerümpfter Nase wagte er sich weiter vor. Alles wirkte verlassen und doch seltsam vertraut. Er hätte schwören können, hier bereits gewesen zu sein.

»Wir haben geschlossen«, murrte eine Frauenstimme. Eine hochgewachsene Blondine trat aus einem Nebenzimmer hinter den Tresen.

Erfreut ging er einen Schritt auf sie zu. Er wagte kaum zu hoffen. Wenn die geringste Chance bestand, dass sie ihn kannte, musste er es herausfinden. Und zwar jetzt.

»Es tut mir leid, wenn ich störe«, setzte er an und wusste nicht, wie er sein Anliegen formulieren sollte.

Das war gar nicht nötig. Die Haltung der Frau veränderte sich augenblicklich, sobald sie ihn sah. »Was willst *du* denn hier?«

Mit neuem Elan kam er zu ihr. »Du kennst mich?«, wollte er hoffnungsvoll wissen.

Verwundert musterte die junge Frau ihn. »Warte mal … Soll das heißen, *du* erkennst mich nicht? Warum bist du dann hergekommen?«

Peinlich berührt zuckte er mit den Schultern. »Ich kann mich nicht erinnern. Es tut mir leid, falls dich das kränkt. Als ich an dem Laden vorbeikam, hatte ich das Gefühl, ihn betreten zu müssen.«

»Was weißt du noch?«, fragte sie langsam.

»Nicht allzu viel, befürchte ich. Ich kann dir nicht mal sagen, wie ich heiße. Wenn du mich kennst und mir meinen Namen verrätst, wäre ich dir wirklich dankbar.« Er kam sich blöd vor, eine ihm fremde Frau nach seinem eigenen Namen zu fragen. Sie war der erste Anhaltspunkt, den er bislang hatte.

Daraufhin lächelte sie freundlich. »Dazu kommen wir gleich«, beschied sie ihm. »Lass mich meinen Bruder informieren, dass du zu Besuch bist. Er wird dir garantiert ebenfalls helfen wollen.«

»Das wäre wunderbar!« Mit kaum unterdrückter Ungeduld sah er ihr zu, wie sie eine Nachricht in ihr Handy tippte.

Keine fünf Minuten später ertönte das Türglöckchen erneut. »Warum sollte ich sofort kommen?«, brummte ein blonder Riese, der mit seinen breiten Schultern den schmalen Türrahmen vollständig ausfüllte. »Was ist so wichtig, dass ich es mir unbedingt anse… oh!« Der Neuankömmling unterbrach sich selbst und betrachtete ihn mit großen Augen.

»Du hast mir gar nicht erzählt, dass du ihn endlich in die Finger bekommen hast«, sagte die Frau vorwurfsvoll. »Ich habe bei ihm noch einen gut, wie du weißt.«

»Ich habe den Kerl nicht erwischt. Wie kommst du darauf, Nike?« Der Mann sah ihn unheilvoll an und er wich einen Schritt zurück.

»Wenn nicht du, wer dann? Er kam einfach hier reinspaziert, ohne zu wissen, wer ich bin, geschweige denn wer er selbst ist. Ich dachte, das sei dein Werk«, erwiderte die Frau, die offenbar Nike hieß.

»Du erkennst mich nicht?«, fragte der Hüne und maß ihn von Kopf bis Fuß. Sein Mundwinkel hob sich belustigt.

Er schüttelte den Kopf. Unsicher, was er dazu sagen sollte. Schlagartig überkam ihn ein mieses Gefühl. Beide hatten offensichtlich mit einer anderen Reaktion von ihm gerechnet. Und wieso nahm Nike an, der Gedächtnisverlust sei das Werk dieses Mannes?

Ihm dämmerte, dass es womöglich eine schlechte Idee gewesen war, in das Geschäft zu spazieren. Wie hätte er wissen sollen, was ihn hier erwartete? Es handelte sich um einen harmlosen Blumenladen!

Möglichst unauffällig sah er sich nach einem Fluchtweg um. Aus dem Verkaufsraum führten zwei Türen. Die eine ging zur Straße, wurde jedoch von dem Fremden versperrt. Die andere führte in das Nebenzimmer, aus dem Nike gekommen war. Ob es dort noch weiterging, erkannte er von seinem Standpunkt aus nicht. Es konnte durchaus eine Sackgasse sein. Bei der Tür, durch die er gekommen war, handelte es sich um die bessere Wahl.

Der Mann näherte sich ihm langsam. »Dann wollen wir doch mal sehen, was wir hier haben.«

Mit stechendem Blick musterte er ihn. Er wich einen weiteren Schritt zurück und stieß mit der Hüfte gegen den Tresen.

Nike packte sein Handgelenk und drückte fest zu. »Wohin willst du denn so eilig?«, fragte sie süß und schenkte ihm ein breites Lächeln.

Sein Blick huschte angespannt zwischen beiden hin und her. In was für eine Scheiße hatte er sich bloß hineingeritten?!

Als der Mann abfällig schnaubte, schenkte er ihm seine Aufmerksamkeit. »Wer auch immer das war, er war erstaunlich gründlich.«

»Was soll das heißen?«, wollte Nike wissen.

»Da ist gar nichts mehr. Zumindest nicht an der Oberfläche oder in deren Nähe. Um ihn zurückzuholen, müsste man verdammt tief graben.«

Nikes Griff wurde fester »Könntest du das?«

»Wenn ich mir Mühe gebe, vielleicht. Warum sollte ich?«

Er horchte auf. Konnte der Fremde ihm wirklich das Gedächtnis zurückgeben? »Bitte tu es«, stieß er aufgeregt aus, ohne noch einmal darüber nachzudenken.

»Ich finde auch, dass du das solltest, Zelos.« Nike kam ihm unverhofft zu Hilfe.

»Weshalb?«

Er dachte über einen guten Grund nach, der Zelos überzeugte. Doch Nike kam ihm zuvor. »Es macht viel weniger Spaß, mich an ihm auszutoben, wenn er nicht weiß, warum das geschieht. So ist es unbefriedigend. Er soll mir dabei in die Augen sehen und bereuen.«

Das Handgelenk brannte in Nikes Griff und er wollte sich losreißen. Die Frau war unnachgiebig und hielt ihn fest. Er stieß einen unterdrückten Schrei aus und riss kraftvoll den Arm zurück. Es gelang ihm, sich zu befreien. Fassungslos starrte er auf die rote Haut. Brandblasen wuchsen in Rekordgeschwindigkeit, bis sie schließlich platzten und Wundflüssigkeit aus ihnen lief. Wie hatte sie das gemacht?!

Hatte es zuvor noch einen Rest Unsicherheit gegeben, so war er nun ganz sicher. Unter allen Umständen musste er von diesen beiden weg. Selbst wenn Zelos die Fähigkeit hatte, seinem Gedächtnis auf die Sprünge zu helfen, wäre der Preis dafür zu hoch. Ein Blick in Nikes manisch leuchtende Augen genügte, um ihm Gänsehaut zu bereiten. Was er getan hatte, was sie ihn bereuen lassen wollte, wusste er nicht.

Er machte einen Ausfallschritt und versuchte, an Zelos vorbei zum Ausgang zu stürmen. Nur ein paar Schritte weit kam er, als man ihn am Arm packte und brutal zurückriss. Zelos hielt seinen Oberarm umschlossen. »Wieso willst du uns denn schon verlassen, Scorpio?«

»Scorpio?«, fragte er verwirrt.

Zelos schnalzte mit der Zunge. »Du hast ja wirklich alles vergessen.«

Sollte das sein Name sein? Klang bescheuert! Dafür konnte er nichts, sondern seine Eltern, wer auch immer sie waren.

Die beiden kannten ihn besser als er sich selbst – was für ein beschissenes Gefühl!

»Ich weiß nicht, was ich getan haben soll, okay? Wenn es euch dann besser geht, tut es mir leid, doch wäre ich dir dankbar, wenn du mich jetzt loslassen könntest.« Scorpio ließ seine Stimme möglichst fest klingen und verbarg die Unsicherheit.

»Du gehst ganz sicher nirgendwo hin«, beschied Nike ihm.

Scorpios Handgelenk brannte und tat von Sekunde zu Sekunde mehr weh. Sein leerer Magen geriet in Aufruhr. Er musste hier weg, bevor etwas noch Schlimmeres mit ihm geschah.

»Du hast meine Schwester gehört«, stellte Zelos gelassen fest. Mit den Worten »Er gehört dir« stieß er Scorpio zurück gegen den Tresen.

Nike umschlang ihn von hinten. Fast hätte man es für eine romantische Geste halten können, als sich ihre Hände auf Hals und Brust legten. Augenblicklich brannte die Haut. Scorpio stieß einen erstickten Schrei aus. Gewaltsam wollte er sich losreißen. Nike umklammerte ihn bloß noch fester. Sie schob die Hand unters Hemd, wo ihre Berührung eine schmerzende Spur hinterließ. Über dem Herz kam sie zum Stillstand und presste die Finger fest in die nackte Haut.

Scorpio packte ihre Handgelenke, nur damit er sich beim Hautkontakt auch noch die Innenflächen verbrannte. Keuchend zog er sie zurück und suchte nach einer Rettung aus dieser aussichtslosen Situation. Seine Haut brodelte und der Schmerz steigerte sich ins Unerträgliche. Er wollte schreien, bekam aber kaum noch Luft, weswegen er lediglich ein hilfloses Röcheln ausstieß.

Aus Zelos' belustigtem Grinsen wurde eine ernste Miene. »Du darfst ihn nicht umbringen, vergiss das nicht.«

Nike lachte an seinem Ohr. »Scorpio ist hart im Nehmen. So schnell wird er schon nicht sterben, nicht wahr?« Ihre Lippen strichen über die Ohrmuschel, die augenblicklich brannte.

Es widerstrebte ihm, eine Frau zu attackieren. Sein vom Schmerz und Vergessen benebelter Verstand setzte aus. Ruckartig stieß er den Ellbogen zurück und rammte ihn treffsicher in Nikes Solarplexus. Der Frau blieb die Luft weg und der feste Griff lockerte sich.

Endlich riss Scorpio sich los. Er taumelte ein paar Schritte vorwärts und stieß gegen Zelos. Dieser packte ihn am Kragen und hielt ihn auf Armeslänge von sich. »Eigentlich steht mir ebenfalls ein Stück von dir zu. Immerhin warst du es, der mir mein Spielzeug weggenommen hat.«

Angst zu haben wäre vernünftig gewesen, stattdessen überkam ihn Trotz. »Ich möchte wetten, es ist bei mir besser aufgehoben.«

Spöttisch hob sich Zelos' Mundwinkel. »Dich zu fragen, wie es ihr geht, kann ich mir sparen. Du bist momentan diesbezüglich kaum schlauer als ich.«

Ihr? Sprachen sie von einem Menschen? Was immer zwischen ihnen vorgefallen war, Scorpio war erleichtert. Kein lebendes Wesen hatte es verdient, das Spielzeug eines anderen zu sein. Das leichte Lächeln, das sich auf sein Gesicht stahl, provozierte Zelos und erstarb, als dieser ihm die Faust in den Magen rammte.

Röchelnd taumelte er zurück und wich dem nächsten Hieb reflexartig aus. Er würde sich den Weg hinaus erkämpfen müssen, selbst wenn seine Chancen so miserabel standen, dass allein der Glaube ans Gelingen irrsinnig war.

Scorpio überließ sich seinen Instinkten und verdrängte die Zweifel und Sorgen über die verschütteten Erinnerungen. Tief in sich wusste er, dass er ein Kämpfer war, der mit reichlich Erfahrung aufwartete.

Die verwelkten Blumen, zwischen denen sie standen, erweckten Scorpios Aufmerksamkeit. Er griff nach einem losen Bund trauriger Stängel, die er nicht mal hätte benennen können, stünden sie in voller Blüte, und schleuderte sie seinem Widersacher ins Gesicht. Tropfen fauligen Wassers flogen durch die Luft und verbreiteten einen üblen Geruch.

Zelos fluchte und rieb sich die Augen. Scorpio fackelte nicht lange und schlug zu. Zelos' Kopf flog zurück. Er strauchelte, doch ging leider nicht zu Boden. Scorpio schüttelte die Hand aus. Die Verbrennungen von Nike taten höllisch weh. Durch die Wunde auf der Brust hatte er den Eindruck, nur schwer Luft zu bekommen.

Was war aus der Frau geworden? Während ihm der Gedanke durch den Kopf schoss, spürte Scorpio den Druck an seinem Knöchel und verlor das Gleichgewicht. Nike zog ihm von hinten die Beine weg und setzte sich rittlings auf sein Becken, sobald er krachend zu Boden gegangen war.

Im Fallen hatte Scorpio einige der Vasen mit sich gerissen, die nun heillos über den Boden rollten und den stinkenden Inhalt überall verteilten. Schon schob Nike beide Hände unter sein Hemd und presste sie auf die Brust. Augenblicklich jagte der Schmerz durch Scorpios ganzen Leib. Er bäumte sich auf und wollte Nike von sich stoßen, doch sie drückte ihn mit aller Macht zu Boden.

Scorpio schrie und ein Teil von ihm hoffte auf Rettung. Es konnte doch nicht sein, dass niemand mitbekam, wie diese beiden Irren ihn am helllichten Tag in diesem Laden aufmischten. Halb besinnungslos packte er Nikes Handgelenke. Er musste endlich ihrer Berührung entgehen.

Etwas veränderte sich in ihm. Neben dem Schmerz wurde er von etwas anderem ausgefüllt, das Schutz versprach und ihn von innen wärmte. Ohne genau zu wissen, was er da tat, leitete Scorpio diese Kraft durch seine Hände in Nike hinein. Es zeigte Wirkung. Sie japste erschrocken nach Luft und zitterte. Er hatte keine Ahnung, was er hier tat. Offensichtlich half es.

»Mistkerl!« Nike schwankte und kippte zur Seite.

Scorpio hatte keine Zeit, sich darüber zu freuen. Zelos ergriff von hinten seine Unterarme und riss sie zurück, nur um sie mit stahlhartem Griff neben Scorpios Kopf auf den Boden zu drücken.

Das Hemd rutschte hoch und entblößte den zerschundenen Bauch. Rote Blasen, die zusehends anschwollen, bedeckten den halben Oberkörper.

»Das hast du gerade nicht schon wieder getan?!«, knurrte Zelos an seinem Ohr. Er schob die Knie auf Scorpios Unterarme und bekam die Hände frei.

»Was habe ich getan?«, wollte Scorpio wissen, während er versuchte, sich zu befreien – natürlich ohne Erfolg. Er war seinem Gegner körperlich unterlegen.

Zelos erwartete keine Antwort, zumindest gab er selbst keine. Mühsam hob Scorpio den Kopf und folgte dessen Blick, der auf

Nike ruhte. Sie war bleich, ihr war der Schweiß ausgebrochen und sie rang nach Atem. Abrupt drehte sie sich zur Seite und erbrach sich geräuschvoll in die Ecke.

Scorpio wusste nicht, wie ihm geschah. Sein Kopf krachte zurück auf den Boden.

»Das wird dir noch leidtun!« Zelos ließ die Fäuste auf ihn niederprasseln. Es scherte ihn nicht, dass Scorpio kurz davor war, die Besinnung zu verlieren.

Ja, es war wirklich eine blöde Idee gewesen, über diese Schwelle zu treten. In seinem Kopf klingelte es. Moment, das war das Türglöckchen, oder nicht?

»Konstantin!«, rief jemand, dessen Stimme Scorpio merkwürdig vertraut vorkam. Dann schwand ihm das Bewusstsein und er sah nur noch tanzende Schatten.

Ich hab dich!

Frankfurt am Main, Sachsenhausen
05. Juli 2018

Arianna

Ariannas Mut sank. Nur von kurzen Pausen unterbrochen, hatten sie Konstantin die vergangenen zwei Tage gesucht. Bislang ohne brauchbare Spur. Er war an keinem der Orte, die ihnen bekannt waren, gewesen. Niemand hatte ihn gesehen oder einen Hinweis für sie.

Sogar seine Ex-Freundin hatte Arianna aufgesucht. Sobald diese sie entdeckte, warf sie ihr einen wüsten Schwall an Beschimpfungen an den Kopf. Es war ihr schleierhaft, woher das Mädchen sie kannte. Arianna machte sich darüber besser nicht allzu viele Gedanken.

An Leos Seite lief sie durch Sachsenhausen. Bisher hatten es die beiden nicht gewagt, den Blumenladen zu betreten. Das Risiko, einem Gott in die Arme zu laufen, war zu groß. Stattdessen kamen sie jeden Tag hier vorbei und beobachteten das Geschäft aus sicherem Abstand. Sie hofften, Konstantins Unterbewusstsein erinnerte sich daran, in letzter Zeit häufig hier gewesen zu sein.

»Was machen wir, wenn er auch heute nicht da ist?« Ariannas Blick ruhte auf dem Kopfsteinpflaster.

Nach zwei erfolglosen Tagen verlor auch Leo allmählich die Zuversicht. »Wir besprechen das, sobald wir uns versichert haben.«

Sie kamen an dem Biergarten vorbei, der am Anfang der Fußgängerzone lag. Es würde ein lauer Abend werden und schon jetzt, am späten Nachmittag, gab es kaum freie Plätze. Arianna wäre gern so unbeschwert wie diese Menschen, die nicht ahnten, wer unter ihnen wandelte.

»Du hast selbst keine Ideen mehr, oder?« Ihr Herz wurde schwer. Sie vermisste Konstantin schmerzlich und hörte nicht auf, sich die Schuld an der ganzen Misere zu geben. Hätte sie ihn aufhalten können?

»Es dämmert in nicht mal zwei Stunden. Vielleicht hat Antares in dieser Nacht mehr Glück.« Leo schenkte ihr ein halbherziges Lächeln, doch vermochte es nicht, ihr die Sorgen zu nehmen.

Schweigend liefen sie weiter. Arianna hatte gegenüber Antares ein furchtbar schlechtes Gewissen. Sie konnte den Stern kaum ansehen. Wäre er in dieser Nacht wie sonst im Wohnzimmer geblieben, anstatt sich mit ihr und Aldebaran zu verkriechen, hätte er Konstantin folgen können und seine andere Hälfte nicht verloren.

Je weiter sie kamen, desto weniger Passanten begegneten ihnen. Die Leute hatten bei dem schönen Wetter Besseres vor als einen Stadtbummel.

Der Blumenladen kam in Sicht und Trauer überkam Arianna. Die Kübel, die sie im Frühjahr bunt bepflanzt hatte, waren vertrocknet und hatten ihre Pracht eingebüßt. Es ärgerte sie maßlos, ihr Zuhause an die Götter verloren zu haben. Erst recht, wenn sie hilflos dabei zusehen musste, wie der geliebte Ort mit Füßen getreten wurde und der Verwahrlosung anheimfiel. So viel Zeit und Energie steckte im Laden. Es war eine Schande!

In einem breiten Hauseingang gegenüber drückten sie sich herum und warteten auf ein Lebenszeichen von Konstantin. Unwillkürlich ballte Arianna die Fäuste. Am liebsten wäre sie hineingestürmt und hätte Zelos die versprochene Abreibung verpasst. Wenn sie sich weiterhin so aufteilten wie vor Ariannas Erwachen, wäre lediglich Nike im Verkaufsraum. Auch mit der Göttin des Sieges hatte Arianna noch eine offene Rechnung. Vielleicht war es die effektivste Form der Rache, wenn Selene und den Zeichen endlich Endymions Erwachen gelang.

Ein gedämpfter Schrei hallte über die Straße. Arianna schreckte zusammen und sah zu Leo auf. Dieser hatte die Augen weit aufgerissen, sein Mund stand ungläubig offen.

»Das war er doch?« Ariannas Stimme war ungewohnt hoch.

»Ja, komm!« Leo verließ den Hauseingang.

Die Aufforderung war unnötig. Arianna setzte sich in Bewegung und rannte an ihrem Gefährten vorbei.

»Hey, Arianna!«, rief Leo ihr erschrocken hinterher und schaffte es, sie am Arm festzuhalten. »Stürz da nicht kopflos rein. Wir haben nichts gewonnen, wenn du ihnen wieder in die Hände fällst.«

»Dieses Mal weiß ich, was ich kann und wo ich stehe. Ich tappe kein zweites Mal in dieselbe Falle. Zur Not musst du deine Kräfte ebenfalls einsetzen.«

»Das wäre auf diesem beengten Raum viel zu gefährlich. Ich könnte den halben Straßenzug abfackeln. Das darf nicht schon wieder passieren.« Leo presste die Lippen zu einem schmalen Strich zusammen.

Ein gequälter Schrei ertönte. Dieses Mal war dessen Ursprung eindeutig, nicht dass Arianna noch Zweifel gehabt hätte. Ein vorbeikommender Mann hielt kurz inne und lauschte. Verstohlen sah er sich um und ging schnell seines Weges. Ja, Zivilcourage wurde in diesem Jahrhundert großgeschrieben.

»Wenn es sein muss, tust du es eben!«

»Wir reden hier von deinem Zuhause, deinem Leben, wenn das alles vorbei ist«, hielt Leo dagegen.

»Ist mir egal! Wenn es Konstantin retten kann, gebe ich es gern auf.« Kräftig zog Arianna ihren Arm zu sich.

»Das würde er nicht wollen.« Leo ließ unweigerlich los. »Sie dürfen ihn nicht töten.«

»Soll mich das beruhigen? Bestimmt will er auch nicht gefoltert werden. Los jetzt!« Arianna hechtete zum Eingang. Das vertraute Klingeln ertönte, als sie die Tür aufstieß. Das Innere des Verkaufsraums war kaum wiederzuerkennen. Die Luft roch abgestanden und ungesund. Die Verwahrlosung der Pflanzen setzte sich fort und gipfelte in einer trostlosen Endgültigkeit. Hier drin war nichts mehr am Leben. Dieser Ort, der ihre Zuflucht und ihr ganzer Stolz gewesen war, existierte nicht mehr.

Erst jetzt bemerkte sie die verschiedenen Geräusche, ein dumpfes Klatschen, ein schwaches Röcheln und ein Würgen, das von wilden Flüchen und Verwünschungen begleitet wurde. Den Ursprung des Würgens sah Arianna im schummerigen Licht als Erstes. Keine drei Schritte von ihr entfernt saß Nike. Sie war außer Gefecht gesetzt.

Konstantin hatte sie erwischt. Die Göttin des Sieges krümmte sich unter Schmerzen zusammen und erbrach sich.

Angewidert machte Arianna einen Bogen um sie. Ein paar Meter weiter vorm Tresen konnte sie Bewegungen ausmachen. Warum war es hier drinnen so dunkel? Konstantin lag am Boden und war kaum noch bei Bewusstsein. Zac, nein, Zelos kniete auf seinen Armen und drosch auf ihn ein.

»Konstantin!«, entfuhr es Arianna und sie stürzte in Richtung der beiden Männer.

Zelos' Schläge gerieten aus dem Takt, ungläubig sah er zu ihr auf. »Was …« Weiter kam er nicht. Mit zwei Schritten war Arianna bei ihm, packte seinen Kragen und riss ihn von Konstantin herunter. Selten zuvor war sie so glücklich über ihre körperliche Kraft gewesen. Für gewöhnlich vermied Arianna es, sie einzusetzen. Durch den Gebrauch fühlte sie sich weniger weiblich und nur selten hielt sie Gewalt für die Lösung.

Doch jetzt war alles anders. Sie war froh darüber, Konstantin zu retten, während sie den Mann, der ihr so vieles genommen hatte, endlich dafür büßen ließ. Freudig ließ Arianna sich von unbändiger Energie durchströmen, hieß sie willkommen und fühlte sich mächtiger als je zuvor.

Am Rande ihres Unterbewusstseins kratzte Zelos und wollte sich dessen bemächtigen. Arianna erkannte sofort, was er vorhatte, und wehrte sich dagegen. »Glaubst du ernsthaft, ich könnte ein zweites Mal auf dich hereinfallen?«, zischte sie verächtlich.

Obwohl der Gott eindeutig Probleme beim Atmen hatte, gelang es ihm, herablassend zu lächeln. »Was hast du erwartet? Wenigstens einen Versuch musst du mir doch zugestehen – um der alten Zeiten willen. Bei unserer letzten Begegnung hatte ich dich fast wieder so weit.«

Arianna war kurz davor, rotzusehen und diesen Mistkerl ungespitzt in den Boden zu rammen, wo sie ihn windelweich prügeln würde. Ein Röcheln zu ihren Füßen hielt sie davon ab. Ihr Blick huschte zu Konstantin. Eine schnelle Bestandsaufnahme verriet ihr, dass beide Götter sich an ihm ausgetobt hatten.

Zelos folgte ihrem Blick und er lächelte noch fieser. »Wer hat das getan?«

Da er nicht von Konstantins körperlicher Verfassung sprechen konnte – dafür war er schließlich selbst verantwortlich –, fragte Arianna zurück: »Wozu willst du das wissen?«

»Nur um demjenigen meine Bewunderung zu bekunden. So eine saubere Arbeit ist mir bisher selten untergekommen. Ihn zurückzuholen wird richtig schwierig, wenn es der- oder vielmehr diejenige nicht selbst macht.«

Arianna verzog das Gesicht. Es war genau das, was sie schon die ganze Zeit befürchtet hatte. Was sollte sie nur tun, wenn Konstantin sie selbst nach einer Woche oder länger nicht erkannte?

»Wie kommt es, dass du seinetwegen so die Beherrschung verlierst? Hast du dich zum Dank deinem Retter an den Hals geworfen? Bei mir hast du es ja auch versucht. Zum Glück hast du mir den Blödsinn mit der Keuschheit abgenommen. Als ob ich eine von euch mit in mein Bett nehmen würde.«

Das war zu viel! In blindem Zorn drehte Arianna die Hand und der Stoff wickelte sich unnachgiebig um Zelos' Hals. Er stieß ein halb ersticktes Röcheln aus. Seine Fingernägel gruben sich in Ariannas Haut, was sie kaum bemerkte. Sein Widerstand ließ nach, ein Umstand, der sie zum Lächeln brachte.

»Arianna!«, rief Leo. »Glaub mir, ich verstehe dich, aber es wird Zeit, ihn loszulassen. Wenn du ihn tötest, ist alles verloren.«

Ihr Blick verharrte auf Zelos' Gesicht. Die schönen Züge waren schmerzverzerrt, die Haut eine Mischung aus roten und blauen Flecken. »Wir gewinnen sowieso nie. Irgendeinen Weg werden sie finden, um es zu verhindern. Das tun sie schließlich immer.«

Leo zog an ihrer Schulter »Selbst wenn es so ist, darfst du dich jetzt nicht kopflos der Rache hingeben. Verpass ihm noch eine und dann verschwinden wir. Kon braucht dringend unsere Hilfe.«

Konstantin … Für einen winzigen Augenblick hatte Arianna ihn aus den Augen verloren und komplett rotgesehen. Ein weiterer Grund, warum sie sich möglichst selten von diesen Kräften beherrschen ließ. Wenn sich der Stier in ihr in Raserei verlor, war es ein harter Kampf, ihn wieder an die Leine zu legen.

Arianna atmete tief durch, dann schleuderte sie Zelos kraftvoll in die Ecke. Weitere Vasen fielen um oder gingen unter dem massigen Leib zu Bruch. Nach Atem ringend blieb der Gott liegen.

Schon hatte Arianna ihn vergessen. Stattdessen eilte sie zu Konstantin und kniete sich an dessen Seite. Er war kaum bei Bewusstsein. Zelos' Schläge hatten ihm schwer zugesetzt. Mindestens die Nase war gebrochen, wenn nicht sogar weitere Knochen.

Zärtlich strich Arianna ihm über die Wange. »Konstantin, bist du wach? Kannst du mich hören?«

Die Lider flatterten schwach. Eines der grünen Augen war fast vollständig zugeschwollen. Was er murmelte, verstand Arianna nicht. Sie beugte sich tiefer an seine Lippen, um den leisen Worten ihre Bedeutung zu entlocken. »Wer bist du?«, flüsterte er. »Und könnt ihr euch bitte darauf einigen, wie ich heißen soll?«

»Ich heiße Arianna.« Sie gab sich alle Mühe, ihre Stimme sachlich zu halten. Konstantin sollte nicht merken, wie sehr es sie traf, nicht erkannt zu werden. »Wie haben die beiden dich genannt?«

»Scorpio, wobei dieser Name wirklich bescheuert klingt. Da wäre Konstantin mir lieber.«

Ein schwaches Lächeln stahl sich auf ihr Gesicht. Konstantin war immer noch er selbst, auch wenn er sich nicht an sein wahres Ich erinnerte. »Beides ist richtig. Du hast zwei Namen, wenn man so will.«

»Klingt kompliziert.«

»Ein bisschen«, gab Arianna zu.

Sie hatte mehr sagen wollen. Leo unterbrach sie: »Können wir das später besprechen? Wir sollten verschwinden. Sonst geht es Nike und Zelos bald besser oder die Verstärkung ist hier.«

Langsam erhob Arianna sich. »Okay, wohin willst du? Garantiert nicht zurück ins Hotel. Ich traue Selene zurzeit nicht über den Weg.«

»Glaubst du, ich? Wir verstecken Kon in meiner Wohnung. Sobald Antares ihn heute Nacht heilen konnte, sehen wir weiter«, beschloss Leo.

Ein Hoffnungsschimmer wuchs in Arianna. »Wohin müssen wir?«

Leo verzog das Gesicht. »Ans andere Ende der Stadt.«

Abschätzend betrachtete sie Konstantin. Er war schwer verletzt, was es schwierig machte, ihn mit zur U-Bahn zu nehmen und durch ganz Frankfurt zu schleifen.

Offensichtlich spiegelte Ariannas Gesicht ihre Gedanken wider, denn Leo meinte: »Wir haben keine andere Wahl.«

»Ich weiß«, seufzte sie.

»Darf ich dazu auch etwas sagen?« Konstantin hatte sich aufgerichtet und saß schwer atmend auf dem Boden.

»Nein«, antworteten beide gleichzeitig.

Schlagartig kam Arianna die rettende Idee. »Mein Auto parkt um die Ecke. Wenn diese Parasiten nichts mit dem Schlüssel angestellt haben, kann ich ihn schnell holen.«

»Mach das. Ich passe solange auf.« Leo sah erleichtert aus.

Schon steuerte Arianna das Nebenzimmer an, um dort nach dem versteckten Ersatzschlüssel für die Wohnung im ersten Stock zu suchen. Schnell wurde sie fündig und hastete die Treppen hoch. Mit zittrigen Fingern schloss Arianna auf, wobei ihr fast der Schlüssel aus der Hand fiel. Hoffentlich gab es hinter der Tür keine weiteren bösen Überraschungen. Zwei Götter könnten ihnen noch gefährlich werden.

Arianna stockte der Atem. Das Chaos setzte sich hier oben fort. Im Flur lagen Schuhe und Jacken verstreut, im Spiegel der Garderobe sah man sich vor lauter Schmutz kaum noch und auf der Anrichte stand ein benutzter Suppenteller. Hatte sie Nike so viel hinterhergeräumt, als beide hier zusammengewohnt hatten? Offensichtlich. Wer hätte gedacht, dass die Göttin des Sieges der Haushaltsführung nicht Herr wurde?

Angewidert griff Arianna an dem Teller vorbei und begutachtete die kleine Schale dahinter. Ausnahmsweise hatte sie Glück. Der Schlüsselbund war an Ort und Stelle geblieben. Einen weiteren Schritt in die ehemals gemütliche Wohnung ersparte sie sich. Arianna wollte die Verwahrlosung weder sehen müssen noch hatte sie dafür Zeit.

Nur einen Sekundenbruchteil gestattete Arianna der Wehmut, bevor sie sich abwandte und nicht wieder zurücksah. Zwei Stufen auf einmal nehmend, lief sie die Treppe runter. Leo und Konstantin waren in derselben Position wie zuvor. Konstantin sitzend am Boden, mit Leo über sich.

Bei ihrem Eintreten hob Leo erwartungsvoll den Kopf. Zur Antwort streckte Arianna den Schlüsselbund in die Höhe und klimperte damit. Daraufhin beugte er sich zu Konstantin herunter.

»Lass uns verschwinden, Kumpel!« Leo griff unter seine Arme und half ihm auf. Konstantin schnaufte und verzog vor Schmerz das Gesicht.

»Wohin bringt ihr mich?«, wollte er mit kratziger Stimme wissen. Trotz der deutlich sichtbaren Unsicherheit ließ er die Berührung zu.

»In Sicherheit.« Leo steuerte die Ladentür an und zog Konstantin mit sich.

Schnell warf Arianna einen Blick in die Ecken. Nike röchelte schwer. Sie war für mehrere Stunden außer Gefecht gesetzt. Zelos wirkte benommen, auch wenn er gerade dabei war, sich vom Boden aufzurappeln.

Arianna eilte den beiden Männern hinterher und schob sich unter Konstantins anderen Arm. Es wurde Zeit, diesem Ort den Rücken zu kehren.

Wenn du nicht weißt wohin, halte dich an deine Freunde – vielleicht kennt einer von ihnen den Weg

Frankfurt am Main, Sachsenhausen – Dornbusch
05. Juli 2018

Kon

Widerstandslos trottete er mit. Zwar kannte er dieses Pärchen auch nicht, doch im Gegensatz zu den anderen beiden wollten sie ihm nichts Böses. Zumindest sagte ihm das sein Instinkt. Wie verlässlich war der?

Halb benommen hob er den Kopf. »Könnt ihr mir verraten, wie ich nun richtig heiße? Scorpio Konstantin oder Konstantin Scorpio? Es klingt beides so, als wären meine Eltern bei dieser Entscheidung betrunken gewesen. Es ist merkwürdig, über sich selbst nachzudenken und dabei den eigenen Namen nicht zu kennen. Welcher Standesbeamte straft ein Baby bitte schön mit dieser Kombination?«

Der blonde Lockenkopf lachte. »Du bist Scorpio, der Skorpion. In diesem Leben heißt du Konstantin Rauch, Freunde dürfen dich auch Kon nennen.«

»Aha …« Na schön, mit Konstantin oder besser Kon war er durchaus einverstanden. »Wie darfst du mich nennen und wer bist du eigentlich?«

»Natürlich nenne ich dich Kon. Ich heiße Leo und bin seit einer gefühlten Ewigkeit dein bester Freund.«

Im Gegensatz zu zwei Verrückten, die ihm gerade noch aus unerfindlichen Gründen das Fell über die Ohren gezogen hatten, war ein bester Freund eine verlockende Verbesserung. Sie bogen in eine Seitenstraße und wankten weiter. Zwischen den Häuserschluchten verblasste das letzte Tageslicht. Nicht mehr lange und die Abenddämmerung setzte ein. Ein Teil von ihm konnte diesen Augenblick kaum erwarten. So war es ihm auch gestern oder am Abend davor ergangen. Kon hatte das Gefühl, irgendetwas Gutes geschah, sobald die Sonne unterging.

»Und du bist?« Die junge Frau an seiner Seite schwieg beharrlich. Wich sie ihm aus? Die Freude, ihn gefunden zu haben, war verschwunden.

»Arianna, das sagte ich dir bereits.«

»Stimmt, die Frage war schlecht gestellt. Eigentlich wollte ich wissen: Wer bist du für mich?«

Sie zögerte und Kon begann sich zu fragen, ob er eine Antwort bekam. »Das haben wir noch nicht näher definiert.«

»Das heißt, wir haben etwas miteinander?« Er war positiv überrascht. Nicht nur, dass Arianna ausgesprochen hübsch war, sie hatte die Kräfte eines Bären und war zu seiner Rettung geeilt. Auch wenn er nur halb bei Bewusstsein gewesen war, hatte Kon mitbekommen, wie sie Zelos mit nur einer Hand von ihm heruntergezerrt und später durch die Luft geschleudert hatte.

»Wenn du es so nennen willst.«

»Ich denke, das will ich.« Kon schenkte ihr ein erschöpftes Lächeln, das sie zaghaft erwiderte.

Vor einem roten Polo blieben sie stehen. Arianna drückte auf den Schlüssel in ihrer Hand. Mit leisem Piepsen wurde das Auto entriegelt. Sie beugte sich vor und zog die hintere Tür so weit wie möglich auf.

Leo griff nach seinem Hals und hielt die Kette in der Hand. »Was ist das für ein Anhänger?«

Kon schielte zu dem roten Stein. »Keine Ahnung, den habe ich schon die ganze Zeit bei mir.«

Auch Arianna beugte sich neugierig vor. »Den hast du vor drei Tagen noch nicht getragen.«

»Nicht?«, fragte er überrascht. »Bislang habe ich ihn als einzigen Anhaltspunkt zu meinem früheren Leben betrachtet.«

»Sicher nicht!« Mit einem Ruck zog Leo an dem Anhänger. Das dünne Band schnitt in Kons Nacken, gab nach und zerriss.

»Was machst du denn da?!«, wollte Kon echauffiert wissen.

»Höchstwahrscheinlich rette ich dir gerade das Leben.« Leo klang nachdenklich. Er hielt den Stein gegen das schwindende Licht.

»Ach ja?« Kon war alles andere als beruhigt. »Bisher hatte ich nicht den Eindruck, der Anhänger sei lebensbedrohlich. Zugegeben, was weiß ich schon?« Es war zermürbend, sich selbst nicht zu kennen.

Leo überging den bissigen Kommentar, ließ die Kette fallen und stampfte mit dem Absatz auf den Anhänger.

Aus Reflex protestierte Kon. »Hey!« Ein Teil von ihm hing an dieser Kette.

Langsam hob Leo den Fuß, der Stein war unversehrt. »Mist!« Mit gerunzelter Stirn dachte er nach.

Gern hätte Kon sich danach gebückt, doch das verkniff er sich.

»Wärest du vielleicht so freundlich, Arianna?«, fragte Leo.

»Klar«, erwiderte sie. Offenbar vertraute sie ihm genug, um keine Fragen zu stellen. Wuchtig trat sie auf den Stein, es knackte und knirschte. »Ups.«

Sobald Arianna einen Schritt zurücktrat, kamen rote Splitter und eine zerbrochene Gehwegplatte zum Vorschein.

»Haltet ihr das nicht für ein bisschen übertrieben?«, beschwerte Kon sich nun doch.

Leo musterte ihn enttäuscht. »Du erinnerst dich nicht?«

»Nein, das Thema hatten wir doch schon.«

Arianna wurde hellhörig. »Hast du etwa geglaubt, der Anhänger könnte seine Erinnerungen versiegeln?«

»Wäre doch möglich gewesen. Immerhin war es ein Mondstein, den Selene mit einem Tropfen Blut versehen hatte.«

»Wer ist Selene?«

»Die darf gern vergessen bleiben«, brummte Arianna. »Schließlich ist sie diejenige, bei der du dich für deinen Zustand bedanken darfst.«

»Was soll das heißen?«, fragte er verständnislos.

Leo musterte ihn unbehaglich. »Sie wollte dich bestrafen, deshalb nahm sie dir die Erinnerungen.«

Kon riss die Augen auf. Eine Person war für den Verlust verantwortlich? Er konnte es kaum glauben. Eine wilde Hoffnung wuchs in ihm.

Arianna machte sie direkt zunichte. »Sie wird es nicht rückgängig machen. Frühestens in drei Wochen.«

»Warum? Ich könnte mich doch bei ihr entschuldigen.«

»Das dürfte nicht viel bringen, und glaub mir, das willst du eigentlich gar nicht.«

»Das können wir alles später noch besprechen. Zunächst sollten wir abhauen. Nike wird noch eine Weile kotzen. Zelos könnte sich erholen. Außerdem dürfen wir die anderen beiden nicht vergessen, die sind bestimmt schon unterwegs hierher.« Leo schob ihn auf den Rücksitz.

»Anderen beiden?« Irritiert sah Kon sich über die Schulter und entdeckte nichts Verdächtiges.

»Leo hat recht«, stimmte Arianna zu.

»Gib mir die Schlüssel«, forderte dieser. »Ihr könnt euch zusammen nach hinten setzen.«

Sie half Kon, seinen geschundenen Körper in eine angenehme Position zu hieven, und setzte sich im Anschluss neben ihn. Er entspannte sich und sank zurück. Seine Haut brannte an unzähligen Stellen, vom Gesicht ganz zu schweigen. Dennoch fühlte er sich mit diesen beiden an seiner Seite sicher. Blieb nur zu hoffen, dass er nicht falschlag.

Mit einem geschmeidigen Brummen erwachte der Motor und Leo lenkte das Auto aus der Parklücke. Geübt fädelte er sich in den stockenden Feierabendverkehr ein.

Es dauerte nicht lange, bis Kon vom ständigen Spurenwechsel ganz anders wurde. »Könntest du dich für eine Spur entscheiden? Dein Fahrstil ist echt anstrengend für jemanden, der nicht voll auf der Höhe ist.«

»Tut mir ja leid, dass dir dein Chauffeur nicht zusagt. Mir liegt nachweislich etwas an deiner Gesundheit. Darum beeile ich mich, den sicheren Ort zu erreichen, an dem du dich endlich ausruhen und verstecken kannst.«

Kon stöhnte leise. »Keinem von uns ist geholfen, wenn mir noch schlechter wird.«

»Was soll das heißen?«, fragte es lauernd von vorn.

»Leo, dein Fahrstil ist zum Kotzen, *das* soll es heißen.« Kon biss sich auf die Lippe. Er sollte seine Retter nicht verstimmen, andererseits hatte er den Eindruck, dass es immer so zwischen ihnen zuging.

Arianna kicherte leise und gab sich alle Mühe, es zu unterdrücken.

»Was ist so witzig?«, wollte Kon wissen.

»Ich habe gerade ein Déjà-vu«, erklärte Arianna. »Es ist beruhigend zu wissen, dass du dich nicht verändert hast, obwohl du dich nicht erinnern kannst.«

»Habe ich nicht?«

»Nein.«

Ihr entschiedener Tonfall entspannte Kon. Er hatte befürchtet, sich gänzlich verloren zu haben. Dass Leute, die ihn kannten, ihn auch *erkannten*, und zwar nicht bloß wegen des Aussehens, erleichterte ihn. Es sorgte dafür, dass er die – wenn auch schwachen – Vorbehalte aufgab und beschloss, diesen beiden zu vertrauen.

»Habe ich schon mal über Leos Fahrstil gemeckert?«

»Öfter als einmal.«

»Gut, dann ist er es gewohnt.« Prompt verabschiedete sich das schlechte Gewissen, das er gerade noch gehabt hatte.

»Mit mir kann man's ja machen«, brummte Leo. Es war auch für ihn ein Scherz. Seine Mundwinkel hoben sich verdächtig, das konnte Kon im Rückspiegel sehen.

Arianna öffnete den Mund und schloss ihn gleich wieder.

»Was ist?«

Sie seufzte. »Ich wollte dich fragen, wie es dir geht. Dann wurde mir klar, wie blöd das klingt. Also habe ich es gelassen.«

»Mir tut alles weh, gleichzeitig bin ich total erleichtert.« Erschöpft sank er gegen Ariannas Schulter. Kon hatte nicht den Eindruck, sie störe sich daran, und er entspannte sich.

»Wieso erleichtert?«

»Die ganze Zeit bin ich rumgelaufen. In der Hoffnung, auf etwas zu treffen, was mir bekannt wäre. Ich hatte schon fast aufgegeben, als ich in diesen Laden stolperte. Die Begegnung mit den beiden Wahnsinnigen samt ihren Aggressionsproblemen hätte ich mir zwar gern erspart. Wenigstens habt ihr mich dort gefunden.« Kon gähnte herzhaft. Sobald er es zuließ, überrollte ihn die Müdigkeit. »Sorry, hab die letzten zwei Nächte kaum ein Auge zubekommen. Was ich eigentlich sagen will, ich glaube und vertraue dir.« Er schielte zu Arianna hoch und stutzte. In ihren Augen standen unvergossene Tränen.

Arianna schluckte sie hinunter und sagte mit fester Stimme: »Das kannst du, Konstantin. Immer.«

Nach dem Gemecker fuhr Leo etwas ruhiger und Kon wurde schläfrig. Mehrmals döste er ein, nur um gleich wieder hochzuschrecken.

Arianna strich ihm zärtlich über das geschundene Gesicht. »Schon gut, entspann dich. Ich passe auf dich auf und werde dich wecken, sobald wir da sind.«

Ihre Worte hätten seinem Ego womöglich etwas ausmachen müssen, doch das Gegenteil war der Fall. Kon fühlte sich geborgen, was mal eine nette Abwechslung war. Die Tatsache, dass Arianna ihn und jeden anderen Kerl problemlos auf die Matte schicken konnte, verlieh dem Versprechen eine tiefere Bedeutung. Es waren nicht nur leere Worte. Sollte ihm jemand schaden wollen, würde Arianna sich demjenigen mit allem, was sie hatte, entgegenstellen und ihr Widersacher konnte sich warm anziehen.

»Wir sind da«, sagte Arianna sanft. Kon wurde nur widerwillig wach. »Schaffst du es allein nach oben oder soll ich dich stützen?«

Er brummte unmotiviert. Konnten sie nicht noch eine Weile sitzen bleiben? Kon schlang den Arm um ihre Taille und drückte sie an sich.

Woraufhin Arianna kicherte. »Keine Angst, ich gehe nicht weg.«

»Versprich es«, forderte er nuschelnd.

»Großes Ehrenwort!«

Die Beifahrertür wurde geöffnet und Leo steckte den Kopf hinein. »Komm schon, Kon! Zeit aufzustehen! Ich hab da drinnen ein Bett, in dem du weiterpennen kannst, hochschleppen werde ich dich nicht. Das musst du schön selbst erledigen.«

Träge hob er den Kopf. Ein Bett klang verlockend. Andererseits wäre es eine gute Idee, einen Arzt aufzusuchen, nur war er so schrecklich müde, dass er einfach nur schlafen wollte. Kons Magen knurrte vernehmlich. Okay, Hunger hatte er auch.

»Beweg dich, dann bekommst du etwas zu essen! Wir sollten nicht länger unter freiem Himmel sein als unbedingt nötig.«

Unwillig löste er sich von Arianna und schob die schmerzenden Glieder zur Autotür. Der Himmel war blassrosa. Die Abenddämmerung setzte ein. »Mann, bist du immer so penetrant? Hast du Angst vor einem Sonnenbrand, der unwahrscheinlichen Möglichkeit eines Platzregens oder bist du ein Vampir, der nach fünf Minuten an der frischen Luft zu Asche zerfällt?«

Leo ergriff seine Hand und zog ihn hoch. »Ich leide unter einer gesunden Portion Verfolgungswahn und das solltest du auch. Erst wenn wir drinnen sind und alles ruhig bleibt, können wir sicher sein, dass uns niemand gefolgt ist.«

Kon verstand nicht, was los war. Nur war er in diesem miserablen Zustand definitiv keine große Hilfe, eher eine Belastung. Arianna schob sich unter seinen Arm und drängte ihn zur Schwelle des Mehrfamilienhauses.

Es war mühsam, sich die Stufen des Treppenhauses hochzuquälen. Seine Seite schmerzte. Es fühlte sich an, als ob etwas auf die Lunge drückte und die Atmung behinderte. Mit rasselndem Atem setzte Kon einen Fuß vor den anderen. Obwohl Arianna ihn unterstützte, brach ihm der Schweiß aus.

»Fast geschafft! Nur noch eine Treppe«, verkündete Leo, eilte voraus und schloss die Wohnungstür auf.

Vollkommen am Ende trottete Kon in die Zweizimmerwohnung. Arianna bugsierte ihn zum Sofa, wo sie ihm half, sich hinzusetzen.

Sobald er halbwegs zu Atem gekommen war, meinte er: »Mir geht's total beschissen. Vielleicht sollten wir doch zu einem Arzt?«

Leo warf einen prüfenden Blick aus dem Fenster. Der Himmel hatte sich rot gefärbt. »Das wird gleich besser. Vorher sollten wir dir sagen, was wir wissen. Wenn Antares mit dir fertig ist, wirst du dazu zu müde sein.«

»Wer ist Antares?«

»Dein Stern, du siehst ihn gleich«, versicherte Arianna. »Hoffe ich zumindest …«

»Was soll das heißen, du hoffst?«, fragte Kon verständnislos. Lag es an seinem Zustand, dass er sich keinen Reim auf die Worte seiner Freunde machen konnte? Die Schmerzen und das Schwindelgefühl wurden schlimmer. Kon fasste sich stöhnend an den Kopf. Es half nichts. »Mir geht's wirklich nicht gu…« Die Erschöpfung schlug über ihm zusammen. Schwärze breitete sich in seinem Sichtfeld aus. Das Letzte, was er bewusst wahrnahm, war, wie er zur Seite rutschte.

Als Kon wieder zu sich kam, fühlte er sich deutlich besser als zuvor. Die Schmerzen waren verschwunden. Testweise verzog er das Gesicht und spannte die Muskeln an.

»Er kommt wieder zu sich«, flüsterte jemand.

Kon schlug die Augen auf. Er lag mit einem Kissen unter den Beinen auf Leos Sofa. Über seinem Brustkorb schwebte ein orangener Lichtball.

»Antares?«, murmelte Kon erstaunt.

»Du erkennst mich!«, rief der Stern freudig aus.

»Nein, tut mir leid, nur vom Hörensagen.«

Das strahlende Leuchten nahm merklich ab. »Schon okay, das kriegen wir wieder hin.«

»Was ist passiert?« Kon nahm die Beine vom Sofa und setzte sich behutsam auf. Es tat nicht mehr weh.

»Kurz nachdem du ohnmächtig geworden bist, sind die Sterne aufgegangen. Antares hat dich geheilt. Du bist wieder fit.« In der Zwischenzeit hatte Leo sich in den Sessel gesetzt.

»Geheilt?«, fragte Kon verwirrt.

»Einer der vielen Vorteile, die die Verbindung zu unserem Stern mit sich bringt. Während jeder Nacht können wir uns von den meisten Verletzungen erholen«, meinte Leo. An seiner Seite schwebte ein dunkelblauer Stern.

Neben Kon saß Arianna, die von einem rubinroten Leuchten umschwirrt wurde. Spätestens jetzt hatte er den Beweis, dass sie drei eine Verbindung hatten, von der er bislang nichts ahnte. »Was geht hier vor sich? Da es mir jetzt besser geht, könntet ihr mich doch einweihen.«

Und dann erzählten sie ihm eine Geschichte, die mit jedem Wort verrückter wurde. Von einer Göttin mit Liebeskummer, ihren ebenfalls göttlichen Widersachern, verkörperten Sternzeichen mit besonderen Gaben und einer Bestimmung sowie deren Sternen, von Wiedergeburten, unzähligen Leben, einem Ritual und dessen Fehlschlägen.

»Okay und was machen wir jetzt? Habt ihr einen Plan?«, fragte Kon.

»Heißt das, du glaubst uns?« Ariannas Augen leuchteten. Offensichtlich hatte sie mit mehr Widerwillen gerechnet.

»Die Geschichte ist so abgedreht, das habt ihr euch unmöglich ausgedacht.«

Leo lehnte sich zurück und ließ ihn nicht aus den Augen. »Hast du dazu irgendwelche Fragen?«

Kon sah zwischen ihnen hin und her. »Eigentlich nur eine. Wisst ihr, warum Selene mir die Erinnerungen genommen hat und wie ich sie zurückbekomme?«

»Ich hatte gehofft, sie wären durch den Anhänger versiegelt, leider erwies sich das als Fehlschlag. Was ohne dich aus dem Ritual werden sollte, hat Selene nicht beunruhigt. Sobald sie dich bräuchte, wollte sie dich zurückholen«, erklärte Leo.

»Wie das? Nicht mal ihr oder der Stern habt mich auf die Schnelle finden können.«

»Keine Ahnung. Als Göttin hat sie deutlich mehr auf dem Kasten als wir.« Nach einem kurzen Augenblick des Schweigens rief er aus: »Der Stein! Ob sie in der Lage ist, den wiederzufinden, und hat ihn dir deshalb um den Hals gehängt?«

Kon dachte darüber nach. »Möglich wäre es. Ihr wisst wirklich nicht, wieso sie das getan hat?«

An seiner Seite begann Arianna zu zittern. »Das letzte Mal habe ich dich gesehen, als du Selenes Schlafzimmer betreten hast. Du bist dahintergekommen, dass man etwas vor uns verborgen hält, und wolltest sie dazu befragen. Am nächsten Morgen warst du spurlos verschwunden. Keiner hat mitbekommen, wie du das Hotel verlassen hast. Selene behauptete, du hättest einen Wunsch geäußert und sie ihn dir gewährt. Dass du vergessen wolltest.«

»Ich habe mir das gewünscht? Welcher Mensch bei klarem Verstand wünscht sich denn Amnesie?«, fragte Kon langsam.

»Bullshit!« Leo verzog wütend das Gesicht. »Wir glauben, die Göttin hat an dir ein Exempel statuiert.«

»Also wollte sie dafür sorgen, dass ich mein Wissen mit niemandem mehr teilen kann.«

»Es besteht zumindest die Möglichkeit. Du hast herausgefunden, dass wir während unseres letzten Lebens allesamt vorzeitig gestorben sind, und befürchtet, Selene könnte die Ursache dafür sein, weil deine Gefühle und Erinnerungen immer weniger zusammenpassten. Ob das stimmt, kann ich dir nicht sagen. So etwas hätte ich ihr nie zugetraut. Ich tue es heute noch nicht, ehrlich gesagt. Doch das betrifft ebenso die Sache mit deinen jetzigen Erinnerungen.« Arianna schlug die Augen nieder.

»Mag sein. Solange ich mich nicht erinnere, werden wir es nicht wissen.« Kon versuchte angestrengt, sich wenigstens an eine winzige Kleinigkeit aus seinem bisherigen Leben zu erinnern. Da war nichts. Es war, als stünde er in einem fensterlosen weißen Zimmer.

»Was machen wir jetzt?«, fragte Antares.

Leo stand auf. »Ihr bleibt hier. Kon soll sich ausruhen, das hilft hoffentlich. Ich fahre ins Hotel und sondiere die Lage. Ich will wissen, was dort gespielt wird. Außerdem kann ich Vik nicht so lange allein lassen. Morgen komme ich wieder.«

»Okay, bis morgen und … danke«, erwiderte Arianna.

»Kein Problem, du weißt, ich hänge auch an ihm.« Leo verließ das Wohnzimmer. Sekunden später klappte die Wohnungstür.

Kon war kurz davor einzuschlafen und konnte ein Gähnen nicht unterdrücken.

»Du solltest dich hinlegen.«

»Wäre wohl das Beste. Vorher gehe ich duschen, damit ich das Bett nicht versaue. Außerdem kann ich mich selbst nicht mehr riechen.«

»Tu das. Ich leiste den beiden noch ein bisschen Gesellschaft.« Arianna deutete auf die Sterne, die über dem Tisch schwebten.

Kon erhob sich. Auf der Suche nach dem Bad schlurfte er durch den Flur.

Wer bist du für mich?

Frankfurt am Main, Dornbusch
06. Juli 2018

Kon

Durch die Vorhänge fiel schwaches Tageslicht. Kon fühlte sich überraschend gut, er hatte den Rest der Nacht durchgeschlafen. Nichts deutete mehr darauf hin, was ihm gestern zugestoßen war.

Im Halbschlaf rollte Kon sich auf die Seite und erst jetzt fiel ihm etwas auf. Jemand hielt seine Hand. Verstohlen blinzelnd entdeckte er Arianna. Sie hatte sich nachts zu ihm geschlichen und schlief ihm zugewandt. Ihr Gesicht wirkte entspannt und die Besorgnis war aus den Zügen gewichen. Kon wollte sie wirklich nicht wecken, nur musste er ganz dringend wohin.

Möglichst langsam zog er die Hand zurück, stand auf und ging ins Badezimmer. Sein Gang war beschwingt, von Schmerzen keine Spur.

Mit neuem Elan stürmte er ins Badezimmer und inspizierte sein Spiegelbild. Während der letzten Nacht war er dazu schlichtweg zu müde gewesen. Nichts wies mehr darauf hin, dass man ihn gestern gleich doppelt in die Mangel genommen hatte. In Kons Gesicht war wieder alles am richtigen Platz, obwohl Zelos sich große Mühe gegeben hatte, es neu zu modellieren. Seine volle Blase duldete jedoch keinen weiteren Aufschub.

Sobald er sich erleichtert und ein wenig frisch gemacht hatte, schlich er zurück ins Bett. Ganz vorsichtig schob Kon sich unter die Decke. Zum Glück wurde Arianna nicht wach. Sie suchte Nähe und kuschelte sich an seine Brust. Das Gefühl war merkwürdig. Wie von selbst legte er die Arme um ihre schmalen Schultern und zog sie näher an sich.

Im Gegensatz zu ihm trug Arianna ein Shirt. Da seine Klamotten nach dem Kampf hinüber waren, hatte er nur in Boxershorts geschlafen. Sie schmiegte sich noch fester an ihn und stellte seine Selbstbeherrschung auf eine harte Probe. Zu gern hätte Kon gewusst, was genau zwischen ihnen lief. Es war definitiv mehr als Freundschaft und die Vermutung lag nahe, dass es deutlich tiefer ging.

Arianna murmelte etwas und öffnete die Augen. Überrascht und erleichtert zugleich sah sie ihn an. »Du bist noch da.«

»Ich wüsste nicht, wohin ich sonst gehen könnte.«

Sie riss die Augen auf, dann senkte sie hastig den Blick. Kon sah, wie sie fest auf die Unterlippe biss. Mist, das war falsch rübergekommen!

»Bei dir fühle ich mich geborgen. Das mag unbewusst geschehen, aber ich gehöre zu dir, in dieses Bett, an deine Seite. Da bin ich mir sicher, wenn auch sonst in nur wenigen anderen Punkten.« Okay, das war jetzt eventuell zu viel des Guten gewesen, wenn man bedachte, dass Kon sich gerade noch gefragt hatte, in welchem Verhältnis sie zueinanderstanden.

»Ist das dein Ernst?« Arianna klang hoffnungsvoll.

»Es ist die Wahrheit. Das, was ich jetzt gerade fühle.« Kon hatte keine Möglichkeit, den Gedanken weiter auszuführen. Arianna küsste ihn stürmisch und Sekunden später verschwanden die Zweifel. Sie bedeuteten einander viel, selbst wenn Kon sich an die gemeinsame Zeit nicht erinnerte.

Mit festem Griff presste Arianna sich an ihn und er stieß keuchend die Luft aus. Sie war verdammt stark. Das hatte Kon bei der zierlichen Gestalt fast schon wieder vergessen.

»Entschuldige«, murmelte sie beschämt an seinen Lippen.

»Schon okay, ich mag deine bestimmende Art.«

Arianna lächelte zaghaft und Kon setzte einen flüchtigen Kuss auf ihren Mundwinkel. »Du könntest mir zeigen, wie wir beide für gewöhnlich unsere Zeit vertreiben. Vielleicht hilft das meinem Gedächtnis auf die Sprünge.«

»Klingt nach einer billigen Ausrede, um mit mir rumzumachen«, meinte Arianna neckisch.

Kon lachte, es fühlte sich gut an, sie in den Armen zu halten. »Erwischt!«

Arianna wurde ernst. »Ich hätte dich an diesem Abend wirklich von deinem Plan abbringen sollen. Dann wäre es vielleicht nicht so weit gekommen.«

Er wollte Arianna zeigen, wie unsinnig ihr schlechtes Gewissen war. An diesem Zustand trug sie keine Schuld. Kon war davon überzeugt, er sähe das auch mit allen Erinnerungen so. »Ich bin wieder da.«

»Ja und nein.«

Kon versteifte sich. »Kannst du mir verzeihen, dass ich dich vergessen habe?«

»Spinnst du? Als ob du etwas dafür könntest!«, echauffierte Arianna sich.

»Was ist es dann?«

»Ich bin so froh, dich nach wenigen Tagen gefunden zu haben. Wenn ich bis Ende des Monats nicht gewusst hätte, was aus dir wurde, wäre ich durchgedreht. Du bist wieder da und ich erkenne dein Wesen, gleichzeitig bist du mir fremd«, versuchte Arianna zu erklären.

Kon rückte ein Stück von ihr ab. »Soll ich dich loslassen?«

Herausfordernd zog sie eine Augenbraue hoch. »Wäre ich dann in dein Bett gekrochen?«

»Eher nicht. Wo liegt sonst das Problem?«

Arianna verzog das Gesicht. »Du bist viel zu unbeschwert. Das klingt jetzt wahnsinnig bescheuert.«

»Wirfst du mir allen Ernstes meine gute Laune vor?«

»Ein bisschen, du bist eher der grüblerische und verschlossene Typ. Leo ist von euch beiden der lockere.«

»Vielleicht ist so ein Gedächtnisverlust gar nicht mal schlecht, wenn man gleichzeitig den ganzen Ballast hinter sich lässt, der einen sonst immer runterzieht?«, überlegte Kon und meinte es nur halb im Scherz.

»Soll das heißen, du willst dich nicht wieder erinnern?« Arianna klang erschrocken und musterte ihn aufmerksam.

»Doch, ich bin unvollständig und habe den Eindruck, du weißt genau, wer oder was mir fehlt. Wobei ich inzwischen zu wissen glaube, bei wem es sich um das *wer* handelt.«

Ariannas Augen leuchteten liebevoll. »Dann will ich mal sehen, ob ich deinem Gedächtnis nicht doch ein bisschen auf die Sprünge helfen kann.« Sie beugte sich vor und verschloss seine Lippen mit einem süßen Kuss.

Gierig fuhr Arianna mit den Fingern über seinen nackten Oberkörper. Die Berührung kribbelte und sandte wohlige Schauer durch jede Zelle. Ihre Zungen spielten miteinander. Unter der Decke wurde es immer heißer. Langsam strich Kon mit den Händen über ihren Rücken und verweilte auf ihrem Hintern.

Arianna ließ es geschehen und schmiegte sich fester an ihn. So wie sie sich an ihm rieb, war es eindeutig, wohin die Reise gehen sollte, und es fiel Kon schwer, sich länger zurückzuhalten. Er wollte das hier um jeden Preis und war mehr als bereit dazu.

Arianna unterbrach den Kuss und setzte sich auf. »Warte«, sagte sie, ohne ihre Einwände weiter auszuführen.

Hatte er sich geirrt und die Situation falsch eingeschätzt? »Ich dachte, wir hätten eine solche Beziehung?«

Arianna errötete sacht, was ihm wahnsinnig gut gefiel. »Ja … nein, das ist kompliziert.«

Seine Hände sanken herab. »Es tut mir leid, ich wollte dich nicht bedrängen.«

»Ich habe dich nicht meinetwegen gebremst.«

Das ergab nicht wirklich Sinn. »Wer könnte sonst etwas gegen das hier haben?«

Ihr Blick senkte sich unbehaglich. »Du.«

Kon musste sich verhört haben, so leise wie Arianna dieses eine Wort gehaucht hatte. »Halt mal«, bat er eindringlich, »du willst mir nicht gerade erzählen, dass du gern mit mir schlafen möchtest, aber *ich* es bisher nicht zugelassen habe? Bin ich echt so bescheuert? Oder verklemmt? Habe ich eine Krankheit, von der ich nichts mehr weiß?«

Das glockenhelle Lachen löste die angespannte Stimmung so schnell, wie sie sich zwischen ihnen aufgebaut hatte. »Du hast deine Gründe.«

»Tatsächlich? Die würde ich verdammt gern hören.«

Seufzend streckte Arianna sich. »Ich bin mir nicht mal sicher, ob ich alle kenne.«

Kon lehnte sich zurück. »Klingt, als wäre ich total verkorkst.«

»Du machst dir keine Vorstellung«, gluckste sie.

Er mochte den Schlagabtausch mit ihr. Es fühlte sich nicht so an, als täten sie das zum ersten Mal. Das Gefühl war vertraut und beruhigte ihn. »Und was stimmt mit dir nicht?«

Arianna sah irritiert zu ihm auf. »Was soll mit mir nicht stimmen?«

»Du lässt dich auf einen umnachteten Idioten ein, der dich am ausgestreckten Arm verhungern lässt. Das klingt für mich nach einer ausgewachsenen Psychose.«

Für den Spruch knuffte Arianna ihn in die Seite. »Du studierst Jura und nicht Psychologie.«

Kon wich ihr lachend aus. »Wie langweilig!«

»Kann ich nicht beurteilen, aber es passt zu dir.« Arianna kam ihm hinterher, setzte sich auf sein Becken und funkelte ihn an.

»Na toll, jetzt hältst du mich auch noch für einen Langweiler«, stöhnte Kon übertrieben.

»Das hast *du* gesagt. Verdreh mir nicht die Worte im Mund.«

»Ich könnte dir auch etwas anderes im Mund verdrehen.«

Arianna beugte sich zu ihm. Er stützte sich mit den Händen ab und kam ihr entgegen. Fast berührten sich ihre Nasenspitzen. Ganz langsam fuhr sie mit der Zunge über seine Unterlippe. »Ach ja? Was denn zum Beispiel?«

Kon beantwortete die Frage mit einem Kuss. Arianna umfasste seine Wangen, wobei sie die Brüste fest an ihn presste. Dabei rieb sie mit der Hüfte über seinen Schritt und Kon stöhnte in ihren Mund. Er konnte sich wirklich keinen plausiblen Grund für Zurückhaltung vorstellen, doch ein Teil von ihm sah es instinktiv anders. Es *musste* einen Grund geben, andernfalls hätte er dem Verlangen längst nachgegeben. Arianna war wahnsinnig heiß und der Kuss raubte ihm den Verstand. Sie wollte ihn ohne Zweifel. Wieso tat Kon dann nicht das, wonach sie beide sich offensichtlich sehnten?

Arianna löste sich schwer atmend von ihm. »Sollten wir das wirklich tun?«

»Na ja, ich könnte schon weitermachen …«

Sie beobachtete ihn nachdenklich. Zu gern hätte Kon gewusst, was jetzt in ihrem Kopf vorging.

»Raus aus dem Bett mit euch!«, schallte es durch den Flur.

Erschrocken zuckten sie zusammen. Arianna fiel fast von seinem Schoß.

»Lasst mich nichts sehen, was mich auf die Couch eines Therapeuten bringt, wenn ich gleich das Schlafzimmer betrete«, setzte Leo nach.

Kon räusperte sich. »Gib uns noch einen Moment.«

Sein Kumpel stöhnte. »Ich wusste es! Ihr treibt es in *meinem* Bett!«

»Damit hättest du rechnen müssen, wenn du uns hier allein lässt. Selbst schuld.« Er grinste Arianna frech an. Sie lächelte verschmitzt zurück und kletterte vorsichtig von ihm runter. Nervös zupfte sie am Saum des Shirts.

Kon stand ebenfalls auf. Ratlos sah er an sich hinunter. Seine Klamotten hingen über der Stuhllehne. Das ramponierte Zeug wollte er nur ungern anziehen, also ließ er es sein. »Wenn du willst, darfst du jetzt reinkommen.«

Langsam senkte sich die Türklinke herab. Leo hielt eine Hand vor die Augen und schielte durch den Spalt zweier Finger. »Habt ihr etwas an?«

»Ja«, brummte Arianna verlegen.

Leo nahm die Hand runter und fluchte, sobald er Kon entdeckte. »Habt ihr nicht!«

Die Reaktion seines Kumpels beeindruckte ihn nicht. Er verdrehte die Augen. »Was soll ich denn anziehen? Die Klamotten sind hinüber und die Shorts eigentlich auch.«

Leo betrachtete ihn nachdenklich. »Ich leihe dir was von mir.«

Kon grinste breit. »Soll ich auch deine Unterwäsche auftragen? Sind wir beide wirklich so dicke?«

»Igitt, das lässt du schön bleiben! Ich kaufe dir welche.« Leo betrat das Schlafzimmer und öffnete den Kleiderschrank. Es tat gut, einen solchen Kumpel zu haben. Auch wenn er sich an nichts von dem, was sie schon gemeinsam durchgestanden hatten, erinnerte. Mit den Fingerspitzen strich er über Ariannas Handrücken. Die Berührung hätte als zufällig durchgehen können. Das Gegenteil war der Fall. Bewusst suchte Kon ihre Nähe. Sein Herz stolperte, als Arianna ihm ein zartes Lächeln schenkte. O ja, sie war definitiv mehr als eine simple Affäre.

»Bitte sehr.« Leo hielt ihm ein Bündel Kleidung entgegen.

Kon ging zu ihm und klopfte ihm kameradschaftlich auf seine Schulter. »Danke, Mann!«

»Kein Ding!« Er rümpfte die Nase. »Zieh dich an, damit wir Kriegsrat halten können.«

Er wollte gerade eine blöde Antwort geben, da kam ihm eine unbekannte Stimme zuvor: »Hey, Kon, wie geht es dir?«

Überrascht sah er auf. Im Flur wartete eine junge Frau mit schwarzen Korkenzieherlocken. Er kratzte sich verlegen am Kopf. »Ganz gut, denke ich. Vermutlich müsste ich dich kennen. Leider klingelt da gar nichts. Tut mir leid.«

Sie winkte ab. »Ich bin Vik, die Jungfrau.«

»Die was?!« Kon verschluckte sich. Sollte er sich auch öffentlich mit seinen sexuellen Erfahrungen – oder wie in ihrem Fall, den nicht vorhandenen – vorstellen?

»Das Sternzeichen, du Idiot!« Das Augenrollen war in Leos Stimme überdeutlich zu hören.

Okay, das ergab nach der verrückten Geschichte von gestern seltsamerweise sogar Sinn. Trotzdem grinste Kon dämlich vor sich hin.

Leo stieß ihm in die Rippen. »Guck mein Mädchen nicht so lüstern an. Dafür hast du ein eigenes.« Er machte eine unwirsche Geste in Ariannas Richtung.

»Sorry«, murmelte Kon.

»Schon gut, jetzt geh dich anziehen, und zwar außerhalb der Sichtweite meiner Freundin.«

Als Kon ein paar Minuten später ins Wohnzimmer kam, waren die drei bereits in eine hitzige Diskussion vertieft. Er schlich zum Sofa und setzte sich dicht an Ariannas Seite. Eigentlich hatte er zuhören und versuchen wollen, sich einen Reim auf das Gespräch, dem er nicht wirklich folgen konnte, zu machen.

Doch dann fiel sein Blick auf den Couchtisch. Dort standen dampfende Kaffeebecher und eine große Papiertüte. Gierig beugte Kon sich vor und inspizierte deren Inhalt. Zum Vorschein kam eine Auswahl dick bestrichener Bagels. Er biss sich auf die Unterlippe. »Stört es euch, wenn ich schon anfange? Ich bin halb verhungert!«

»Mach nur«, erwiderte Leo leichthin.

Das ließ Kon sich nicht zweimal sagen, er angelte sich einen Kaffee und zog einen Bagel mit Frischkäse und Schnittlauch aus der Tüte. Beides schmeckte fantastisch und ließ ihn die ernste Lage, in der er sich befand, vergessen.

»Was ist mit Selene?«, wollte Arianna wissen. »Weiß sie, dass wir Konstantin gefunden haben?«

Jetzt wurde er hellhörig. Das Thema interessierte ihn auch.

»Ich habe ihr nichts verraten«, erklärte Leo. »Das werde ich auch nicht tun. Was sie mit Kon abgezogen hat, geht gar nicht. Ich muss mich echt zusammenreißen, jedes Mal, wenn ich sie sehe.«

Vik musterte ihn nachdenklich. »Wann genau habt ihr ihn gefunden?«

»Am späten Nachmittag, es dämmerte kurz darauf.« Leo sah zwischen ihnen beiden hin und her. »Wieso?«

»Gestern beim Abendessen wirkte Selene wie erstarrt. Ihr fiel sogar die Gabel aus der Hand. Danach hat sie total finster geguckt und sich schnell verzogen. Dabei war das kurz vor Sonnenuntergang. Zu der Zeit ist sie immer am geselligsten. Das könnte zeitlich in etwa passen.«

Arianna runzelte nachdenklich die Stirn. »Wie soll sie das denn gemerkt haben? Wir waren am anderen Ende der Stadt.«

»Kann ich mir auch nicht vorstellen«, meinte Leo. »Es sei denn ...«

»Es sei denn, was?« Kon fühlte sich außen vor. Alle redeten über ihn statt mit ihm. Das nervte! Klar, sein Hirn war Matsch, aber er war noch da – irgendwie zumindest.

»Der Stein«, murmelte Leo. »Wenn sie dich damit orten konnte, wie wir vermuten, dann hat sie bestimmt gemerkt, dass die Verbindung abgebrochen ist. Das würde die Reaktion beim Essen erklären.«

»Stimmt!«, rief Vik aus. »Von diesem Anhänger hast du mir erzählt. Das könnte doch sein.«

»Was auch immer die Funktion des Steins war, jetzt hat Selene nichts mehr davon.« Arianna strahlte eine gewisse Genugtuung aus.

Kon nahm es ihr nicht übel. »Es ist ja schön, dass Selene deswegen schlechte Laune hat, denke ich. Was nützt uns das? Ich weiß immer noch nicht, wer ich bin. Da ist gar nichts!«

Arianna ergriff seine Hand und drückte sie fest. Ihr zuliebe versuchte er sich zu beherrschen. »Wir kriegen dich wieder hin, versprochen.«

»Und wie?«, fragte Kon trostlos.

»Bei mir hat warten funktioniert. Es war eine harte Zeit, darum verstehe ich auch so gut, was du durchmachst. Nach ein paar Tagen verblasste der Zauber und ich erkannte die Wahrheit.«

»Das ist der Plan? Wir warten ab, was passiert, und sehen dann weiter?« War es so leicht? Es fiel Kon schwer, das zu glauben.

Leo verschränkte die Arme vor der Brust. »So gesehen treibt uns nichts. Alle Zeichen sind versammelt. Du hast deinen Job, sie zu suchen, schon erledigt. Andernfalls hätte Selene nie gewagt, dich auf diese Weise zu bestrafen.«

»Und was tun wir, wenn das nichts bringt? Gehe ich dann zu Selene zurück und flehe sie an, mir zurückzugeben, was sie mir genommen hat?«

»Ob das eine gute Idee wäre …«, sagte Arianna.

»Früher oder später werden die beiden aufeinandertreffen, spätestens zur Finsternis. Das ist unvermeidbar«, warf Vik ein.

Leo hob beschwichtigend die Hände. »Wir warten erst mal ab. Wenn es sich nicht bessert, können wir uns die Köpfe darüber zerbrechen, was als Nächstes zu tun ist.«

Das Gespräch wurde gelassener, Kons Beteiligung war zurückhaltend. Er wusste nicht recht, worüber er mit den anderen reden sollte. Stattdessen ließ er sich die Bagels schmecken. Er fühlte sich noch immer ausgehungert.

Das Orakel – muss man es vorher abfüllen?

Frankfurt am Main, Dornbusch – Main Tower
24. Juli 2018

Kon

»Das geht so nicht weiter.« Leo klang resigniert.

»Was du nicht sagst!«, giftete Arianna zurück. Während der letzten Tage war sie vollkommen angespannt gewesen.

Kon seufzte. Von seinen Erinnerungen war nach wie vor keine Spur. Nicht mal ein Aufblitzen von Fragmenten. Wenn er versuchte, sich an etwas zu erinnern, bevor er orientierungslos durch Frankfurt gelaufen war, so kam da nichts als ein weißes Rauschen. Er hatte es mit Meditation und Hypnose versucht – nichts!

Vor zwei Tagen hatte Leo eine junge Frau namens Antonia mitgebracht. Sie hatte ihn kopfschüttelnd gemustert, mit einem Blick, den man einem ausgesetzten Kätzchen zuwirft, das bei Regen in einem Pappkarton sitzt. Auch sie hätte er kennen sollen, doch bei ihm klingelte nichts. Leo und Arianna ließen nichts unversucht. Antonia hatte behauptet, dass ihre Fähigkeit bei einem magischen Gedächtnisverlust wenig brachte. Es hatte nicht geholfen. Was auch immer sie mit ihm angestellt hatte.

Kon und Arianna lebten nun schon seit über zwei Wochen in der Wohnung und verließen sie so gut wie nie. Leo versorgte sie mit Lebensmitteln und oft brachte er seine Freundin Vik mit. Die Besuche des Zeichens der Jungfrau taten vor allem Arianna gut. Die Frauen redeten viel miteinander.

Während der ersten Woche war es wie eine wilde Ehe gewesen. Wie sich herausstellte, kochte Kon gern. Das hatte er nicht gewusst, instinktiv funktionierte es. Arianna war jedes Mal glücklich, wenn er in der Küchenzeile werkelte. Daher machte er es täglich und Leo brachte Zutaten mit, nicht nur Gerichte vom Lieferdienst. Kon schlief mit Arianna im selben Bett. Sie küssten sich und fummelten ein bisschen, dabei gingen sie nie weiter. Da sie diese Grenze bislang nicht überschritten hatten, warteten sie, bis er wieder der Alte war. Hoffentlich wollte er dann immer noch mit ihr schlafen.

Das wahre Ich, das in ihm schlummerte, bereitete Kon gelegentlich Sorgen. Der Typ, der er in Wahrheit zu sein schien, hatte ernste Probleme und er wusste nicht, ob er die wirklich zurückhaben wollte. Andererseits käme er nicht drum herum.

In der zweiten Woche zeichnete sich ab, dass der Zustand von dauerhafter Natur sein könnte, Kon bemerkte immer deutlicher, wie seine Freunde mit ihm umgingen, und es gefiel ihm nicht. Sie sahen ihn, sprachen mit ihm und irgendwie eben auch nicht. Je länger keine Besserung in Sicht kam, desto öfter bemerkte er die Enttäuschung in ihren Augen. Ganz besonders bei Arianna, sie freute sich, bei ihm zu sein. Nur so richtig bei ihm war sie auch nicht. Sie sehnte sich nach dem Teil von Kon, den er verloren hatte. Das warf er ihr nicht vor. Es war verständlich. Trotzdem war es ein Scheißgefühl und es wurde von Tag zu Tag schlimmer.

Mit Antares war es dasselbe. Jeden Abend erschien er freudestrahlend und hoffte, endlich erkannt zu werden. Immer wenn Kon seufzend verneinte, verblasste das orangene Leuchten und lief nur auf Sparflamme.

»Habt ihr denn, von Selene mal abgesehen, gar keine Ideen mehr?«, fragte Kon resigniert. Er wollte so nicht weitermachen.

Sein Kumpel musterte ihn eindringlich. »Eine vielleicht.«

»Leo!«, zischte Vik. »Das hatten wir doch besprochen.«

Kon sah sie verständnislos an. Es nervte, nie zu wissen, worum es in den Gesprächen eigentlich ging. »Erzähl mir von der Idee.«

»Das ist ein Himmelfahrtskommando. In ein paar Tagen muss er sowieso wieder zu Selene. Die wird ihm die Erinnerungen schon zurückgeben. Schließlich muss er seinen Teil im Ritual erledigen.« Sie sah nicht zu Kon, sondern zu ihrem Freund.

Das reichte! Er hatte die Schnauze gestrichen voll. Mit der flachen Hand schlug er knallend auf den Tisch. »Ich sitze *hier*! Könnt ihr endlich damit aufhören, immer nur über mich und so gut wie nie *mit mir* zu reden? Das ist echt scheiße!«

Leo fuhr sich übers Gesicht. »Sorry, du hast recht.«

Konstantin verschränkte die Arme vor der Brust. »Erzählt mir von der Idee und warum ihr sie für gut oder eben nicht gut haltet. Dann kann ich entscheiden, welche Wahl die bessere ist. Immerhin betrifft es in erster Linie mich.«

Vik funkelte böse in Leos Richtung, er ließ sich davon nicht beirren. »Es gibt noch eine Person in der Stadt, die dir vielleicht helfen kann. Allerdings wäre ein Besuch bei ihr riskant. Sie behauptet zwar immer, neutral zu sein, trotzdem hilft sie die meiste Zeit Zeus' Göttern. Das macht sie also doch irgendwie parteiisch. Eventuell kann sie was machen, und selbst wenn nicht, müsste sie in der Lage sein, uns einen Tipp zu geben, was helfen wird.«

Das klang doch gar nicht schlecht. Von den feindlichen Göttern mal abgesehen.

Arianna neben ihm versteifte sich. »Von wem sprichst du?« Ihr Tonfall war lauernd. Sie ahnte es und wollte mit der Frage ganz sichergehen, um Leo nicht grundlos an die Kehle zu springen, weil er Kon in Gefahr brachte. Das war süß von ihr, aber er musste sich endlich wieder vollständig fühlen.

»Vom Orakel …«

Er wurde von Arianna direkt unterbrochen. »Spinnst du?! Vik hat recht. Das ist zu gefährlich. Dann warten wir lieber auf Selene.«

»Nein, ich will nicht mehr warten müssen. Ich will wieder ich selbst sein und ihr wollt das auch, wenn ihr mal ehrlich mit euch seid. So geht es doch nicht weiter. Was ist das für ein Orakel? Hätte ich wissen müssen, dass es so was gibt?«

Leo sah entschlossen zwischen ihnen hin und her. Letztendlich verweilte sein Blick auf Kon. »Es ist ein junges Mädchen mit einer seherischen Gabe. Ähnlich wie unsere wird ihre Seele alle paar Jahrhunderte wiedergeboren, wenn auch aus anderen Gründen als bei uns. Die meisten Mythen rankten sich um sie, als sie in der Antike in Delphi residierte. Diese Wallfahrtsstätte hielt sich über Jahrhunderte, sodass sie dort tatsächlich öfter als einmal als junge Priesterin Vorhersagen machte. Als die Christen die Wahrsagerei im 4. Jahrhundert verboten, zog sie sich zurück. Das Orakel wurde ruhiger und mied öffentliche Auftritte. Seitdem dient sie hauptsächlich den Göttern, von denen sie ihre Macht erhalten hat.«

»Hat man in der Zwischenzeit nicht nachgewiesen, dass das delphische Orakel Weissagungen von Gas umnebelt gemacht hat? Wie soll die uns helfen? Nehmen wir eine Flasche Wodka mit oder lieber etwas Lachgas?« Arianna war von dem Vorschlag nicht begeistert.

Leo lachte bloß. »Ja, auf die meisten trifft das wohl zu. Dazwischen gab es eine, die wirklich echt war. Und zufällig habe ich herausgefunden, wo sie dieser Tage residiert.«

»Dann nichts wie hin!« Kon war entschlossen, sein Gedächtnis wiederzubekommen. Die erwartungsvollen und gleichzeitig enttäuschten Blicke hielt er keinen Tag länger aus.

Arianna legte ihm die Hand auf den Unterarm. »Bist du sicher? Das kann wirklich gefährlich werden.«

»Wir versuchen es wenigstens. Ich muss wissen, wer ich bin.« Kon sah ihr tief in die Augen. Er mochte den warmen Braunton wirklich. »Ich muss wissen, wer du bist.«

Sie seufzte und schloss flatternd die Lider. »Dann tun wir's.«

»Danke«, murmelte Kon und küsste sie auf die Wange.

»Sehr schön!«, rief Leo aus. »Auf in die Innenstadt.«

Eine Viertelstunde später standen sie vorm Main Tower. Kon hielt Ariannas Hand und war froh, dass sie bei ihm war. Der Anblick des Hochhauses machte ihn nervös und hoffnungsvoll zugleich. Sie reihten sich in die Schlange der Einlasskontrolle ein und ließen sich durchleuchten.

Im Inneren angekommen, suchten sie sich den Weg zum richtigen Bürofahrstuhl. Arianna und Vik sahen sich in der gläsernen Eingangshalle staunend um. Kon erinnerte sich dunkel daran, schon öfter hier gewesen zu sein, wenn er auch keine Ahnung mehr hatte weswegen. Zugegeben, es war mehr ein Gefühl als eine tatsächliche Erinnerung.

Leo starrte stur aufs Handy. Dann hob er den Arm. »Wir müssen in die Richtung.«

Sie erreichten einen Fahrstuhl in der Mitte des runden Turms. Dort prangten unzählige kleine Schildchen, die angaben, welche Firma in welchem Stockwerk zu finden war.

»Das Orakel sitzt im 42. Stock«, erklärte Leo und drückte auf den entsprechenden Knopf.

»Na, dann finden wir da vielleicht nicht nur Kons Gedächtnis, sondern gleich noch den Sinn des Lebens, wenn wir schon mal dabei sind.« Vik grinste breit und amüsierte sich köstlich, während Arianna näher an ihn heranrückte.

Die Sprechanlage knackte. »Sie wünschen?« Die männliche Stimme klang genervt.

»Wir hoffen auf eine Vorhersage oder wenigstens einen Tipp, Sie wissen schon«, antwortete Leo fröhlich.

»Haben Sie einen Termin?«

»Leider nicht, wir sind spontan hier.«

»Dann kann ich Ihnen nicht helfen. Bitte machen Sie einen Termin.« Die Stimme war unnachgiebig.

»Warten Sie!«, rief Leo. »Hier sind Virgo, Taurus, Scorpio und Leo. Es geht um das Himmelsereignis in drei Tagen. Bestimmt kann sie uns dazwischenschieben.«

Auf der anderen Seite blieb es kurz still. »Einen Moment bitte.«

Leo drehte sich grinsend zu den Freunden um. »Geht doch.«

Arianna sah das anders. »Die trommeln gerade alles zusammen, was sie gegen uns aufbieten können, und wir tappen fröhlich in die Falle.«

Kon fuhr mit dem Daumen beruhigend über ihren Handrücken. »Alles wird gut.«

»Woher willst du das wissen?«

Verlegen zupfte er sich am Ohrläppchen. »Na ja, das sagt man eben so. Wir sollten optimistisch sein.«

Leo sah ihn entgeistert an. »O Himmel! Hoffentlich kriegt das Orakel dein Gedächtnis wieder hin. Du bist gruselig als Optimist! Ich möchte bitte meinen schwarzmalerischen und alles negativ sehenden Kumpel zurück.«

Kon seufzte. War sein Charakter wirklich so verkorkst? »Klingt jetzt irgendwie weniger verlockend als bisher.«

Arianna lächelte ihn an. »So schlimm bist du gar nicht. Leo übertreibt wie immer gern.«

Der Lautsprecher knackte erneut: »Sie werden empfangen, bitte treten Sie in den Fahrstuhl.«

Die Edelstahltüren glitten lautlos auseinander und sie traten ein. Der Aufzug setzte sich unmittelbar in Bewegung und wurde immer schneller. Auf einer Anzeige standen Geschwindigkeit, Stockwerk und Höhe. Es wäre interessant gewesen, wenn Kon nicht mit jedem überwundenen Meter nervöser geworden wäre. Hoffentlich schickte er sie nicht alle direkt in eine Falle.

Eine halbe Minute später waren sie am Ziel. Das Stockwerk war genauso aufgebaut wie das Erdgeschoss. Sie wurden von einem Mann im schwarzen Anzug erwartet, der sie ausdruckslos musterte. »Kommen Sie.«

Er führte sie einen gebogenen Flur entlang und blieb nach wenigen Metern schon wieder stehen. Die Tür war unscheinbar und sah aus wie jede andere, die sie passiert hatten. Ohne zu klopfen, öffnete der Mann sie. Man konnte nicht erkennen, was sich in dem Raum befand. Dazu war der Kerl zu groß und hatte zu breite Schultern. Er wirkte wie ein Bodyguard. »Ihr Besuch ist da.«

»Lass sie herein«, antwortete eine hohe Stimme.

Der Schrank trat beiseite und endlich konnten sie einen Blick hineinwerfen. Zögerlich betraten sie den weitläufigen Raum. Es gab diverse Sitzgelegenheiten und viele Zimmerpflanzen. Alles war offen gebaut und lichtdurchflutet. Vor ihnen erstreckte sich die gewölbte Glasfassade des Towers. Die Aussicht war grandios.

Leo stieß einen leisen Pfiff aus. »Wow, der Anblick ist noch besser als bei Selene.«

Vor den Fenstern saß ein junges Mädchen in einem tiefen Sessel, der von zwei weiteren Männern im Anzug flankiert wurde. Sie war vielleicht fünfzehn. Dabei wirkte sie viel älter, weil sie dort so still und beherrscht saß. Mit den strohblonden Haaren und noch kindlich runden Gesichtszügen sah sie aus wie eine überdimensionierte Puppe. Das etwas altbacken aussehende Kleid verstärkte diesen Eindruck.

Sie machte eine auffordernde Geste und deutete auf die Sessel vor sich. »Seid mir willkommen, Sternzeichen. Euer Besuch kommt überraschend, ist aber nicht weniger erfreulich. Was führt euch zu mir?«

Es war Leo, der das Wort ergriff. »Vielen Dank, dass du uns empfängst. Wir erhoffen uns deinen Rat.«

»In welcher Angelegenheit?«

Er deutete auf Kon und trat langsam an sie heran. »Wir suchen jemanden oder etwas, das Scorpios Gedächtnis wieder hinkriegt.«

»Was ist mit ihm geschehen?« Ein Hauch von Überraschung klang in ihrer Stimme mit.

»Ein Streit mit Selene. Es ist über zwei Wochen her und wird nicht besser.«

»Warum geht er nicht zu ihr? Immerhin seid ihr die Getreuen der Mondgöttin.« Das Mädchen beugte sich interessiert vor.

»Wir sind zurzeit nicht besonders gut aufeinander zu sprechen«, entgegnete Arianna spitz.

Das Orakel betrachtete jeden von ihnen eindringlich. »Ich werde sehen, was ich tun kann.« Dann stand sie auf und ging zu einem dicken Teppich, der direkt an die Fenster grenzte. Dort setzte sie sich in den Schneidersitz. »Komm zu mir, Scorpio.«

Nach kurzem Zögern stand Kon ebenfalls auf. Er lächelte Arianna aufmunternd zu und wandte sich ans Orakel. Bei dem Mädchen angekommen, setzte er sich ihr gegenüber. »Und was jetzt?«

»Schließ die Augen und atme ruhig. Mehr musst du nicht tun.«

Kon tat, wie ihm geheißen. Er spürte die Berührung von zwei Fingern auf der Stirn. Sie waren warm und wohltuend. Es wurde still in ihm, seine Atmung verlangsamte sich. Den Teppich unter sich fühlte er kaum noch. Stattdessen trieb sein Geist schwerelos vor sich hin.

Der Geschmack von Asche und Verzweiflung

Frankfurt am Main, Main Tower
24. Juli 2018

Kon

Er öffnete die Augen. Was hatte das Orakel mit ihm gemacht? Jetzt war er allein in dem weitläufigen Büro, wenn er das bei dem wenigen Licht richtig beurteilte. Die Nacht war hereingebrochen. Langsam stand Kon auf und stellte sich an die Glasfront des Hochhauses. Der Himmel war klar, Sterne gab es trotzdem kaum zu sehen. Die wurden von dem gigantischen Vollmond, der über der Stadt hing, überstrahlt.

Unter ihm erstreckte sich die Innenstadt mit den anderen Wolkenkratzern und dahinter lag das Westend. Nur vereinzelte Fenster waren beleuchtet. Es musste spät sein.

Ohne Vorankündigung verdunkelte sich das Panorama. Binnen Sekunden kroch der Erdschatten über den Mond und ließ ihn rot leuchten. Der Blutmond war aufgegangen. Der Anblick löste etwas in Kon aus. Dieses Himmelsschauspiel sah er nicht zum ersten Mal. Sein Unterbewusstsein verband große Hoffnungen damit. Er legte die Hand an die Fensterscheibe und starrte sehnsüchtig zum Mond.

Wenn es gelang, war die Schuld beglichen.

Unter seinen Fingerspitzen vibrierte es. Was war das? Kon taumelte und fasste sich an den Kopf. Wurde er jetzt ohnmächtig? Er verlor das Gleichgewicht und sank auf die Knie, doch es hörte nicht auf. Es war nicht er, der schwankte, sondern der Boden!

Es wurde noch dunkler. Unter ihm war die Straßenbeleuchtung auf einen Schlag ausgegangen, auch die Fenster in den anderen Hochhäusern waren dunkel. Frankfurt badete im roten Mondlicht, während es immer stärker bebte. Seit wann gab es hier Erdbeben? Die ganze Szenerie war gespenstisch.

Ein lauter Knall schreckte ihn auf. In der Mitte des Europaturms explodierte etwas und riss das Bauwerk auseinander. Die Aussichtsplattform stürzte zu Boden. Selbst bei dem schlechten Licht sah man die Staubwolke, die im Feuerschein orange flackerte.

Der Messe- und der Opernturm mussten als Nächstes dran glauben. Sie fielen einfach in sich zusammen. Kon sollte schnellstmöglich von hier verschwinden! Wer wusste, wie lange der Main Tower dem Beben standhielt?

Er stürmte aus dem Zimmer. Der Flur war stockdunkel und verlassen. Was war mit all den Menschen passiert? Wo waren seine Gefährten und die Sterne? Über ihm ächzte Metall. Ein Stahlträger brach verbogen durch die Decke. Mit einem Hechtsprung brachte Kon sich in Sicherheit. Er schlitterte durch zerbrochenes Glas und schnitt sich den Unterarm auf. Keuchend stemmte er sich hoch und folgte den Hinweisen zum Treppenhaus. Wenigstens funktionierte die Notstromversorgung noch und die kleinen grünen Schilder waren gut zu sehen.

Um die anderen konnte er sich später sorgen. Wenn sie nicht hier waren, dann geschah ihnen wenigstens nichts. Jetzt hieß es erst mal die eigene Haut retten. Kon taumelte mehr, als dass er lief. Der Flur öffnete sich zu einem runden Raum, in dem sich ein weiterer Zugang zu den Fahrstühlen befand. Die funktionierten natürlich nicht. Von hier aus kam er auch zu den Treppen. Zu seiner Linken barsten die Fensterscheiben. Splitter flogen durch die Luft und bohrten sich in alles, was ihre Bahn kreuzte. Der obere Teil des Gebäudes gab allmählich nach. Nicht mehr lange und auch der Tower wäre Geschichte.

Kon rannte durch den Raum und stürzte auf die rettende Tür zu. Er sprang die Stufen regelrecht hinunter und nahm mehrere auf einmal. Durch die Glasfassade schien ausreichend rotes Mondlicht und er kam gut voran. Trotzdem hetzte er immer schneller die Treppen hinunter, schließlich hatte er über vierzig Stockwerke zu überwinden.

Er bekam Seitenstechen und seine Muskeln begannen zu protestieren. Er durfte nicht anhalten. Das wäre sein sicherer Tod. Der Boden kam näher. Nach jeder zweiten Treppe warf er im Lauf einen kurzen Blick nach draußen. Er konnte es schaffen.

Schließlich hatte er die letzten Stufen und den Ausgang erreicht. Kon hechtete nach draußen. Er musste zwischen den einstürzenden Hochhäusern verschwinden und zu einem offenen Platz gelangen.

Auf der Straße begegnete Kon endlich anderen Menschen. Panisch liefen sie umher und versuchten, sich zu retten. Staub und Asche wirbelten durch die Luft und erschwerten die Sicht. Eine Gestalt stürzte auf Kon zu und riss ihn fast von den Füßen. Geistesgegenwärtig umklammerte er die Oberarme des Mannes und verhinderte so den Sturz. Sein Gegenüber hatte eine üble Platzwunde an der Schläfe.

Kon ließ ihn los und wankte zurück. Der Mann hatte kein Gesicht! Dort, wo Augen, Mund oder Nase sein sollten, war schlichtweg nichts. Es sah nicht so aus, als hätte er sich früher verletzt. Die Haut war glatt und unversehrt. Sie zog sich vom Hals einfach weiter bis zum Haaransatz. Trotzdem hörte Kon ihn schreien.

War er zuvor schon in Panik gewesen, verspürte er jetzt die nackte Angst. Einen Haken schlagend wich er dem Mann aus und setzte die Flucht fort. Je weiter er kam, desto mehr gesichtslose Gestalten kamen ihm entgegen. Bis es so viele waren, dass Kon kaum noch vorankam. Er schob sich durch die verletzten und schreienden Menschen, die allesamt in die falsche Richtung strömten. Oder war er derjenige, der falschlag?

Kurz war Kon versucht, sich mit dem Strom treiben zu lassen. Die Überlegung verschwand so schnell, wie sie gekommen war. Hinter ihm wurde das Dröhnen immer lauter. Ein Blick über die Schulter bestätigte seine schlimmsten Befürchtungen. Der Main Tower war in Schieflage. Ein gegenüberliegendes Gebäude hatte ihn kurzzeitig gebremst und wurde nun von den Massen aus Stahl und Glas zermalmt.

Kon war zu nah dran. Hier würde das Gebäude ihn erwischen. »Ihr rennt in den sicheren Tod! Wir müssen in die andere Richtung!«

Niemand hörte auf ihn. Er war gefangen und konnte nur das Unvermeidliche erwarten. Etwas traf seinen Kopf und riss ihn zu Boden. Unzählige Leiber drückten ihn nieder. Einen letzten Blick warf Kon auf den Blutmond, bevor alles schwarz wurde und das Gebäude über ihm zusammenbrach.

Seine Lunge füllte sich mit Staub, der die Schreie erstickte. Es gab kein Entkommen. Er wurde lebendig begraben.

Unbequeme Wahrheiten

Frankfurt am Main, Main Tower
24. Juli 2018

Arianna

Schon seit einigen Minuten saß Konstantin mit geschlossenen Augen vor dem Orakel. Arianna lief unruhig durch den Raum. Die Bodyguards ließen sie nicht aus den Augen.

Ruhig bleiben, Jungs. Ich tu der Kleinen schon nichts.

Leo und Vik saßen in den Sesseln und warteten. Arianna warf einen Blick aus dem Fenster. Frankfurts Skyline war für deutsche Verhältnisse beeindruckend und lenkte sie ab.

Hinter ihr ging die Tür auf. Sobald Arianna im Fensterglas das Spiegelbild der Neuankömmlinge sah, wirbelte sie herum. Sie hatten mit den Göttern gerechnet. Trotzdem war es überraschend, Zelos und dessen Bruder zu sehen.

»Was machen die hier?«, fragte Kratos überrascht.

»Ihr habt euch also wieder aus eurem Loch herausgetraut«, stellte Zelos fest.

Mit festen Schritten ging Arianna zu Konstantin, der keinerlei Regung zeigte. Sein Gesicht war angespannt und sie glaubte, ihn leise murmeln zu hören. Sie stellte sich zwischen ihn und die Götter.

»Krümmt ihm auch nur ein Haar und ihr werdet es bereuen«, drohte Arianna.

Leo und Vik waren von den Sesseln aufgesprungen und traten an ihre Seite. Die Leibwächter setzten sich ebenfalls in Bewegung, sie mussten vom Schlimmsten ausgehen. Bisher war es noch jedes Mal zum Kampf gekommen, sobald die verfeindeten Seiten aufeinanderstießen.

»Das wird nicht nötig sein. Dies ist ein friedlicher Ort«, ertönte die glockenhelle Stimme des Orakels.

Zelos verzog das Gesicht zu einem spöttischen Grinsen. »Selbstverständlich werden wir friedlich bleiben. Sei so gut und verrate uns, warum du sie empfangen hast.«

»Die Zeichen sind auf der Suche nach Antworten, die ihnen die Mondgöttin verwehrt.«

»Und du gibst sie ihnen einfach?«, fragte Kratos verstimmt.

Das Mädchen stand auf. »Es steht euch nicht zu, zu entscheiden, wem ich eine Antwort gewähre und wem ich sie verweigere. Das liegt ganz allein in meinem Ermessen. Ich halte es für dienlich und habe ihm eine Vision geschenkt.«

Arianna schielte zu Konstantin. Vom Geschehen um sich herum bekam er definitiv nichts mit. Allerdings wurde er unruhiger.

»Was lässt du ihn sehen?«, wollte sie wissen.

Das Orakel öffnete den Mund zu einer Antwort. Arianna verstand sie nicht, sollte sie eine brauchbare gegeben haben. Konstantin schrie, wie von Sinnen, und riss die Augen auf.

Arianna kniete sich zu ihm. »Was ist los? Was hast du?«

Er ignorierte sie und schrie weiter. Sein Blick war nach innen gerichtet. Arianna bemerkte er gar nicht. Fest umfasste sie seine Wangen, um ihn zu beruhigen. Stattdessen rastete er immer weiter aus. Er zerrte an ihren Armen und wollte sich gewaltsam von Arianna lösen. Er kratzte über ihre Haut. Sie hielt ihn fest. Zu groß war die Angst, er könnte sich selbst schaden.

»Konstantin, wach auf!«, brüllte sie ihm entgegen.

Als er nicht reagierte, rief Arianna über die Schulter. »Was machst du mit ihm? Hör damit auf!«

»Es ist gleich vorbei«, versicherte das Orakel.

Hätte Arianna gewagt, von Konstantin abzulassen, sie hätte das Mädchen geschnappt und es dazu gebracht, dass es sofort vorbei wäre und nicht erst gleich. Leibwächter und Götter hin oder her!

Stattdessen kniete sie vor Konstantin und sah hilflos zu, wie er um sich schlug. Die Götter näherten sich neugierig. Arianna funkelte drohend zu ihnen hoch. Leo zog das Feuerzeug hervor und entzündete es. Eine falsche Bewegung und Feuer ginge auf ihre Feinde nieder, auch Vik machte einen Ausfallschritt und ging in Position. Wie sie als Vertreterin des Elements Erde im 42. Stock Macht darüber ausüben wollte, war Arianna ein Rätsel. Womöglich war sie auch in dieser Höhe stark genug.

Konstantin hörte auf, sich zu wehren, und sog keuchend die Luft ein. Sein Blick wandelte sich. Endlich erkannte er sie.

»Alles okay?«, fragte Arianna besorgt.

Statt zu antworten, umklammerte Konstantin sie und verbarg das Gesicht an ihrer Brust. Er war durchgeschwitzt und zitterte am ganzen Körper. Arianna redete beruhigend auf ihn ein und fuhr ihm mit den Händen über seinen Rücken. Allmählich wurde er ruhiger. Das Zittern ließ nach und er entspannte sich.

Langsam hob er den Kopf und suchte nach dem Orakel. »Was war das?!«

»Euer erklärtes Ziel«, antwortete das Mädchen gelassen.

»Willst du mich verarschen? Ich dachte, ich gehe drauf!« Konstantin rang nach Luft.

»Pass auf, wie du mit ihr redest«, knurrte Kratos hinter ihm bedrohlich.

So wie Konstantin dreinschaute, bemerkte er die beiden Götter erst jetzt. Trotzdem wollte er einen bissigen Kommentar abgeben. Davor blieb er an Ariannas verständnislosem Gesicht hängen. Die letzten Fetzen der Vision hielten ihn im Klammergriff. Er sah schrecklich mitgenommen aus.

»Ich kann mich erinnern«, murmelte er.

Arianna schnappte nach Luft. »Du weißt, wer du bist?«

»Es ist alles wieder da.«

Erleichterung durchströmte sie. Dann hatte es doch etwas Gutes, dass sie hierhergekommen waren. Jetzt war es Arianna, die sich schluchzend in seine Arme warf. Sie war so unfassbar froh, dass Konstantin wieder er selbst war. Die unbeschwerte Version, die alle Sorgen vergessen hatte, besaß eine Leichtigkeit, zu der er mit Erinnerungen nicht fähig war. Das war zwar reizvoll, nur handelte es sich dabei nicht um sein wahres Wesen. Sicher hätte Arianna ihn auch so lieben können, aber sie hatte etwas für den grüblerischen Skorpion übrig, der gelegentlich Gift verspritzte, wenn man ihn auf dem falschen Fuß erwischte.

»Was ist passiert? Was hast du gesehen?«, murmelte Arianna an seiner Brust.

»Den Blutmond. Er stand hoch am Himmel über der Stadt.«

»Und weiter?«, fragte Leo, weil Konstantin verstummt war.

»Alles bebte. Nach und nach fielen die Türme um uns herum. Ich wollte fliehen und kam zwischen all den panischen Menschen nicht weit. Sie liefen wie die Lemminge in ihr Unglück. Frankfurt ist untergegangen und über uns zusammengebrochen.«

Arianna setzte sich auf und wandte sich ans Orakel. »Warum zeigst du ihm so was?«

»Deswegen seid ihr doch hergekommen.« Das Mädchen neigte entschuldigend den Kopf.

»Ich kann mich nicht erinnern, dich darum gebeten zu haben, mir einen Horrorfilm mit mir selbst als Hauptdarsteller zu zeigen«, brummte Konstantin.

»So wird es kommen, wenn ihr den eingeschlagenen Weg noch länger beschreitet und nicht davon ablasst.«

»Was soll das heißen?« Vik sah verständnislos von einem zum anderen.

»Sie wissen es wirklich nicht«, murmelte Kratos.

»*Was* wissen wir nicht?«, knurrte Leo.

»Was Selene mit eurer Hilfe anrichten will. Da seid ihr fast so alt wie wir und lauft unwissend wie dressierte Hündchen durch jedes eurer Leben«, schnaubte Zelos.

Vik sprach aus, was auch Arianna durch den Kopf ging: »Sie will doch bloß ihren Geliebten aufwecken. Warum musste Zeus Selenes Wunsch auch so verdrehen und Endymion ewigen Schlaf statt ewigem Leben schenken?«

»Zugegeben, das war nicht die feine Art. Wir hatten damals andere Zeiten. Der Zauber, den die Mondgöttin anwenden will, wird den Hirten wecken, weil er dazu gedacht ist, die Macht des Zeus zu schmälern. Endymions Erwachen ist dabei nicht das Hauptziel, eher ein Nebeneffekt.«

Konstantin stand auf und zog Arianna mit sich hoch. »Und wenn schon. Uns kann es egal sein, was aus Zeus wird. Dann ist er eben etwas weniger mächtig. Na und?«

»Kapierst du es immer noch nicht?«, fragte Kratos. Die Frage war offensichtlich rhetorisch. Der Gott suchte den Blick des Orakels. »Kannst du es ihnen nicht klarmachen?«

»Das versuche ich doch«, hielt sie dagegen.

»Nicht allzu verständlich, ehrlich gesagt«, maulte Leo.

Konstantin rieb sich übers Gesicht. »Könnt ihr alle mal die Klappe halten?!«

Es zeigte Wirkung und Stille breitete sich aus. Er machte einen Schritt auf das Orakel zu, das sogleich von einem Leibwächter abgeschirmt wurde. Falls nötig, könnte Arianna den Schrank von einem Mann beiseiteräumen. Konstantin blieb vorher stehen.

»Du sagst, es wird dazu kommen, wenn wir so weitermachen. Was ich gesehen habe, ist Teil von Selenes Ritual?«

Das Mädchen nickte. »Es ist ein Blutzauber. Die Menschen dieser Stadt dienen als Opfer, sollte er gelingen. Beendet die Mondgöttin ihren Zauber, wird diese Stadt dem Erdboden gleichgemacht und untergehen.«

Dass Blut beim Ritual eine entscheidende Rolle spielte, wussten die Zeichen. Immerhin vergossen sie in dessen Verlauf ihr eigenes.

»Weiß sie es?«, fragte Arianna.

»Eure Göttin?«

»Ja, weiß sie, zu was es führen wird?«

Das Orakel nickte. »Sie nimmt es billigend in Kauf. Die Rache ist ihr wichtiger als das Leben von Menschen. Sie will Zeus am Boden sehen.«

»Es fällt mir schwer, das zu glauben«, hauchte Vik.

»Warum sollte Selene eine so große Sache vor uns geheim halten?«, überlegte Leo.

»Würdet ihr etwa mitmachen, wenn ihr es wüsstet? Wollt ihr diese Stadt brennen sehen?« Zelos zog erstaunt die Augenbrauen hoch.

»Wir sind ihr verpflichtet. Der Schwur bindet uns«, murmelte Konstantin und tigerte durch den Raum. Vor der Fensterfront blieb er stehen. Zu seinen Füßen lag die Stadt in ihrem gewöhnlichen Trott, brummend und pulsierend.

»Dass *du* es nicht glauben willst, war ja klar«, höhnte Kratos.

Konstantin ballte die Fäuste. »Ich weiß, wozu Selene fähig ist. Ich traue ihr *alles* zu. Ebenso wie euch. Wer sagt uns denn, dass an dem Opfer wirklich etwas dran ist und ihr mit dieser Aktion nicht bloß unsere Loyalität untergraben wollt? Das wäre mal etwas Neues, nachdem ihr mit euren bisherigen Methoden nicht weit gekommen seid. Wir sind vollzählig, es ist noch genug Zeit zur Vorbereitung und die Totalität dieser Mondfinsternis beträgt fast hundertdrei Minuten. In der gegebenen Zeit könnten wir das Ritual dreimal durchziehen. Selenes Chancen stehen verdammt gut, so gut wie seit Jahrhunderten nicht, und das ist euch nur zu bewusst.«

»Sicher wissen könnt ihr es nicht«, meinte Zelos locker. »Lass dir gesagt sein, so viel Langeweile, dass wir euch deshalb das Leben schwer machen, haben wir nicht. Wir wollen Zeus schützen und einen Massenmord verhindern. Der Ort eurer Wiedergeburt ist kein Zufall. Es sind immer Großstädte, weil der Zauber nur mit vielen Menschen gelingen kann. Ist euch das noch nie aufgefallen? Nicht wir sind hier die Bösen.«

»Für uns seid ihr Terroristen, die die Bewohner dieser Stadt zur Schlachtbank schicken wollen«, fügte Kratos hinzu.

Die Götter klangen überzeugend. Das musste Arianna ihnen widerstrebend zugestehen. Ihr kam ein unliebsamer Gedanke. »Was, wenn er uns manipuliert?«

Zelos lachte. »Ich bin gut, doch vier auf einmal schaffe ich nicht.«

Kratos trat einen Schritt zur Seite und gab den Blick auf die Tür frei. »Als Zeichen unseres guten Willens lassen wir euch in Frieden ziehen, ohne euch zu verfolgen. Denkt über das nach, was ihr hier erfahren habt. Vielleicht trefft ihr dann zur Abwechslung eine vernünftige Entscheidung.«

Konstantin zögerte, dann ging er zu Arianna, nahm ihre Hand und sah auffordernd zu Leo und Vik. »Lasst uns gehen. Wir haben, weswegen wir gekommen sind.«

»Gute Idee«, stimmte Leo zu. »Die Gesellschaft stinkt zum Himmel.«

Konstantin zog Arianna mit sich. Sie warf noch einen Blick über die Schulter. »Ich danke dir!«

Das Orakel neigte sacht den Kopf. »Ich habe getan, was ich konnte. Der Rest liegt bei euch.«

Ohne zurückzublicken, marschierten die Zeichen an den Göttern vorbei und verließen das Büro. Obwohl der Fahrstuhl überdurchschnittlich schnell war, kam Arianna die Fahrt endlos vor. Sie schwiegen sich an. Es waren zu viele Menschen in der Nähe.

Auch in der U-Bahn hing jeder seinen Gedanken nach. Das Orakel hatte ihnen viel zum Grübeln gegeben. Konstantin fuhr mit dem Daumen über Ariannas Handrücken und schreckte sie auf.

Er beugte sich vor und küsste sie kurz auf die Wange. An ihrem Ohr flüsterte er: »Ich kann nicht fassen, wie ich dich wieder vergessen konnte. Bitte verzeih mir.«

Sein Atem prickelte auf der Haut und sorgte für einen wohligen Schauer. »Ich habe mich die ganze Zeit gefragt, ob ich dich hätte aufhalten sollen.«

»Sag das nicht. Du kannst dich schlecht für meine Entscheidungen verantwortlich machen.«

»War es denn deine eigene Entscheidung oder habe ich dich beeinflusst?«, wollte Arianna wissen.

Konstantin zog sie in die Arme und bettete seinen Kopf auf ihre Schulter. So konnte er ganz leise mit ihr sprechen. Es fiel leicht, den Rest der Welt zu vergessen, wenn der Mann, den man liebte, einen im Arm hielt und dabei Liebkosungen flüsterte. »Ich konnte einfach nicht schweigen. Nicht nach dem, was ich erfahren hatte. Selene hat uns mehr genommen, als wir beide auch nur ahnen. Du hast mich nicht die Klippe runtergestoßen. Ich bin freiwillig gesprungen.«

»Wie meinst du das?«

»Das erzähle ich euch, sobald wir bei Leo sind.«

Die U-Bahn fuhr in eine Kurve. Die beiden kämpften um ihr Gleichgewicht. Als sie wieder sicher standen, meinte Leo: »Die nächste Haltestelle ist unsere.«

Arianna hatte die anderen fast vergessen. Weitere Gespräche mit Konstantin mussten wohl oder übel warten.

Die Bahn hielt und riss sie aus den rotierenden Gedanken. Konstantin ließ sie los und griff stattdessen nach ihrer Hand. Gemeinsam stiegen sie aus und traten dann wieder an die Oberfläche.

Leo und Vik hatten sich bislang zurückgehalten, wofür Arianna ihnen dankbar war. Viel zu viel war noch unausgesprochen und sie konnte es gar nicht erwarten, endlich mit Konstantin allein zu sein.

Es war einmal

Frankfurt am Main, Dornbusch
24. Juli 2018

Konstantin

»Was machen wir jetzt?«, wollte Leo wissen, sobald die Tür hinter ihnen ins Schloss fiel.

Konstantin ignorierte die Frage, steuerte das Wohnzimmer an und wartete. Er hatte da schon eine Idee. Kaum waren sie ihm hinterhergekommen, sagte Konstantin: »Wir müssen herausfinden, wer die Wahrheit sagt. Erst dann können wir die richtige Entscheidung treffen.«

»Und wie willst du das anstellen?«, fragte Arianna.

»Gibt es überhaupt eine richtige Entscheidung?« Vik hatte die Arme unter der Brust verschränkt und musterte ihn abschätzend.

»Ja, die gibt es.« Leo war ungewohnt ernst. »Wenn das Ritual mit Toten endet, werden wir es nicht machen. So einfach ist das.«

Arianna ließ Konstantin nicht aus den Augen. Sie wusste mehr als die anderen beiden. Wusste, dass er Selenes Ziele unbedingt erreichen wollte. Zumindest war das vor der Vision noch so gewesen. Unter diesen Umständen fiel blinder Gehorsam aus. Niemandes persönliches Glück war Menschenleben wert.

Ein beachtlicher Teil von ihm wünschte sich, dass das Orakel ihn belogen hatte und hinters Licht führte. Es war keine Übertreibung gewesen, als er Zelos gesagt hatte, dass ihre Chancen so gut wie lange nicht standen. Die Erfüllung von Selenes Traum war zum Greifen nah.

»Wir werden Aquarius und Pisces fragen«, sagte er seufzend. Sofort hatte Konstantin die allgemeine Aufmerksamkeit inne.

»Warum?«, fragte Leo.

»Vielleicht ist das der Grund, weshalb sie mit Selene gebrochen haben und sich vor ihr verstecken. Ich muss gestehen, dass ich Aquarius' Gequatsche schon lange nicht mehr richtig zuhöre, wenn ich ihn endlich schnappe. Jedes Mal wirft er mir vor, wie blind und dämlich ich sei. Nachdem ich mein Gedächtnis zurückbekommen habe, muss ich ihm leider zustimmen. Das Orakel hat die Lücken gefüllt. Selene ist nicht so gut zu uns, wie sie uns bislang glauben ließ. Womöglich wissen die beiden mehr über das Ritual, als wir ahnen.«

»Das ist eine gute Idee.« Vik klang begeistert.

Leo musterte ihn nachdenklich. »Wie willst du in Ruhe mit ihnen sprechen? Selene hackt jedem die Hand ab, der auch nur nach der Türklinke ihres Gefängnisses greift. Erst recht jetzt, wo sie wegen dir sowieso schon wahnsinnig angespannt und leicht reizbar ist.«

»Ist sie wirklich so schlimm?« Konstantin bekam ein schlechtes Gewissen.

»Sie versucht gleichgültig rüberzukommen und gibt sich freundlich wie immer. Die angespannte Stimmung wird sie trotzdem nicht los. Allen Zeichen ist mulmig zumute, wenn sie sich zu ihnen gesellt. Schon bei Kleinigkeiten fährt sie aus der Haut. Die Situation beginnt, ihr zu entgleiten«, sagte Vik.

Das erschwerte sein Vorhaben. Fest sah er Leo an. »Ihr redet mit den beiden. Ich verschaffe euch die Zeit dazu.«

Arianna fuhr hoch. »Was hast du vor?«

»Ich werde sie mit meinem Wissen provozieren, sodass sie nur auf mich achtet. Es war wirklich Selene, die uns im letzten Leben getötet hat. Sie wird nicht wollen, dass ich es so kurz vor der Finsternis allen erzähle.«

»Das kann nicht dein Ernst sein! Was, wenn sie dir dieses Mal noch mehr antut?« Ariannas Stimme zitterte.

Leo blies die Wangen auf und fuhr sich mit der Hand durchs Haar. »Ist das echt nötig? Vielleicht war diese Vision doch nur ein Täuschungsmanöver. Hätten wir es nicht merken müssen, sollte mehr dahinterstecken?«

»Selene hat mir gegenüber nie etwas in dieser Richtung erwähnt. Wenn sie das Thema mal anschneidet, dann redet sie nur von ihrem

Hass auf Zeus oder der Liebe zu Endymion. Was das Ritual betrifft, weiß ich nicht mehr als ihr auch. Ich kenne meine Position und weiß, was ich zu welchem Zeitpunkt tun muss. Was danach kommt, kann ich nicht sagen.«

Arianna blieb still.

Vik warf ihrer Freundin einen unsicheren Blick zu. »Vielleicht sollten wir einfach unsere Rolle spielen und es hinter uns bringen. So schlimm werden die Folgen schon nicht sein. Wäre es wahr, was du gesehen hast, hätten wir etwas gemerkt.«

Der Vorschlag war gut gemeint und sollte die Wogen glätten, das wusste Konstantin. Blöd nur, dass Viks Worte die gewünschte Wirkung verfehlten. »Seit dreitausend Jahren mache ich für Selene die Drecksarbeit. Nach dem, was sie in all der Zeit mit uns getan und vor uns verborgen hat und was ich gerade gesehen habe, reicht es mir endgültig! Ich habe die Schnauze gestrichen voll von ihren Racheplänen! Solange ich nicht mit Sicherheit weiß, was wir während der Mondfinsternis eigentlich tun und wie das Ergebnis aussehen wird, mache ich nicht mit.«

»Das ist zu gefährlich«, fuhr Arianna ihn wütend an.

Konstantin schluckte schwer. Ja, es gab ein gewisses Risiko für ihn. »Hast du einen besseren Vorschlag, um Selene aus dem Wohnbereich zu bekommen und sie ausreichend abzulenken?«

Sie blieb stur. »Es muss einen anderen Weg geben.«

»Sag mir einen.«

»Keine Ahnung, irgendetwas wird uns schon noch einfallen«, beharrte Arianna.

»Für irgendetwas haben wir keine Zeit. Wir brauchen *jetzt* einen Plan.« Konstantin lief nervös auf und ab.

»Wir könnten vormittags in das Zimmer der beiden gehen. Da schläft Selene für gewöhnlich.«

»Was, wenn nicht? Sobald sich der Aufzug öffnet, sieht man, dass ich mit dabei bin. Dann wüsste Selene gleich, dass etwas im Busch ist. Und selbst wenn sie wirklich schläft, glaubst du doch wohl nicht, dass die anderen still bleiben würden? Wenigstens Castor und Pollux würden zu Selene rennen und petzen, was wir tun.«

»Ja, die beiden Speichellecker auf jeden Fall«, murrte Vik.

Während Arianna nach weiteren Argumenten suchte, kam Leo ihm zu Hilfe. »Vielleicht hat Kon recht. Wenn Selene sich von Kon in die Ecke gedrängt fühlt, wird sie das kaum vor den anderen austragen wollen, aus Angst, ihr Gesicht zu verlieren.«

»Was, wenn sie ihn wieder vergessen lässt oder ihm noch etwas Schlimmeres antut? Du weißt, was in dem zweiten Zeitungsartikel über den Mord und den Zustand der Leiche stand. Wie kannst du diese Idee unterstützen und dich seinen besten Freund nennen?« Dem Tonfall nach war Arianna kurz davor, auf ihn loszugehen.

Sie hatten den Zorn des Stiers heraufbeschworen. Das war in diesem Zyklus bisher nur ihren Gegnern gelungen. Für gewöhnlich war sie die Gelassenheit in Person – stur wie ein Esel, beharrlich wie ein Klotz Beton – doch immer in sich ruhend. Aber wehe, wenn sie losgelassen. Es fehlte nicht viel, und Leos Wohnung endete als Kleinholz.

»Wir könnten Kon da rausholen, bevor es zu weit geht«, schlug Vik ruhig vor.

»Wie willst du das denn anstellen, ohne dass Selene Verdacht schöpft und ihren Frust als Nächstes an euch auslässt? Das will ich nicht. Es ist niemandem geholfen, wenn sie sich stattdessen an jemand anderem vergreift.« Konstantin hätte gern einen Ausweg gehabt. Nach allem, was er wieder wusste, war ihm nicht wohl dabei, sich der Göttin auszuliefern.

»Wenn wir ausreichend Krawall machen, wird sie wissen wollen, was los ist.« Leo war froh über die Entwicklung der Diskussion. Kein Wunder, so wie Arianna ihn niederstarrte.

»Was für Krawall denn? Selene muss glauben, wir wären ihr weiterhin treu. Je nachdem, was Aquarius und Pisces zu berichten haben, sind wir das vielleicht auch noch. Wenn das Ritual endlich gelänge, ist unser Teil des Paktes erfüllt. Sie hätte keinen Grund mehr, einen neuen Zyklus herbeizuführen, und würde uns in Ruhe lassen.«

»Halte ich nach deiner Zukunftsvision für unwahrscheinlich«, meinte Leo. »Wir könnten den Ausbruch der beiden fingieren oder herbeiführen. Kommt drauf an, wie sich das Gespräch entwickelt. Wenn sie fehlen, fällt das Ritual ins Wasser und wir müssen uns nicht überlegen, was wir stattdessen unternehmen können.«

»Das sind zwei Fliegen mit einer Klappe«, stimmte Vik freudig zu.

Arianna beruhigte sich allmählich. »So könnte es vielleicht funktionieren.« Die nächste Frage kostete sie sichtlich Überwindung. »Wie lange kannst du Selene hinhalten?«

Konstantin dachte kurz nach. »Zehn Minuten, wenn sie mich reden lässt. Vielleicht ein paar mehr.«

»Genug Zeit, um unsere Ausreißer in die Mangel zu nehmen«, meinte Vik.

»Ich hoffe wirklich, sie haben einen besseren Grund für ihre Weigerung, als wir ahnen.« Leo sah müde aus. Die letzten Tage waren an ihm nicht spurlos vorbeigegangen.

Ariannas Schultern sanken herab. »Mir gefällt das trotzdem nicht.«

»Wann ziehen wir es durch?« Konstantin wich ihrem bekümmerten Blick bewusst aus.

»Heute?«, schlug Vik vor.

»Ich bin geradeso wieder ich selbst, gönnt mir eine Schonfrist.«

Leo überlegte. »Die Finsternis ist in drei Nächten. Dann machen wir es an dem Tag vorher. Je näher das Ritual ist, desto eher belässt Selene dich in einem Stück. Bis dahin habt ihr beide ein bisschen Zeit. Wir lassen euch in Ruhe und holen euch ab, wenn es so weit ist.«

Konstantin nickte. »Okay.«

»Sollten wir nicht besprechen, was wir machen, falls das Orakel recht hat?«, fragte Vik verblüfft.

»Dafür bleibt uns bis zur Nacht Zeit«, entgegnete Leo.

»Nicht unbedingt viel für ausgeklügelte Pläne«, hielt seine Freundin dagegen.

»Das reicht schon. Es gibt Wichtigeres.« Grinsend sah sein Kumpel von ihm zu Arianna.

Konstantin verstand den Wink. Leo wusste nicht, dass die beiden es eher langsam angingen. Offensichtlich ging er davon aus, sie vögelten sich noch in aller Ruhe das Hirn raus.

»Dann haben wir ja alles geklärt. Wir sehen uns in drei Tagen.« Mit diesen Worten ließ Konstantin seine Freunde stehen und floh ins Badezimmer. Dort lehnte er sich ans Türblatt und dachte nach. Er war den Fängen der Göttin nie entkommen. Sein unwissendes und vergessliches Ich der letzten Wochen mochte das vielleicht gedacht haben. Im Vollbesitz seiner geistigen Kräfte und Erinnerungen wusste Konstantin es besser.

Die einzige Möglichkeit, Selene zufriedenzustellen, bestand darin, ihr zu geben, was sie mehr als alles auf der Welt wollte: Rache und Endymion. Wie es aussah, konnte Konstantin nicht dafür sorgen, dass die Wünsche der Göttin in Erfüllung gingen. Das ließe sich mit seinem Gewissen nicht vereinbaren.

Wofür hatte er dann gelebt? Warum kämpfte er seit Jahrtausenden, wenn es sinnlos war? Seine ganze Existenz war ein einziger Witz! Ein schlechter Scherz der Götter auf seine Kosten.

Sein Blick fiel auf die Dusche gegenüber. Vielleicht beruhigte ihn das. Es half fast immer, wenn er einen klaren Kopf brauchte. Entschlossen riss er sich die Kleidung vom Leib und betrat die großzügig geschnittene Kabine.

Und wenn wir fallen, dann gemeinsam

Frankfurt am Main, Dornbusch
24. Juli 2018

Konstantin

Wie hatte alles nur so aus dem Ruder laufen können? Konstantin lehnte mit der Stirn an den kalten Fliesen. Eigentlich war er seit zehn Minuten fertig. Trotzdem wollte er noch nicht wieder zurück in die Welt außerhalb des warmen Dampfes der Dusche.

Seit der Vision zweifelte er an Selenes Absichten. Er hatte nicht bloß die bisherigen Erinnerungen zurückbekommen, sondern alle. Ein Teil von ihm glaubte einfach nicht, was ihm genommen worden war. Von allen Zeichen kannte er die Mondgöttin am besten, hatte die meiste Zeit mit ihr verbracht. Nicht ein Mal hatte sie etwas in dieser Richtung angedeutet. Nicht ein einziges, verdammtes Mal in Jahrtausenden! Daran erinnerte er sich nun sicher.

Konstantin wusste nicht mehr, wem er glaubte, wessen Absichten er traute. Alles stand kopf. Er wollte niemanden auf dem Gewissen haben. Deshalb hatte ihn Libras Vorschlag, er solle sich doch als Auftragsmörder verdingen, auch so empört. Wenn Selene ihren Willen bekam, gab es für ihn und Arianna dann endlich eine Zukunft? Egal, wie er es drehte und wendete, er fand keine Lösung, die alle glücklich machte.

»Klopf, klopf!«, rief sie jenseits der Glasscheibe.

Konstantin schreckte hoch. Hatte er lebhafte Tagträume und sich Arianna herbeigedacht oder war sie wirklich ins Bad gekommen? Er wischte über die beschlagene Scheibe und begegnete dem herausfordernden Blick aus braunen Augen. Lediglich ein Handtuch bedeckte den Körper, der ihn seit einer Weile zuverlässig an den Rand des Wahnsinns trieb.

»Was hast du vor?« Er sprach laut, um das Rauschen der Dusche zu übertönen.

»Dir Gesellschaft leisten. Leo und Vik sind wieder abgehauen.« Sie reckte das Kinn. »Das heißt, wenn du mich lässt.« Das Handtuch rutschte langsam zu Boden und verlieh ihrem Wunsch Nachdruck.

Konstantin schluckte schwer. Wie sollte er da Nein sagen? Zum ersten Mal sahen sie einander vollkommen nackt. Bisher hatte er immer für etwas verbleibenden Stoff gesorgt. Aus Angst, zu weit zu gehen. Waren diese Ängste noch begründet? Er wusste jetzt, was – oder besser wer – ihn von Taurus fernhalten wollte.

Sie legte die Hand von außen aufs Glas und sah ihn bittend an.

Ach, scheiß drauf! Warum sollte er sie beide länger quälen, wenn keiner damit glücklich war? Mit einem Ruck zog Konstantin die Duschtür auf und machte Platz. Arianna schob sich durch die schmale Öffnung und stand sogleich unter dem großen Kopf der Regendusche.

Sie musterte ihn von oben bis unten, während sie immer nasser wurde. Ihr Lächeln war geheimnisvoll und verführerisch wie das der Mona Lisa. Sie schob eine Hand in seinen Nacken und stellte sich auf die Zehenspitzen, um ihn zu küssen.

Konstantin ließ sie gewähren und zog sie gierig an sich. Durch das Wasser wurden ihre Körper glitschig und heiß. Es gab nur einen möglichen Ausgang für diese Situation. Arianna presste sich an ihn, wobei ihre Brüste einladend an ihm rieben.

Es gab noch eine Frage, die er ihr stellen musste. Er zog sich zurück und unterbrach den Kuss.

»Bist du sicher?«, wollte Konstantin atemlos wissen.

»Die Frage ist wohl eher, bist *du* dir sicher?« Arianna musterte ihn skeptisch. Für einen Augenblick verbannte sie die Leidenschaft aus dem Blick und betrachtete ihn nüchtern.

»Ich habe niemals etwas mehr gewollt als das hier, niemals etwas mehr gewollt als dich. Wenn du mich trotzdem willst, obwohl du inzwischen weißt, dass ich sie nicht mehr alle habe, dann überlasse ich mich dir voll und ganz.«

Ariannas Augen glänzten und sie lächelte breit. »Ich liebe dich mitsamt deinen Dämonen, Macken und dem wirren Zeug, das du manchmal von dir gibst.«

Kurz stockte ihm der Atem. Diese Entwicklung der Ereignisse konnte Konstantin kaum fassen. Vollkommen überwältigt umfasste er Ariannas Wangen und küsste sie stürmisch. Er war mehr als bereit hierfür. Das Verlangen nach ihr pumpte wild durch seine Adern.

Bald darauf war Arianna diejenige, die sich von ihm freimachte. Langsam ging sie in die Knie, ohne ihn aus den Augen zu lassen. »Ich schulde dir noch was.«

Konstantins Verstand war schon so benebelt, dass er erst kapierte, was sie meinte, als sie ihn abermals küsste. Dieses Mal an einer gänzlich anderen Stelle. Scharf sog er die Luft ein. Damit hatte er nicht gerechnet. Schon während sie sich geküsst hatten, war er nicht sicher, wie lange er durchhielt. Inzwischen wollte er Arianna einfach zu sehr.

Als sie ihn ganz in den Mund nahm, stöhnte Konstantin laut auf. Er stützte sich mit beiden Händen an der Wand ab. Die Versuchung, ihren Kopf zu umfassen und der Sache ein viel zu frühes Ende zu bereiten, war verdammt groß.

Arianna wusste definitiv, was sie da tat. Ihr Einsatz von Lippen und Zunge passte genau und trieb ihn gezielt auf den Höhepunkt zu. Sein Atem ging immer schneller und unkontrollierter. Arianna ließ ihn nicht aus den Augen, was verdammt scharf war.

Wenn der Sex nicht vorbei sein sollte, bevor er überhaupt richtig angefangen hatte, brauchte er dringend eine Verschnaufpause. Er wollte nicht in ihrem Mund kommen, nicht beim ersten Mal. Stattdessen wollte er sich mit ihr so viel Zeit lassen, wie es seine Selbstbeherrschung zuließ.

Konstantin zog sich zurück. So kostete er den vor Lust umnachteten Zustand länger aus.

Arianna grinste neckisch zu ihm hoch. »Was machst du denn? Ich hatte dich fast so weit.«

»Genau deswegen.« Seine Stimme glich einem Knurren. Er streckte die Hand aus und half ihr auf. »Jetzt gibt's die Revanche.«

Nun war es Konstantin, der vor ihr kniete. Er legte sich ein Bein über die Schulter. Es dauerte nicht lange, bis Arianna laut stöhnte.

Die Hände vergrub sie in seinem Haar. Ob sie Halt suchte oder ihn fester spüren wollte, konnte Konstantin nicht sagen. Es gefiel ihm und er nahm die Finger zu Hilfe. Ab jetzt war es um Arianna geschehen. Der Orgasmus baute sich in ihr auf und brachte ihre Muskeln zum Beben.

Konstantin hörte erst auf, als sie erschöpft in sich zusammensackte. Behutsam stellte er ihr Bein auf den Boden und stützte sie an der Taille. Sobald er selbst sicher stand, umfasste er Ariannas Oberschenkel, hob sie hoch und brachte sich in Position. Mit einem einzigen Stoß drang er tief in sie ein. Sie klammerte sich keuchend an ihn.

Arianna war eng und er gab ihr Zeit, sich an ihn zu gewöhnen. Konstantin knabberte an ihrem Ohrläppchen.

»Ich liebe dich auch, mein sturer Stier.« Mit diesen Worten versenkte er das Gesicht zwischen ihren Brüsten und nahm sie in einem schnellen Rhythmus. Es dauerte nicht lange, bis beide kamen.

Nachdem sie es aus der Dusche geschafft hatten, liebten sie sich noch zweimal in Leos Bett. Inzwischen neigte der Tag sich dem Ende, doch war das Verlangen nicht abgeflaut.

Arianna lag schwer atmend in seinen Armen.

Konstantin fiel eine Bemerkung von Antares ein und er lachte. »Wie es aussieht, muss ich mich bei den Astrologen entschuldigen.«

»Was soll das heißen?«

»Weißt du nicht, was die über uns schreiben?«

Arianna legte die Stirn in Falten. »Die meisten Ansichten kenne ich. Das bleibt in unserer Position nicht aus.«

»Ich meinte speziell über uns beide.« Konstantin grinste frech. Mit den Fingern zog er den sanften Schwung ihres Brustkorbs nach.

»Stimmt, mein grüner Daumen ist offensichtlich und spätestens nach fünf Minuten mit dir weiß man, was für ein nörgelnder Zyniker in dir steckt. Au!«

Er pikste sie zwischen die Rippen und knurrte gefährlich. »Ich hatte dir ein Kompliment machen wollen – kommt nicht wieder vor!«

Arianna schwang ein Bein über ihn und setzte sich auf sein Becken. Mit den Händen stützte sie sich auf seiner Brust ab. »Danke, ich fand den Sex mit dir auch klasse.«

Konstantin hatte den Kopf zur Seite gedreht und tat so, als ob er sie nicht hörte.

Sie beugte sich vor und raunte ihm ins Ohr: »Wollen wir das noch mal machen?«

Dieses Mal wollte er Arianna in Sturheit übertreffen. Doch hatte Konstantin die Rechnung ohne ihre wiegenden Hüften gemacht. Seine Selbstbeherrschung schmolz schneller als ein Stück Butter in der Mikrowelle.

Arianna grinste siegesgewiss. Ja, er wollte das hier und sie hatte es soeben auch bemerkt. Sie griff zwischen seine Beine und setzte sich auf ihn. Man hätte glauben können, dass ihnen allmählich die Luft ausging, doch hatten sie dazu viel zu lange auf das hier gewartet. Arianna bewegte sich schnell und ritt ihn hart. Mit den Händen knetete er ihren runden Hintern und sie stimmte in Konstantins kehliges Stöhnen ein.

»Ich glaube, ich werde blind!«, quietschte Aldebaran.

Die beiden erstarrten mitten in der Bewegung.

»Scheiße!« Es war Konstantin, der seine Fassung zuerst wiederfand, sich die Decke schnappte und über ihnen ausbreitete. »Wie wäre es mit Anklopfen?!«

»Hallooo? Die Sonne ist untergegangen! Wie wäre es mit aus dem Fenster gucken?«, pampte Ariannas Stern zurück.

Antares hingegen brach in schallendes Gelächter aus. »Ich glaube, wir stören«, stellte er überflüssigerweise fest, sobald er zu Atem kam.

»Was du nicht sagst!« Ariannas Gesicht war knallrot und sie drückte sich dicht an Konstantins Brust.

»Wie können sie denn übersehen, dass die Nacht angebrochen ist?« Aldebaran war über die Ignoranz ihrer Gegenstücke empört.

Antares verteidigte ihn pflichtschuldig: »Konstantins Gedächtnis ist nicht auf der Höhe. Das musst du ihm nachsehen. Außerdem waren sie offensichtlich beschäftigt.«

»Das Gedächtnis ist leider das Einzige, was nicht auf der Höhe ist.« Aldebaran leuchtete greller. Läge Arianna nicht auf ihm, hätte der Stern ihn garantiert mal wieder gerammt.

»Na ja …« Antares suchte nach einem weiteren Argument.

»Das Gedächtnis ist übrigens wieder da«, warf Konstantin ein. Sobald er den ersten Schreck überwunden hatte, amüsierte ihn die Situation. Er hatte Aldebaran schon immer gern geärgert.

»Warte mal, was?!« Antares schoss auf ihn zu. »Seit wann?«

Konstantin wollte ihm gerade antworten, doch Arianna war schneller: »Können wir das bitte besprechen, sobald wir etwas anhaben?«

Schnell klappte Konstantin den Mund zu und wies mit einer knappen Kopfbewegung zur Tür. Antares verstand den Wink und schwirrte davon.

»Aldebaran, du auch«, sagte Arianna, da ihr Stern keine Anstalten machte, den Raum zu verlassen.

Kommentarlos sauste sie davon.

»Sie hat sich immer noch nicht an mich gewöhnt.« Konstantin musterte Arianna, die er fest im Arm hielt.

Sie seufzte. »Wir sind beide nachtragend. Zwar ist es ewig her … Du hast mein Herz schon einmal gebrochen. Das nimmt sie dir übel.«

»Das glaubt ihr beide nur. Es war ganz anders«, murmelte er und starrte zur Decke.

Arianna umfasste seine Wange, woraufhin Konstantin sie wieder ansah. »Heute weiß ich das und ich bin glücklich mit dir. Jetzt, da ich die Wahrheit kenne. Das wird Aldebaran auch bald feststellen. Wenn uns die Umstände gewogen sind, steht einem Happy End nicht mehr viel im Wege.«

»So?«

»Ich bin davon überzeugt.«

»Dann muss ich mir noch die Nummer von einem Reitverein besorgen.«

Arianna runzelte die Stirn. »Wozu das denn?«

»Schließlich brauche ich ein Pferd, wenn ich mit dir in den Sonnenuntergang reiten soll«, sagte er lässig.

Auf Ariannas Gesicht breitete sich ein strahlendes Lächeln aus und sie küsste ihn.

Nach kurzer Zeit löste Konstantin sich von ihr. »Wir sollten sie nicht länger warten lassen.«

Mit sichtlichem Widerwillen rutschte Arianna von ihm runter. »Ich hasse es, wenn du recht hast.«

»Von wegen! Du liebst den Klugscheißer in mir.«

Sie saß auf der Bettkante und angelte nach ihrer Unterwäsche. Während Arianna den BH schloss, warf sie ihm einen prüfenden

Blick zu. »Ich liebe tatsächlich so einiges an dir. Diese Seite nicht unbedingt.«

Konstantin griff sich theatralisch in die Brust. »Du sagtest, samt Dämonen, Macken und Schwachsinn.«

»Klugscheißerei ist ein ganz anderes Kaliber. Darüber müssen wir noch verhandeln.« Arianna stand auf und stieg in den Slip.

Konstantin stützte sich auf die Ellbogen und sorgte dafür, dass die dünne Decke bis zur Hüfte rutschte. »Nenn mir deinen Preis.«

Von dem Anblick aus dem Konzept gebracht, hielt Arianna inne. »Du spielst mit unfairen Mitteln.«

»So bin ich und auch auf diese Seite von mir stehst du.« Konstantin wackelte vielsagend mit den Augenbrauen.

»Komm endlich aus dem Bett raus oder ich komme so schnell nicht wieder zu dir rein«, hielt sie dagegen.

»Damit tust du dir selbst weh.« Der Schlagabtausch machte ihm Spaß. Trotzdem gab Konstantin nach und schwang ebenfalls die Beine aus dem Bett.

Sobald sie vorzeigbar waren, gingen sie ins Wohnzimmer. Er ließ es sich nicht nehmen, nach Ariannas Hand zu greifen. Je früher Aldebaran sich an die neue Situation gewöhnte, desto besser.

Ja, ich hab dich lieb und jetzt hau ab!

Frankfurt am Main, Bornheim
27. Juli 2018

Arianna

Schon den ganzen Morgen über hatte Arianna ein ungutes Gefühl. Die Unruhe fraß sich durch ihr Innerstes und richtete sich zwischen ihren Därmen häuslich ein. Heute war der Tag gekommen, an dem sie ihren Plan durchzogen. Am Nachmittag kehrten sie ins Hotel zurück und stellten sich Selene.

Sie hatten Leos Wohnung verlassen und waren auf dem Weg zurück ins Hostel. Konstantin wollte seine eigenen Sachen anziehen und auch Arianna sehnte sich nach etwas Vertrautem. Die Wohnung war schön gewesen und hatte sich als sicherer Zufluchtsort entpuppt. Trotzdem war sie nicht der Ort, an dem sie beide jetzt sein wollten. Den ganzen Weg über hielten sie einander an den Händen.

Wenig später erreichten sie das Hostel, das fast schon versteckt in einer Seitenstraße lag. Arianna konnte es kaum erwarten, endlich im Zimmer und ungestört zu sein. Sie wollte Konstantin festhalten und nach Möglichkeit nie wieder loslassen.

Der Rezeptionist begrüßte sie fröhlich, als sie die Treppenstufen hochkamen. Arianna hob die Hand und murmelte ebenfalls einen Gruß. Wenig später standen sie vor der Zimmertür.

»Was möchtest du jetzt machen?«, fragte Arianna, sobald sie drinnen waren.

Konstantin umarmte sie von hinten und zog sie an sich. Er bettete das Kinn auf die Schulter und verteilte Küsse auf ihrem Hals. »Was glaubst du, was ich jetzt tun möchte?«

Ein Kribbeln breitete sich in Ariannas Magen aus und brachte die Schmetterlinge aufgeregt zum Flattern. Fast war die Unruhe vergessen, leider nur fast. »Haben wir überhaupt Zeit für so was?«

»Dafür sollte man immer Zeit haben.« Konstantin knabberte an ihrem Ohrläppchen und brachte Arianna zum Stöhnen.

»Ach, jetzt auf einmal?«, neckte sie. Am liebsten hätte sie dieses Zimmer heute nicht mehr verlassen. Ihretwegen konnte das Ritual gern ausfallen. Konstantins Lippen fanden ihre und er blies die trüben Gedanken davon. Arianna bog sich ihm entgegen und versank in dem Kuss.

Es hämmerte an der Tür und jemand rief: »Kon, mach auf! Ich weiß, dass du da bist!«

Sie erschrak und löste sich von ihm. Gleichzeitig ließ er Arianna los, die Gesichtszüge angespannt. »Wer ist das?«, wisperte sie, um nicht gehört zu werden.

»Philipp, mein Bruder«, murmelte er kaum hörbar zurück.

»Ich will nur mit dir reden. Das geht doch so nicht weiter«, meinte dieser von draußen.

»Es gibt nichts zu reden. Du kannst wieder verschwinden!«, rief Konstantin zurück.

»Ich gehe nicht, bis ich dich nicht wenigstens kurz gesehen habe. Hast du eine Ahnung, was für Sorgen Mama sich macht? Lass mich rein!«

Arianna griff nach seinem Arm. »Vielleicht solltest du mit ihm reden. Ich verstehe, warum du deine Familie von dir fernhältst, aber jetzt ist es doch fast vorbei. Was soll ihnen bis morgen noch passieren?«

Konstantins Kiefer mahlten, während er angestrengt nachdachte. Schließlich machte er einen Schritt zur Tür und drückte die Klinke runter. Sogleich schob sich eine große Hand durch den Spalt, die das Türblatt festhielt, bevor es wieder ins Schloss fiel.

Herein kam ein junger Mann, der unübersehbare Ähnlichkeit mit Konstantin hatte. Die Statur war vergleichbar, nur war er ein paar Zentimeter kleiner. Philipps Haare waren dunkelbraun, ebenso wie die Augen. Sie hatten die gleiche Nase und darüber saß ein Stirnrunzeln, das sie von Konstantin nur zu gut kannte.

»Du siehst gut aus«, meinte Philipp, »hätte ich ehrlich gesagt nicht gedacht.«

»Was dachtest du denn? Dass ich mit einer Spritze im Arm in der Gosse liege?«

»So was in der Art. Welchen Grund solltest du sonst haben, allem den Rücken zu kehren? Ich dachte, dir macht das Studium Spaß, gerade weil es so fordernd ist.« Philipp verschränkte die Arme vor der Brust. Sein Blick schweifte durchs Zimmer und blieb an Arianna hängen. »Und wer ist das? Deine neue Freundin? Dann hatte Julia also recht.«

Konstantin fuhr sich mit der Hand übers Gesicht. »Dann weißt du von ihr, dass ich hier bin?«

»Jep.«

»Du hast wirklich Glück, wir sind gerade erst gekommen«, erwiderte Konstantin spöttisch.

Philipp grinste nur. »Das hat nichts mit Glück zu tun. Du warst mehr als zwei Wochen nicht hier. Irgendwann wurde es mir zu blöd, immer umsonst vorbeizukommen. Dann habe ich das Problem anders gelöst.«

»Hast du den Rezeptionisten bestochen?!«

Philipp zuckte lässig mit der Schulter. »Du kennst mich, ich finde einen Weg, an das heranzukommen, was ich haben will.«

»Ja, das schaffst du meistens«, räumte Konstantin ein.

»Schön, da wir das geklärt haben, hättest du vielleicht die Güte, mir zu sagen, was mit dir los ist? Ich habe dich seit Weihnachten nicht gesehen. Anrufe und Nachrichten hast du ebenfalls ignoriert, bis man unter deiner Nummer gar nicht mehr zu dir durchkam. Was ist an deinem Geburtstag passiert?«

Konstantin blieb still und haderte sichtlich mit sich. Zu gern hätte Arianna ihm Mut zugesprochen, traute sich jedoch nicht, den Mund aufzumachen. Sie kannte seinen Bruder nicht und wusste nicht, wie dieser zu Konstantins Ex-Freundin stand. Seit dem Erwachen hatten sie auf jeden Fall Kontakt gehabt, das hatte er selbst gesagt. Wenn man bedachte, wie Julia auf sie reagiert hatte, nachdem Konstantin gedächtnislos verschwunden war, konnte Arianna gar keinen guten Stand bei der Familie haben. Wie auch? Man kannte sie dort nicht.

Vielleicht änderte sich das nach dem Ritual. Ihre Zukunft lag wortwörtlich in den Sternen.

Als sich das Schweigen immer weiter ausdehnte, hielt Arianna es doch nicht länger aus. »Soll ich gehen? Wollt ihr allein miteinander reden?«

Konstantin schreckte hoch. »Nein! Bitte bleib. Philipp geht gleich wieder.«

»Ach, tut Philipp das?« Seine Stimme triefte vor Hohn.

»Ja, denn ich habe dir nichts zu sagen.«

»Papa wird dich nicht länger unterstützen und deine Konten sperren, wenn du jetzt nicht zur Einsicht kommst und mit mir gehst, um wenigstens mal mit ihnen zu reden. Hätten wir nicht in etwa gewusst, wo du dich rumtreibst, säße längst ein Privatermittler unter deinem Fenster, um dich zu beschatten. Ich war es, der ihm das ausgeredet hat. Dafür darfst du mir übrigens dankbar sein.«

Konstantin schluckte schwer und rang um die richtigen Worte. Obwohl er mit dieser Konfrontation gerechnet haben musste. Wer gab denn seinen Sohn oder Bruder auf, nur weil dieser ohne nachvollziehbaren Grund abhaute und sich nicht mehr meldete? »Gebt mir noch einen Tag. Dann ist es vorbei.«

»Was passiert in einem Tag?«, wollte Philipp wissen.

»Wenn ich es verhindern kann, nichts.«

»Ich brauche schon ein bisschen mehr als das.« Sein Bruder blieb stur.

»Mehr kann ich dir nicht geben!« Langsam wurde Konstantin ungehalten.

»Was willst du überhaupt verhindern? Steckst du in Schwierigkeiten? Du kannst mit mir reden, das weißt du doch.« Philipp machte einen Schritt auf ihn zu.

Konstantin wich zurück. »Tu mir einen Gefallen und verschwinde einfach! Es geht jetzt nicht und es geht dich auch nichts an. Wenn du mich für heute in Ruhe lässt, komme ich übermorgen nach Hause. Dann können wir reden.«

Hinter Philipps Stirn arbeitete es. »Übermorgen … Versprich es!«

Konstantin seufzte. »Versprochen.«

»Na schön, dann lasse ich euch beide allein.« Er nickte Arianna zu. »Es war schön, dich kennengelernt zu haben. Auch wenn mein kleiner Bruder es nicht für nötig hielt, dich anständig vorzustellen. Eigentlich hat er bessere Manieren.« Mit zwei Schritten war er bei Konstantin und schloss ihn fest in die Arme.

Es sah aus, als wollte er sich wehren. Dann gab er nach und klopfte seinem Bruder auf die Schulter. »Wir sehen uns in zwei Tagen.«

Philipp löste sich von ihm und ging zur Tür. Dort drehte er sich noch einmal um. »Ich warte auf dich und hab kein Problem damit, dich den ganzen Weg nach Hause in den Arsch zu treten, falls du uns versetzt und ich dich holen kommen muss.«

»Geh endlich«, brummte Konstantin.

Kopfschüttelnd zog Philipp die Tür zu und war verschwunden. Jetzt war es Arianna, die ihn von hinten umschlang. »Geht es dir gut?«

»Ja, geht schon.«

Sie glaubte ihm nicht. »Wirst du dich an dein Versprechen halten?«

»Wenn Frankfurt morgen noch steht, ja. Wenn nicht, hat sich das Problem von selbst gelöst.« Konstantin lachte hart.

»Und was willst du ihnen sagen?«, fragte Arianna weiter.

»Keine Ahnung, das überlege ich mir, wenn es so weit ist.«

»Wenn ich darf, komme ich mit.« Sie schmiegte sich an Konstantins Rücken und sog dessen Duft ein.

»Okay«, sagte er nach kurzem Zögern. »Sollten wir es irgendwie hinkriegen und alles zum Guten wenden, möchte ich dich danach meinen Eltern vorstellen.«

Arianna wurde warm ums Herz und sie drückte ihn fester.

»Vergiss deine Kräfte nicht«, mahnte Konstantin japsend. »Ich bekomme kaum noch Luft.«

Ruckartig ließ sie ihn los. »Tut mir leid, ich habe mich mitreißen lassen.« Verlegen trat Arianna einen Schritt zurück. »Was machen wir jetzt?«

Er drehte sich zu ihr um und streckte die Hand aus. »Ich möchte bei dir sein.«

Arianna lächelte, während er mit dem Daumen über ihre Wange fuhr. »Ich bin doch hier.«

»Okay, ich präzisiere: Ich möchte *in* dir sein.« Konstantins Stimme glich einem Knurren und ihr wurde augenblicklich heiß.

Sie schlang die Arme um seinen Nacken und stellte sich auf die Zehenspitzen. An seinen Lippen sagte Arianna: »Ich denke, das lässt sich einrichten.«

Der Kuss war gierig und Konstantin drängte sie zum Bett. Bereitwillig ließ sie sich von ihm führen und gemeinsam sanken sie auf die Bettkante. Arianna trennte die Verbindung ihrer Lippen, griff nach dem Saum ihres Shirts und zog es sich hastig über den Kopf. Dann kletterte sie auf Konstantins Schoß und küsste ihn erneut.

Statt der gewohnten Hemden trug er eins von Leos Shirts. Arianna schob die Hände unter den dünnen Stoff und fuhr gierig über die Muskeln an seinem Bauch. Er stöhnte leise in ihren Mund und schob die Hände hinter ihren Rücken. Dort löste er geübt die Häkchen des BHs. Arianna unterbrach die Erkundungstour und ließ sich die Träger von den Schultern streifen.

Sobald sie nackt war, küsste Konstantin die zarte Haut und schnell begann Arianna zu keuchen. Sie beugte sich ihm entgegen, während sie die Hände in seinem Haar vergrub. Die Lust vernebelte ihr die Sinne und ihr Becken bewegte sich ungeduldig. Sie wollte ihn ebenfalls schmecken, wollte ihn spüren und sich gleichzeitig in Konstantins starken Armen geborgen fühlen.

Schwer atmend ließ er von ihr ab. Die grünen Augen glänzten vor ungestilltem Verlangen. Sie hielten Ariannas Blick gefangen, während er sich in den Nacken griff und das Shirt über den Kopf zog. Dann küsste Konstantin sie flüchtig auf den Mund. »Leg dich auf den Bauch.«

Sie erschauderte und kam der Aufforderung nach. Arianna liebte es, wenn seine Stimme vor Verlangen rau wurde. »Was hast du vor?«

Konstantin beugte sich über sie und angelte etwas aus der Nachttischschublade. Dabei platzierte er einen Kuss auf die linke Schulter. Mit den Händen strich er sanft über ihren Rücken, runter zur Taille und schob sie dann zwischen die Matratze und ihren Bauch.

»Hintern hoch«, knurrte Konstantin an ihrem Ohr.

Augenblicklich reckte Arianna sich ihm entgegen. Sie war ungeduldig, obwohl sie nach drei Tagen Dauer-Sex mittlerweile etwas wund war. Er öffnete Hosenknopf und Reißverschluss und schob die enge Jeans nach unten. Stück für Stück befreite er sie von den

Kleidungsstücken, bis Arianna komplett nackt war. Konstantin kniete mit gespreizten Beinen über ihren Oberschenkeln. Was er wohl mit ihr anstellen wollte?

Er hantierte hinter ihr und sie sah nicht genau, was er tat. Dann stieg Arianna ein vertrauter Duft nach Lavendel in die Nase. »Wo hast du das denn her?«

Konstantin schnaubte amüsiert, stellte das kleine Fläschchen Massageöl auf den Nachtschrank und fuhr mit den öligen Händen über ihren Rücken. »Es steht seit deinem Einzug im Badezimmer. Natürlich ist es mir in der Zwischenzeit mal aufgefallen. Vorsorglich habe ich es in Reichweite platziert.«

Er rieb über ihre Haut und knetete sie. Quälend langsam arbeiteten sich seine Hände nach oben. Mit dem Daumen massierte er Ariannas Nacken und sie war kurz davor zu schnurren. Jetzt hatte er ihre Schwachstelle gefunden und es würde nicht lange dauern, bis Konstantin das bemerkte. Ihr ganzer Körper lockerte sich und sämtliche Anspannung wich aus den Gliedern. Gefühlt sank sie einen halben Meter in die Matratze ein.

Konstantin beugte sich weiter vor und fuhr mit der anderen Hand über ihre Schulter. »Wie ist das?«

»Mhm«, seufzte Arianna zufrieden. Sobald sie den Mund öffnete, musste sie stöhnen.

Wenn er sich bewegte, rieb Konstantins Becken über ihren Po. Die ausgebeulte Jeans machte sie fast wahnsinnig. Diese Unart, dass er sie so spät – oder wie anfangs gar nicht – auszog, sollte Arianna ihm dringend austreiben.

Obwohl Konstantin sich bisher ausschließlich mit ihrem Rücken befasste, wuchs die Lust in ihr immer stärker. Sie genoss die Zuwendung und rekelte sich unter ihm. Seine Hände fuhren an ihr herab und verweilten auf dem Po. Arianna reckte sich ihm entgegen. Sie wollte Konstantin näher sein. Er massierte sie fest und aus ihrer Kehle schlüpfte ein Keuchen. Als er seine Finger tänzelnd zwischen ihre Beine schob, war es schon fast um sie geschehen, noch bevor er ihre Mitte fand.

Arianna stöhnte und wand sich unter ihm. Die Ungeduld wurde immer größer, ihr Verlangen drängender. »Bitte, ich kann nicht mehr warten.«

Konstantin küsste sie auf die Schulter, während er die Finger ganz langsam in sie schob. »Gedulde dich noch ein bisschen, dann wird es umso besser.«

Ihr Hirn war wie leer gefegt. Eigentlich hatte sie darauf etwas erwidern wollen. Konstantin traf genau den richtigen Punkt und mit ihrer Hüfte drängte sie sich ihm entgegen. Sie wollte sich ihm endlich hingeben.

Unerwartet zog er sich zurück. Arianna sah verstohlen über die Schulter. Konstantin saß auf der Bettkante und schob gerade die Daumen in den Hosenbund, um sich gleichzeitig der Jeans samt Unterhose zu entledigen. Heiße Vorfreude erfüllte Arianna, als er sich wieder über sie beugte. Sie spürte seine Härte am Po und seufzte selig. Er rieb sich an ihr, während er Küsse auf ihrem Rücken verteilte.

»Du bist wunderschön«, hauchte er an Ariannas Ohr. Sein Atem ging schnell und kribbelte auf der Haut.

Endlich drang Konstantin in sie ein, füllte nicht nur ihren Leib, sondern auch ihre Seele aus, wie nur er es konnte. Er bewegte sich langsam und Arianna genoss das Gefühl seines Körpers auf ihrem. Eine Hand schob sich zwischen ihre Brüste, umfasste ihre Schulter und zog sie hoch. Damit brachte er Arianna dazu, sich hinzuknien. Willig drückte sie ihm das Becken entgegen und empfing seine tiefen Stöße. Mit der anderen Hand stützte Konstantin sich auf der Matratze ab. Er küsste ihren Hals, knabberte am Ohrläppchen und flüsterte ihr Liebkosungen zu, solange sein keuchender Atem ihn ließ. Sie waren sich so nah, wie zwei Menschen, die eins werden wollten, nur sein konnten.

Der Höhepunkt baute sich in Arianna auf. Ihr Rhythmus wurde drängender. Die Erlösung, zu der sie gemeinsam strebten, kam immer näher, brach im Abstand von Sekunden über beide herein und riss sie mit sich.

Konstantin sank schwer atmend auf sie, konnte den Großteil seines Gewichts jedoch abstützen. Zufrieden drehte Arianna den Kopf zur Seite und küsste ihn auf die Wange. »Sobald ich wieder Luft bekomme, sollten wir das noch mal machen.«

Sein Brustkorb vibrierte an ihrem Rücken, als er stumm lachte. »Sorry, ich rolle mich gleich von dir runter, mich haben einfach die Kräfte verlassen.«

»Du kannst bleiben, wo du bist. Meine Atemlosigkeit hat andere Gründe.« Arianna betrachtete ihn liebevoll aus dem Augenwinkel.

Mit einem lauten Seufzen stemmte Konstantin sich hoch, legte sich neben sie und zog Arianna an sich. Arm in Arm lagen sie in dem schmalen Bett. Ihre Gliedmaßen waren umeinander geschlungen, bis es schwerfiel zu sagen, wo der eine anfing und der andere aufhörte. Genau so mochte Arianna es am liebsten. Auch wenn sie verschwitzt und auf eine – wohlgemerkt sehr befriedigende – Weise vollkommen erschöpft waren, wollte sie jetzt an keinem anderen Ort lieber sein.

Konstantin räusperte sich und blieb still. Stattdessen strich er mit den Fingern über ihren Unterarm. Arianna kannte ihn gut genug, um zu wissen, wann er etwas auf dem Herzen hatte.

»Was hast du?«, fragte sie nach einer Weile, in der Konstantin noch immer nicht mit der Sprache herausgerückt war.

»Was auch immer ich nachher in Selenes Gegenwart sagen werde … glaub mir kein Wort! Nichts davon entspricht der Wahrheit. Lass dich von meinen Worten nicht verletzen. Ich meine das genaue Gegenteil.«

Arianna schluckte. Sie wollte nicht an den heutigen Abend denken. »Was könntest du denn sagen?«

Gequält schloss Konstantin die Augen. »Muss ich dir diese Gemeinheiten wirklich zweimal um die Ohren hauen? Ist es nicht schlimm genug, es einmal zu tun?«

»Sie weiß doch schon, dass wir uns wieder ineinander verliebt haben.«

»Das stimmt, und zu deinem Schutz wäre es mir lieber, sie wüsste es nicht. Ich werde unsere Beziehung herunterspielen und sie stattdessen mit der Vergangenheit konfrontieren. Das lenkt sie hoffentlich ab.« Konstantins Stimme klang kalt, als ekelten ihn die eigenen Worte an.

»Ich habe Angst vor dem, was sie mit dir machen könnte, sobald ihr allein seid.«

»Sie wird es nicht wagen, mir so kurz vorm Ziel ernsthaft zu schaden. Ich werde nicht noch mal zulassen, dass sie mir meine Gefühle nimmt.«

Arianna schmiegte sich fest an seine Brust. »Was fühlst du wirklich?«

»Ich liebe dich«, antwortete er ohne Zögern.

Ein zartes Lächeln stahl sich auf ihr Gesicht. »Danke, genau das habe ich hören müssen.«

Konstantin beugte sich vor und küsste sie. Arianna spürte die Verzweiflung, die in ihm tobte. Sie war ein Spiegelbild ihrer eigenen Gefühle. »Ich liebe dich auch«, stieß sie atemlos hervor.

Arianna wollte ihn nicht gehen lassen, weder in ein paar Stunden noch irgendwann. Konstantin gehörte zu ihr und genau dort sollte er bleiben – an ihrer Seite. Tief im Inneren wussten sie beide, dass ihre Zweisamkeit nur geborgt war. Ein Spiel auf Zeit, das allzu bald endete. Die rosa Seifenblase existierte nicht ewig. Mit jeder Stunde, die verstrich, wurde sie dünner. Durchscheinender. Ihr Platzen stand unmittelbar bevor.

Alles auf eine Karte

Frankfurt am Main, Innenstadt
27. Juli 2018

Konstantin

Gleich kotzte er sich auf die Schuhe! Heute kam Konstantin die Fahrt mit dem Aufzug länger vor als sonst. Die Nervosität fraß ihn von innen auf. Ein saurer Geschmack verätzte seine Kehle. Alles Schlucken half nichts. Das verschlimmerte es eher. Konstantin schloss die Augen und atmete tief durch. In wenigen Augenblicken würde er Selene gegenüberstehen und zum ersten Mal in seiner langen Existenz wusste er ganz genau, woran er war.

Schlanke Finger schoben sich in seine Hand und drückten sie fest. Konstantin musste die Augen nicht öffnen, um zu wissen, dass es Arianna war. Er tat es trotzdem. Sie musterte ihn besorgt, während sie mit dem Daumen fest über den Handrücken fuhr. »Wir müssen das nicht machen. Wir können auch wieder nach unten fahren. Dann finden wir einen anderen Weg.« Ihre Stimme war leise.

»Wenn wir nicht herausfinden, was gespielt wird, was wirklich hinter dem Ritual steckt, können wir nicht die richtige Entscheidung treffen. Es gibt nur diesen Weg, uns fehlt die Zeit.«

»Er hat recht«, mischte Leo sich ein. »Es bringt nichts, auf etwas anderes zu hoffen.«

Das melodische Ping kündete ihre Ankunft an. Bedauernd löste er sich von Arianna und richtete den Blick nach vorn. Wie hatte er genau an dieser Stelle zu ihr gesagt? Stur lächeln und winken! Darin war er gut. Die Fahrstuhltüren glitten auseinander. Sie wurden von einem altbekannten Anblick begrüßt. Ihre Gefährten lümmelten sich im Wohnbereich, redeten miteinander oder sahen fern und aßen Köstlichkeiten auf Kosten des Hotels.

Ein paar von ihnen hatten so manches Pfund angesetzt. Ganz so, wie Konstantin es vorhergesehen hatte. Hinter den Zeichen öffneten die Panoramafenster den Blick auf die Stadt zu ihren Füßen. Es war ein anderer Ausschnitt der Frankfurter Skyline als der, den man vom Main Tower aus sah. Trotzdem überkam Konstantin ein Frösteln. Bilder der Vision suchten ihn heim und er schmeckte Galle.

Das Zeichen des Steinbocks, Capricorn, entdeckte die Neuankömmlinge als Erster und stand mit Konstantins Namen auf den Lippen auf. Finn wirkte gleichzeitig erschrocken und erleichtert. Die anderen bemerkten sie nun ebenfalls und das Gemurmel wurde lauter. Mit gestrafften Schultern trat Konstantin aus der Kabine und sah sich um.

Von Selene fehlte jede Spur. Um die Zeit war es ihr meist zu hell und sie verzog sich in ihr Zimmer. Zu blöd, dass die Mondfinsternis in diesem Zyklus im Sommer stattfand. Das brachte entscheidende Nachteile für die Zeichen und Sterne mit sich. Außerdem schwächten lange Tage die Mondgöttin und sie wurde angreifbar.

»Wo kommst du denn her?« Pollux war nicht minder überrascht als alle anderen.

»Kannst du dich erinnern?«, wollte sein Bruder wissen.

Konstantin ignorierte die Fragen. Small Talk war jetzt echt nicht drin. Dann kotzte er wirklich noch. Langsam steuerte er Selenes Schlafzimmertür an. Jeder neue Schritt fiel schwerer als der vorherige. Ja, er hatte Angst.

Leo und Vik steuerten die Sitzgruppe an, ließen ihn dabei jedoch nicht aus den Augen. Arianna blieb an seiner Seite. Wortlos suchte Konstantin ihren Blick und schüttelte leicht den Kopf. Selene durfte nicht auf die Idee kommen, sich in ihrem Frust an ihr zu vergreifen.

Er streckte die Hand aus und wollte gerade an die Schlafzimmertür klopfen, da wurde sie von innen geöffnet. Selene stand in einem violetten Morgenmantel aus Satin vor ihm. Für einen winzigen Augenblick zeigte sich Überraschung in den ebenmäßigen Zügen. Dann verzog sich ihr Gesicht. »Was willst *du* denn hier?«

Konstantin straffte die Schultern. Sie hatten die allgemeine Aufmerksamkeit inne und jede Bewegung, jedes Wort war von entscheidender Bedeutung. »Können wir reden? Unter vier Augen?«

Die Göttin musterte ihn abschätzend. »Unser letztes Vieraugengespräch hat mir nicht gefallen.«

»Mir auch nicht, das kannst du mir glauben.«

»Du erinnerst dich«, stellte sie fest. »Wie kann das sein?«

»Ich erinnere mich an *alles*.«

Selenes Augen weiteten sich. »Was soll das heißen?«

»Ich denke, das weißt du ganz genau. Willst du ausgerechnet heute riskieren, dass ich den anderen davon erzähle?«

Hinter ihm wurde Gemurmel laut. Konstantin ließ die Göttin nicht aus den Augen.

»Was willst du?«

»Einen Handel.«

»Dann komm.« Selene presste die Lippen zusammen. Ihr Blick huschte an ihm vorbei und verfinsterte sich.

Er sah sich über die Schulter und betrachtete Arianna. Sie rang die Hände und wirkte, als wollte sie am liebsten mitkommen. Konstantin bedachte sie mit einem, wie er hoffte, aufmunternden Lächeln.

Selene hatte sich von ihnen abgewandt. Sich selbst Mut zusprechend folgte er ihr ins Schlafzimmer. In der kurzen Zeit konnte sie ihm nicht viel anhaben, nicht, wenn er zur Mondfinsternis in der Lage sein sollte, aufrecht zu stehen.

Du hast zehn Minuten

Frankfurt am Main, Innenstadt
27. Juli 2018

Arianna

Arianna sah den beiden mit gemischten Gefühlen hinterher. Inzwischen war sie überzeugt, dass Konstantin ihr nicht alles erzählt hatte. Was hielt er vor ihr geheim? Selene ahnte es offenbar, wenn sie den Blick, den die Göttin ihr zugeworfen hatte, bedachte. Bisher hatte das Zeichen des Stiers keine großen Scherereien gemacht und willig die Rolle eingenommen, die das Schicksal ihm zugeteilt hatte.

Damit war es jetzt vorbei! Dieser Blick … Es war nicht das erste Mal, dass Selene sie voller Verachtung gemustert hatte. Etwas blitzte vor ihrem inneren Auge auf. Das Bild verschwand so schnell, wie es gekommen war. Die Emotionen jedoch, die es mit sich brachte, blieben. Ariannas Inneres kochte, zähe Blasen der Wut stiegen auf und zerplatzten. Sie war kurz davor, in Raserei zu verfallen. Der Stier in ihr sah rot und machte einen Schritt in Richtung Schlafzimmer.

Vik packte sie am Handgelenk. »Was hast du plötzlich?«, murmelte sie eindringlich. »Wo willst du hin? Wir haben noch etwas zu tun.«

Die Worte zeigten Wirkung. Arianna kam wieder zu sich. Fast hätte sie die Beherrschung verloren. Es wurde Zeit, dass sie ihren Teil des Plans durchzogen.

Mit neuer Entschlossenheit wandte sie sich ab und stürmte zur Schlafzimmertür, hinter der Aquarius und Pisces ausharrten. Leo stand bereits davor und wartete auf die beiden Frauen.

»Los geht's«, sagte Arianna.

»Was soll das werden?«, fragte Castor lauernd.

»Niemand gibt einen Mucks von sich, wenn er nicht will, dass ich ein bisschen an ihm herumkokele«, drohte Leo im Flüsterton, drückte die Türklinke herunter und betrat das Gefängnis der Fahnenflüchtigen als Erster.

Arianna folgte ihm dichtauf und wäre fast zurückgetaumelt. Die eingesperrten Zeichen sahen fürchterlich aus. Ihre Nase kribbelte. Offensichtlich verwehrte Selene den beiden den regelmäßigen Zugang zu frischem Wasser. Und das im Sommer …

Pisces saß teilnahmslos in einem Sessel, die Haare strähnig und verfilzt. Wo war sein Kampfgeist hin? Arianna hatte ihn vor Wochen gänzlich anders erlebt. Auf dem Bett entdeckte sie Aquarius. Er lag auf dem Bauch und schlief. Sein Oberkörper war nackt und rote Striemen zogen sich von den Schultern bis runter zur Hüfte. Die Wunden waren frisch. Kaum ein paar Stunden alt, sonst hätte sein Stern sie nachts geheilt.

»Ich wollte es nicht glauben …«, hauchte Vik.

Arianna verstand sofort, was ihre Freundin meinte. Sie war bis vor Kurzem auch von Selenes Gutmütigkeit überzeugt gewesen. Nun hatte sie selbst dazu beigetragen, die beiden hierherzubringen. Was die Göttin ihnen antat, war zum Teil Ariannas Schuld. Sie spürte ein unangenehmes Ziehen in der Brust. Das lief alles so falsch. Die Zeichen waren keine treuen Diener mehr, seit Jahrhunderten nicht. Stattdessen waren sie Gefangene von Selenes Irrsinn.

»Was wollt ihr hier?« Die Stimme klang kratzig und emotionslos.

Arianna schreckte hoch. Nicht ablenken lassen! Es ging hier nicht nur um das Leid der beiden. Sie musste das große Ganze im Blick behalten!

Leo ging zu Pisces und hockte sich vor ihm hin. »Wir müssen dringend reden.«

»Worüber denn?«

»Warum lauft ihr immer weg? Wieso wollt ihr Selene nicht helfen?« Arianna kam ebenfalls näher.

»Ach«, schnaubte Pisces, »jetzt interessiert dich das plötzlich. Als du geholfen hast, uns hierherzuschleifen, sah das ganz anders aus.«

»Stimmt. Die Dinge haben sich geändert. Vielleicht machen wir am Ende gemeinsame Sache, vielleicht auch nicht. Du hast nichts zu verlieren.«

Ihr Gefährte sah nicht besonders mitteilungsbedürftig aus.

»Sprich, du hast zehn Minuten!«, forderte Arianna barsch.

»Was ist denn hier los?«, murmelte es vom Bett. Aquarius hatte den Kopf gedreht und blinzelte sie müde an.

Leo wiederholte die Fragen, die sie hergeführt hatten.

Aquarius lachte angestrengt. »Weil Selene irre ist! Ihr zu dienen grenzt an Idiotie. Nehmt es nicht persönlich, aber was sie vorhat ...«

»Jetzt wird es interessant«, rief Vik aus, als er nicht weitersprach. »Was genau hat sie denn vor?«

»Sie will ein Massaker veranstalten.« Er klang ernst und nicht mehr im Geringsten amüsiert.

»Woher wollt ihr das wissen?«, hakte Leo nach.

Es war Pisces, der antwortete: »Auf der Suche nach einem Zufluchtsort haben wir uns in viele Richtungen gewandt. Nach einigen Leben gaben wir auch das auf und blieben lieber auf uns allein gestellt. Verlass dich auf andere und du bist verlassen.«

»Warum seid ihr überhaupt gegangen?«, wollte Arianna wissen.

Aquarius stemmte sich hoch und brachte sich wankend in eine sitzende Position. »Etwas an Selenes Verhalten störte mich. Unsere Erinnerungen ergaben keinen Sinn, haben nicht zusammengepasst. Sie verbarg etwas und ich wollte herausfinden was. Nachdem wir das erste Mal ausgerissen waren, rastete sie aus und tat uns Dinge an ... Fast hätte sie es geschafft, uns erneut um den Finger zu wickeln, doch uns gelang die Flucht. Es stand außer Frage, jemals wieder freiwillig zu ihr zu kommen. Wir reisten viel, suchten bei anderen Göttern Schutz und wurden auch dort betrogen. Zeus' Anhänger wollten eine Art Doppelagent aus uns machen. Als wir das ablehnten, endete deren Gastfreundschaft schlagartig. Wir haben selbst Hades einen Besuch abgestattet auf der Suche nach einem sicheren Platz.«

»Der Mistkerl hat uns augenblicklich an Selene verkauft«, fiel Pisces ihm murrend ins Wort.

»Das hat er«, stimmte Aquarius seufzend zu. »Zuvor hat er uns interessante Dinge verraten. Hades ist ein Angeber und Schwätzer.

Er prahlte damit, was seinem herrschenden Bruder zuteilwerden soll, dass er sich dafür nicht mal selbst die Hände schmutzig machen müsse, weil Selene es täte. Und als Bonus bekäme er noch jede Menge Seelen für sein Reich.«

»Dann stimmt es?«, murmelte Vik fassungslos.

»Was stimmt?«, fragte Aquarius.

Arianna schluckte schwer und sah zur Uhr. Es wurde Zeit für das Ablenkungsmanöver. »Das Orakel hat behauptet, Frankfurt würde dem Erdboden gleichgemacht werden, wenn wir das Ritual durchziehen.«

Aquarius öffnete den Mund, um ihr zu antworten. Sie erfuhren nie, was er hatte sagen wollen.

Verzweifelte Zeiten erfordern verzweifelte Maßnahmen

Frankfurt am Main, Innenstadt
27. Juli 2018

Konstantin

Konzentrier dich, mahnte Konstantin sich innerlich. Sein Geist war in Aufruhr. Vieles hatte sich ihm durch das Orakel erschlossen, einiges lag noch im Dunkeln. Wenn er Antworten haben wollte, war jetzt die einzige Gelegenheit, sie zu bekommen.

»Wie kann es sein, dass du für die eigene Liebe so weit gehst, aber deinen Getreuen gestehst du sie nicht zu?«

Selene stand mit verschränkten Armen vor ihm. »Natürlich dürfen die Zeichen sich verlieben. Sieh dir doch mal Leo und Virgo an.«

Konstantin schnaubte. »Dann lass mich anders fragen: Warum dürfen Taurus und ich uns nicht lieben? Egal wie oft wir uns schon gefunden haben, du sorgst dafür, dass wir es vergessen. Mit jedem neuen Leben lässt du uns und die anderen glauben, wir könnten einander nicht mal ausstehen. Stattdessen pflanzt du mir den Gedanken ein, ich müsse allein bleiben.

Ich bin nicht der Außenseiter, weil ich es so will, sondern weil *du* mich dazu machst. Was hast du davon?«

»Solltest du nicht besser deine vorlaute Zunge hüten? Wir wissen beide, was passiert ist, als wir uns das letzte Mal unter vier Augen unterhalten haben.«

»Ja, auch das weiß ich wieder«, erwiderte er bitter. »Nur kannst du dir das heute nicht erlauben. Du brauchst mich in wenigen Stunden.«

»Das ist also deine Absicherung?«

»Ganz genau, und wenn du einen Aufstand vermeiden willst, gib mir die Antworten, die mir noch fehlen. Dann werden wir uns einig und ich werde dir ein letztes Mal folgen, damit sich dein Wunsch nach all der Zeit endlich erfüllen kann.« Konstantin pokerte mit vollem Einsatz. Blieb zu hoffen, er bekäme die ersehnte Wahrheit.

Selene neigte nachdenklich den Kopf. »Woran erinnerst du dich?«

»An all deine Manipulationen. Warum tust du mir das an? Ich war dir immer treu ergeben!« Konstantin ballte die Fäuste. Er musste sich dringend beruhigen, sonst würde dieses Gespräch nur noch aus Vorwürfen bestehen.

»Ja, das warst du. Zumindest wenn du nicht gerade von deinen eigenen Gefühlen abgelenkt bist und meine Ziele dabei auf der Strecke bleiben.« Selene musterte ihn kalt. »Sobald du glücklich bist, verlierst du deinen Biss und ich kann dich nicht mehr gebrauchen.«

Genauso gut hätte sie einen Eimer Eiswasser über ihm ausschütten können. »Das ist der Grund für meine Unruhe, sobald ich Zeit mit den anderen verbringe. Darum kommt es mir falsch vor, mich unter deinen Schutz zu stellen und die Nähe zu meinen Gefährten zu suchen.«

»Sobald du Zeit mit Taurus verbringst, verdreht sie dir den Kopf. Ich mache dir daraus keinen Vorwurf, nur kann ich mir das nicht leisten. Es ist besser, wenn ihr beide euch nicht zu nahe kommt.«

»Besser für dich.«

»Natürlich.«

»Ist es dir wirklich vollkommen egal, wie es uns beiden dabei geht? Wie sehr die Zwänge in meinem Kopf mich unter Druck setzen und mir sämtliche Ruhe rauben?« Auf Höhe des Herzens krallte Konstantin seine Finger ins Hemd. »Diese innere Zerrissenheit macht mich wahnsinnig.«

Selene musterte ihn kühl. »Ist dir noch nie aufgefallen, wie produktiv es dich macht?«

»Kein Wunder! Ich bekomme dir gegenüber schon ein schlechtes Gewissen, sobald ich mich nur mal hinsetze.«

Jetzt lächelte sie. »Von dem Ergebnis bin ich selbst beeindruckt. Es erweist sich als nützlich, dir deinen Daseinszweck wieder und wieder zu verinnerlichen.«

Er schnaubte verächtlich. »Warum ich? Warum lässt du nicht zur Abwechslung mal die Zwillinge die Drecksarbeit für dich erledigen? Die stehen schließlich drauf, vor dir zu buckeln und zu kriechen.«

»Du hast den Schneid, die Intelligenz und die Ausdauer. Keiner der anderen kam je so weit, wie du es fast immer schaffst. Wenn du tatsächlich all deine Erinnerungen zurückerlangt hast, solltest du auch wissen, wie kläglich wir gescheitert sind, sobald ich einem anderen Zeichen als dir die Führung über euch überließ.«

Es stimmte. Ganz am Anfang hatte er ein paar unbeschwerte Leben an Taurus' Seite verbringen dürfen, bis Selene ausschließlich Scorpio zu ihrer rechten Hand ernannt hatte. Während der Zeit davor waren sie der Durchführung des Rituals nicht mal nahe gekommen. Nachdem Scorpio übernommen hatte, waren sie immer wieder knapp am Ziel vorbeigeschrammt. Heute Nacht könnte alles ein Ende finden.

»Wieso hat es außer mir niemand bemerkt? Manipulierst du sie jeden Tag aufs Neue?«

Selene lachte. »Nein, das habe ich gar nicht nötig. Eine freundliche Erinnerung ab und zu reicht vollkommen.«

»Wie kann das sein? Du selbst hast mir über Taurus und Zelos gesagt, eine solch große Beeinflussung der eigenen Persönlichkeit bedürfe regelmäßiger Erneuerung.«

»Kommst du wirklich nicht drauf? Du bist schlau genug dazu.« Selene schielte zur Uhr auf dem Nachtschrank. »Dieses Gespräch ermüdet mich.«

»Deine Macht über uns ist größer, als die von Zelos je sein könnte. Darum hat es bei Taurus gereicht, abzuwarten, bei mir jedoch nicht.«

»Ich wusste doch, du kannst auch dieses Rätsel lösen. Wenn wir nun fertig sind, würde ich gern mit den Vorbereitungen anfangen.« Selene machte Anstalten, an ihm vorbeizugehen.

Waren die versprochenen zehn Minuten schon um? Konstantin hatte das Zeitgefühl verloren. Als die Göttin auf seiner Höhe war, packte er ihren Oberarm.

»Wie kannst du es wagen?«, zischte Selene, nachdem sie die Überraschung überwunden hatte.

»Eine Frage habe ich noch.«

»Welche?«

»Warum bringst du sie um?«, presste Konstantin hervor.

»Wen?«

Ein Bild von Selene, die Taurus den Zeremoniendolch in die Brust rammte, blitzte vor seinem inneren Auge auf. Konstantin kniff die Augen zusammen, um es loszuwerden.

»Nachdem wir gescheitert sind, stichst du einen nach dem anderen ab. Pisces und Aquarius gelingt zuvor meist die Flucht, weil sie ganz genau wissen, was auf sie zukommt. Oder etwa nicht? Der Einzige, den du in der Nacht der Finsternis verschonst, bin ich.«

Selene schürzte die Lippen. »Willst du dich darüber beschweren?«

»Du lässt monatelang deinen Frust an mir aus, bis du mir endlich den Gnadenstoß versetzt und mich von meinem Leid erlöst, während du Antares und die anderen Sterne mit falschen Erinnerungen zurück in die Verbannung schickst!«

»Ich habe keine andere Wahl, als euch zu töten. Stell dir nur vor, einer von euch würde lang genug leben, um die nächste Wiedergeburt zu verpassen. Ich kann keine Greise als Getreue brauchen.«

»Und warum machst du bei mir diese reizende Ausnahme?«, spottete Konstantin.

»Durch Schmerz lernst du am besten. Damit lasse ich dich deine Aufgabe verinnerlichen, damit du es im nächsten Leben besser machen kannst.«

Er schluckte schwer, um der Göttin nicht die Worte an den Kopf zu werfen, die in ihm brannten. »Wirst du es in dieser Nacht wieder tun?«

»Selbstverständlich.« Selene zögerte nicht mal anstandshalber mit der Antwort.

»Wenn ich dafür sorge, dass alles reibungslos läuft und du am Ende der Nacht Endymion in seiner Höhle in die Arme schließen kannst, gestehst du uns dann ebenfalls ein erfülltes Leben zu und siehst davon ab, es uns samt unseren Erinnerungen zu rauben?«

Ein dumpfer Knall war aus dem Nebenzimmer zu hören. Selene verschluckte sich an den Worten, die ihr auf der Zunge lagen. Konstantin fuhr hoch. War es schon so weit? Dann folgte ein Poltern. Jemand schrie und es krachte so laut, dass die Wände wackelten. Was auch immer seine Freunde veranstalteten, es funktionierte. Hoffentlich ließen sie das Hotel ganz.

»Was ist da los?« Selene klang wütend und angespannt. Es passte ihr gar nicht, unterbrochen zu werden.

»Haben wir eine Vereinbarung?«, bohrte Konstantin.

»Meinetwegen. Sollte es gelingen, habe ich keinen Grund, euch zu töten.«

»Dann lass mich nachsehen. Warte hier, wer weiß, ob es nicht gefährlich ist.«

Wieder ein Schrei und Gepolter. Jetzt übertrieben sie es langsam mit dem Unruhestiften!

Selene wollte ebenfalls in den Wohnbereich. »Ich will augenblicklich wissen, was dort vor sich geht!«

War ja klar, wann hörte schon mal jemand auf ihn? Konstantin stand näher an der Tür und ging mit langen Schritten darauf zu. Er musste sie vor ihr erreichen. Schwungvoll zog er an der Klinke und erstarrte. Auf den ersten Blick erkannte er, dass es nicht seine Freunde waren, die einen solchen Krach veranstalteten.

Im Wohnbereich herrschte Panik. Konstantin betrat ein wildes Durcheinander. Die Zeichen waren aufgescheucht, rannten umher und suchten Deckung. Rechts von ihm lag Finn benommen auf den Überresten eines Beistelltisches. Antonia versuchte ihn hochzuziehen, wobei sie immer wieder panisch über die Schulter sah. Was zur Hölle war hier los? Dann entdeckte er den Grund. Vor dem Fahrstuhl standen Kratos und Zelos, dicht hinter ihnen ihre Schwestern.

Scheiße! Wieso hatten sich Zeus' Speichellecker zu einem direkten Angriff entschieden? Bisher hatten sie das nie gewagt. Dann dämmerte ihm die Antwort. Beim Orakel hatte Konstantin selbst sie provoziert und vor ihnen geprahlt, dass sie es dieses Mal auf jeden Fall schaffen konnten.

Selene erreichte die Tür. »Was ist passiert?«

Durch den Lärm angelockt, kamen Arianna und die anderen aus dem Schlafzimmer gegenüber. Sie sah ebenso erschrocken aus wie er. Wenn die Göttin mitbekam, dass jemand bei den Abtrünnigen gewesen war, endete es böse für alle Beteiligten.

Konstantin trat einen Schritt zurück und schob Selene wieder ins Schlafzimmer. »Bleib hier. Wir werden angegriffen. Da draußen ist es gefährlich.«

»Wer?«

Er drehte sich zu ihr um. »Zelos und die anderen. Wir sollten uns jetzt auf keinen Kampf einlassen, sondern verschwinden.«

Selene drängte an ihm vorbei. Konstantin hielt sie am Arm fest. »Lass mich los! Denen werde ich zeigen, welchen Fehler sie gerade begehen.«

»Sie sind zu viert!«

»Na und? Wozu habe ich denn euch?«, hielt Selene dagegen.

Nebenan schepperte es und Stimmen wurden laut. Für Diskussionen fehlte definitiv die Zeit.

»Was, wenn sie einen von uns so schwer verletzen, dass derjenige seinen Platz im Kreis nicht einnehmen kann? Willst du das riskieren? Flucht ist die bessere Wahl. Du zahlst es ihnen heute Nacht heim. Es muss nicht sofort sein.«

Die Göttin sah grimmig an ihm vorbei. Rückzug war für sie keine Option, das wusste Konstantin natürlich. Trotzdem musste sie einsehen, dass es klüger war.

»Wo soll das Ritual stattfinden? Wissen das schon alle?«, fragte er weiter. »Wir ziehen uns dorthin zurück.«

Selene fletschte missbilligend die Zähne. »Die Baustelle in der Nähe, wo sie das alte Hochhaus der deutschen Bank abreißen, um neue Wolkenkratzer zu bauen, ist unser Ziel.«

Erleichtert stieß Konstantin die Luft aus. Das war nicht weit. »Wir müssen alle zusammentrommeln und dort hinbringen, ohne dass die Götter es mitbekommen.«

»Kümmere dich um sie. Pisces und Aquarius werde ich mich persönlich annehmen«, ordnete sie an. »Die beiden entwischen mir nicht noch einmal.«

Konstantin nutzte die Gelegenheit und spähte durch den Türspalt. Arianna stand nicht länger in der Tür zum Gefängnis der Ausreißer, sondern stapfte wutentbrannt auf Zelos zu, der sie erwartungsvoll angrinste. Verdammt, wenn sie verletzt wurde, konnte er für nichts mehr garantieren.

Er wollte Ariannas Blick einfangen und sie davon abbringen. Sie bemerkte ihn nicht. Sie konnte doch nicht blindwütig in die Arme von gleich vier Göttern stürmen, verdammt noch mal! Konstantin steckte Daumen und Zeigefinger in den Mund und stieß einen durchdringenden Pfiff aus. »Rückzug!«

Es zeigte Wirkung. Für den Bruchteil einer Sekunde erstarrte die Szenerie. Dann stürmte Jana, der Krebs, zur Terrassentür und schob sie auf. Die Zeichen von Widder und Schütze folgten ihr ins Freie. Da der Zugang zum Fahrstuhl durch die Angreifer blockiert war, blieb ihnen nur die Flucht über die Feuertreppe seitlich an der Terrasse.

Konstantin zwang sich zur Ruhe. Wenn er nicht überlegt vorging, war alles verloren. Noch wusste er nicht, was die anderen erfahren hatten und ob das Ritual stattfand oder nicht. Solange musste er davon ausgehen, dass sie Selene treu blieben.

Er hechtete die wenigen Schritte zu Antonia und fasste sie an den Schultern. »Verschwinde von hier! Ich kümmere mich um ihn. Unser Treffpunkt ist die Baustelle. Sag das den anderen.«

Das Zeichen der Waage sah mit großen Augen zu ihm auf. Sie sah verwirrt aus. Dann rappelte Antonia sich auf und schlich an der Wand entlang, offensichtlich erleichtert, dass ihr jemand sagte, was zu tun war. Sie war keine Kämpferin, nie gewesen. In einem ruhigen Moment konnte sie ihr Gegenüber zu allerlei Dingen verleiten. In einem offenen und aggressiven Kampf war sie nahezu hilflos.

Selene trat hinter ihm aus dem Schlafzimmer und eilte quer durch den Raum auf die gegenüberliegende Tür zu. Nike stürmte in ihre Richtung, doch stellten sich die Zwillinge ihr in den Weg und hielten sie auf. Selene erreichte das Gefängnis der Abtrünnigen unbehelligt und verschwand darin, während zwischen den neuen Kontrahenten der Kampf losbrach.

Konstantin beugte sich zu Finn. Der wäre bis zum Einbruch der Nacht auch keine große Hilfe mehr. Am Kopf hatte er eine Platzwunde und war kaum bei Bewusstsein. Er zog ihn hoch und legte sich einen Arm über die Schulter.

Der Steinbock kommentierte das mit einem unwilligen Stöhnen. Konstantin schleifte ihn mit sich. In der Zwischenzeit hatte sich Bia auf Arianna gestürzt und sie droschen aufeinander ein. Beide waren verletzt, der Kampf wirkte ausgeglichen. Es kostete ihn Überwindung, nicht einzugreifen, doch er musste ans große Ganze denken und sich erst um die kümmern, die nicht allein zurechtkamen. Arianna war stark, für eine Weile konnte sie es mit einer Göttin aufnehmen.

In der Mitte der Suite wurde es ruhiger. Dort standen die Zwillinge. Nike hatte von ihnen abgelassen und suchte sich einen neuen Gegner. Pollux rührte sich nicht, während Castor wild auf ihn einredete und ihn schüttelte. Etwas stimmte da nicht. Warum flohen sie nicht? Dann bekam Konstantin die Antwort. Pollux löste sich aus der Starre und verpasste seinem Bruder einen kräftigen Kinnhaken.

Castor taumelte zurück. »Spinnst du jetzt völlig?!« Ein Gerangel entstand zwischen den Brüdern, bei dem Pollux seinem Zwilling mordlustig zu Leibe rückte und Castor ihn aufzuhalten versuchte, ohne ihn dabei zu verletzen. Das war eindeutig Zelos' Werk.

Ein greller Schrei übertönte alles andere, gefolgt von einem dumpfen Geräusch. Der Boden vibrierte und Konstantin kämpfte ums Gleichgewicht. Was war das schon wieder?

Kurz vor der Terrassentür kniete Leo und beugte sich über einen regungslosen Körper. O nein, das war kein gutes Zeichen. Wer war noch in der Suite und wen hatte es erwischt? Es war Vik, die von Kratos' telekinetischer Energie getroffen worden war. Die Wand hinter ihr wies eine runde Delle auf. Mal wieder verfluchte Konstantin die Tatsache, dass seine Fähigkeit nicht ebenfalls auf Entfernung funktionierte.

Wutentbrannt stand Leo auf und zückte das Feuerzeug, das er immer bei sich trug. Er konnte hier drinnen doch unmöglich …? Er konnte!

»Leo, nein, tu es nicht!«, brüllte Konstantin über den Lärm hinweg. Sein Freund hörte nicht auf ihn.

Aus der winzigen Flamme des Feuerzeugs bildete sich eine rotierende Kugel in der Größe eines Medizinballs, die auf den Gott der Macht zurauschte und ihn in die Brust traf. Kratos taumelte brennend zurück und stieß gegen die Wand. Dort gingen die Flammen auf die teure Stofftapete und eine Stehlampe über.

Leo war dabei, einen weiteren Ball zu formen. Das durfte Konstantin nicht zulassen. Er lud Finn unsanft auf einem Sofa ab, umrundete die kämpfenden Zwillinge und hechtete zu ihm. Fast hätte Leo die Flammen auf ihn losgelassen. Er stoppte abrupt, sobald er erkannte, dass Konstantin sich lebensmüde in den Weg gestellt hatte.

»Sag mal, willst du hier alles abfackeln?«, donnerte er. »Denk mal an die anderen!«

»Aber Vik ...« Leo klang mutlos.

Konstantin schluckte schwer. Die nächste Frage kostete ihn Überwindung. »Lebt sie noch?«

»Ja, sie ist bewusstlos.«

Erleichtert schloss Konstantin die Augen. Dieser Schicksalsschlag hätte ihnen gerade noch gefehlt. »Worauf wartest du dann noch? Bring sie hier raus! Wir treffen uns bei der Baustelle.«

Widerwillig nickte Leo, hob seine Freundin auf die Arme und stürzte mit ihr durch die offene Tür. Konstantin warf einen Blick zurück in den Raum. Zelos beobachte lächelnd die Zwillinge, Arianna und Bia hatten ihren Kampf noch nicht zu Ende ausgetragen, Finn lag röchelnd auf dem Sofa und Nike half Kratos beim Löschen.

Der Feueralarm jaulte auf und zerriss Konstantin fast die Trommelfelle. Augenblicklich ging die Sprinkleranlage los und binnen Sekunden war alles durchnässt. Selene kam aus dem Schlafzimmer und zog Aquarius und Pisces hinter sich her. Woher hatte sie Handschellen? Jeweils ein Handgelenk eines Zeichens steckte in der Fessel und die Göttin hielt die Kette in der Mitte.

Auch sie war klitschnass und stinksauer. »Warum dauert das so lange?«

Sollte das Ritual scheitern, konnte sie sich als Motivationstrainerin bewerben ... »Die Hälfte ist auf dem Weg nach unten. Ich kümmere mich um den Rest.«

Das Feuer war gelöscht. Kratos lag kraftlos am Boden. Seiner Schwester hingegen ging es blendend. Wutentbrannt stürmte Nike ihnen entgegen. Auf halbem Wege hielt sie inne, taumelte und sank auf die Knie. Orientierungslos sah sie sich um. Selene hatte die andere Göttin niedergestreckt und sie sämtlicher Sinne beraubt. Nikes Geist war gefangen in völliger Finsternis. Ohne Gehör, Augenlicht oder Geruchssinn saß sie da. Selbst wenn man ihr jetzt die Kehle durchschnitt oder sie verprügelte, würde sie es nicht bemerken. Selene hob die Bezeichnung *umnachtet* auf ein völlig neues Level.

Konstantin überlief ein kalter Schauer. Er wusste aus Erfahrung, wie hilflos und ausgeliefert man sich in diesem Zustand fühlte. Selene hatte es öfter als einmal an ihm ausprobiert, nachdem er gescheitert war. Es war ein beschissenes Gefühl, das einem deutlich länger vorkam als die Stunden, die es tatsächlich dauerte.

Selene riss an der Kette. »Kommt jetzt!« Die beiden taumelten ihr hinterher. Dann verschwanden auch sie in Richtung Terrasse.

Jetzt waren es fünf Zeichen, die von hier verschwinden mussten, und zwei feindliche Götter, die noch auf den Beinen waren. Konstantin wappnete sich, dann stürzte er Zelos entgegen. Mit ihm hatte er sowieso eine Rechnung offen. Der Gott bekam gar nicht mit, was auf ihn zukam, so sehr war er von den Zwillingen gefesselt und auf Pollux konzentriert. Castor fiel es immer schwerer, seinen Bruder in Schach zu halten. Er hingegen hatte ordentlich einstecken müssen.

Konstantin riss Zelos von den Füßen und kniete auf ihm. Mit beiden Händen packte er den Hals des Gottes und jagte sein Gift in ihn hinein. Zelos starrte ihn nur an, dann wurde er blass und röchelte. Eilig kletterte Konstantin von ihm runter. Geschlagen rollte Zelos sich auf die Seite und würgte.

Pollux kam endlich zur Besinnung und hörte auf, wie von Sinnen auf seinen Bruder einzuschlagen. »Was ist passiert?«

Für lange Erklärungen fehlte die Zeit. »Verschwindet von hier und nehmt Finn mit!«, brüllte Konstantin. Er deutete auf das Sofa, auf dem ihr besinnungsloser Gefährte lag.

Das rief beide zur Ordnung. Sie hievten Finn auf die Füße und nahmen ihn in die Mitte.

Jetzt blieben nur Konstantin selbst, Arianna und Bia. Er traute sich kaum, nach ihnen zu sehen. Es fühlte sich falsch an, sich als Letztes um sie zu kümmern. Andererseits konnte Arianna sich wehren und allein auf sich aufpassen. Sie brauchte keinen Ritter in glänzender Rüstung, der ihre Kämpfe für sie austrug. Dazu war sie selbst in der Lage.

Trotzdem hatte die Göttin sie übel zugerichtet. Sie hatten einander nichts geschenkt und es fiel schwer zu sagen, wer aus diesem Kampf als Siegerin hervorging. Konstantin hatte weder die Zeit noch die Lust, herauszufinden, wer von ihnen stärker war. Zu blöd, dass sein Gift sich erst regenerieren musste.

Arianna landete einen gut platzierten Treffer in Bias Gesicht, der die Göttin zu Boden schickte. Konstantin rief ihren Namen. Sie reagierte nicht. Dazu war sie der Raserei zu sehr verfallen. Jetzt schwankte sie selbst. Er lief zu ihr und hielt sie an den Oberarmen, damit sie nicht fiel.

Sobald sich ihre Blicke trafen, erwachte Arianna aus der Trance. »Geht es dir gut?«, fragte sie verwirrt.

»Das sollte ich dich fragen!« Wie sie sich noch auf den Beinen halten konnte, war Konstantin ein Rätsel. Arianna hatte eine aufgeplatzte Lippe, einen Riss in der Augenbraue sowie ein geschwollenes Auge. Und das waren nur die Verletzungen, die man direkt sah. Unter der Kleidung hätte sie sicher fiese Prellungen, wenn nicht gar Knochenbrüche. Bia war die Gewalt und sie wurde ihrem Tätigkeitsfeld mehr als gerecht.

Arianna blinzelte ihn irritiert an. Sie war nicht richtig da, geschweige denn ahnte sie etwas von ihrem eigenen Zustand. »Was meinst du?«

»Aldebaran hat nachher einiges zu tun. Jetzt müssen wir hier weg. Wir sind die Letzten.«

»Okay.« Sie nickte benommen.

Jemand packte Konstantins Wade und drückte unnachgiebig zu. Spitze Finger bohrten sich durch den Jeansstoff bis in sein Fleisch. Er schrie auf und wollte sich losreißen. Bia hielt ihn fest und war drauf und dran, ihm den Muskel zu zerreißen. Sie hatte sich schneller erholt als gedacht.

Arianna wirbelte herum und trat mit voller Wucht auf den Unterarm der Göttin. Es war ein ekliges Knacken zu hören. Bia kreischte und ließ von ihm ab. Humpelnd suchten sie das Weite, wobei sie sich gegenseitig stützten.

Auf der Terrasse war es windig und der Klang unzähliger Martinshörner schallte zu ihnen hoch. Feuerwehr- und Rettungswagen verstopften die belebte Straße und legten den Verkehr lahm.

Sie wandten sich zur Seite und folgten der weitläufigen Terrasse, die bis um die Ecke des Gebäudes reichte. Dort gab es eine hinter Kübelpflanzen fast verborgene Tür, die in ein schmuckloses Treppenhaus führte. Der Notausgang erinnerte Konstantin an die Vision, in der er endlose Treppen hinabgerannt war, nur um unten weiteres Grauen vorzufinden. Mit dem Unterschied, dass er jetzt kaum auftreten konnte. Die sechsundzwanzig Stockwerke und doppelt so vielen Treppen würden definitiv keinen Spaß machen.

Deine Entscheidung

Frankfurt am Main, Gallusstraße, Baustelle IBCF
27. Juli 2018

Konstantin

Sie erreichten die Baustelle als Letzte. Inzwischen waren Arianna und Konstantin am Ende ihrer Kräfte. Das Durcheinander beim Hotel hatte geholfen, halbwegs unbehelligt von dort zu verschwinden. Nur ein übereifriger Rettungssanitäter hatte sich ihnen in den Weg gestellt und helfen wollen. Nach einem barschen Wortwechsel hatte er sie sich selbst überlassen.

Durch eine Lücke im Bauzaun verschafften sie sich Zutritt. Auf dem Gelände war außer den Sternzeichen und Selene niemand zu sehen. Entweder hatte die Göttin die Arbeiter vertrieben oder sie waren schon im verdienten Wochenende. Schließlich war heute Freitag und später Nachmittag. Trotzdem würden noch Stunden vergehen, bis die Sonne unterging und die Sterne ihre Gegenstücke heilen konnten. Hochsommer war wirklich Mist!

Arianna schob ihn zu einem nahe gelegenen Radlader, in dessen Schatten Leo lehnte. Viks Kopf lag in seinem Schoß. Hoffentlich war sie okay. Selene lief vor dem halb abgerissenen Bankgebäude herum und malte Zeichen in den Staub. Zum Glück wollte sie ihre Ruhe haben, solange sie den Bannkreis zeichnete. Nur Aquarius und Pisces waren in ihrer Nähe. Die Göttin hatte sie dort angepflockt wie wilde Tiere.

Ächzend sanken sie neben Leo zu Boden. Konstantin war heilfroh, nicht weiter laufen zu müssen. Die Schmerzen im Bein wurden zusehends schlimmer. Das Hosenbein war blutgetränkt und erst jetzt bemerkte er die Spuren, die er hinterlassen hatte. Blieb nur zu hoffen, dass ihnen niemand folgte.

»Wie geht es Vik?«, fragte Konstantin. Sie war noch immer bewusstlos, was ihm große Sorgen bereitete.

Leo strich ihr liebevoll über die Wange. »Der Atem ist ruhig und der Puls gleichmäßig. Bisher ist sie nicht in Lebensgefahr. Wobei ich natürlich nicht sagen kann, was dieser Scheißkerl in ihrem Inneren angerichtet hat. Der Aufprall war echt heftig. So sehr habe ich mir den Aufgang unserer Sterne selten gewünscht.«

Dazu gab es nicht viel zu sagen. Kameradschaftlich drückte Konstantin seine Schulter.

Sobald Arianna zu Atem kam, ergriff sie Konstantins Hand und fragte: »Wie war es bei Selene?«

»Sie war genau so, wie ich befürchtet habe.«

»Dann hat sie wirklich unsere Erinnerungen und Gefühle verändert ...?« Arianna war sichtlich beunruhigt und rang um die richtigen Worte.

Konstantin schnaubte. »Wie es aussieht, bin ich als emotionsloser Eisblock ein besseres Werkzeug für sie.«

Arianna verzog das Gesicht und warf einen hasserfüllten Blick in Selenes Richtung. »Am liebsten würde ich sie...«

»Scht«, unterbrach Konstantin und flüsterte: »Sie hat ein besseres Gehör als wir. Vergiss das nicht.« Beruhigend tätschelte er ihren Oberschenkel. »Was habt ihr herausgefunden?«

Es war Leo, der antwortete: »An der Vision ist was dran.« Er berichtete, was die Abtrünnigen ihnen erzählt hatten.

»Verdammt«, stieß Konstantin aus. Er hatte auf einen anderen Grund für ihre Weigerung gehofft. »Es kann immer noch sein, dass auch Hades ihnen ein Märchen erzählt hat.«

»Möglich wär's«, erwiderte Leo. »Wir können erst sicher sein, wenn wir es durchziehen und das Ergebnis sehen.«

Arianna beugte sich vor. »Dann wird es zu spät sein.«

Konstantin überlegte. »Nicht unbedingt, wir können es abbrechen, ehe es gänzlich aus dem Ruder läuft.«

Leo musterte ihn nachdenklich. »Wie willst du das anstellen?«

»Ich hätte da schon eine Idee.«

»Gut, dann liegt es an dir. Wenn du glaubst, die Warnung des Orakels sei gerechtfertigt, zieh die Notbremse.«

Konstantin nickte seufzend. »Okay.«

Nach einer Weile fragte Arianna: »Und was machen wir dann?«

»Abhauen, so schnell unsere Beine uns tragen«, lachte Leo, obwohl es nicht wirklich nach einem Scherz klang.

Doch Konstantin pflichtete ihm bei. »Genau das.« Er drehte sich zu Arianna. »Dieses Mal geben wir Selene nicht die Möglichkeit, uns zu töten. Denk an unseren Treffpunkt. Wenn wir uns trennen müssen, laufen wir dort hin. Danach buchen wir uns einen Flug und verschwinden von hier.«

»Na schön«, erwiderte sie.

»Das sollten du und Vik auch machen. Wenn etwas Gras über die Sache gewachsen ist, können wir uns vielleicht wieder zusammenschließen.«

Sein Freund stimmte ihm brummend zu, wobei er den Blick nicht von Viks schlaffem Körper hob.

Die Zeit verging nur langsam und gebannt folgten sie dem Weg der Sonne. Ihr Untergang war heute fast zeitgleich mit dem Mondaufgang. Beide Ereignisse wurden von den Zeichen sehnsüchtig erwartet. Erst wenn die Sonne verschwand, erschienen die Sterne und würden die heilenden Kräfte benutzen, die ihre Gegenstücke dringend brauchten.

Wenn der Mond über Frankfurt aufging, war die Finsternis bereits in vollem Gange. Für die Heilung und den Beginn des Rituals blieb ihnen etwa eine Stunde. Vollständig genesen wären die meisten Zeichen bis dahin nicht. Die Zeit reichte nur für das Nötigste. Konstantin betete, dass das Orakel sich irrte.

Frei, endlich frei

Frankfurt am Main, Gallusstraße, Baustelle IBCF
27. Juli 2018 etwa 22:20 Uhr

Konstantin

Keuchend nahm er den ihm angestammten Platz im Bannkreis ein. In der Zwischenzeit war Selene nicht untätig gewesen und hatte ihn fertig gezeichnet. Konstantin stand in einem von zwölf Feldern, die mit reichlich Ornamenten und Symbolen umschlungen waren. In der Mitte lagen fein säuberlich dreizehn Dolche aus reinem Silber. Für jeden von ihnen lag eine Klinge bereit.

Nach und nach schleppten sich die anderen Zeichen an ihre Plätze. Sie alle waren mehr oder weniger lädiert. Bei einigen sah es nicht so aus, als wären sie viel länger dazu in der Lage, doch vorerst standen sie wieder aufrecht. Die Sterne schwebten über ihrem jeweiligen Gegenstück und das bunte Leuchten erhellte die Nacht. In der kurzen Zeit hatten sie getan, was ihre Fähigkeiten hergaben, und alle Zeichen notdürftig zusammengeflickt.

Vik wankte gefährlich, Leo stützte sie. Es war ein Vorteil, dass Löwe und Jungfrau im Kreis nebeneinander angesiedelt waren. Ihre Blicke trafen sich und Konstantin nickte schwach. Es oblag ihm, zu entscheiden, ob das Ritual ein Erfolg wurde oder nicht. Sobald er glaubte, die Vision des Orakels bewahrheitete sich, würde er die Notbremse ziehen und dafür sorgen, dass es missglückte.

Der Mond war groß und leuchtete gespenstisch rot. Bisher hatte ihn dieser Anblick hoffnungsvoll gestimmt. Jetzt sah er weg und richtete den Blick zu Boden. Er hatte Angst. Angst, dass er all die Jahrtausende einer Lüge nachgejagt war. Angst, dass er selbst zerstören musste, wofür er so lange gekämpft hatte. Angst davor, schon wieder zu verlieren, was er liebte.

Konstantin hob den Kopf. Arianna ließ ihn nicht aus den Augen und lächelte zärtlich. Das Vertrauen in ihn schmeckte bittersüß. So gern wollte er sich dessen als würdig erweisen. Die Last lag schwer auf seinen Schultern und drohte, ihn zu erdrücken.

In der Mitte des Kreises stand Selene und beobachtete den Mond. Als der Zeitpunkt gekommen war, wandte sie sich an Emma, die Verkörperung des Widders.

»Fang an«, forderte Selene.

Emma bückte sich nach dem Silberdolch, der auf einem dunkelroten Samttuch vor ihr lag. Ohne zu zögern, setzte sie die Klinge an, stach sie sich in den rechten Zeigefinger und sah dabei zu, wie Blut aus dem tiefen Stich hervorquoll. Dann ging sie erneut in die Knie und fuhr mit dem blutigen Finger über den Betonboden. Konstantin kannte das Symbol, das Emma dort schwungvoll zeichnete, ganz genau. Ein Bogen, ein langer Strich nach unten, der wieder hochfuhr und mit einem zweiten Bogen endete. Es war das Zeichen des Widders.

Selene war in der Zwischenzeit an Emma herangetreten und beobachtete sie. Sobald sie fertig war, ruhte der Blick der Göttin auf Arianna. Diese tat es Aries gleich und zeichnete mit ihrem Blut das eigene Symbol in den Staub. Und so ging es weiter. Einer nach dem anderen erledigte seinen Teil am Ritual.

Als Selene bei ihm ankam, schluckte Konstantin schwer. Er bemühte sich um ein ruhiges und entschlossenes Äußeres. Dann griff er nach dem Dolch und stach zu. Der Schmerz brannte kurz auf und flaute schnell wieder ab. In einem geübten Schwung zeichnete Konstantin das Symbol, das für sein Zeichen stand und entfernt an ein kleines m mit Teufelsschwanz erinnerte.

Selene zog weiter und die Nächsten erfüllten ihre Aufgabe. Traditionsgemäß bildeten Aquarius und Pisces den Abschluss. Die Göttin blieb vor den beiden widerspenstigen Zeichen stehen und wartete. Aquarius rührte sich nicht und starrte Selene trotzig an.

»Tu es!«, knurrte sie bedrohlich.

»Nein.« Aquarius' Stimme zitterte nicht und Konstantin bewunderte ihn dafür.

Ohne Vorwarnung ohrfeigte Selene Pisces, nur um sich gleich darauf sein Handgelenk zu schnappen, als sollte er nicht stürzen. Doch die nächsten Worte verrieten die wahre Absicht. »Tust du es nicht, verliert er die Hand. Eine reicht, um die Pflicht zu erfüllen.«

Schon oft hatte Konstantin mit angesehen, wie die Göttin die beiden Liebenden gegeneinander ausspielte. Jedes verdammte Mal hatte er gebetet, sie mochten schneller nachgeben und es hinter sich bringen. Sein Blick huschte zu Arianna. Er hatte sie beide auf die gleiche Art angreifbar gemacht. Schon oft hatte Selene ihnen deutlich gemacht, für was für einen Fehler sie diese Gefühle hielt.

Pisces' Schrei hallte durch die Nacht und ließ Konstantin zusammenschrecken. Selene hatte sich nicht vom Fleck gerührt. Auf den ersten Blick hatte sie nicht mal einen Muskel gerührt. Das war gar nicht nötig. Ein leichter Druck reichte aus und auch sie brach mit ihrer göttlichen Macht mühelos Knochen. Pisces sank wimmernd auf die Knie.

Gleichzeitig bückte sich Aquarius und hob den Dolch auf. »Ich tue es! Jetzt lass ihn los!«

Augenblicklich rammte er sich die Klinge ins Fleisch und Blut sprudelte aus dem Schnitt. Erst als er das Symbol beendet hatte, ließ die Göttin von ihrem Opfer ab. Abschätzig trat sie den Dolch in Pisces' Richtung. »Jetzt du. Was ihr den Rest eurer Zeit treibt, schert mich nicht. In dieser Nacht gehört ihr mir! Und wenn eure gemeinsame Zeit nicht heute enden soll, dann werdet ihr mir widerspruchslos folgen!«

Pisces sah hasserfüllt zu ihr auf. Eine freche Antwort sparte er sich und machte keine Anstalten, nach der Klinge zu greifen. Kullat Nunu huschte unruhig über seinem Kopf und wollte sich offensichtlich am liebsten sofort auf die Verletzung seines Gegenstückes stürzen.

»Du bist noch sturer als er, glaub mir, das vergesse ich nicht so leicht. Doch gereicht es mir zu einem unleugbaren Vorteil, dass du der Letzte in der Reihe bist. Die vorherigen brauche ich nicht mehr, um meinen Wunsch zu erfüllen. Weigere dich und dein Geliebter liegt binnen Sekunden tot zu deinen Füßen. Beuge dich dem Schwur an mich und ihr dürft friedlich ziehen. Triff deine Wahl und lebe mit den Konsequenzen!«

Wie in Zeitlupe wanderte Pisces' Hand zum Dolch. Die verletzten Finger schloss er um den Griff und verzog das Gesicht. Auf die Knie gestützt, drückte er die Schneide in die unversehrte Hand und begann zu zeichnen.

Sobald er fertig war, wandte Selene sich ab und schritt in die Mitte des Kreises. Gemeinsam warteten sie auf den Mittelpunkt der Finsternis. Dann, wenn der Mond am tiefsten in den Kernschatten der Erde eingetaucht war, erwachte der Zauber zum Leben.

Nervös trat Konstantin von einem Fuß auf den anderen. Den Dolch hatte er die ganze Zeit über nicht losgelassen. Er umklammerte ihn viel zu fest, er konnte nicht anders. Inzwischen waren seine Finger taub. Garantiert hatten sich die Verzierungen ins Fleisch gebohrt und Abdrücke in der Handfläche hinterlassen.

Die Minuten vergingen und fast hatte es den Anschein, es wäre ein Fehlschlag. Konstantin sah sich um. Von ihren Widersachern war nichts zu sehen. Sie hatten sich weder erholt noch waren sie zurückgekommen. Wenn das Ritual den Bach runtergehen sollte, dann oblag diese Verantwortung ihm allein. Dabei wusste er nicht einmal, ob er Selenes Scheitern herbeiführen wollte. Ein Teil von ihm sträubte sich nach wie vor. Der eigenen Konditionierung entgegen zu handeln, war nicht leicht.

Die Atmosphäre veränderte sich. Ein Knistern lag in der Luft. Spannung baute sich im Boden auf und ließ ihn zittern. Die blutigen Symbole begannen zu leuchten, erst schwach, dann immer strahlender, bis sie fast blendeten. Staub schwebte empor und glitzerte in dem Licht, das aus dem Blut schien. Es hatte dieselbe Farbe wie der jeweilige Stern, zu dem es gehörte.

Auf Selenes Gesicht zeichnete sich ein Lächeln ab, das mit jeder Sekunde breiter wurde. Sie hatte es fast geschafft. So nah war sie ihrem Ziel noch nie gekommen. Konstantin schluckte schwer und sah sich verstohlen um. Gab es Anzeichen der Zerstörung?

Das Brodeln in der Erde nahm zu. Die ersten kämpften mit dem Gleichgewicht. Verdammt! Das war kein gutes Zeichen.

Das Licht floss in den Himmel empor und suchte sich den Weg zum Mond. Sobald es ihn erreichte, war der Zauber abgeschlossen, das Streben der Göttin vollendet. Alles, wofür Konstantin immer und immer wieder gekämpft hatte, wäre erfüllt. Hierfür hatte er gelitten wie kaum ein anderer – auch wenn ihm das erst seit wenigen Tagen bewusst war.

Das alte Fundament, auf dem sie standen, bekam Risse. Sie breiteten sich kreisförmig vom Tierkreis aus und wurden tiefer. Ein Poltern erfüllte die Nacht. Ein Teil des zur Hälfte abgerissenen Gebäudes brach ab und stürzte krachend zu Boden. In der Ferne heulte ein Alarm auf, wurde drängender, lauter.

Scheiße! Scheiße! Scheiße! Das Orakel hatte ihn nicht belogen. Wie sehr hatte er auf eine List gehofft! Das Herz schlug ihm bis zum Hals. Trotzdem hatte Konstantin das Gefühl, die Beine würden ihm taub. Gelähmt starrte er auf das leuchtende Symbol zu seinen Füßen.

In der Nähe erklang ein Schrei und Konstantin riss den Kopf hoch. Es waren die Menschen auf der Straße hinter dem Bauzaun. Ein letztes Mal flog sein Blick zu Arianna. Ihr Mund war ungläubig geöffnet. Sie schielte zu Aries zu ihrer einen und Pollux und Castor zur anderen Seite. Alle waren nervös. Hiermit hatten sie nicht gerechnet.

Dann fiel ihr Blick auf Konstantin, verhakte sich mit seinem und hielt ihn fest. Sie nickte entschlossen. Das gab den Ausschlag. Er stampfte auf seinem Zeichen herum, in der Absicht, es zu zerstören. Es funktionierte nicht, ganz so, als hätte sich das Sternenlicht in den Beton gefressen. Mit dem Fuß schob Konstantin umliegenden Dreck und Staub darauf. Das Licht schien unbeirrt hindurch.

»Sag mal, was machst du da?«, zischte Antonia neben ihm. Immerhin sprach sie leise. Noch hatte Selene nicht bemerkt, was er tat.

Konstantin bückte sich und kratzte mit der Dolchspitze über das leuchtende Blut. Es hatte ebenfalls keinen Effekt und langsam, aber sicher gingen ihm die Ideen aus. Dabei hatte er großspurig behauptet, das Ritual jederzeit abbrechen zu können. Die Erde bebte immer stärker. So mancher seiner Kameraden konnte sich nicht mehr halten und ging in die Knie. Dadurch fiel seine Haltung nicht weiter auf. Wenn ihm nicht bald die rettende Idee kam, war Frankfurt verloren.

Die Erkenntnis traf ihn wie ein Blitz. Sein eigenes Blut versorgte das Zeichen mit der nötigen Macht. Nur sein eigenes Blut konnte den Zauber verändern und ihm die Macht entreißen. Er packte den Dolch fester. Dieses Mal stach er sich nicht nur vorsichtig in die Fingerspitze, sondern setzte das verdammte Ding in der Handfläche an. Heißes Blut floss aus dem klaffenden Schnitt und tropfte auf den staubigen Boden. Durch das Adrenalin, das ebenfalls durch seine Adern rauschte, spürte Konstantin den Schmerz kaum. Er rieb mit der Handfläche über das Symbol, verschmierte es und raubte dessen Bedeutung. Für einen kurzen Augenblick leuchtete auch das neue Blut, das auf das alte traf und in Berührung mit dem Sternenlicht kam.

Dann verlosch das Leuchten, nicht langsam oder zaghaft, sondern schlagartig. Es fiel einfach in sich zusammen. Von ihm ausgehend gingen bei Libra und Sagittarius die Lichter aus. Ein Symbol nach dem anderen verlor die Wirkung und der Zauber löste sich auf.

Das Lächeln auf Selenes Lippen erstarb und ihr Gesicht verzerrte sich zu einer Fratze der Enttäuschung. Sie sank zu Boden und raufte sich die langen Haare. »Nein«, hauchte sie ungläubig. »Nein!« Ihre Stimme steigerte sich in ein wütendes Kreischen.

Die Zeichen sahen sich verwirrt um. Das Beben hatte aufgehört. Diejenigen, die gestürzt waren, rappelten sich auf. Nur Konstantin blieb, wo er war. Er musste ganz sichergehen, dass die Magie nicht von Neuem einsetzte. Einige steckten die Köpfe zusammen und murmelten Worte, die er weder verstehen konnte noch wollte.

Selene drehte den Kopf in seine Richtung und Konstantin erkannte den Moment, in dem sie die Wahrheit hinter ihrem Scheitern herausfand, überdeutlich. Erst weiteten ihre Augen sich ungläubig, dann öffnete sie wortlos den Mund. Als Nächstes rappelte sie sich auf. Jede Bewegung, jede Geste war blanker Zorn. Ihr treuestes Zeichen hatte sie endgültig verraten. Und sie wusste es.

»Du!«, grollte Selene lang gezogen. Die Göttin baute sich vor ihm auf. »Wie konntest du nur, Scorpio? Ausgerechnet du?! Zeichne es erneut!«

Er holte tief Luft und wappnete sich für das, was auf ihn zukam. Sofern das bei einer Göttin in Raserei überhaupt möglich war. »Nein, ich werde mich hieran nicht länger beteiligen.«

Selene packte seine Haare und bog ihm den Kopf so weit in den Nacken, dass es wehtat. »Warum?«

»Weil es nicht nur unser Blut ist, das du einforderst, sondern das von Hunderttausenden.« Konstantin sprach lauter. Die Zeichen mussten hören, was vor sich ging, und verstehen. »Du hast uns all die Zeit belogen. Um deinen Wunsch zu erfüllen, muss eine ganze Stadt untergehen und alle Menschen dort ihr Leben lassen. Ich habe grässliche Dinge in deinem Namen getan. Vieles davon quält mich und ich bereue es.« Sein Blick huschte kurz zu Aquarius. Der verdammte Kerl war der Einzige, der lächelte. Konstantin sah wieder zu Selene. »Aber *das hier*. Das tue ich nicht für dich. Niemals.«

Das Gesicht der Göttin war verschlossen. Man konnte die wahren Gefühle, die sich hinter der ausdruckslosen Maske verbargen, nur erahnen. In diesem Zustand war sie am gefährlichsten und unberechenbar. »So sei es. Du wirst büßen. Lange und qualvoll wie niemals zuvor. So sehr, dass es für mehrere Leben zur Erinnerung gereichen wird. In der Hoffnung, deine Entscheidung im nächsten Zyklus wird eine weisere sein. Nie wieder wirst du wagen, auch nur an Verrat zu denken. Das werde ich dir gründlich austreiben.«

Das hatte er befürchtet. Irgendwie würde er es überstehen. Solange sich die Göttin nur an ihm selbst verging, konnte er ihr standhalten. Unzählige Male hatte sie ihn bereits zerbrochen, bevor sie ihm letztendlich die Erinnerung geraubt und auch ihn getötet hatte. Bisher hatte er es jedes Mal geschafft, sich wieder zusammenzusetzen. Scorpio war der MacGyver der gebrochenen und geschundenen Seelen. Sie konnte ihm nichts antun, was ein bisschen Klebeband und ein alter Kaugummi nicht wieder richteten. Wow, das war eine miese Metapher. Offensichtlich hatte sein Hirn sich schon in den Ruhemodus begeben, um die nahende Folter zu ertragen. Oder es wurde nicht mehr richtig durchblutet.

»So sei es.« Er wiederholte Selenes Worte. Wenn er ihre Aufmerksamkeit nicht voll und ganz in Beschlag nahm, wanderte sie dorthin, wo Konstantin sie nicht haben wollte – zu Arianna und seinen Freunden. Sollte ihm selbst die Flucht in dieser Nacht nicht gelingen, so mussten es wenigstens die anderen schaffen. Selene durfte sie nicht schon wieder vergessen lassen. Vielleicht konnten sie ihn dann im nächsten Leben retten.

Sie zog seinen Kopf ein Stück weiter hinunter. Die Wirbel im Nacken knirschten schmerzhaft. Nur etwas mehr Druck und sie bräche ihm das Genick. So einen leichten Tod gönnte Selene ihm nicht.

Schwungvoll trat sie auf die Hand, die Konstantin schon die ganze Zeit über auf den Boden drückte. Die Knochen splitterten. Er keuchte und biss die Zähne zusammen, um nicht zu schreien. Selene drehte den Knöchel und ihr Absatz richtete dabei die größtmögliche Zerstörung an.

Konstantin biss sich die Lippe blutig. Der Widerstand brach in sich zusammen. Er schrie nicht nur, er brüllte den Schmerz heraus. Aus dem Augenwinkel bemerkte er eine Bewegung. Selene wurde von ihm weggestoßen. Schnaufend stand Arianna vor ihm. Sein mutiges, tapferes Mädchen, das den Anblick von Ungerechtigkeit nicht ertragen konnte, war ihm zu Hilfe geeilt. Es war töricht und verhängnisvoll. Konstantin liebte sie in diesem Augenblick umso mehr.

»Lass deine Finger von ihm!« Arianna ließ die Göttin nicht aus den Augen.

Antares sank still herab und setzte sich auf die zerstörte Hand. Der Stern gab keinen Mucks von sich und leuchtete nur schwach, als wollte er möglichst wenig Aufmerksamkeit auf sich lenken. Die Haut wurde warm und der Schmerz flaute etwas ab. Eine vollständige Heilung war auf die Schnelle nicht möglich, doch die gröbsten Qualen nahm Antares ihm.

Selene rappelte sich auf. Das zerzauste Haar und das verschmutzte Kleid verliehen ihr einen wilden Ausdruck. »Ihr beide!« Sie verströmte die reine Verachtung. »Wie könnt ihr es wagen, mich zu hintergehen? Euch hinter meinem Rücken gegen mich zu verschwören?«

»Weil du wahnsinnig und grausam bist«, spie Arianna ihr entgegen.

Schwerer Fehler! Selene konnte es gar nicht leiden, auf ihren Wahn angesprochen zu werden. Brüllend stürmte sie auf Arianna zu. Diese wich dem Hieb aus und duckte sich weg. Stattdessen platzierte sie einen kräftigen Schlag in den Magen der Göttin.

Selene krümmte sich zwar, doch hielt sie das nicht auf. Arianna machte einen Ausfallschritt. Nach der Prügelei mit Bia fehlte ihr die übliche Leichtfüßigkeit. Aldebaran hatte sie in der kurzen Zeit ebenfalls nicht vollständig heilen können.

Arianna war zu langsam.

Trotz der körperlichen Kraft war sie einer Göttin allein auf Dauer nicht gewachsen. Dieses Mal ging Selenes Schlag nicht ins Leere. Sie erwischte Arianna mit voller Wucht. Wedelte sie davon, wie man es mit lästigen Fliegen tat.

Der Stoß ließ Arianna aufschreien und sie segelte durch die Luft. Dumpf schlug sie gegen die Überbleibsel des alten Bankgebäudes. Konstantin stand schwankend auf. Er musste zu ihr!

Selene verstellte ihm den Weg und hielt ihn auf. Jetzt war alles egal! Wer auch immer ihn von der Frau, die er liebte, fernhielt, erlebte sein blaues Wunder. Es war das erste Mal, dass er sich offen gegen die Göttin auflehnte. Konstantin packte Selenes Handgelenk und schickte die Magie seiner Fähigkeit mit voller Kraft in sie hinein. Unglaube flackerte über ihr Gesicht. Sie wich zurück. Schlurfend setzte Konstantin sich in Bewegung. Für mehr hatte er keine Zeit. Arianna war wichtiger.

Die anderen Zeichen zogen sich zurück. Die ungeahnte Entwicklung verwirrte sie. Nur Leo und Vik sahen wenig überrascht aus. Sie waren zusammengerückt und hielten sich an den Händen. Aquarius machte sich an Pisces' Fußfessel zu schaffen, obwohl er selbst noch angekettet war. Die Zwillinge ließen Konstantin nicht aus den Augen, als er an ihnen vorüberging.

Endlich war der Blick auf Arianna frei. Die Wand in ihrem Rücken stützte sie. Sie stand vornübergebeugt, das Kinn auf die Brust gesackt. Was sah sie sich da an? Und dann entdeckte Konstantin die Flecken auf dem hellen Shirt. Im roten Mondlicht wirkten sie unscheinbar, kaum mehr als ein Schatten. Doch mit eisiger Klarheit wusste er, was es war. Blut.

Kam das vom Ritual? Nein, eher nicht. An den schlimmstmöglichen Ursprung wollte er nicht denken. Es ließ sich nicht verhindern. Hatte Selene sie verletzt?

Jetzt bemerkte er die seltsame Haltung, in der Arianna an der Wand lehnte. Es sah aus, als ob sie ums Gleichgewicht kämpfte. Konstantin ging schneller. Er musste zu ihr, dringender denn je.

»Nein, bitte nicht …« Die Worte drangen ihm kraftlos über die Lippen.

Arianna stand nicht an der halb abgerissenen Betonfassade. Sie hing dort fest, ihre Zehenspitzen streiften nur den staubigen Boden. Die Farbe war aus ihrem Gesicht gewichen. Selbst die rosigen Lippen waren blass und wirkten bläulich.

Aldebaran schwirrte hektisch um sie herum. Sobald der Stern Konstantin bemerkte, flehte er: »Tu doch was!«

Ja, er musste etwas tun ... Was um Himmels willen *konnte* er tun?! Sein Mund wurde so trocken, als hätte er mit dem Staub der Baustelle gegurgelt, die Knie wurden ihm weich und drohten nachzugeben. Konstantin durfte sich jetzt nicht hängen lassen. Das hier war seine Schuld. Er musste für Arianna da sein.

»Konstantin ...«, hauchte sie mit bebenden Lippen. Ihr ganzer Körper zitterte und Blut lief aus dem Mundwinkel.

Es war schwer, nicht nur panisch auf die drei rostigen Moniereisen zu starren, die an verschiedenen Stellen aus Ariannas Brustkorb ragten, und sich zum Handeln zu zwingen.

»Streng dich nicht an. Ich helfe dir.« Er hatte beruhigend klingen wollen. Es stand außer Frage, dass ihm das nicht gelang. Konstantin trat neben sie und umfasste vorsichtig ihre Taille. Arianna schlang die Arme um seinen Nacken. Ganz langsam bewegte er sich rückwärts und zog sie mit. Ein Wimmern entschlüpfte ihr und Konstantin hielt sie fester.

»Hab keine Angst«, flüsterte sie ihm zu.

Er war ja so erbärmlich! Das war sein Text. *Er* sollte Arianna Mut zusprechen und nicht umgekehrt. »Es tut mir so leid.«

Endlich hatte Konstantin sie befreit. Wie einen wertvollen Schatz, der sie auch war, legte er sie hin und bettete ihren Kopf auf seinen Schoß. Sofort schoss Aldebaran heran und ließ sich auf eine der Wunden nieder. Nun, da sie offen dalagen, bluteten sie umso stärker.

Tränen liefen über Konstantins Gesicht. »Das ist meine Schuld. Ich hätte es niemals zulassen dürfen. Ich hätte dich nicht mit hineinziehen dürfen, als ich mich gegen Selene auflehnen wollte. Bitte verzeih mir.«

Von ihren angestrengten Atemzügen abgesehen, war Arianna ganz ruhig. Zitternd hob sie die Hand, umfasste seine Wange und wischte die Tränen davon. »Es gibt nichts zu verzeihen. Du hast mich glücklich und ganz gemacht. Jetzt weiß ich endlich wieder, was mir fehlte.«

»Meinetwegen stirbst du!«, fuhr Konstantin aufgebracht dazwischen. Ihm entgingen das flackernde Licht und die frustrierten Laute Aldebarans nicht. Die Wunden waren zu tief. Der Schaden im Inneren zu groß. Nicht einmal Sternenlicht half hier weiter.

»Ich liebe dich«, entgegnete sie fest. »Ich glaube auch, dass ich sterbe. Es betrifft nur dieses Leben. Wir werden uns wiedersehen. Gibst du mir einen Kuss, damit ich weiß, dass alles gut wird?« Ihre Stimme brach weg. Die liegende Position belastete die durchlöcherte Lunge stärker als im Stehen.

Konstantin beugte sich vor. »Es wird alles gut. Irgendwann wird bestimmt alles gut. Ich bin bei dir. Ich lasse dich nicht allein.«

Und dann senkte er die Lippen auf ihre. Er schmeckte Blut, aber das war nicht wichtig. Nichts war mehr wichtig. Arianna erwiderte den Kuss. Sie fühlte sich kalt an. Ein unterdrücktes Husten ließ ihren Körper beben. Konstantin rückte nicht von ihr ab und ließ sich davon nicht stören. Beinahe verpasste er den Moment. Arianna rührte sich nicht länger. Die Erwiderung blieb mit einem Mal aus. Ebenso der rasselnde Atem.

Konstantin wich zurück. Er musste ihr ins Gesicht sehen! Arianna hatte die Augen geschlossen. Eine einzelne Träne sickerte aus dem Augenwinkel und lief bis zum Ohr. Sie sah friedlich aus, wie sie so dalag, als wäre sie mit sich im Reinen. Glücklich. Das war falsch. All das war falsch! Diese ganze verdammte Situation war schlicht und ergreifend falsch!

Er strich ihr das wirre Haar aus dem Gesicht. Die Hände zitterten ihm dabei so sehr, dass er deren Bewegungen kaum kontrollieren konnte. »Arianna, nein … Mach die Augen wieder auf. Bitte, Arianna, sieh mich an!«

Sie blieb still.

Schluchzend zog Konstantin sie in die Arme und umklammerte Ariannas schlaffen Körper so fest, bis ihm die Muskeln wehtaten. Er jammerte und wimmerte wie ein kleines Kind und Aldebaran stimmte in sein Klagen mit ein.

Taubheit erfüllte ihn und irgendwann bemerkte Konstantin eine Hand auf der Schulter. Leo war zu ihnen getreten. »Es tut mir leid«, sagte er gepresst.

Teilnahmslos sah er seinen Freund an. Ihm fehlten die Worte. Hierfür gab es keine. Der rote Stern saß wimmernd in Ariannas Schoß. Antares schwebte über Konstantins anderer Schulter. Er sagte nichts, schmiegte sich nur wärmend an seinen Hals.

»Wir sollten gehen.« Leo sah nervös zum Platz.

Gleichgültig folgte Konstantins Blick ihm. Die meisten Zeichen standen noch da. Aquarius und Pisces hatten die Gelegenheit genutzt und waren abgehauen. In der Mitte der Verbliebenen krümmte sich Selene, niedergestreckt von Konstantins Gabe.

»Lasst uns gehen!«

»Nein.« Es war Aldebaran, die antwortete. Langsam erhob sie sich von der leblosen Hülle ihres Gegenstücks, schwebte empor und leuchtete greller. »Dafür büßt sie!«

Der Stern schoss auf die Göttin zu und rammte sie mit allem, was in ihm steckte. Die Attacke kam überraschend. Selene wurde voll getroffen und kreischte wütend, während sie würgte. Aldebaran schwirrte um sie herum und ging rachsüchtig mit Präzision auf sie nieder.

Selene scheuchte sie mit den Händen von sich. Als das nichts half, wartete sie und beobachtete den rasenden Stern berechnend. Konstantin schwante Böses. Er kannte diesen Blick. Gerade wollte er Aldebaran zurückrufen, da war es schon zu spät. Selenes Hand schoss empor und sie pflückte sie wie einen reifen roten Apfel aus der Luft. Aldebaran tobte und leuchtete noch greller. Doch die Göttin ließ nicht los. Stattdessen schlossen sich die langen Finger immer enger um das Licht, bis es durch die Haut schien und gruselig leuchtete.

Dann gab es ein Geräusch wie ein Pistolenschuss und die Hand sah wieder normal aus. Von Aldebaran war nichts mehr zu sehen. Von ihrem Strahlen fehlte jede Spur. Selene öffnete die Hand und schüttelte sie aus. Nur um sich gleich wieder vornüberzubeugen und erneut zu würgen. Die Sterne über dem Tierkreis huschten aufgeschreckt durch die Luft.

Antares stieß einen Schrei aus, der in Konstantins Ohren schrillte.

»Wo ist Aldebaran?«, fragte er.

Sein eigener Stern beruhigte sich nur mühsam. Es war Regulus, der antwortete: »Selene hat sie vernichtet.«

»Dauerhaft?« Leo sah erschrocken zu ihm, als fürchtete er dessen unmittelbaren Verlust.

»Nein, nur ihre Verkörperung, die an Taurus geknüpft ist. Wenn sie es in hundert Jahren noch mal versuchen will, dann muss Selene sie ebenfalls vom Himmel zurückholen. Sie braucht nicht nur euch, sondern auch uns für das hier.«

Konstantin stieß angespannt die Luft aus. Ariannas Kopf ruhte in seinem Schoß. Er strich ihr erneut die Haare aus dem Gesicht, obwohl dort gar keine mehr waren. Nachdem er ihr einen zarten Kuss auf die Stirn gedrückt hatte, legte er sie behutsam auf den Boden und stand auf.

»Was hast du vor?« Leo traute ihm nicht über den Weg, und er tat gut daran.

»Schnapp dir Vik, Regulus und Spica und verschwindet.« Suchend sah Konstantin sich um und fand schließlich, was er brauchte. Er kletterte auf einen Bauschutthaufen und zog ein spitzes Eisenstück heraus. Dann machte er sich auf den Weg zu Selene. Sie hatte genug Unheil angerichtet. Es reichte endgültig.

»Kon!«, zischte Leo hinter ihm. »Was soll das werden? Komm sofort zurück. Komm mit uns!«

Ohne sich noch mal umzudrehen, ging Konstantin weiter. »Haut ab! Jetzt! Es wird hässlich und ich will nicht riskieren, dass ihr eure Erinnerungen verliert oder draufgeht.«

Noch hatte Selene ihn nicht bemerkt. Das Flüstern der Zeichen, die weiterhin an ihrer Seite ausharrten, folgte ihm. Konstantin achtete nicht auf sie – auf keinen von ihnen. Das Ziel fest vor Augen, setzte er einen Schritt vor den anderen.

Konstantin baute sich vor der Göttin auf. Er schwang keine große Rede. Alles, was er ihr hatte sagen wollen, war gesagt. Es brachte schlichtweg nichts, die Worte, die in ihrem Schlafzimmer gefallen waren, zu wiederholen. Selene käme nicht zur Einsicht. Das Einzige, was blieb, war, sie von weiteren Untaten abzuhalten. Er ging in die Knie, um einen besseren Winkel zu bekommen. Dann holte er Schwung und stieß mit der improvisierten Waffe zu.

Selene bemerkte ihn, warf sich zu Boden und stürzte ihm gleich darauf entgegen, so als könnte sie sich nicht entscheiden. Konstantin traf und durch ihn ging ein Ruck. Er glaubte es selbst kaum. Das Eisen bohrte sich durch ihren Brustkorb. Stoff riss, Knochen knackten und seine Gefährten stöhnten kollektiv auf.

Fassungslos sah Selene zu ihm auf. Der Stoß war nahe dem Herzen platziert. Sie war vorerst außer Gefecht gesetzt. Ja, sie würde sich davon erholen. Ganz so leicht ließ eine Göttin sich dann doch nicht umbringen. Trotzdem war es erst mal vorbei. Außerdem hatte Konstantin seinen Standpunkt klargemacht. Er wollte Selene nie wieder gehorchen.

Sie sank zurück. Erst jetzt entdeckte er den Zeremoniendolch, den sie fest umklammert hielt. Blut klebte daran. Viel Blut. Konstantin blickte an sich herab. Da war ein Fleck auf seinem Hemd, der sich rasch ausbreitete. Er hatte nicht bemerkt, wie ihm die Klinge ins Fleisch gedrungen war.

Davon erholte er sich nicht mehr. Es war ihm nur recht. Ohne Arianna an seiner Seite wollte er dieses Leben nicht bestreiten. Das wäre zu einsam und traurig. Sich hierhin zum Sterben legen, stand außer Frage.

Mühsam kam Konstantin auf die Füße und wandte sich ab. Während der letzten Minuten seines Lebens war es nicht Selenes Seite, an der er liegen wollte.

Antares umschwirrte ihn augenblicklich. »Lass mich mal sehen!«

»Das ist zu tief. Nicht mal du kriegst das wieder hin.« Konstantin kam nur ein paar Schritte weit, dann sank er auf die Knie. Nach einer kurzen Verschnaufpause ging es auf allen vieren weiter.

»Aber…«

»Lass gut sein. Ich will es so. Verausgabe dich nicht grundlos.« Die Worte kamen ihm nur schwer über die Lippen. Konstantin bekam immer schlechter Luft.

Ein Dutzend Schritte von Arianna entfernt verließen ihn die Kräfte und er sank japsend zu Boden. Es war nur noch ein Stück. Nur noch diese lächerlichen Meter musste er schaffen, um mit ihr vereint zu sein. Konstantin zog sich über den Boden und hatte das Ziel fest vor Augen.

Antares war außer sich und huschte wild hin und her. »Ich will das nicht! Ich werde dich wahnsinnig vermissen. Dieses Mal war unsere Zeit nur so kurz.«

»Tut mir leid«, schnaufte er. »Nächstes Mal tun wir gleich das Richtige. Dann haben wir genug Zeit.« Mehr brachte er nicht heraus, dazu bekam Konstantin zu wenig Luft.

Kurz dachte er an Philipp. Es tat ihm leid, dass er das Versprechen nicht halten konnte. Hoffentlich machte sein Bruder sich keine allzu großen Vorwürfe und kam darüber hinweg. Das wünschte Konstantin ihm wirklich. Vor seinem Erwachen hatten die Brüder sich gut verstanden. Philipp sollte sich nicht grämen. Er hätte das hier nicht verhindern können. Wie gern Konstantin ihm das sagen würde.

Es wurde immer schwerer, Luft in die malträtierte Lunge zu bekommen. Trotzdem kroch er unbeirrt weiter über den bröckeligen Beton. Er wollte an Ariannas Seite sein, wenn ihn das Schicksal ereilte. Seine Fingernägel brachen, die Kuppen waren längst spröde und blutig. Er schaffte es nicht, wieder aufzustehen. Nicht mal auf die Knie ließ sich der niedergestreckte Körper zwingen.

Die Zeichen suchten ihr Heil in der Flucht. Das war eine schlaue Entscheidung. Ihr erneutes Scheitern und Konstantins Verrat hatten die Göttin auf der Treppe zum Wahnsinn einige Stufen nach oben gebracht. Niemand konnte erahnen, wozu sie fähig war, sobald sie sich erholte. Antares blieb stur bei ihm, schmiegte sich schniefend an ihn und sendete tröstende Wärme.

Endlich erreichte er Arianna. Mit letzter Kraft schob Konstantin sich neben sie. Schwerfällig rollte er sich auf den Rücken. Über ihnen leuchtete teilnahmslos der rote Mond und schluckte das Licht der Sterne. Noch weiter hätte er es nicht geschafft. Jetzt war er hier und streckte die Hand nach seiner Geliebten aus. Wenigstens das war ihm im Tod vergönnt. Er verschränkte die Finger mit ihren. Sie waren schlaff.

Am Ende dieses Lebens war es Selene nicht gelungen, ihm das Gedächtnis zu rauben und ihn stattdessen mit falschen Erinnerungen an glückliche Zeiten zu füttern. Wenn er das nächste Mal erwachte, würde er gleich wissen, was gespielt wurde.

Er war frei, endlich frei …

Scheiße, zitierte er während seines Abgangs tatsächlich aus *Die Eiskönigin*? Sah ganz so aus. Ein letztes Mal füllte sich Konstantins Lunge rasselnd mit Luft. Er drückte Ariannas Hand, auch wenn ihre Finger regungslos blieben und den Druck nicht mehr erwidern konnten. Die Frau, die er wahrlich liebte, war vor ihm gegangen. Es dauerte nicht mehr lange und Konstantin folgte ihr aus diesem Leben.

Sie hatten sich selbst nicht retten können. Mal ehrlich, das hatte keiner von beiden wirklich geglaubt. Immerhin hatten sie ihr Ziel erreicht und die Stadt, die ihnen so ans Herz gewachsen war, nicht untergehen lassen. Wenn das kein dickes Plus auf dem Karma-Konto gab, was dann?

Röchelnd stieß Konstantin die Luft aus und schloss die Augen. Nun für immer. Schwärze umfing ihn und alles wurde ganz leicht. Das war okay, ohne Arianna hätte er dieses Leben sowieso nicht führen wollen.

Er lächelte, sie würden einander wiedersehen.

Epilog

New York, Brooklyn Bridge
30. Juli 2122 etwa 11:50 Uhr

Liam

Die alte Brooklyn Bridge hatte ihm besser gefallen. Das Stahlungetüm, auf dem er stand, hatte nichts vom Charme seines Vorgängers. Wer hätte damals auch ahnen können, dass sich Nordkorea und die USA während der 2020er-Jahre so sehr in die Haare bekämen, dass es im Krieg endete? Der Präsident gab den Befehl, den asiatischen Staat dem Erdboden gleichzumachen. Gleichzeitig warf der koreanische Diktator sämtliche Bomben, die er hatte, auf ausgewählte Großstädte. Es hatte fast im Dritten Weltkrieg geendet. New York erwischte es am schlimmsten und war nach dem Wiederaufbau eine gänzlich andere Stadt als zuvor.

Liam blickte über den East River zur Skyline von Manhattan. Mit diesem Anblick war er aufgewachsen, doch seit letzter Nacht sah er ihn mit anderen Augen. Ein längst vergangenes Bild legte sich über die Wolkenkratzer, die auf der gegenüberliegenden Seite des Flusses in den Himmel ragten – und das lag nicht an der Datenbrille, die er trug. Während Liam wartete, studierte er mit ihrer Hilfe die künftigen Himmelsereignisse.

Die nächste totale Mondfinsternis fand in zehn Monaten statt. Sie würde sogar noch länger dauern als die letzte dieser Größenordnung. Kein Wunder, dass Selene diesen Zeitpunkt für ihren neuen Versuch ausgewählt hatte. Es war die beste Chance, die sie im 22. Jahrhundert bekam.

Die sommerliche Hitze war über dem Fluss besser auszuhalten, trotzdem schwitzte er. Die Menschheit hatte das mit dem Klimawandel beziehungsweise dessen Verhinderung nicht allzu gut hinbekommen.

Wenn er an die Nacht in Frankfurt zurückdachte, überkam ihn ein eisiges Frösteln. Es war buchstäblich ein ganzes Leben her, doch war es die erste Erinnerung, die Liam um Mitternacht überkommen hatte und wegen derer er halb durchgedreht war.

Inzwischen war er wieder klarer im Kopf und hatte sich an das Versprechen erinnert. Es war die falsche Brücke in der falschen Stadt im falschen Leben, aber vielleicht, nur vielleicht, erinnerte sie sich auch daran.

Sie waren nicht mehr Konstantin und Arianna. Dieses Leben hatten sie nicht besonders lange führen dürfen, schon gar nicht gemeinsam. Stattdessen bot sich ihnen heute eine neue Chance, denn sie waren noch immer Scorpio und Taurus. Wenn sie es wollten, fanden sie zueinander – als Fahnenflüchtige, was seine kleinste Sorge war.

Zum ersten Mal musste die Mondgöttin ohne ihn auskommen. Letzte Nacht war Liam dem Ruf nicht gefolgt. Einem Teil von ihm war es schwergefallen, doch je länger er sich weigerte, desto leichter wurde es. In diesem Leben hetzte er nicht durch die Straßen der Stadt, auf der Suche nach seinen Gefährten. Selene konnte sich selbst die Hände schmutzig machen oder es besser gleich bleiben lassen. Das würde der ganzen Welt jede Menge Ärger ersparen und die nächsten Monate wären weniger gefährlich.

Liam prüfte die Uhrzeit. Bis zwölf waren es noch ein paar Minuten. Sobald er den Plan gefasst hatte, war er unmittelbar aufgebrochen. Auch oder gerade weil es viel zu früh war. Seit fast zwei Stunden stand er hier und hing den Gedanken nach. Sie schlugen in seinem Kopf wilde Haken wie ein Kaninchen auf der Flucht. Dort spielte er Szenarien und Eventualitäten durch, eine unwahrscheinlicher als die vorherige. Alle befassten sich mit der Frage, ob Taurus hier auftauchte und derselben Eingebung folgte wie er, oder nicht. Gern wüsste Liam den Namen, den sie in diesem Leben trug. Sollte sie nicht kommen, würde er sie suchen. Das hatte er schon einmal gemacht.

An ihm vorbei liefen, fuhren oder flogen unzählige Menschen, von denen er keinen wahrnahm. Er wartete nur auf einen. Inzwischen hatte die Weltbevölkerung die neun Milliarden geknackt und die Erde platzte aus allen Nähten. Wie gut, dass in den nächsten Jahren die Besiedelung von Ross 128 b geplant war. Womöglich konnte er mit Taurus gemeinsam auswandern, um Selenes Zorn zu entgehen.

Die Marskolonie war auf Dauer deprimierend. Dort hatte Liam vor drei Jahren die Sommerferien verbracht und nach der ersten Woche kurz vorm Lagerkoller gestanden. Wie es sein Vater seit Jahren auf dem roten Planeten aushielt, war ihm ein echtes Rätsel.

Ein kühlender Windstoß blies ihm die Haare aus dem Gesicht. Die Weckfunktion der Brille begann ein rhythmisches Vibrieren. Der Zeitpunkt, den er seit einem halben Tag herbeisehnte, war gekommen. Liam nahm die Brille ab und verstaute sie im dazugehörigen Etui. Er brauchte sie nicht, es war nur ein weiteres Technikspielzeug. Sollte sie kommen, wollte er sie mit eigenen Augen sehen, nicht durch einen Filter oder die leicht bläulichen Gläser der Datenbrille.

Sein Blick schweifte nach allen Seiten. Das Herz klopfte wie wild in seiner Brust und legte einen Sprint hin. Taurus musste einfach kommen!

Die Minuten vergingen, doch blieb Liam allein auf der Mitte der Brücke. Es fiel ihm schwer, die Enttäuschung nicht über sich zusammenbrechen zu lassen. Obwohl es sinnlos war, beschloss er, noch ein bisschen länger zu warten. Falls es heute nichts wurde, käme er eben morgen zur selben Zeit wieder. Ein paar Tage wollte Liam ihr zugestehen. Ob er morgen auf der Williamsburg Bridge oder der Queensboro Bridge Posten beziehen sollte? Andererseits ging Taurus womöglich etwas Ähnliches durch den Kopf und sie beide liefen ungewollt aneinander vorbei.

Nein, das durfte Liam nicht riskieren. New York war so viel größer. Es konnte Monate dauern, bis er sie fand. Die Geburtenrate lag pro Tag zwischen drei- bis vierhundert, und das nur im direkten Stadtgebiet. Ja, während der Warterei war Liam in alte Muster verfallen und hatte begonnen zu recherchieren.

Wenn Taurus sich nicht offenbarte, würde er sich dumm und dämlich suchen und womöglich wieder bei Selene landen, in der Hoffnung, sie dort zu finden. Alles in ihm betete dafür, Taurus täte ihm das nicht an. Nicht, nachdem sie selbst durch die Hand der Göttin in seinen Armen gestorben war.

Auch zwei Minuten später war nichts von ihr zu sehen. Liam legte den Kopf in den Nacken und schloss die Augen. Enttäuschte Hoffnungen taten verdammt weh. Daran änderte auch das Alter seiner Seele nichts. Eher wurde es dadurch noch schlimmer.

Je länger er blieb, desto deprimierender wurde es, inmitten von unzähligen Menschen gänzlich allein zu sein. Liam ließ die Schultern hängen, wandte sich ab und ging los. Morgen würde er es noch mal versuchen. Hoffentlich kam die Abenddämmerung schnell, dann spendete Antares ihm Trost. Sobald Liam wieder vom anderen Teil seiner Seele wusste, war ihm bewusst geworden, was ihm während dieses Lebens bisher gefehlt hatte.

»Warte!«

Als wäre er gegen eine unsichtbare Wand gelaufen, blieb Liam stehen. Er kannte diese Stimme! Ganz langsam drehte er sich um. Das Herz quoll ihm vor neu entfachter Hoffnung fast über und schnürte ihm gleichzeitig die Kehle zu.

Eine junge Frau im grünen Kleid schob sich zwischen den Passanten hindurch und hielt unbeirrt auf ihn zu. Sobald ihre Blicke sich trafen, erstrahlte ihr ganzes Gesicht.

Sie war gekommen!

Liam erkannte sie augenblicklich. Ohne bewusstes Zutun setzte er einen Fuß vor den anderen, bis auch er lief. Sie trafen sich in der Mitte, prallten regelrecht ineinander und klammerten sich fest. Mit den Armen umschlang sie seinen Nacken und Liam presste sie an sich.

Dankbarkeit flutete seinen Körper und drang bis in die letzte Zelle vor. »Du bist wirklich hier.«

»Natürlich bin ich das. Wo sollte ich denn sonst sein?«

Die Frage bedurfte keiner Antwort. »Ich dachte, du kommst nicht mehr.«

Sie lachte leise an seiner Brust. »Der Verkehr ist in diesem Jahrhundert schlimmer denn je.«

Liam löste die Umarmung und zog sich ein Stück zurück. Sie gab nach und ließ die Hände bis zu seinen Hüften sinken. Ihr Gesicht war es, das er jetzt unbedingt sehen wollte. Mit den Fingerspitzen strich er über ihre Wange und versank im warmen Braun ihrer Augen. Sie trug die Haare kurz. Auf der einen Seite waren sie rasiert und nur wenige

Millimeter lang, auf der anderen reichten sie bis zum Kinn. Es war ungewohnt, aber der Schnitt gefiel ihm.

»Wie heißt du?«, wisperte er. Ein Teil von ihm glaubte nicht, dass die Frau, die er liebte, wieder in seinen Armen lag, und wollte sich versichern.

»Carrie.« Ihre Stimme war leise, zitterte sogar. Trotzdem verstand er sie. Er hing an ihren Lippen und der Rest der Welt war vergessen. »Und du?«

»Liam.«

»Den Namen mag ich.« Carrie grinste ihn auf ihre unverwechselbare Art an und küsste ihn.

Ende

Anmerkungen zum Buch

Bei diesem Buch habe ich so viel recherchiert wie nie zuvor für eine meiner Geschichten. Ich habe versucht, örtliche, zeitliche und historische Begebenheiten bestmöglich wiederzugeben. Trotz allem kann es natürlich sein, dass ich etwas übersehen habe. Seht es mir nach und klärt mich gern auf, wenn etwas nicht stimmt, dann weiß ich es beim nächsten Mal besser. Die Schauplätze innerhalb Frankfurts sind größtenteils tatsächlich vorhanden. Wohingegen Ariannas Blumenladen frei erfunden ist und das Hotel, in dem Selene und die Sternzeichen leben, mit Absicht nicht allzu genau definiert wurde. Ähnlichkeiten mit realen Persönlichkeiten sind rein zufällig und nicht beabsichtigt.

Als Grundlage dieser Geschichte diente mir die antike Erzählung der griechischen Mythologie zur Mondgöttin Selene und ihrem menschlichen Geliebten Endymion. Schon als ich sie das erste Mal hörte beziehungsweise las, stutzte ich darüber, wie die Göttin es denn bevorzugen könnte, dass man den Geliebten in ewigen Schlaf versetzte. Mal ehrlich, wer will denn so was?

Was die Sternzeichen betrifft, handelt es sich bei ihnen um meine Interpretation der ihnen nachgesagten Charaktereigenschaften. Diese sind mal stärker, mal schwächer ausgeprägt. Leider konnte ich nicht auf jedes Zeichen gleich intensiv eingehen, da es einfach den Rahmen dieser Geschichte gesprengt hätte. Außerdem habe ich zum Teil die den einzelnen Zeichen zugeordneten Geschlechter abgeändert, wenn es besser zu der Geschichte in meinem Kopf gepasst hat.

Danksagung

Mein besonderer Dank gilt Astrid, der wundervollen Verlegerin des Drachenmond Verlags. Ich hätte nicht damit gerechnet, so tief in den Schaffungsprozess miteinbezogen zu werden und gleichzeitig eine solch große Entscheidungsfreiheit zu behalten. Dies ist mein erster Drache und ich hoffe, es wird nicht mein letzter sein.

Meinem Lektor Stephan danke ich für die hilfreichen Anmerkungen zur Geschichte und der Unterstützung beim Herausarbeiten der Wendepunkte. Danke für deinen Humor, der mich oft mitten in der Nacht laut zum Lachen brachte. Hoffentlich sehen wir uns bald mal im Drachennest oder auf der nächsten Messe.

Meiner Korrektorin und guten Fee Michaela danke ich für den liebevollen Kontakt, der seit unserer ersten Zusammenarbeit besteht. Du hast so viel dazu beigetragen, dieses Buch möglich zu machen, dass ich gar nicht weiß, wie ich meine tiefe Zuneigung für dich in Worte fassen soll. Danke für alles.

Alex danke ich für dieses wunderschöne Cover und seine rasante Umsetzung von Änderungswünschen. Endlich kann ich sagen: Ich habe einen echten Kopainski!

Meinem Mann Andreas danke ich für seine Liebe und Unterstützung. Du warst der Erste, der sagte: Mach es! Auch wenn ich dich mit meinen durchgemachten Nächten und dem anschließenden komatösen Schlaf-Nachholen regelmäßig nerve, glaubst du an mich. Ich bin eine Eule. Das bekommst du aus mir nicht mehr raus. Gemeinsam schaffen wir alles.

Meinen Eltern und meiner Schwester Alexandra danke ich für ihren Beistand in allen Lebenslagen und ganz besonders für das Behüten meiner kleinen Einhornprinzessin, wenn der Zeitdruck und die Fristen mal wieder dafür sorgen, dass ich mich in einen Laptop-Zombie verwandle, der für nichts anderes mehr Zeit hat.

Donatha, seit dem ersten Gaia-Band begleitest du mich und ich wiederum deinen Blog. Auch wenn es mal phasenweise stiller zwischen uns war, habe ich mit kaum jemandem so viel Kontakt zum Thema Bücher wie mit dir. Ob es nun meine eigenen sind oder die anderer Autoren. Danke, dass du mir den Kopf gewaschen hast, als ich begann, an diesem Manuskript zu zweifeln und es infrage zu stellen. Ich schätze deine direkte Art und unsere Gespräche sehr.

Liebe Tine, tausend Dank, dass du die Geschichte mit mir einmal durchgegangen bist und so viele hilfreiche Anmerkungen zu Frankfurt hattest. Deine Unterstützung hat mir beim Weltenbau so sehr geholfen.

Den Mädels aus meinem »Buchgeflüster« danke ich für die Tag und Nacht offenen Ohren, wenn ich meine Gedanken loswerden muss und neue Ideen oder daraus resultierende Konflikte beratschlagen möchte. Dank euch fällt mir das Plotten so viel leichter. Ihr seid die Besten!

Meiner Schreibgruppe WOBBS danke ich für das so oft spontane Brainstorming und dem gemeinsamen Schleifen an Texten. Besonderer Dank gilt hierbei Laura und Celine. Langsam wird's, ihr Lieben.

Meinen Perlenband-Autorinnen danke ich für die tolle Zeit, die wir schon miteinander verbracht haben und hoffentlich noch werden. Es tut mir leid, dass ihr in meiner Verpeiltheit und dem vollen Terminkalender manchmal hinten runterfallt. Ich versuche mich zu bessern.

Meinen Testleserinnen und Bloggerinnen danke ich für die konstruktive Kritik und die bisherige Zusammenarbeit. Auf dass wir noch viele tolle Aktionen gemeinsam gestalten werden.

Zu guter Letzt danke ich dir, liebe Leserin, lieber Leser. Das Gefühl, wenn jemand dein Buch in die Hand nimmt und Stunden seines Lebens damit zubringt, ist wahrlich berauschend. Ich hoffe, dich gut unterhalten zu haben, und würde mich freuen, dein Feedback über meine Social-Media-Kanäle oder in Form einer Rezension zu lesen.

Verlernt nie zu träumen.

Lisa Rosenbecker

Magie aus Gift und Silber

ISBN: 978-3-95991-450-5, kartoniert, EUR 14,90

Nina Bellem

Im Schatten der Raunacht – Spiel der Fae

ISBN: 978-3-95991-299-0 , kartoniert, EUR 12,90

Mir wurden zwanzig Jahre meines Lebens gestohlen. Von einem Fae, einer magischen Rasse, die unerkannt unter den Menschen lebt. Und diese Jahre will ich wiederhaben. Mittlerweile bin ich sehr gut darin geworden, sie zu jagen. Dann klopft eines Tages ein sprechender Hund an meine Tür, meine Wohnung wird von fiesen Albtraumgestalten verwüstet und nebenbei steht noch das Schicksal der Welt auf dem Spiel. Irgendwie werde ich das Gefühl nicht los, ich bin nicht zufällig in dieser Geschichte gelandet …

Vivienne Winter will nichts weiter als Spaß, als sie sich 1997 während der Love Parade in Berlin auf einen One-Night-Stand mit einem attraktiven Fremden einlässt. Am nächsten Morgen ist von Spaß nicht mehr viel zu spüren, denn als Vivienne aufwacht, befindet sie sich nicht mehr im Jahr 1997 sondern in 2017. Das Leben, wie sie es kannte, ist verschwunden. Vivienne schwört Rache. Als sie unverhofft Hilfe durch einen geheimnisvollen Fremden erhält, entspinnt sich eine rasante Jagd durch Berlin, die ihr aus mehr als einem Grund den Atem raubt …

Nina F. May

Imaginate – Der Nachttannenturm

ISBN: 978-3-95991-357-7, kartoniert, EUR 14,90